Scarlet
스칼렛

www.bbulmedia.com

빛나는
것들

빛나는
것들

1판 1쇄 찍음 2016년 5월 18일
1판 1쇄 펴냄 2016년 5월 24일

지은이 | 안은찬
펴낸이 | 정 필
펴낸곳 | (주)뿔미디어

기획 · 편집 | 이영은

출판등록 | 2002년 9월 11일 (제1081-1-132호)
주소 | 경기도 부천시 원미구 소향로 17, 303(두성프라자)
전화 | 032)651-6513 / 팩스 032)651-6094
E-mail | scarlets2012@hanmail.net
블로그 | http://blog.naver.com/dahyangs
홈페이지 | http://bbulmedia.com

값 9,000원

ISBN 979-11-315-7108-8 03810

SCARLET ROMANCE STORY

빛나는 것들

안은찬

장편 소설

Contents

프롤로그 ··· 낭만이란   7

이 ··· 멀지 않은 곳에   22

o2 ··· 기억해   47

o3 ··· 우리가 있던 시간들   74

o4 ··· 그 남자의 사정   98

o5 ··· 그 여자의 사정   124

o6 ··· 그러니까 난 아직도 네가   147

o7 ··· 더 달콤하게   164

08 … 문을 열기 위한 준비   193

09 … 너에게 닿기를   216

10 … 다시는, 두 번은   234

11 … 조용히 머물 수 있도록   257

12 … 변하지 않는 진심   279

13 … 넌 나의 집   305

14 … 봄으로부터 도착한 선물   330

에필로그 … 반짝반짝 빛나는   354

외전 … 수정이의 일기   373

작가 후기   383

낭만이란

　천장도, 벽도, 바닥도, 전부 반들거리며 빛을 내는 대리석이었다. 덕분에 복도는 온갖 흰색으로 물들었고 반짝이는 만큼 한없이 차가운 기운을 뿜었다.

　그 색감 때문일까. 히터가 돌아가며 뺨을 덥히고 있었음에도 건물 내부에는 은근히 추운 기운이 맴도는 듯했다. 그들은 그런 공간 속에 있었다.

　"팀장님, 시작해요!"

　대기실에 있는 커다란 LCD 모니터 앞에는 두 명의 직원이 앉아 있었다. 미영은 한 손에 커피를 들고 그녀들에게로 걸어왔다.

　소파 팔걸이에 엉덩이를 걸쳐 앉은 미영이 커피를 한 모금 들이키며 화면을 보았다.

　"뭐야, 벌써 시작했어?"

"방금 시작했어요. 그런데요, 팀장님. 우리 이거 꼭 봐야 해요? 안 그래도 월요일이라 피곤해 죽겠는데 굳이 이것까지……."

"그래도 사장님이 출연하는 방송인데 본방사수 정도는 해 드려야 예의지. 그리고……."

"……?"

"궁금하지 않아? 그 박무열이 얼마나 가식을 떨지."

미영이 다시금 머그잔을 입술에 가져다 대며 소리 없이 웃었다.

주말 내내 얼마나 신이 나게 놀았는지 직원들은 아직 피로가 채 풀리지도 않은 얼굴이었다. 퀭한 시선들이 화면을 향했다.

예약도 없이 월요일 아침부터 고객이 찾아올 일은 없다. 그렇게 따지면 여유이기는 했지만 그렇다고 피로감이 사라지는 건 아니었다. 종일 보게 될 사람인데 굳이 텔레비전을 통해서까지 또 볼 필요가 있을까 싶은 마음도 들던 참이었다.

그때, 불만에 차 중얼거리던 목소리들이 조용히 사그라졌다. 성가시다는 듯 입술을 쭉 내밀고 있던 얼굴들이 어느덧 화면에 집중하기 시작했다.

월요일 아침 방송의 화면 속에서 익숙한 얼굴이 박수 세례와 함께 막 등장하던 참이었다.

「오늘의 초대 손님은…… 독특한 매니지먼트로 요즘 굉장히 핫한 결혼정보회사죠? '낭만'의 능력 있는 CEO, 박무열 씨입니다! 안녕하세요?」

「안녕하세요, 박무열입니다. 이런 자리는 처음이라 쑥스럽네요.」

"웩."

"아……. 나 그냥 가서 업무 준비나 할래……."

다정하게 웃는 얼굴에 약간의 쑥스러움을 가미한 내숭까지. 가식적인 무열의 모습에 고개를 저으며 일어나려 할 때였다. 미영이 테이블 위에 커피를 내려놓더니 두 사람의 어깨를 꾸욱 눌러 다시 앉혔다.

"재밌잖아. 계속 봐."

즐거워 보이는 한마디에 도로 앉은 두 직원의 입술 사이에서는 작은 한숨이 흘러나왔다.

「그 흔한 광고 하나 없이 인터넷과 SNS의 입소문만으로 이 자리까지 오셨다고 하던데, 사실인가요?」

「맞습니다. 초창기에는 SNS의 영향에만 주력했습니다. 사업을 하는 사람이 할 말은 아니지만, 사실 이렇게까지 회사를 키울 수 있을 거란 생각은 하지 않았었거든요. 직원들 월급이 밀리지 않을 정도, 나 역시 적당히 먹고살 수 있을 정도만 되면 충분하지 않을까, 그런 생각을 하던 때가 있었습니다.」

그 말에 직원들이 두 주먹을 꽉 쥔 채 부들부들 떨었다.

"웃기시네. 매출 떨어졌다고 명절에 집에도 못 내려가게 하려던 사람이 누군데."

"와, 정말 신고하고 싶어요. 저런 사기 방송……!"

미영이 그녀들의 어깨를 토닥거렸다. 그리고 테이블 위에 올려두었던 커피를 다시 한 모금 들이켰다.

얼마나 가식을 떨며 인터뷰를 할지 내심 궁금했다. 혼자서 상상도 해 보았었다. 그랬는데 역시나 예상대로, 아니, 그보다 더 가식적이라 놀라움을 금할 수 없었다.

분명 홍보가 될 거라며 인터뷰에 응했던 사람이 정작 방송에 나가서는 금전에 별 관심이 없다는 듯 행동할 줄이야.

「회사 이름이 참 낭만적이에요. '낭만'이라니.」

「하하, 그런가요.」

「타 결혼정보회사와는 다르게 추구하는 부분이 있다면서요?」

「예. 성혼율을 높이는 데에만 집중하는 기존의 결혼정보회사와는 조금 다른 부분에 초점을 맞추고 있습니다. 저희는 결과보다 그 과정을 중요하게 봅니다.」

「조금 더 자세히 설명해 주시겠어요?」

「저희가 추구하는 것은…….」

"연애결혼입니다."

직원들의 대사가 화면 속 무열의 것과 일치했다. 하루 이틀 듣던 강조점이 아니었으니 어찌 보면 당연한 일이었다.

누구나 처음 들으면 '뭐라고?' 하며 되물을 수밖에 없는 말. '낭만'이라는 이름을 가진 무열의 결혼정보회사는 그 말도 안 되는 묘한 단어를 추구하는 회사였다.

「연애결혼이요?」

「예, 그렇습니다. 결혼정보회사라는 정체성과 조금 어긋나 보일 수도 있겠습니다만 저희가 추구하는 결혼은 그렇습니다. 서로 조건만을 따져 형식적인 절차로 인생 설계를 위한 결혼을 하는 것이 아니라, 진정으로 마음이 통하는 사람을 찾아 설레는 연애를 거쳐 결혼하는 것을 권장합니다. 때문에 첫 만남으로부터 6개월 이내에 이루어지는 결혼은 지양하고 있으며, 데이트 코칭과 그 밖의 지원도 계속해서 늘려 가고 있습니다. 나이와 환경에 쫓기며 조건을 위해서 하는 성급한 결혼이라니, 전혀 낭만적이지 않잖아요?」

「독특하기는 하네요. 결혼정보회사라면 성혼율을 높이는 게 가장 큰 이득 아닌가요?」

「결혼에 대한 압박을 느끼면서도 한편으로는 달콤하고 낭만적인 사랑을 얻고 싶어 하는 것이 모든 여성, 아니, 모든 사람들의 꿈이 아닐까요. 저희는 그래서 결혼과 함께 그들의 달콤한 연애도 지원하는 겁니다.」

사회자는 흥미롭다는 표정으로 그의 말을 듣고 있었다.

말도 안 되는 이야기처럼 들리기도 했지만 무열은 그 말도 안 되는 일을 해냈다. 결혼을 위한 결혼이 아닌, 연애 혹은 사랑을 만나 이루어 내는 결혼. 그것을 목표로 했던 그의 취지가 의외로 여성 고객들에게 잘 먹혀들었던 것이다.

사람들은 조건에 맞는 사람과 적당히 만나다가 적당히 결혼하는 것이 보통이라고들 말했다. 적당과 보통이라는 두 개의 단어로 이루어지는 것이 만남이고 결혼이라는 듯이 말이다.

그러나 무열은 그들의 마음 깊은 곳에 있는 비현실적인 꿈을 노렸다. 조건을 따지는 게 나쁘다고는 하지 않되, 그와 동시에 사랑을 향한 낭만도 함께 찾을 수 있게 도와주겠다고 했다.

그 깊은 수는 여성들의 마음을 사로잡기에 충분했다.

"근데 생각해 보면 이런 말도 안 되는 취지로 업계 2위라니…… 대단하긴 해요. 말이 2위지, 고객 퀄리티로 따지면 1위나 다름없지만."

"이러니저러니 해도 우리 사장님 머리 하나는 비상하니까요. 여성을 타깃으로 한 게 신의 한 수였다는 생각도 들고요. 일단 여성 고객들이 이쪽으로 몰리니 남성 고객들까지 따라오는 건 일도 아니잖아요."

보기 싫으네, 가식이네, 한참 중얼거리던 직원들이 어느덧 턱을 괴고 멍하니 화면을 응시했다. 머리가 비상한 것도, 수완이 좋은 것도, 인정할 건 인정해야지.

하지만 아무리 그래도 인간 박무열은…….

「결혼정보회사에는 등급표라는 게 존재한다면서요?」

「믿으실지 모르겠지만 저희의 경우 등급 같은 건 따로 나누지 않고 있습니다. 그렇지 않으면 다른 업체와 차이를 둘 수도 없죠. 연애결혼에 등급이 무슨 소용이 있겠습니까. 저는 업체를 통한 결혼이라도 결단코 사랑이 우선되어야 한다고 생각합니다.」

……분명 저런 사람이 아닌데 말이다.

"악! 더는 못 봐 주겠어!"

"사기 방송이라니까! 등급이 없긴 뭐가 없어. 고객들한테만 없는 척할 뿐이지, 우리끼리 일정 잡고 매칭 할 때는 급 나눠서 붙이는 거 뻔히 알고 있는데. 와, 저 사기꾼."

그때 어느덧 커피를 다 비운 미영이 빈 잔을 내려놓으며 어깨를 으쓱였다.

"하지만 저렇게 말하는 게 최선이기는 해. 대놓고 '저희는 등급이 있습니다. 고객님은 학력도 딸리고, 키도 딸리고, 외모도 딸리기 때문에 15등급이네요.' 이럴 수는 없는 일이잖아? 일단 어느 정도 조건이 맞아야 연애로의 호감도 발생하는 법이니까. 아무리 서로 사랑한다고 해도 배경, 재산, 지적 수준에서 너무 판이하게 차이가 나면 그 괴리를 못 견디고 헤어지는 경우가 부지기수야. 아마 헤어지지는 않더라도 결혼까지 가면서 엄청 삐걱거릴걸?"

"역시 김 팀장. 내가 사람을 잘 뽑았어."

불쑥 튀어나온 낮은 목소리에 직원들이 화들짝 놀라 벌떡 일어섰다.

언제 도착한 걸까. 복도 끝에서 무열이 다가오고 있었다. 엘리베이터 소리가 났을 법도 한데 방송 소리에 묻혀서 미처 듣지 못했던 모양이다. 그들이 귀신을 본 듯 놀란 것도 이해하지 못할 바는 아니었다.

"오셨어요?"

당황하는 직원들과 달리 미영은 익숙하다는 양 어깨를 으쓱였다. 회사에서 유일하게 무열의 앞에서도 주눅 들지 않는 인물이었다.

그녀는 종종 무열을 향해 '자를 거면 자르세요. 집에 가서 애나 보고 집안일이나 하죠, 뭐. 남편이 돈을 못 벌어 오는 것도 아니고…….' 하고 말했다. 남들이라면 기겁을 했을 패기였다. 하지만 무열은 그녀의 그런 당당함을 마음에 들어 했다.

그 모습을 보며 직원들은 생각했었다. 또라이는 또라이를 알아보는 게 아닐까.

"이, 이거 생방송 아니었어요? 어떻게 오셨어요?"

말을 더듬는 직원과 잠시 눈을 마주친 무열이 고개를 돌려 화면을 응시했다. 매일 아침 거울을 통해 마주하는 자신이 스포트라이트를 받으며 반듯한 척, 매너 좋은 척, 다정한 척 연기를 하며 인터뷰에 응하고 있었다.

"아, 이건 녹화. 방송은 생방송인데 내 인터뷰 장면만 따로 녹화 뜬 거야."

"아……."

"근데 카메라가 영 안 받네. 역시 난 실물이 나아."

무열이 갑갑하다는 듯 맨 위까지 채워 잠갔던 단추 하나를 풀며 말했다. 안 그래도 높은 콧대가 더욱 위로 향하는 착각이 인다.

여직원들은 그를 바라보며 미간을 살짝 좁혔다. 잘생기긴 했지만 그걸 본인의 입으로 말하니 한결 더 재수 없게 느껴진다.

그들의 눈에 무열은 남자가 아니었다. 그저 출근에 게을러 주었으면 싶은 고용주에 불과했을 뿐.

원래 사장이 너무 성실해도 밑에서 일하는 직원들은 숨통이 막히는 법이다.

"그나저나…… 사장실 앞에서 사장이 나오는 방송을 보며 사장 욕을 하다니. 배짱이 대단한데, 우리 직원들."

"……."

"요즘 일이 술술 잘 풀리나 봐? 미진 씨, 지난 달 실적 좀 확

14

인할까? 유선 씨, 즐거운 월요일 아침부터 예정에도 없던 회의가 고픈 모양이지? 아량 넓은 사장으로서 사양하지는 않을게. 어때, 다들 회의실로 모일까?"

"……."

화면 속의 무열은 여전히 사람 좋은 얼굴로 다정하게 웃고 있었다. 하지만 그들의 앞에 선 무열은 어느덧 딱딱하게 굳은 표정으로 날카롭게 그들을 쏘아볼 뿐이었다.

그게 마치 다른 사람처럼 느껴져 묘한 위화감이 들었다. 한쪽 귀로 들리는 무열의 친절한 목소리와 다른 쪽 귀로 들리는 피곤한 목소리가 도무지 한꺼번에 받아들여지지 않는 직원들이었다.

어느 쪽이 진짜 박무열이냐고 묻는다면 그들은 단연 눈앞에 있는 그를 가리킬 게 분명했다. 그리고 그건 무열 본인도 인정할 수밖에 없는 부분이었다.

무열에게 있어 상냥한 웃음은 공적인 일에 한정되는 것이었다. 그는 자신의 마음을 포장하거나 감추는 일에 능했지만 적어도 '내 것'이라고 생각하는 것에 대해서만큼은 달랐다.

그에게 있어 회사 '낭만'은 자신의 소유였으니 그 안에서 만나는 고용인들에게까지 거짓으로 치장할 필요는 없었던 것이다. 그게 박무열이었다.

"그럼 여기서 짧게 하지."

무열은 그렇게 말하며 유선의 책상 위에 있던 서류를 집어 들었다. 신규 회원의 정보가 들어 있는 서류였다. 첫 맞선 일정과 매칭을 위해 이번 주 안으로 정리하려던 것이었다.

자신의 담당 서류가 그의 손아귀에 쥐어지는 걸 본 유선은 마치 그의 손이 제 목을 붙들고 있는 것 같은 착각을 느끼며 침을 꿀꺽 삼켰다. 일단 붙잡으면 뭐 하나라도 트집을 잡지 않고는 못 배기는 저놈의 성미를 모르는 게 아니었다.

"이거 봐, 이거. 매칭을 이따위로밖에 못 하냐는 거야."

"뭐, 뭐가 문제인지 말씀을 해 주시면……."

"여자가 약사인데 왜 이렇게 낮은 등급의 남자를 가져다 붙여? 장난해, 지금?"

등급표 같은 건 없다고 인터뷰하던 사람이 맞기나 할까. 무열은 앞서 방송을 탔던 인터뷰가 무색할 정도로 등급을 운운하며 서류를 흔들었다. 그의 손에서 흔들리는 것을 쳐다보며 유선의 시선도 한없이 방황했다.

그러나 그녀의 롤모델은 미영이었다. 무턱대고 지르는 그의 트집에 지고 싶지 않았다. 유선이 자신의 능력 문제가 아니라는 걸 어필하고자 마음먹으며 주먹을 꽉 쥐었다.

"여자분이 약사이기는 하지만 본인의 약국이 아닌 페이 약사인데다가, 하반신 마비의 홀아버지를 부양하고 있어요. 이런 조건에서 단지 직업만으로 다른 분들과 같은 등급을 매칭 시킬 수는……."

"유선 씨. 이 이상 같은 말을 하면 나 입 아플 것 같은데."

"네?"

"김 팀장."

무열이 미간을 좁히며 미영을 응시했다. 그를 따라 다른 직원들의 시선도 미영에게로 달라붙었다.

"'낭만'은 고객들의 연애를 응원하고 그로 인한 자연스러운 결혼을 추구, 타 결혼정보회사와는 달라야 한다. 사장님께서 입이 닳도록 하셨던 말씀이죠."

이제는 익숙하다는 양 미영이 영혼도 담지 않은 목소리로 마치 책 읽듯이 술술 말했다.

"유선 씨, 알아들었으면 당장 등급 올려. 일단 여성 고객 위주로 맞추라고. 이대로 맞선 일정 잡았다간……. 어?"

잔뜩 찌푸린 얼굴로 서류를 흔들던 무열이 갑자기 손짓을 멈추었다. 그러고는 인상을 펴 내며 손에 쥐어진 것을 똑바로 응시했다.

달달 볶으며 귀가 아려 올 정도로 잔소리를 하는 그의 목소리에 한숨을 내쉬려던 타이밍. 직원들은 갑자기 뚝 끊겨 버린 말에 의아한 표정으로 고개를 들었다.

"왜 그러세요, 사장님?"

누가 뭐라고 말을 거는지도 들리지 않는 듯 무열은 여전히 서류에 시선을 멈추어 둔 채 움직이지 않았다. 전원을 꺼 버린 로봇이라도 된 모양새였다.

저런 걸 당황이라고 표현하면 적절할까. 좀처럼 놀란 얼굴을 하지 않는 무열이였기에 직원들은 지금 눈앞에 보이는 그의 표정을 뭐라고 이름 지어야 할지 헷갈렸다.

무열의 시선이 꽂힌 것은 서류 상단에 적힌 낯익은 이름이었다.

최은서.

"……최은서?"

낮게 중얼거리는 무열의 목소리에 미영이 '아아.' 하면서 시키지도 않은 설명을 덧붙였다.

"아, 지난 금요일에 가입하고 가신 신규 회원이에요."

익숙한 이름이었다. 그리고 그만큼 흔한 이름이기도 했다. 흔하디흔한 이름이고, 어딜 가나 한 번씩은 스치듯이 들었던 이름인데도 무열은 그때마다 사고를 멈추었다. 마치 그 이름에 반응할 수밖에 없도록 태어나기라도 한 것처럼 그랬다.

그게 벌써 몇 년째더라…….

세상에 최은서라는 이름을 가진 여자가 얼마나 많은데 어째서 아직도 그 이름만 보면 심장이 덜컥 놀라고 마는 걸까. 정말 바보가 아닐 수 없다.

스스로를 비웃으며 고개를 내젓던 무열이 서류를 천천히 훑어 내리다가 다시 시선을 멈추었다. 확인하고 싶었던 것도 같다. 이 최은서가 그 최은서인지를. 그 최은서일 확률이 아주 없는 것은 아닐지도 모른다는 것을.

스물아홉. 새빛고등학교 졸업.

"……."

그의 신경을 재차 붙들어 놓은 정보는 고작 그뿐이었다. 나이와 출신 고등학교.

하지만 그걸로 충분했다.

그래. 자신과 두 살 차이였으니 그때 그 아이가 성장을 했으면 지금쯤 스물아홉일 것이다. 나이를 떠올리며 그는 묘한 확신에 사로잡히는 자신을 느낄 수 있었다.

나이가 일치하고, 출신 학교가 일치했다. 그에게 있어 그 두 가지의 단서는 무척이나 큰 것이었다.

'선배님.'

귓가에 목소리가 아른거렸다.

같은 교복을 입고 있었다. 같은 교정에 서 있었다. 그때의 짧은 장면들이, 조각나 있는 줄 알았던 기억들이 일순간 파노라마가 되어 펼쳐졌다. 그녀의 이름이 발휘하는 마법처럼.

"유선 씨, 컴퓨터 켜 봐."

"네?"

"확인할 게 있으니까 당장 컴퓨터 좀 켜 보라고."

"아, 네!"

유선이 자리에 앉아 전원 버튼을 누르는 사이 무열은 그녀의 뒤에 팔짱을 끼고 선 채 모니터를 응시했다. 부팅이 되는 시간조차 길게만 느껴져 잘생긴 미간이 절로 찌푸려졌다.

모든 직원들의 시선이 그를 향했다. 하지만 그는 자신에게 집중된 관심을 느낄 새가 없었다. 이 순간 그의 머릿속에는 오로지 한 가지 생각뿐이었다.

컴퓨터가 켜지자 무열이 비켜 보라며 그녀에게 손짓을 했다. 유선이 옆으로 비켜나자 마우스를 잡은 무열이 회원 리스트를 클릭했다.

찾는 이름은 단 하나. 최은서.

"최은서……."

그녀의 이름을 검색하자 곧바로 정보가 떴다. 방금 전 서류를 통해 잠깐 보았던 그 이름, 그 나이, 그 학교.

그리고 그는 화면을 통해 가장 확실한 정보를 얻을 수 있었다.

바로 눈앞에 떡하니 떠 있는 그녀의 사진이었다.

'선배님.'

사진을 보는 순간 또다시 목소리가 들리는 듯했다.

조금 더 어른스러워지기는 했지만 단번에 알아볼 수밖에 없는 얼굴이 모니터 속에서 자신을 바라보고 있다. 조금은 퉁해 보이는 표정. 한없이 찬바람 부는 눈빛. 그럼에도 어딘지 모르게 자꾸만 속을 간질이는 아름다운 얼굴은…….

그때보다 더 빛이 났다.

"……최은서."

조용히 이름을 되뇌자 사진 속의 그녀가 차가운 표정으로 무열을 노려본다. 물론 착각이겠지만 그럼에도 여전한 시선이 오싹할 정도의 냉기로 자신을 휘감는다.

'저는 선배님이 정말 싫어요.'

사진과 함께 어렴풋한 그때의 목소리가 무열을 뒤흔들었다.
"……찾았다."

그는 주변의 시선이 자신을 어떻게 바라보는지도 인식하지 못
한 채 화면을 바라보며 입꼬리를 당겼다. 무슨 일인 거냐고 자기
들끼리 수군거리는 목소리들 틈으로 무열의 웃음소리가 조용하게
공기 중을 울렸다.

이
멀지 않은 곳에

거실에서 틀어 놓은 뉴스 소리가 방까지 들렸다. 지난주보다 날씨가 부쩍 추워졌다는 소식이었다.

은서가 고개를 돌려 창밖을 보았다. 바깥과의 기온차로 창문에는 송골송골 물기가 맺혀 있었는데, 그런 것과 별개로 창을 통해 쏟아져 들어오는 햇볕은 무척이나 따스하게 느껴졌다.

조금 더 고개를 들어 하늘을 올려다보자 눈이 부셨다. 햇살이 코앞에서 잘게 부서지는 듯했다.

방 안에 따스하게 떠다니는 공기와 함께 온몸으로 느껴지는 듯한 겨울의 냄새가 은서의 마음을 아침부터 차분히 가라앉혔다.

눈을 감으면 밤이었고, 눈을 뜨면 아침이었다. 깜빡하면 봄이었고, 정신을 차려 보면 겨울이었다. 그렇게 시간 속에 스스로를 내맡긴 채 살다 보니 서른을 코앞에 둔 시기가 왔다.

한 살 두 살 나이를 먹어 갈수록 은서는 시간의 흐름에 대해 생각하는 횟수가 많아지는 자신을 느낄 수 있었다. 나쁜 일은 아니었지만 마냥 좋다고 하기에는 그리 반갑지 않은 변화였다.

출근 준비를 마친 은서가 핸드백을 챙겨 들었다. 방문을 열고 거실로 나가자 나란히 뉴스를 보고 있던 만호와 선희가 고개를 돌렸다. 아침 식사를 마치고 과일을 먹는 중이었던 듯, 마침 포크로 사과를 찍은 선희가 그것을 은서에게 내밀었다.

"아침 사과는 보약이래. 이거라도 입에 물고 가."

"고마워요, 고모."

은서가 그 자리에 서서 사과를 오물거리고 씹었다. 그러자 휠체어에 앉아 뉴스를 응시하던 만호가 그녀를 보며 나직하게 입을 열었다.

"물어본다는 게 깜빡했네. 결혼정보회사에는 잘 다녀왔고?"

"아……. 네."

입 안에서 새콤하게 과즙을 내뿜으며 퍼지던 사과를 마저 씹어 낸 은서가 꿀꺽 삼켜 내며 포크를 내려놓았다.

만호의 시선은 그녀에게서 떨어질 줄 몰랐고, 은서는 짧게 대답하면서도 어색하게 웃었다. 다녀온 것은 사실이지만 직접적으로 물어 오니 왠지 모르게 머쓱해진 탓이다.

"생전 결혼 이야기도 안 꺼내던 애가 왜 갑자기……."

그때, 의아하다는 듯한 만호의 목소리 틈을 비집고 선희가 끼어들었다.

"오빠도 참, 모르는 소리 하네. 얘도 내년이면 서른인데 더 늦기 전에 슬슬 결혼 생각할 때 됐지, 뭐. 좋은 대학 나와, 약사야, 얼굴도 저만하면 어디 가서 안 빠져. 분명히 좋은 상대 들어올 거야. 내가 주변에 알아보니까 여자 나이는 앞자리가 2인 거랑 3인 거에 그렇게 차이가 크대, 글쎄. 1년만 더 늦었으면 얼마나 아까웠을지, 어휴."

선희가 구구절절 말하면서 은서를 힐끔 보았다. 그녀의 눈치에 은서가 할 수 있는 것은 고개를 끄덕이며 슬쩍 웃는 것뿐이었다.

지난주, 고모인 선희의 부추김에 못 이겨 그녀와 함께 결혼정보회사에 다녀왔다.

그런 곳에 찾아갈 일이 생길 것이라고는 한 번도 생각해 본 적 없었다. 자신의 위치가 대충 어느 정도인지 듣고 나니 마치 인생을 채점당하는 듯한 기분이 들었다. 생각보다 비싼 회비를 내고 가입을 마치자 폭풍처럼 밀려오는 것은 씁쓸함과 회의감뿐이었다.

그럼에도 불구하고 결혼을 목적으로 하는 그곳에 갔던 이유는 단 하나, 아버지 만호를 위해서였다.

'네 아빠 말이야, 엄마도 없이 너 키우느라 평생 고생만 했어. 알지? 그러니까 괜히 신경 쓰이게 하지 말자. 일찌감치 정착해서 가정 꾸리고, 예쁜 손주도 안겨 드리고, 그렇게 살아야지.'

'…….'

'저 인간이 겉으로 티를 안 내 그렇지, 네가 연애 한번 제대

로 못 하고 이십 대 다 보낸 게 전부 자기 때문인 줄 알아. 장
애인 아버지를 뒀다는 사실이 네 혼삿길 막을까 봐 벌벌 떨어.
소변 마려운 줄도 모르고 몸에 줄 꽂고 살면서 자기도 힘들 텐
데 사람들 시선에 다칠 네 생각만 한다고. 내 오빠지만 불쌍해
죽겠어. 넌 안 그러니?'

선희의 말에 은서는 아무런 말도 할 수 없었다. 아버지에 대한
이야기, 그의 고생에 대한 말들에는 언제나 침묵이 답이었다. 아
니, 침묵이라도 해야 했다. 죄지은 게 없어도 그저 '죄송해요.' 라
는 말 외엔 떠올릴 수 없었으니까.

평생을 어두컴컴한 곳에서 고생해 온 그의 다리가 자신의 미래
를 붙든다니, 있을 수 없는 일이다.

은서가 천천히 고개를 돌려 휠체어에 앉은 만호를 보았다.

"……?"

왜 그러냐며 마주 보는 시선에 아무것도 아니라는 듯 고개를
저었다. 웃어야만 했다.

만호는 강원도에서 일하던 광부였다. 부인도 없이 그 일 하나
만으로 혼자서 어린 은서를 키워 냈다.

물론 그녀도 처음부터 엄마 없는 아이는 아니었다.

은서의 엄마는 나이가 어렸다. 처음에는 세상 물정 모른 채 만
호에 대한 절절한 사랑으로 살았지만, 나중에는 가족보다 자신의
삶이 우선시되어 버린 여자이기도 했다.

그래서였을까. 그녀는 점점 더 예민하게 변해 갔다. '내가 너만

빨리 안 낳았어도…….' 라며 딸에게 원망을 돌리거나, '이런 산골에 처박혀서 애나 키워야 돼?' 라며 신세를 한탄하기도 했다.

결국 그녀는 아이가 일곱 살이 되던 해에 도망을 쳤다. 만호가 사흘이나 집에 돌아오지 못하고 일하던 시기였다.

어린 은서는 그 기간 내내 쪽잠만 잤다. 냉장고는 텅 비어 있었고, 집 안은 엉망이었다. 먹지도 씻지도 않은 채 엄마가 오기만을 기다렸다. 아직은 누군가의 손길이 필요한 나이였다.

정신을 차렸을 때 마주한 건 엄마가 아닌 아빠였다. 병원 침대 위에 안 그래도 마른 작은 몸뚱이가 비쩍 곯은 채 눕혀져 있었다. 그런데도 은서는 배시시 웃었다.

'엄마는?' 하고 물으면서.

은서가 사실을 알게 된 건 그녀가 조금 더 자란 뒤의 일이었다. 나중에 만호가 몇 다리를 건너 언뜻 들은 바로 은서의 친모는 필리핀에서 젊은 남편과 새 출발을 했다는 것 같았다.

그 일을 겪고도 은서는 바르게 자랐다. 엄마란 사람의 부재 속에서도 혼자서 밥을 차려 먹고, 숙제를 하고, 꽤 어른스럽게 행세했다. 누군가의 손길 없이도 해낼 수 있게 노력했다.

만호가 돌아올 때까지 홀로 집을 지키는 것에 그렇게 익숙해져 갔다.

일찍 철이 든 딸의 모습에 만호는 앞으로도 쭉 혼자서 거뜬하게 그녀를 키울 수 있을 것만 같았다. 아빠로서 모든 걸 완벽하게 해 줄 수 있을 거라 생각했다.

어리던 딸이 너무도 빠른 속도로 성장하고 있다는 것을 깨닫기 전까지만 해도.

그녀가 초등학교 6학년이 되던 때였다. 피곤한 기색으로 집에 돌아온 만호가 제일 먼저 목격한 것은 빨갛게 물든 바지를 혼자서 빨고 있는 딸의 모습이었다. 은서는 바지를 빨다 말고 그를 보며 말했다.

'아빠, 피가 나와요.'

첫 월경이었다.

그때가 되어서야 결국 여자의 손길이 필요하다는 걸 인정할 수밖에 없었다. 아주 소소한 부분들이더라도 말이다. 그래서 서울에 살던 여동생 선희에게 은서를 맡기기로 결심한 것이었다.

선희는 일찌감치 이혼을 하고 아이 하나 없이 혼자 살던 중이었는데, 그리 많은 나이가 아니었음에도 기꺼이 조카를 받아 키워주었다. 그렇게 은서는 초등학교를 졸업할 무렵부터 대학교에 입학할 때까지 선희와 둘이서 살았다. 만호와는 주말에나 겨우 만날 수 있었다.

남들처럼 아빠와 엄마로 나누어 제 역할을 하는 그런 가족은 아니었다. 하지만 행복했다. 은서에게는 고모와 함께 지내는 평일, 아빠와 보내는 주말만으로도 더할 나위 없이 완벽한 일상일수 있었다.

그리고 충분하다 여겨졌던 그 화목함은 만호가 일하던 광산이 무너지며 작은 위기를 맞이했다.

사고로 광산에 파묻혔던 만호는 다행히 목숨은 건졌지만 걸음을 잃었다. 멀쩡하게 붙어 있는 두 다리에 감각이 사라진 것이다. 다리의 형태는 수술로 온전하게 되찾았지만 이미 죽어 버린 감각을 되살릴 수는 없었다.

사람들은 그것을 하반신 마비라고 불렀다.

"노파심에 묻는 건데, 정말 결혼할 생각이 있어서 간 거지?"

만호의 물음에 선희가 은서를 힐끔 보았다. 은서는 그녀와 잠시 눈을 마주치는가 싶더니 만호를 향해 웃었다.

"그럼요. 걱정 마세요, 아빠."

평생을 숨도 제대로 쉬기 힘든 어두운 곳에 바쳤다. 그의 노고를 은서는 알고 있었다. 그리고 그의 마음 깊은 곳에 있을 크나큰 아쉬움이나 미안함 같은 것들, 선희가 그에게 지니고 있을 안쓰러움 같은 것들도 은서는 모두 알 것 같았다.

그래서였다. '그럴게요.'라고 대답할 수밖에 없었던 이유.

자신의 죄책감은 묻더라도 그들의 죄책감은 덜어 주고 싶었다. 할 만큼 하셨어요. 넘치도록 받았어요. 그렇게 말로 전할 수 없을 때에 할 수 있는 일들이 따로 있다.

가족에게 줄 수 있는 가장 큰 선물. 그것은 분명 자신의 행복일 것이다.

"내가 잘 알아보고 데려갔다니까 그러네, 오빠는. 그래도 거기가 막 우리 때처럼 딱딱하게 조건 따져 맞선부터 보고 결혼 서두르는 데는 아니래. 요즘 애들처럼 연애도 적당히 하다가 자연스럽게 결혼 준비할 수 있게 해 주는 회사라나. 그러니까 한결 부담도 없지. 결혼하기 좋은 사람 만나서 예쁘게 연애도 하고, 시집도 가고, 얼마나 좋아."

"그런 회사가 있어? 연애하려고 만나는 거면 애들 소개팅 아냐……? 그걸 돈 주고 가?"

"아유, 있다니까. 달라."

의심을 하는 듯하면서도 이내 신기하다는 양 눈을 동그랗게 뜨는 만호였다. 은서는 그런 만호의 얼굴에 아무렴 어떤가 싶은 생각이 들었다. 어디 가서 빠지지 않는 딸이라는 것을 보란 듯이 보여 주는 수밖에 없었다.

정착을 위한 만남도, 안정을 위한 결혼도 목표는 아니었다. 만호에게 줄 수 있는 가장 큰 선물을 생각했을 뿐이다.

은서가 벽에 걸린 시계를 확인했다. 슬슬 나가지 않으면 늦을지도 모르겠다.

"아빠, 고모. 저 그럼 이만 출근할게요."

"아, 그래. 늦겠구나. 어서 가."

고개를 꾸벅이며 인사를 건넨 은서가 현관에 놓인 구두에 작은 발을 쏙 밀어 넣었다. 등 뒤로는 이제 막 시작한 아침 방송의 박수 소리가 들려오고 있었다.

그밖에도 포크와 접시가 부딪치는 소리, 여전히 사과를 깨물며 같은 화면을 바라보는 만호와 선희의 대화 소리가 섞여 들었다. 그리고 그것은 그 어떤 배웅의 말보다 편안하게 은서의 마음에 와 닿았다.

"어머, 저기 은서랑 내가 갔던 그 회사인 것 같은데? 텔레비전에도 나오고, 유명하긴 유명한 모양이네."

"그래? 요즘은 사업가들도 저런 데에 많이 나오는구나. 연예인만 나오는 줄 알았더니."

결혼이라는 단어는 여전히 낯설었다. 하지만 모든 낯설음은 시간이 흐르면 익숙해지기 마련이니 금방 적응할 것이다. 적응이라는 것은 그저 시간 하나에만 떠맡겨 봐도 충분하니까.

구두를 전부 신은 은서가 또각, 한 걸음을 내디디며 현관문 손잡이를 잡았다. 천천히 손잡이를 돌리자 짧게 열린 그 틈으로 차가운 공기가 훅 끼쳐 왔다.

「안녕하세요, 박무열입니다. 이런 자리는 처음이라······.」

"······."

차가운 공기 속에 은서가 잠시 멈추어 섰다. 등 뒤로 들린 이름 때문이었다. 잘못 들었을 거라고 생각을 하다가 별로 특별할 것 없는 이름일지도 몰라, 하며 고개를 내저었다.

아침 바람 소리가 귓가를 어지럽혔다. 텔레비전의 소리가 바람결에 흩날리며 모습을 감추었다.

박무열.

잊고 있던 이름이 갑작스레 떠오르자 은서가 표정을 더욱 차게 굳혔다. 그리고 흰 입김을 내뿜으며 등 뒤로 천천히 현관문을 닫았다.

마음의 문도 꼭꼭 닫아야 했다. 그의 생각이 다시 새어 나오지 않도록.

◈

　12년 전, 그러니까 두 사람이 처음 만난 것은 은서가 고등학교 1학년, 무열이 3학년이던 때였다.

　"은서야! 안 무거워? 같이 가 줄까?"

　"아니야, 괜찮아."

　은서가 한 손에는 분리수거, 다른 한 손에는 쓰레기봉투를 든 채 고개를 내저었다.

　입학하고 그리 오래 지나지 않았던 봄. 처음 보는 학우들 사이에서도 은서는 스스로의 자리를 지키며 누구의 도움도 받지 않고 자신의 몫을 톡톡히 해내고 있었다.

　함께 당번이 된 아이가 칠판 청소를 하는 사이, 은서는 금방 다녀오겠다고 말하며 가는 팔에 묵직한 두 개의 봉투를 꽉 쥐었다. 양팔에 무게를 나누어 실으며 하얗게 뻗은 두 다리가 차분하게 계단을 내려갔다.

　건물 밖으로 빠져나오자 부드럽게 휘몰아친 바람이 은서의 머리카락을 마음대로 헝클였다. 은서가 크게 숨을 한번 들이켜더니 다시 양손에 힘을 주고 쓰레기장을 향해 종종걸음을 서둘렀다.

　봄이었다. 봄바람에 머리카락이 살랑대는 좋은 날이었다. 그런데 이상하게도 은서의 마음은 조금도 간지럽지 않았다.

　시험이 한참 남았는데도 항시 책을 파고 또 팔 수밖에 없던 나날들이었고, 강원도 산골에 아버지를 두고 혼자 서울 고모 댁으로 온 그때부터 이어진 습관들에 조금은 숨이 차기도 하던 시기였다.

열일곱 최은서의 봄은 그렇게 특별하지도, 달콤하지도, 한없이 싱그럽지만도 않았다.

그런 시기에 무열을 만나게 되었다. 시큼하고 퀴퀴한 냄새가 가득 찬 학교 뒤편의 쓰레기장에서 말이다.

"……."

"……."

갑작스레 마주친 두 사람은 서로 시선을 피하지 않고 몇 초간 멀뚱히 상대를 응시했다. 은서는 무거운 두 개의 봉투를 여전히 손에 들고 있는 중이었고, 무열은 입고 있는 교복이 무색하게 담배를 물고 있었다. 담배 연기 사이로 깜빡이는 무열의 눈이 뚫어지게 은서를 향했다.

왜였을까. 그냥 모르는 척 지나쳐 각자 하던 일을 지속하면 되었을 일인데 두 사람은 그러지 못했다.

은서의 날카로운 시선이 가만히 무열을 향하자 그가 저도 모르게 담배를 바닥에 버렸다. 그러고는 당황이라도 한 듯 급하게 밟았다. 운동화 바닥으로 두어 번 비비자 불씨가 금방 꺼졌다.

말간 눈이 그의 발밑에 뭉개진 꽁초를 내려다보고, 다시 고개를 들어 얼굴을 뚫어지게 바라본다.

"……."

"……."

다시금 눈이 마주쳤지만 누구도 먼저 입을 열지는 않았다.

은서가 그를 쳐다보던 시선을 미련 없이 거두었다. 천천히 걸어간 그녀는 쓰레기장에 자신이 가져온 봉투를 내려놓았다.

그러는 동안 무열의 눈동자는 자신도 모르게 은서의 움직임을 천천히 따라갔다. 딱히 키가 작은 편이 아닌데도 움직임이 굉장히 가볍고 조심스러워 묘하게 시선을 잡아 끄는 구석이 있는 여자애였다.

마른 손을 탁탁 털던 은서가 교실로 돌아가려던 걸음을 멈추었다. 그러고는 고개를 돌려 다시 무열을 보았다.

"……."

"……?"

너무 뚫어지게 보고 있었나. 속으로 뜨끔한 무열이 괜스레 딴청을 피우며 애먼 곳을 쳐다보았다. 그러자 은서도 도로 시선을 거두며 다시금 건물 쪽으로 걸어가기 시작했다.

멀어져 가는 그녀의 작은 등을 힐끔 보던 무열이 천천히 발을 들었다. 자신의 발밑에 깔려 잔혹하게 짓이겨진 장초가 모습을 드러냈다.

"근데…… 나 담배 왜 끈 거지?"

그리고 두 사람은 하루도 채 지나지 않아 다시 서로를 마주했다.

"최은서! 여기!"

이번엔 바람이 따스한 교정의 한가운데였다.

"……."

"……."

"오오, 최 후배. 진짜 우리 학교로 왔네? 와, 교복만 달라졌을 뿐인데 너 왜 이렇게 갑자기 훅 큰 것 같냐? 키가 좀 더 자랐나?"

　재민이 은서의 머리 위로 손을 왔다 갔다 하며 키를 재는 시늉을 했다. 자신도 그리 큰 편은 아니면서 어린아이 대하듯 구는 행동이 묘하게 허세처럼 느껴졌지만 별로 기분이 나쁘거나 하지는 않았다.

　그보다 은서는 재민의 곁에 서서 자신을 내려다보는 월등히 큰 키의 누군가가 신경 쓰였다. 그의 손가락 끝에서는 농구공이 빙글빙글 돌고 있었다.

　"별로 안 자랐어요. 키는 비슷해요. 선배도 그대로시네요. 170cm 정도 되어 보이는데."

　"173cm! 이게 대선배님 무서운 줄 모르고 말이야……."

　한마디도 지지 않고 또박또박 내뱉는 게 몹시 당돌하고 귀여워 보인다. 그런 생각을 하던 무열이 '픅.' 하는 소리를 삼키며 웃었다.

　은서의 시선이 힐끔, 그를 향했다. 그러자 그가 자신도 모르게 입을 꾹 다물었다.

　"아, 맞다. 인사해. 이쪽은 고등학교 들어와서 운 나쁘게 3년 내내 같은 반이 된 내 악연, 박무열."

　"뭘 악연씩이나. 그냥 '아는 사이' 정도로 치자."

　"이 새끼가……?"

　실랑이를 하는 사이에서도 은서는 그저 눈만 깜빡이며 서 있을 뿐이었다. 분위기를 맞추려 예의상 띠는 웃음조차 없었다. 무열이 은서를 다시 보았다.

예쁘게 생겨 가지고, 찬바람이 쌩쌩 부네.

"그리고 이쪽은 이번에 입학한 내 중학교 후배, 최은서. 독서 동아리였는데 내가 만화책 읽을 때마다 하늘같은 선배 무서운 줄 모르고 잔소리를 퍼부었지. 감히 〈노인과 바다〉 같은 걸 쥐여 주면서. 얼굴이랑 성격이 좀 따로 놀아."

"어울리는데."

"……?"

그의 말에 은서가 고개를 들어 그를 뚫어지게 응시했다.

쓰레기장에서 그랬던 것과는 다르게 이번에는 무열 역시 은서의 시선을 피하지 않았다. 어디까지 마주할 수 있는지, 그래서 앳돼 보이는 저 얼굴 속에 숨겨진 차가운 구석이 얼마나 깊은지 가늠해 볼 수 있으면 좋겠다고 생각했다.

어울린다는 게 무슨 소릴까. 은서의 머리가 그 순간 빠르게 굴러갔다.

의아함인지 의심인지 모를 은서의 표정을 바라보던 무열이 농구공을 옆구리에 끼고 웃었다.

"너 예쁘다는 소리야."

"으악! 박무열, 너 미쳤나? 내 후배한테 무슨 닭살 돋는 소릴 지껄이는 거야!"

재민이 소름 끼친다며 기겁을 했지만 그럼에도 무열은 얄궂게 웃는 행위를 멈추지 않았다. 얼굴이 한껏 능글능글해졌다.

그런 그들을 바라보던 은서가 덤덤하게 말했다. 조금도 부끄럽다거나 하는 표정을 짓지 않은 채였다.

"선배님, 일진이에요?"

"……."

기껏 뱉은 예쁘다는 말에 돌아온 대답이 그거였다.

무열이 눈을 동그랗게 떴고, 재민은 옆에서 배를 부여잡으며 웃었다. '이 새끼가 엄청 놀 것처럼 보이긴 해!' 하면서 한 술 더 뜨자 무열이 농구공으로 재민의 머리를 맞혔다. 농구공이 바닥으로 통통 굴렀다.

'야!' 하며 머리통을 붙잡은 재민이 무열을 한 대 휘갈기려다가 멈칫했다. 은서와 눈이 마주쳤다. 다시 의젓한 선배인 척 표정을 가다듬어 본다.

"근데 이 자식도 생긴 거랑 다르게 놀아. 들으면 깜짝 놀랄걸."

"……?"

"이래 보여도 국립대가 1지망인 놈이거든."

은서의 시선이 무열을 향했다. 무열은 왜 갑자기 편을 드냐는 듯 재민을 쳐다보다가 은근슬쩍 어깨에 힘을 넣으며 턱을 들었다.

그러나 은서는 여전히 덤덤했다.

"원래 3학년 초에는 눈이 높아서 목표를 높게 잡는다고들 하던데요. 1학기가 지나 봐야 현실을 깨닫는다고."

믿기지 않는다는 표현을 참 배배 꼬아서도 한다. 무열이 은서를 꽤 흥미로운 얼굴로 쳐다보았다.

"아아, 근데 얜 좀 달라. 후배, 놀라지 마라? 이 자식 저번 모의고사에서 전국 8등 했어. 전교가 아니라 전국이라고, 전국."

"……."

이번에야 말로 조금 다르게 보인 걸까. 은서의 눈이 가늘게 뜨였다. 그 변화를 빠르게 알아챈 무열이 재민의 어깨 위에 자신의 팔을 올리며 자랑스러운 표정을 했다.

이유는 모르겠다. 딱히 웃을 줄도 모르고 사람을 한심하다는 듯이 쳐다보는 딱딱한 시선에 왜 그렇게 관심이 간 걸까. 한 번쯤 자신을 봐 주었으면 싶었고, 자신에게 반응을 보여 주었으면 싶은 것이 무열의 마음이었다.

"허우대 멀쩡한 시정잡배인 줄 알았는데."

"시, 뭐?"

재민이 멍청한 얼굴로 물었다. 하지만 은서의 시선은 무열에게만 향했다.

"공부 잘하는 일진인 건가."

"……."

무열이 눈썹을 꿈틀하면서 은서를 내려다보았다. 그러면 은서도 똑바로 그를 올려다보았다. 가까이에서 보니 시선의 높이에 꽤 차이가 있었다. 다른 여자애들에 비해 그리 작은 편이 아닌데도 그랬다.

더 가까이 갈수록 은서의 고개가 위를 향했고, 그 눈은 무열을 올려다볼수록 더욱 동그랗게 뜨여져 묘한 귀여움을 발산했다.

"근데 아까부터 왜 자꾸 일진이래? 박무열, 너 뭔 짓 했냐?"

"담배 피우는 걸 봤어요. 그것도 학교 안에서."

"헐, 대박. 야, 진심?"

아, 그거 때문인가. 어느 정도 예상은 했지만 너무 대놓고 말해서 할 말을 잊어버렸다.

무열이 자신의 뒷머리를 긁적거리다가 문득 무언가 생각났다는 듯 갑자기 재민에게 달라붙었다. 재민은 느닷없이 커다란 놈이 자신을 끌어안아 오자 기겁을 하며 머리를 밀어 냈다.

"아, 미친 새끼야. 소름 돋게 뭐하는 거야. 저리 안 떨어져?"

"그거 얘가 준 거야."

"……?"

그렇게 말하며 무열은 손가락으로 재민을 가리켰다. 재민이 눈을 멀뚱멀뚱 뜨며 이게 무슨 말이냐는 듯 '나?' 하고 멍청한 소리를 냈다.

"사실 나 담배 피울 줄 모르거든. 근데 변재민 이놈이 딱 한 대만 피워 보라고 주길래 호기심 삼아 피웠던 거야. 그때 봤지? 나 얼마 피우지도 않고 곧바로 바닥에 꺼 버렸잖아. 아아, 담배를 대체 무슨 맛에 피우는지 이해를 할 수가 없더라니까. 콜록, 콜록. 아직도 목이 아픈 것 같아."

"이 또라이 새끼가 지금 뭐라는 거야. 내가 언제 너한테 담……."

무열이 재민의 입을 틀어막았다. 재민이 버둥거리면서 무열을 밀쳐 내려고 했으나 힘으로는 역부족이었다.

'공부 잘하는 놈들은 비실거려야 정석 아닌가! 이 자식은 왜 힘까지 센 거야!'

오만상을 쓴 재민이 속으로 외쳤다.

연기가 통하지 않은 걸까. 느닷없이 모범생 같은 분위기를 풍기며 고개를 절레절레 젓는 무열을 보며 은서가 또다시 쓰레기장에서와 같은 표정을 지었다.

그러니까 굳이 따지자면 '한심하다……' 하는 것 같은 느낌.

무열이 나름 진지한 표정을 지으며 그녀를 보았다.

"오빠 이래 보여도 엄청 순진해."

"……."

그 순간 은서는 그냥 잠자코 교실로 돌아가는 편이 좋겠다고 생각했다. 아직도 무열에게 힘으로 제압당하는 중인 재민을 보며 고개를 꾸벅였다.

"저 그럼 갈게요, 선배."

짧은 인사와 함께 등을 돌리려고 하자 무열이 그녀를 붙들었다. '최은서.' 하고 짧은 이름 세 글자만으로.

"……?"

"예쁜아, 1학년 몇 반이야? 오빠가 심심하면 놀러갈게. 요즘 고3 스트레스가 장난이 아니거든. 좀 놀아 주라."

능글맞다. 무열을 보고 가장 강하게 머릿속을 파고든 생각은 그거였다. 생글거리며 웃는 얼굴도, 뻔뻔하게 먹히지도 않을 연기를 하려 드는 모든 행동도, 하나같이 은서의 눈에는 한심하기 짝이 없는 사람으로 보였다.

겉보기에 한없이 가벼운 사람은 알면 알수록 더 가벼워지는 법인가. 접해 본 적 없는 성격에 철갑이 단단하게 둘러졌다.

은서가 냉정하게 등을 돌렸다.

"전 순진한 남자 싫어해요, 선배님."

그런데 한없이 가볍다 느꼈던 그에게 언제 마음을 빼앗겼던 걸까.

"감기약 좀 주세요."

"네, 잠시만 기다리⋯⋯. 아저씨, 또예요?"

은서가 감기약을 꺼내다 말고 눈앞에 있는 남자를 보며 한숨을 쉬었다. 남자는 머쓱한 듯 까칠하게 올라온 수염을 매만지며 은서를 힐끔 보았다. 찬바람 불던 약사 선생님의 눈에 묘하게 뜨거운 바람이 섞인 듯도 싶었다.

"제가 담배 끊으시라고 했죠. 편도염 진단받은 지 얼마나 됐다고 또 이러세요. 그거 단순한 감기가 아니라니까요. 그 상태로 계속 담배 피우시면 목 더 안 좋아져요. 목한테도 나을 시간을 줘야죠."

"젊은 처자가 잔소리는. 내가 담배를 몇 년이나 피웠는지 알아? 벌써 40년도 넘게 피웠어. 죽으려면 진즉 죽었을 거래도!"

"하아⋯⋯. 아저씨⋯⋯."

그때, 고개를 내젓는 은서의 뒤로 동료 약사인 희경이 다가와 섰다. 그녀는 은서 대신 남자에게 목감기 약을 내밀었다.

"삼천 원입니다."

남자는 그제야 만족한다는 듯이 꼬깃꼬깃한 천 원짜리 세 장을 건네더니 약국을 빠져나갔다. 그러면서도 내심 은서가 신경 쓰였는지 뒤를 돌아보며 '안 죽어!' 하고 웃는 얼굴로 멀어져 갔다.

"은서 씨는 냉정한 것 같다가도 꼭 흡연 환자들 보면 온 힘을 다해 잔소리하더라."

옆에 서 있던 희경의 말에 은서가 멈칫하며 고개를 돌렸다.

"……제가요?"

"예, 네가요. 가끔 보면 차가운 건지 뜨거운 건지 헷갈릴 때가 있어. 이러다가 또 아닌 척 표정을 싹 굳히기도 하고."

"……"

내가 그랬나. 은서가 자신을 돌이켜 보며 잠시 생각에 잠기자 희경이 그녀의 어깨를 토닥거렸다. 그러고는 옆문으로 들어오는 다른 환자에게 인사하며 그쪽으로 걸어갔다.

은서는 괜스레 머쓱해졌다. 딱히 특정 환자에게 예민하게 반응하려고 한 적은 없었다. 단지 언뜻 스쳐 지나가는 기억들이 누워 있던 은서의 날을 다시금 날카롭게 일으켜 세운 것이었다.

그러니까 그냥…… 잊고 있던 어느 단어들이 불쑥 튀어나와 아는 체를 해 왔을 뿐.

"담배……."

그 단어와 동시에 또 무열의 생각이 났다.

교복 차림으로 담배를 입에 물고 있던 첫 만남과 달리 그 후 무열은 단 한 번도 은서의 앞에서 담배 피우는 모습을 보인 적이 없었다. 그래서 조금 헷갈렸던 것도 같다. 정말 재민이 준 담배를 마지못해 피워 봤던 걸까, 아니면 자신이 속았던 걸까.

다 늦게 의미 없는 고민을 떠올리던 은서가 고개를 내저었다.

아침에 박무열이라는 이름을 들은 탓인가 보다. 오전 내내 그 시절의 기억이 떠올라 마음을 헤집더니 이제는 무열의 존재가 떡하니 그곳에 자리를 하고 섰다.

12년이나 지난 일이다. 생각날 때보다 생각나지 않을 때가 더 많았다고 자신할 수 있는데도 왜 한번 떠오르고 나면 거기가 자신의 자리라는 듯이 비켜서지 않는 걸까.

그때나 지금이나 제멋대로인 사람임에는 틀림이 없다.

'너 진짜 오빠랑 안 사귈래?'

무열의 목소리가 아직도 생생했다. 12년 전이 아니라 12일 전이라고 해도 이상하지 않을 만큼 무척이나 가깝게 들려오는 듯했다.

"나쁜 새끼……."

고작해야 1년을 알고 지낸 사이. 고작해야 선배와 후배. 하지만 마음은 '고작해야'라는 말을 거부했다. 고작이 되지 못했다.

그래, 생각이 났다. 스스로 어떻게 할 수도 없을 정도로 엉망이 되어 버렸던 마음.

생각을 하지 않으려고 하면 할수록 더욱 깊게 생각이 났다. 생각하지 말자고 생각하는 그 순간조차 그 사람에 대한 생각이 아니던가.

어쩌면 무열을 생각하지 않고 산 날보다 '생각을 하지 않으려고 한 날'이 더욱 많았을지도 모르겠다고 은서는 생각했다. 그렇다고 지난날이 마냥 억울하기만 했던 것은 아니지만 말이다.

그때, 은서의 주머니에서 묵직한 진동이 울렸다. 은서는 희경에게 살짝 눈짓을 하고 제조실 안쪽으로 몸을 숨겼다.

가운 주머니에 손을 넣어 휴대 전화를 꺼냈다. 전화가 올 데라고는 만호와 선희 외에 없는 인간관계다. 이 시간에 무슨 일이지 싶어 액정을 확인하자 둘 중 누구의 것도 아닌 낯선 번호가 떴다.

"여보세요."

— 최은서 회원님 되시죠? 지난 금요일에 등록하신 '낭만' 입니다. 지금 통화 가능하신가요?

"아……."

잊고 있었다. 오늘 아침에 만호, 선희와 그 이야기를 나누고 있었는데도 말이다.

건너편에서 들려오는 사무적인 여자의 목소리에 까맣게 잊고 있던 일이 느닷없는 현실로 다가왔다. 묘한 긴장감에 괜히 입이 말랐다.

"네, 말씀하세요."

— 매니저 지정과 함께 첫 매칭에 대한 상담을 진행하고자 합니다. 혹시 오늘 저녁에 시간 괜찮으신가요? 어려우시면 가능한 시간대로 상담 일정 잡아 드리겠습니다.

현실이었다. 어찌 되었든 자신은 그곳에 자신의 정보를 넘겨주었고, 일정 금액을 지불하고 가입을 했으며, 결혼을 목표로 앞으로의 만남에 충실해 보기로 했다.

만나고 싶지 않았어도 만나지던 인연에 익숙했던 터라 자신이 먼저 인연을 찾아 만나려는 것이 은서에게는 꽤 큰 어려움으로 다가왔다.

하필 이런 날에 무열의 생각에 젖어 들 건 또 뭐람.

생각이 거기까지 미치자 가만히 제자리에 서 있어 봐야 변하는 것은 아무것도 없을 거라는 또 다른 의지가 은서의 등을 밀었다.

"오늘 저녁 괜찮습니다. 퇴근하고 가면 8시까지는 도착할 수 있을 것 같네요."

— 그럼 7시 반에서 8시 사이로 일정 잡아 두겠습니다. 그때도 오셔서 아시겠지만 상담실은 2층이니 데스크에서 회원 확인 받고 올라오시면 됩니다.

"……알겠습니다. 감사합니다."

누구도 제대로 만나 보지 못하고 흘러간 시간들. 보통의 사람들과는 조금 달랐던 자신의 가정. 그랬던 은서에게 결혼이라는 단어가 익숙할 리 없다.

그럼에도 이상하게 '결혼' 보다 '연애' 가 더 어색한 이유는 뭘까.

분명 자신이 놓쳤던 어느 감정이 과거에 머문 채 발을 붙들고 있을 것이다. 그 생각 말고는 다른 것을 떠올릴 수 없었다.

스물아홉의 이른 겨울.

결혼과 연애가 동시에 이루어지는 꿈 따위, 애초에 꾸고 있지도 않았다.

그저, 사랑이 뭔지도 잘 모르겠다는 생각뿐이었다.

◈

"이쪽입니다."

안내를 받은 은서가 상담실 안쪽으로 들어가 소파에 살며시 앉았다.

그래도 두 번째 방문이라 그런가, 머릿속으로 상황을 정리해 보기만 하던 때에 비하면 그리 긴장이 크지는 않았다. 진심으로 마음에 맞는 사람을 만나 행복한 가정을 꾸리게 될 수 있을 거라는 큰 기대가 없기 때문일 수도 있겠다.

은서가 차분하게 가라앉은 시선으로 상담실을 훑었다. 처음 왔을 때도 느낀 거지만 따뜻한 기운이라고는 조금도 찾아볼 수 없는 인테리어다. 결혼정보회사라기보다는 병원 같은 느낌. 흰 대리석이 깔끔하다 못해 시리게 반짝이고 있었다.

"차는 뭐로 드릴까요? 커피, 녹차, 홍차 있습니다."

"아니요, 괜찮아요."

"네, 그럼 잠시만 기다려 주세요. 담당 매니저님께서 바로 오실 거예요."

여자는 웃는 얼굴로 말하며 상담실의 문을 닫고 나갔다.

닫힌 문을 가만히 바라보던 은서가 나직한 한숨을 내쉬었다. 잡생각은 최대한 빠르게 떨치는 편이 좋을 것이다. 어떻게든 머릿속을 비우려고 애를 썼다.

그러나 잡생각이 비워지고 그 자리를 대신 차지할 커다란 무언가가 나타날 것이라고는 미처 생각하지 못했다.

똑똑.

짧은 노크와 함께 닫혀 있던 문이 천천히 열렸다. 은서는 담당 매니저가 왔음을 깨닫고 자리에서 일어났다.

그러나 평소라면 기계적으로 나왔을 '안녕하세요.' 라는 말 한 마디가 나오지 않았다.

아니, 나오지 못했다.

"최은서 씨?"

거짓말.

"회원님을 기다리게 했네요. 죄송합니다."

이건 거짓말이야.

"반갑습니다."

"……."

은서의 동공이 눈에 띄게 흔들렸다. 우연이라도 마주치면 알아보지 못한 채 지나칠 것이라 생각했는데. 시간이 참으로 많이도 흘렀다고 생각했는데.

깊게 박혀 있던 그때의 마음을 너무 만만하게 여겼던 걸까.

"최은서 씨 담당 매니저, 박무열입니다."

그를 단번에 알아보았다.

02
기억해

"네? 매니저요?"

미영과 유선이 눈을 동그랗게 뜨고 무열을 보았다. 하지만 그는 그다지 놀랄 만한 이야기도 아닌데 토끼 눈을 뜰 것까지야 있냐는 표정으로 어깨를 들썩일 뿐이었다.

무열이 두 번 말하는 건 싫다는 듯 책상 위에 올려진 서류를 집어 들어 느릿한 시선으로 훑었다.

"요즘 일정 바쁘시잖아요. 근데 갑자기 웬 매니저를, 그것도 직접……."

"나 능력 좋은 거 여기 모르는 사람 있어? 그 많은 일에 이거 하나 없다고 어떻게 되거나 하진 않아. 많이 바쁘던 게 조금 더 많이 바빠질 뿐이지."

"앞으로 아예 맡아서 하시겠다는 것도 아니잖아요. 왜 최은서 회원님만······. 아, 혹시 아는 사이세요?"

아는 사이라고만 말하기에는 한없이 부족하고 아쉬운 사이지.

그렇게 대답하고 싶은 것을 참으며 무열이 웃었다.

그의 미소에는 지난 기억들이 머금어져 있었다. 기억의 조각들 사이에는 어제 보았던 은서의 놀란 얼굴도 대롱대롱 달려 있었다.

그녀와의 재회 때문일까. 입꼬리가 내려갈 생각을 못 하고 내내 은서의 흔적을 매단 채 실없는 웃음으로 물들었다.

그렇게 놀란 얼굴은 처음이었다.

비록 십 년도 더 된 일이라고 하지만 무열은 은서의 작은 표정 하나까지 세세하게 기억하고 있었다. 적어도 예전에는 쉽사리 마주할 수 없던 표정이었다.

눈앞에 있는 게 진짜 최은서일까에 대해 그 짧은 순간 몇 번은 더 의심했다. 하지만 당황으로 물드는 눈빛이며 애써 힘을 주어 말하는 목소리까지, 모든 것이 그녀가 확실했다.

최은서를······ 정말로 찾은 것이다.

그동안 그녀를 찾으려고 무던히도 애를 썼다. 하지만 그녀는 흔적도 없이 모습을 감추어 버렸다.

잘 할 줄도 모르는 SNS에 틈틈이 그녀의 이름을 검색해 가며 수없이 많은 최은서의 흔적을 쫓았다. 비록 찾는 최은서는 없었지만 같은 이름만 보아도 손바닥에 땀이 찰 정도로 강한 긴장감에 휩싸이고는 했다.

어떤 의미로든지 박무열에게 있어 최은서는 대단한 여자였다. 그때도, 그녀가 없던 시간들도, 그 이후부터 현재로 흘러오는 수

많은 순간들까지도 점령할 정도로.

'최……은서입니다.'

말을 더듬지는 않았지만 묘한 떨림이 있었다. 똑바로 뜨여진 눈이 많은 뜻을 담고 일렁이며 자신을 향하는 것을 무열은 똑똑히 보았다. 분명 기억하고 있는 것이다.

그녀 역시 자신이 박무열이었음을 알아보았다. 은서의 눈이, 그녀의 온 얼굴이 그렇게 말하고 있었다.

그것은 그에게 있어 엄청난 기쁨이었다.

나만이 널 알아보는 것이 아니라는 사실. 너 역시도 한눈에 알아볼 만큼 마음 깊은 곳 어딘가에서 날 추억하고 있었던 게 아니냐는 혼자만의 물음.

보고 싶었다고, 얼마나 찾았는지 아냐고, 당장이라도 끌어안고 그 여린 뺨에 얼굴을 가져다 대고 싶은 마음이었다.

하지만 무열은 참았다. 참을 수밖에 없었다.

은서의 놀란 얼굴이 천천히 가라앉다가 아주 빠르게 식어 버린 탓이다. 식어 버리다 못해 무척이나 차갑게 얼었다.

그때 보았던, 아니, 그때보다 한층 더 매섭게 변해 버리는 시선.

그녀를 보았던 마지막 날, 그 얼굴을 마주했던 기억이 났다. 저 정도였었나. 정확하게 떠올릴 수는 없었지만 그녀의 차가운 얼굴은 무열에게 있어 한없이 아린 상처로 다가와 꽂혔었다.

잊은 줄 알았는데, 그 감각이 다시 살아났다.

그래서 무열은 아는 체를 조금 더 뒤로 미루기로 했다. 당장 그때로 돌아갈 수는 없을 것이다. 그것을 누구보다 잘 아는 무열이였다.

시간을 다시 그때로 되돌리기 위해 그녀를 조금 더 곁에 두고 느끼고 싶었다. 중요한 것은 그녀를 붙잡아 두는 것이 아니라 그녀가 자신에게서 도망치지 않게 하는 것이었다.

다시 가면 된다. 천천히, 아주 천천히. 처음 그녀에게 스며들기 위해 웃음으로 무장했던 것처럼.

열아홉, 그때의 봄처럼 말이다.

"사장님."

"음?"

유선이 조심스레 서류를 들며 무열의 눈치를 보았다. 묻지 않고 넘어가자니 이상하고, 그렇다고 묻자니 그의 날카로운 시선을 감당할 자신이 마땅치 않고.

그녀의 시선이 잠시 이리저리 방황하다가 손에 들린 서류로 겨우 안착했다.

"사장님이 직접 매칭 하신 거요. 혹시 잘못된 게 아닌가 해서요."

"잘못된 거 없는데?"

"그렇지만 최은서 회원님 등급 높여서 매칭 하라고 하지 않으셨어요? 지금 이건 너무 낮은 등급의 남자분이랑……. 게다가 흥미 사항도 뭐 하나 맞는 게 없는데……."

"맞아. 그대로 진행할 거니까 바꾸지 말고 둬."

"왜요……?"

유선이 그의 의중을 파악하지 못하겠다는 듯 여전히 의아한 얼굴을 했다. 그러자 무열이 턱을 괴며 전혀 따뜻하지 않은, 그러나 다정의 가면을 쓴 얼굴로 웃었다.

'그래야 내가 더 멋있어 보이지.'

"저기요, 약사님?"

"네?"

"저 이 파스 말고 한방 파스로 달라니까요?"

"아, 죄송합니다."

벌써 네 번째 하는 실수였다. 은서는 약국을 나서는 손님의 뒷모습을 보다가 자신의 머리를 강하게 쥐어박았다. '최은서, 정신 안 차려?' 하면서 스스로를 꾸짖는, 그녀답지 않은 행동까지 했다.

종일 넋이 나가다시피 해서는 도무지 정신을 차릴 수가 없었다. 어제보다 한층 더 강해진 무열의 생각 때문이었다.

잘못 본 게 아니라면 분명 박무열이었다.

십여 년이 흘렀어도 여전히 남아 있는 그만의 분위기, 또렷한 이목구비, 잊으려야 잊을 수 없던 얼굴.

때때로 방심하고 있을 때면 기억의 저편에서부터 느닷없이 튀어나오곤 하던 인물이었다. 그랬던 사람이 기억의 흔적이 아닌 실물로 앞에 앉아 있었으니 놀라지 않을 수 없었다.

그러나 무열은 은서를 기억하지 못하는 듯했다.

그래, 이름이야 흔할 수 있지. 가물가물할 수 있지. 그렇게 생각을 하면서도 어딘지 모르게 억울해졌다. 얼굴이 확 달라진 것도 아닌데 어떻게 직접 마주하고도, 이름을 듣고도 모를 수가 있지?

은서가 앞에 있는 비타민을 꽈악 쥐었다. 그러다가 이내 놓아 버렸다.

무열의 웃는 얼굴이 떠올랐다. 자신을 보고 '야, 예쁜이!' 하면서 소름 돋게 부르던 그때의 미소와 '최은서 씨?' 하면서 띠던 어제의 미소가 겹쳐지며 머릿속에 번졌다.

"아……."

뭘까, 이 억울함은. 계속해서 떠나지 않고 괴롭히며 따라붙는 그의 존재 때문일까.

"은서 씨, 거기 처방전 좀 받아 줘."

입을 일자로 꾹 다물던 은서의 앞으로 처방전 하나가 내밀어졌다. 그제야 환자가 온 것을 알아챈 은서가 웃으며 처방전을 받아 들었다.

"앉아서 기다리세요."

제조실 안쪽으로 들어가자 방금 전까지 미소를 띠던 입꼬리가 아래로 축 처졌다. 약통을 꺼내 뚜껑을 열면서도 계속해서 무열의 그 뻔뻔한 미소가 떠올라 머리가 어지러울 지경이었다.

왜 기억하지 못하는 걸까. 국립대 법대를 가네, 의대를 가네, 전국 8등을 했네, 시끄러울 정도로 비상한 머리를 자랑했었으면서. 기억력이 고작 그 정도였다는 건가?

은서가 생각을 거듭 반복하며 여러 개의 알약을 익숙하게 구분해 내려놓았다.

하고 싶은 일이 분명 있었을 텐데. 그 당시 지역 내에서도 수재였던 그가 왜 어울리지도 않는 결혼정보회사 커플 매니저 일을 하고 있는 걸까. 대체 그 십 년 사이 그에게는 무슨 일이 있었던 걸까.

그에 대한 생각과 의문들은 점점 불어나 은서의 머리를 더욱더 무겁게 짓누르고 있었다.

사람의 마음을 가지고 장난하는 그에게는 절대 어울리지 않는 직업이다. 어쩌다 보니 결론은 엉뚱한 곳으로 치달았다.

"저녁 약은 조금 졸릴 거예요. 아침, 점심 약과 구분해 놨으니까 잘 확인하세요. 당분간 너무 찬 음식은 드시지 마시구요."

"네, 감사합니다. 안녕히 계세요."

"안녕히 가세요."

은서가 주머니 속에 손을 넣어 휴대 전화를 꽉 쥐었다. 손끝에는 힘이 들어갔고, 입술 사이로는 저도 모르게 깊은 한숨이 새어 나왔다.

담당 매니저를 바꿔 달라고 할까. 그래, 그러는 편이 좋겠다.

그런 생각들을 하면서 휴대 전화를 꺼내는 순간이었다. 타이밍 좋게 진동이 울리며 전화가 걸려 왔다.

어제와는 다른 번호다. 저장해 둔 결혼정보회사의 전화번호는 아니었다. 순간 무열일지도 모른다는 생각을 하기는 했지만 아주 잠시였을 뿐, 이내 그럴 리 없다며 그를 머릿속에서 내쫓은 은서가 통화 버튼을 눌렀다.

"여보세요?"

— 아, 최은서 씨. 어제 상담했던 박무열입니다.

"……."

방심했다. 어떻게든 엮이고 싶지 않았나 보다. 어째서 그가 아닐 것이라고 확신했던 걸까. 몇 초 전의 자신을 꾸짖고 싶다.

은서는 순간 할 말을 잃은 채 휴대 전화를 가만히 쥐고만 있었다. 직접 얼굴을 확인했는데도 바로 귓가에서 이야기를 건네는 것처럼 심장이 쿵, 울렸다.

그렇게나 오랜 시간이 지났는데, 정말 아직도 괜찮아지지 않은 걸까.

— 여보세요?

"듣고 있어요. 말씀하세요."

— 최은서 씨의 맞선 일정이 잡혔습니다. 첫 매칭인 만큼 여러 가지로 코치도 필요할 것 같고, 그 김에 간단한 상담도 진행할까 하는데 어떠세요? 맞선 날짜는 오셔서 조율해 보는 걸로 합시다.

너무 아무렇지 않게 맞선에 대해 말하니 기분이 이상해지는 은서였다. 다른 사람도 아니고 박무열이 저런 말을 전하다니. 박무열의 목소리로 자신의 맞선 이야기를 듣게 되다니.

어제부터 뭐 하나 평소처럼 흘러가는 것이 없었다. 이 두통은 전부 그 때문일 것이다.

기억을 못 하니 마음이 편하겠구나.

거기까지 생각이 미치자 박무열이라는 남자가 더더욱 싫어졌다. 전에도 싫었지만, 다시 만나니 십 년 치가 적립이라도 된 양 더욱 싫어졌다.

— 그럼 어제와 같은 시간에 오시는 걸로 알겠습니다. 이따가 뵙겠습니다.

"아니, 저……!"

끊겼다.

은서가 휴대 전화를 붙든 채 인상을 힘껏 찌푸렸다.

사람의 본질은 변하지 않는 게 분명했다. 그때도 제멋대로더니 나이를 먹어서도 한 치의 변함이 없어 보였다.

뭐든 자기 멋대로, 저 하고 싶은 대로 하면서 사는 게 타인에게 얼마나 많은 상처를 주는지 알기나 하는 걸까.

'아, 난 아무래도 최은서가 좋은 것 같아.'

멋대로 다가와서, 멋대로 흔들어 놓고, 멋대로 들쑤시더니, 혼자만 버젓하게 잘 살아왔겠다?

물론 은서 본인도 잘 살아오지 않았던 것은 아니다. 하지만 마음고생을 하지 않았다고 하면 그 역시 거짓말이라 이 억울함은 쉽사리 없어질 것 같지 않았다.

휴대 전화를 주머니 깊숙이 푹 찔러 넣은 은서가 다시금 얼굴을 차갑게 굳혔다.

"……절대 안 가."

사람은 누구나 다짐이라는 것을 한다.

그걸 이루어 낼 수 있는지 없는지는 그 이후의 일이라는 듯 언제나 시작은 작은 다짐으로 출발하고, 골인의 유무와는 상관없이 일단 마음만 먹으면 반은 해냈다는 착각 속에 빠지며 산다.

모두가 그렇게 수많은 착각 속에서 많은 시간들을 보낸다. 어제도 작은 다짐을 했고, 오늘도 마찬가지다.

어제의 다짐은 어떤 결말로 마무리되었는가? 바로 어제의 일조차 가물가물하기만 한 은서는 오늘 했던 다짐부터 꺼내어 보기로 했다.

그래서 오늘의 다짐은?

……보시다시피.

'최은서, 절대 안 올 거라며……?'

건물 앞에 선 은서가 스스로에게 물었다. 하지만 대답은 한숨이 전부였다.

누가 갈 줄 아냐고, 절대 안 간다고, 고객에게 이렇게 막무가내로 통보를 내리는 회사가 어디에 있느냐고, 당장 항의를 하겠다고, 굉장히 많은 생각들로 오후를 보냈다.

그런데 정신을 차리고 보니 여기였다. 주인의 말을 듣지 않는 두 다리가 어느덧 멋대로 '낭만'이라고 적힌 건물 앞에 자신을 데려다 놓은 것이다.

결코 마주하고 싶지 않은 얼굴이고, 어떻게든 엮이고 싶지 않

은 인물이라는 것을 몇 번이나 상기했으면서도…… 결국은 오고
말았다. 날 기억도 하지 못하는 상대와의 과거에 얽매여 혼자 속
을 끓이고 있는 것이 한심하게 느껴진 탓이었다.

태연하게 맞선 이야기를 꺼내어 주시니 나 역시 아무렇지 않게
맞선을 보러 나가 주면 그만이다. 그렇게 생각하니 아주 조금, 정
말 조금쯤은 마음이 괜찮아지는 것도 같았다.

모르는 척은 그리 어렵지 않을 것이다. 차라리 고마운 일이다,
그가 자신을 알아보지 못하는 것은.

은서가 흘러내리는 핸드백을 어깨에 고쳐 메며 건물 안으로 걸
음을 옮겼다.

저번에도 그랬지만 조명이라도 좀 따뜻한 색으로 바꾸면 안 되
나 싶은 생각이 든다. 너무 눈부시고, 너무 차갑다니까. 이 건물
안에 있는 모 직원처럼.

"저기 죄송하지만 말씀 좀 여쭐게요."

데스크 쪽으로 다가가 말을 걸자 직원이 말하시라는 듯 고개를
끄덕였다. 산뜻한 미소를 가득 띤 얼굴이었다.

아까의 번호로 전화를 걸어 직접 물어도 되지만 굳이 그와 통
화를 하고 싶지는 않았다. 개인적인 번호로 연락을 해 공적인 일
을 사적으로 만들어 버리고 싶지도 않았다.

"무엇을 도와 드릴까요?"

"박무열 매니……."

"여깁니다."

말이 끝맺음을 하기도 전에 본인이 등장했다. 은서가 천천히

고개를 돌리자 몇 미터 떨어진 복도 끝에서 무열이 손을 흔들며 걸어오고 있었다.

'누가 고객한테 저렇게 인사를 해? 친구라도 만난 줄 알겠네.'

불만을 떠올리고 있는 사이 그가 어느덧 가까이 다가와 섰다. 데스크 위에 상체를 기댄 채 은서를 보는 시선이 한없이 여유로웠다.

데스크 안쪽에 서 있던 직원이 무열에게 고개를 숙여 인사했다. 그러자 무열이 가볍게 손을 들어 웃음으로 인사를 받았다.

'……뭐지?'

이 회사의 시스템이며 상하 관계까지 알 수는 없다. 하지만 방금 전의 인사는 누가 보아도 무열이 윗사람이라는 뉘앙스를 풍겼다.

그래도 나름 급은 좀 되는 모양이네. 그런 생각을 하고 있자 무열이 '상담실로 가죠.' 하면서 은서를 안내했다. 은서는 '네.' 라는 한마디가 나오지 않아 잠시 당황하다가 아랑곳하지 않고 앞서는 그를 보며 또각또각 빠르게 걸음을 옮겼다.

"앉으세요. 커피 괜찮죠?"

……그러니까 보통 '차는 어떤 걸로 드릴까요?' 라고 묻지 않냐고.

은서가 주먹을 꽉 쥐면서 소파에 앉았다.

대답을 하지도 않았는데 태연하게 원두커피를 따라 내는 무열의 모습이 어김없이 마음에 들지 않았다. 그렇지만 그 앞에 대고 '죄송한데 전 믹스커피만 마셔서요.' 따위의 말을 하고 싶지도 않다.

눈을 가만히 내리깔면서 특유의 냉기를 내뿜었다. 그 분위기를 알아챈 건지 못 알아챈 건지 무열은 은서의 앞에 향이 좋은 커피를 내려놓으며 웃었다. 그것도 굉장히 사람 좋게.

"상담부터 얼른 끝내죠?"

등을 곧게 세우고 앉은 은서가 뱉은 첫 대사였다. 커피는 입에도 대지 않은 채였다. 아무리 한가해도 당신에게 할애할 시간은 없다는 적의를 최대한 풍기고 싶었던 것도 같다.

하지만 무열은 그런 그녀를 보더니 또다시 웃었다.

"오늘 선물로 들어온 수제 초코쿠키가 있는데 드시겠습니까? 커피와 굉장히 잘 어울릴 겁니다."

"아뇨, 전……."

"맞다. 초콜릿을 별로 안 좋아하시지."

"……."

살짝 당황했다.

초콜릿을 좋아하지 않는다는 사실을 설마 기억하고 있는 건가? 아니, 그보다 그걸 기억하고 있다는 건 자신의 존재도 기억해 냈다는 뜻 아닌가?

순간 머릿속이 혼란스러워졌다. 태연하게 모르는 척 받아쳐 주려고만 했지, 그쪽에서 자신을 기억해 낸다면 어떻게 대처해야 할지는 미처 생각하지 못했다.

"그걸 어떻……."

"아, 이런. 죄송합니다. 이름이 같아서 예전에 알고 지내던 누군가와 잠시 헷갈렸습니다."

"……."

겨우 꺼내려던 말이 도로 쏙 들어갔다.

은서가 입을 꾹 다문 채 무열을 보았다. 아무렇지 않은 얼굴로 웃으면서 쿠키를 꺼내는 옆모습이 말할 수 없이 밉다. 당장이라도 그 자리를 박차고 일어나고 싶어졌다.

하지만 참았다. 이유는 모르겠지만 '대체 내가 왜?' 싶은 기분이 들었기 때문이었다.

나쁜 건 그인데 대체 내가 왜 마음을 쓰고 피하려 애써야 하는 거지? 그런 생각들이 은서를 그 자리에 끝까지 앉혀 두었다.

예전에 알고 지냈던 '누군가' 가 아마도 자신일 거라는 묘한 확신이 들었지만 은서는 아무런 말도 할 수 없었다. 방금 말한 게 고등학생 때 잠시 알았던 여자아이가 아니냐고, 이렇게 생긴 얼굴이 아니었냐고 어떻게 물을 수 있을까.

혹시라도 자신을 기억하는 게 아니냐고 물었다가 '누구세요?' 하는 시선을 마주하면 지난 아픔보다 더 큰 상처를 얻게 될 것 같아서 아주 조금…… 두렵기도 했다.

기억하지 못하는 게 억울하기도, 또 한편으로는 다행이기도 해서 그 순간의 모든 마음들은 모순이 되었다.

"아, 전 초콜릿 좋아해요."

거짓말이었다. 예나 지금이나 단 거라면 질색하는 입맛은 변하지 않았다. 그렇지만 끝까지 최은서가 아닌 척하고 싶었다. 기억하지 못하는 게 사실이라고 해도 혼자서 계속 모르는 '척' 에 애쓰고 싶었다.

은서가 쿠키를 집어 들어 오물거리고 씹기 시작했다. 입 안에 달라붙는 초콜릿의 달콤한 조각들에 온몸이 부르르 떨려 왔지만 내색하지 않으려고 무던한 노력을 했다.

자신을 빤히 쳐다보는 무열의 시선이 느껴졌다. 어금니에 바짝 힘이 들어갔다.

화가 났다. 멋대로 휘둘리는 스스로에게 자꾸만 화가 났다. 그는 아무렇지 않아 보이는데 혼자만 그때의 생각에 취해 이러고 있는 것이 너무나도 분했다.

쿠키를 꼭꼭 씹어 삼켰다. 입에서 단맛이 맴돌았다. 은서가 다시금 꿀꺽 침을 삼키며 미간을 찌푸렸다.

도저히 참을 수가 없어 앞에 놓인 커피를 들었다. 뜨거운 커피를 그대로 쭉 들이켜자 쓰디쓴 커피가 입 안을 적셨다. 대체 얼마나 진하게 뽑아낸 거야?

달고, 쓰고, 뜨겁고. 짧은 순간 강하게 휘몰아치는 여러 감각들에 은서가 눈을 질끈 감았다.

그냥 가 버릴까. 회비 같은 거 환불받지 않아도 되니까 그냥 전부 때려치울까.

그때였다. 입술에 무언가 닿았다.

"……?"

눈을 동그랗게 떴다. '뭐야?' 싶은 눈으로 정면을 보다가 천천히 시선을 아래로 내렸다. 입술에는 무열의 손가락이 닿아 있었다.

그가 손가락 끝에 조금 더 힘을 주어 은서의 아랫입술을 눌렀다. 살짝 벌려진 입술 사이로 손가락을 밀어 넣자 그녀의 작은 입 속으로 무언가 쏙 들어왔다.

당황해서 다시 입을 꾹 다물었다. 그러자 무열이 웃으며 입술에 닿았던 손가락을 떼어 냈다.

"달거나 쓴 걸 싫어하시나 봐요."

"……."

입 속으로 들어온 것은 다름 아닌 박하사탕이었다.

은서가 입을 오물거리며 사탕을 한 바퀴 굴렸다. 혓바닥에 닿은 사탕에서 상쾌한 맛이 풍겨져 나왔다. 방금 전까지도 미각을 전부 녹여 버릴 것처럼 달고, 쓰고, 정신없던 맛들이 순식간에 사라지며 화한 느낌만이 남았다.

그와 동시에 이성 따위는 날려 버릴 듯이 세차게 흔들리던 생각들도 잠시 멈추었다. 하마터면 감정적으로 모든 것을 박차고 망가뜨릴 뻔했다.

어찌 보면 다행인 일이었다. 사탕 하나에 울음을 멈춘 아이가 된 기분이었다 해도 말이다.

그러다가 문득 입술에 닿았던 촉감이 생생해졌다. 예고 없이 닿아 와 그게 무엇인지 파악하기도 전에 온몸이 굳어 버렸다. 갑작스레 시선이 가까워졌을 때, 짧게나마 스친 그의 향기에 아무런 생각도 할 수가 없었다.

그래도 그렇지, 다짜고짜 사탕을 밀어 넣을 건 뭐람.

사탕보다 입술에 닿은 그의 손끝이 은서의 마음을 더욱 어지럽혔다. 머리가 잠잠해지니 이번에는 마음이 말썽이다.

"자, 그럼 상담을 시작할까요?"

바로 앞까지 다가와 시선을 마주쳤던 게 거짓말처럼 태연한 말투다. 굳은 은서의 얼굴을 보며 무열이 웃었다. 하지만 그의 속도 겉으로 보이는 것처럼 마냥 편하기만 한 것은 아니었다.

찬바람이 쌩쌩 부는 표정을 하기에 갈 길이 멀겠구나 생각했는데, 찰나의 순간에 보여 주는 그 모난 감정들이 한없이 뜨거워 괜히 애가 닳는 느낌이 들었다.

그래. 차갑지만 마냥 차갑기만 한 여자는 아니었다. 과거에도 그랬다. 무심한 목소리가 점차 따스해지는 것을 알아채던 순간들이 있었다.

손끝에 닿았던 은서의 입술이 어찌나 말랑하고 부드러웠는지 그 감각이 되살아나 가슴이 간지럽다. 무열이 서류를 힘주어 꽈악 잡았다. 서류 끝이 꼬깃꼬깃하게 구겨졌지만 신경 쓰지 않았다.

입이 살짝 벌어지는 순간, 입술 새로 파고드는 것이 사탕이 아닌 자신의 혀였다면 얼마나 좋았을까. 빌어먹게도 잠시나마 그런 생각들을 했다. 모든 일을 그르쳐도 좋다고 판단했다면 분명 그랬을 것이다.

하지만 그럴 수 없다. 또 잃어버릴까 두려운 마음이 가슴 한구석에 여전히 존재하고 있었으니까.

"우선 첫 매칭 상대에 대한 간략한 정보만 알려 드리겠습니다. 물론 상대에게도 최은서 씨에 대한 최소한의 정보를 전달할 예정입니다. 자세한 건 맞선 당일 만남을 통해 알아 가시면 됩니다."

한없이 사무적인 말투였다.

그래서일까. 휘몰아치던 정신없는 마음이 조금씩 차분하게 가라앉는 기분이 들었다.

"네."

은서가 고개를 끄덕이며 그의 이야기에 집중했다.

자신은 가슴보다 머리로 생각하는 것이 더 익숙한 타입이었다. 그것을 잊지 말아야 했다. 머리에 집중되었던 모든 시간들이, 그로 인해 가슴을 우선시하게 되었던 날들이, 잊을 수 없을 만큼 강렬하게 남아 있다고 해도 말이다.

"상대는 현재 중소기업 과장으로 있고, 키는…… 아쉽게도 그리 큰 편은 아니네요. 프로필상으로는 168cm입니다."

"눈높이가 비슷해서 좋겠네요."

"……."

서류를 보며 읊던 무열이 잠시 말을 멈추었다. 힐끔, 은서를 보자 태연하게 대답하던 그녀가 눈을 마주쳐 왔다. 마치 '뭐, 문제라도?' 하고 말하는 듯한 표정. 할 말을 잃은 무열이 입가를 억지로 당겨 웃으며 다시 서류를 보았다.

왜일까. 갑자기 서류 속 프로필이 눈에 안 들어오기 시작했다. 아무래도 좋다는 뜻인지, 아니면 정말 키 차이가 나지 않는 사람을 좋아하는 건지 좀 헷갈린다.

의도적인 매칭에도 은서의 반응이 아무렇지 않자 오히려 당황한 것은 무열 쪽이었다. 물론 대놓고 싫다고 하는 것까지는 바라지도 않았지만 저렇게 태연한 얼굴로 '좋겠네요.' 라니.

묘하게 심기가 뒤틀렸다.

"남자 보는 눈이 까다로우실 줄 알았는데, 조금 의외네요……?"

좋아한다는 수십 번의 말에도 '전 선배님이 싫은데요.' 하고 받아치던 과거의 은서가 떠올랐다. 이래도 싫다, 저래도 싫다, 자신에게는 전부 마음에 들지 않는다는 듯 굴었으면서 어떻게 저런 대답이 나올 수 있는 걸까.

어차피 지나간 일이기는 하지만 괜스레 과거에 대한 서운함이 몰아치려 했다.

"얼굴 뜯어 먹으면서 살 것도 아닌데 외모, 키, 그런 게 다 무슨 상관이겠어요. 성격만 좋으면 그만이죠."

"……."

괜히 찔린다. 성격만 좋으면 그만이라는 말과 함께 마주친 시선에 무열은 '나 들으라고 하는 소린가?' 하고 생각할 수밖에 없었다.

물론 절대 먼저 알은척하지 않을 은서라는 것을 잘 알고 있다. 하지만 저런 식으로 과거의 자신을 떠올렸다는 티를 내면 한 발 더 성큼 나아가고 싶어지는 게 사실이기도 했다.

그러던 중 무열은 뒤늦게 그녀가 맞선을 보려는 이유가 궁금해졌다.

물론 십 년이 넘게 흘렀으니 그동안 성격을 포함해 많은 생각들이 바뀌었을 수 있다. 하지만 적어도 무열이 기억하는 최은서는 '조건 맞으면 결혼이나 해야지.' 혹은 '더 나이 먹기 전에 결혼해야지.' 할 만한 인물은 아니었다.

그런데 바로 앞에 두고 보는 지금도 믿기지 않을 정도로 그녀는 앞으로의 맞선이나 결혼 이야기에 덤덤했다. 자신이 알던 그녀가 아닌 것만 같았다. 이리 보고 저리 보아도 잊을 수 없는 그 최은서가 확실한데도 말이다.

연애는 얼마나 해 봤을까. 결혼을 해야겠다고 마음을 먹게 만든 누군가가 존재했던 걸까. 어쨌든 지금은 만나는 사람이 없다는 말이겠지.

수많은 생각들이 무열의 머릿속을 점령하기 시작했다. 뚫린 입은, 쓸데없는 잔머리들은 아무렇지 않게 맞선이 어쩌고 상대가 어쩌고 하면서 은서에게 결혼으로의 첫발을 내딛게 만들고 있는 주제에.

애써 웃은 얼굴이 잔뜩 일그러질 것 같다. 겨우 표정 관리를 한 무열이 한층 더 사무적인 말투를 구사하며 은서와 눈을 마주쳤다.

"다음 주 중 언제가 편하십니까? 가능한 날을 말씀해 주시면 그쪽에도 전달해 날짜를 맞춰 보도록 하겠습니다."

"아, 그럼…… 수요일이나 금요일 중으로 해도 될까요? 그분께서 평일이 힘들다고 하시면 주말에는 언제든지 괜찮을 것 같기도 하구요."

"전달해서 조율해 보겠습니다. 맞선 당일에는 매니저가 동행하지 않으니 참고하시고, 장소와 시간은 결정되는 대로 문자나 전화를 통해 공지해 드리도록 하겠습니다."

'동행하지 않는다고?'

무열의 말에 은서가 고개를 들어 그를 보았다.

이런 경험이 처음이라 몰랐다. 어째서 그와 함께 가게 될 거라고 생각했던 걸까. 하긴, 드라마만 보아도 맞선 자리에 주선자가 함께 나가진 않더라.

아직 오지도 않은 그날의 장면을 떠올리니 조금 이상한 기분이 들었다. 이걸 뭐라고 표현해야 할지 모르겠다. 다행……인 건가.

"네, 알겠습니다. 그럼 상담 끝이죠?"

깊어지는 생각을 그에게 들켜 버릴 것만 같았다. 은서가 서둘러 자리에서 일어났다.

그래, 차라리 다행인 것이다. 그가 선택해 준 남자일지라도 운 좋게 잘 맞아 한 발씩 나아갈 수 있게 되면 과거의 자신에게도 현재의 자신에게도 좋은 일이 될지 모르겠다는 생각이 들었다.

그렇게 해서 박무열이라는 남자의 존재가, 십 년이 지나도록 불쑥 튀어나와 지난날에 서 있게 했던 그의 기억들이, 전부 상쇄되어 버린다면 좋겠다고도 생각했다.

은서가 정류장 벤치에 앉아 고개를 추켜들었다. 버스가 세 정거장 전에 있다는 표시가 떴다.

'금방 오겠네.'

버스를 기다리며 두 팔을 쓸었다. 날이 덜 추워진 것 같다고 방심했던 모양이다. 쌀쌀한 기운이 온몸을 휘감았다. 내일은 다시 두꺼운 코트를 꺼내야겠다고 생각하면서 작게 한숨을 내쉬자 입김이 하얗게 번졌다.

뿌옇게 흩어지는 시야로 은서가 정면을 바라보았다. 도로 위로 수많은 차들이 달렸다.

정신없이 지나쳐 가는 자동차들을 멍하니 바라보던 그녀가 갑자기 눈을 동그랗게 떴다. 머릿속에 느닷없이 무열의 얼굴이 떠올랐다.

"……뭐야, 왜 생각나는 건데."

재회했다는 사실만으로도 무열은 몇 번이나 은서의 머릿속에 파고들었다. 그러고는 좀처럼 빠져나가려고도 하지 않았다.

일방적으로 생각하고, 흔들리고, 그로 인해 다시금 미워하는 감정을 되살리는 것은 너무도 힘든 일이다. 저도 모르게 떠올릴 때마다 그것들을 깨달았다.

은서는 자신의 이런 상태를 전혀 모르고 있을 무열의 생각에 또다시 가슴이 시큰해졌다. 그에게 아무것도 탓할 수 없고, 정말 기억하지 못하는 거냐고 채근할 수도 없다. 그가 자신을 기억한다고 해도 분명 사람 잘못 보셨다며 부정하려 들지도 모를 일이다. 그런 주제에 계속해서 그의 생각을 떠올리고 있는 것은 정말이지, 너무도 화가 나는 일이었다.

그는 수없이 많은 시간, 한없이 가벼운 말투로 좋아한다고 말했다. 싫다고 딱 잘라 말해도 다시 첫 고백처럼 달라붙어 '어이, 예쁜이!' 하고 아저씨 같은 애칭 따위를 붙여 부르곤 했다.

가벼워서 싫었다. 자길 언제부터 알았다고 수작을 부리는지 가소롭기도 했다. 어쩌다가 목격할 때마다 항상 여자애들에게 둘러싸여 있어 신뢰는 점점 바닥을 쳤다.

대체 얼마나 많은 사람들에게 똑같은 말을 할까. 저 사람에게 '예쁜이'라고 불리는 후배는 나 말고 몇이나 더 있을까. 어느덧 그런 사소한 것들을 의식하기 시작한 스스로도 싫었다.

'꼭 하고 싶은 말이 있어.'

그랬던 사람이 진지하게 눈을 마주치고 말했던 날이 있었다.

한 번도 본 적 없던 눈으로 아주 진지하게, 깊게, 갑자기 마음이 일렁일 정도로 말을 해 왔으니까. 그랬으니까.

……그래서 믿었던 건데.

"멍청이. 한참이나 지난 일을 왜 또 떠올려."

한심하다는 듯 은서가 혼잣말을 하며 눈을 가늘게 뜨던 그때였다.

한 대 두 대 지나가던 차들의 흐름을 따르지 않고 갑자기 속도를 줄인 차 한 대가 정류장 앞에 멈추어 섰다. 버스를 기다리던 사람들이 정류장에 떡하니 서 버린 차를 보고 의아해하며 그쪽을 바라보았다.

뭐지, 저렇게 당당하게 버스 정류장에 정차한 외제차는.

"……?"

은서 역시 사람들과 같은 시선으로 그 차를 보았다. 그러자 그녀의 시선에 응답하듯 조수석의 창문이 천천히 내려갔다.

완전히 내려간 창문 너머 운전석에는 익숙한 얼굴이 앉아 있었다. 무열이였다.

"타요."

무열의 말에 은서가 잠시 뒤를 돌아보았다. 벤치 주변에 서서 버스를 기다리던 다른 사람들과 눈이 마주쳤다.

"어딜 봐요. 최은서 씨, 그쪽 타라고요."

은서가 다시 고개를 돌려 무열을 보았다. 핸들에 팔을 기댄 그가 은서와 눈을 마주쳐 왔다.

정확하게 자신의 이름을 불렀으니 모르는 척하는 건 이미 물 건너간 일인 듯했다. 하지만 그렇다고 해서 '아, 감사해요!' 하고 냉큼 저 차에 올라탈 만큼 반갑지도, 함께 있고 싶지도 않았다.

"제가 왜요."

"고객 서비스의 일환이라고 생각해요. 버스 기다리기 춥잖아요. 데려다줄게요."

서비스는 무슨. 여자라면 그저 다 좋은 거겠지.

고객이 어쩌고 하는 말을 듣고는 있었지만 딱히 신뢰는 가지 않았다. 자신이 그때의 최은서라는 사실을 모르기 때문에 저런 호의도 베풀 수 있는 게 분명했다. 그렇게 생각하니 더욱 속이 뒤틀렸다.

어디까지가 진심인지 모를 남자. 그래서 더욱 싫은 남자.

"됐어요. 버스 타면 돼요."

"내가 직접 버스를 끌고 와야 탈 겁니까?"

"……."

차갑게 굳은 표정의 은서가 가만히 그를 응시했다. 무열 역시 은서의 대답이나 행동을 기다리는 듯 눈도 깜빡이지 않은 채 그녀를 보고 있었다.

딱히 기싸움이라고 이름 붙일 것도 없었다. 둘은 그렇게 서로의 시선을 받아 내며 짧은 시간을 한없이 길게 느꼈다.

그때였다. 정류장으로 막 들어오던 버스가 무열의 뒤에서 빠앙,

하고 클랙슨을 울렸다. 버스가 들어설 자리에 승용차가 떡하니 정차하고 있으니 당연한 일이었다.

하지만 무열은 당황하지 않았다. 오히려 입가를 당겨 웃으면서 은서를 보았을 뿐이다.

"버스가 얼른 비키라는데요?"

"……."

"빨리 안 타면 저 계속 여기에 차 대고 있을 겁……."

무열의 말이 멈추었다. 은서가 벤치에서 몸을 일으키고 있었다. 그녀의 움직임을 주시하던 그가 안전벨트에 손을 가져갔다. 손수 문을 열어 주는 편이 좋을까 생각하며 운전석에서 내리려던 참이었다.

그러나 그의 손은 벨트를 붙잡은 채 굳을 수밖에 없었다. 당연히 이쪽으로 올 줄 알았던 은서의 걸음이 전혀 생각지도 않은 방향으로 움직였기 때문이었다.

또각거리는 구두 소리는 무열에게로 가지 않았다. 뒤쪽으로 향하는가 싶더니 결국 정류장 안으로 들어서지 못하고 그 자리에서 문을 연 버스 앞에 섰다.

무열이 고개를 돌려 뒤창을 보았다. 은서는 단 한 번도 고개를 돌리는 법 없이 냉정하게 버스에 올랐다.

그녀와 함께 다른 사람들도 하나둘 버스에 오르기 시작했다. 당당하게 버스 정류장에 정차해 놓은 그의 차를 한 번씩 힐끔거리면서 말이다.

"……."

버스가 문을 닫았다. 차를 비켜 줄 생각도, 그렇다고 내려서 따라 오를 생각도 하지 못하는 무열을 바보 취급하듯, 커다란 버스는 바람 빠지는 소리를 내며 옆으로 빠졌다. 그리고 그의 차를 비켜서 조심스럽게 앞쪽으로 나아갔다.

무열의 시선이 자신의 차 옆을 지나쳐 가는 버스로 향했다. 천천히 고개를 들자 마침 창가 쪽에 앉은 은서가 보였다.

그녀 역시 내심 신경이 쓰였던 걸까. 힐끔, 아래를 내려다보던 그녀와 무열의 시선이 마주쳤다.

하지만 멀뚱멀뚱한 시선은 조금도 애틋해 보이지 않았다. 마주친 무열의 시선에 잠시 눈을 가늘게 좁혀 뜨던 은서가 고개를 팩하니 돌려 버렸다.

무열은 정면을 응시하는 그녀를 뚫어지게 바라보고 있었다. 한 번쯤은 다시 이쪽을 보겠지, 두 번은 고개를 돌리겠지, 그런 기대를 했다. 그러나 은서의 고개는 뻣뻣하게 끝까지 앞만 향했다.

결국 버스는 그녀만큼이나 냉정하게 속도를 내며 앞쪽으로 길게 빠져나가기 시작했다.

"아……."

무열이 고개를 숙이며 핸들을 붙잡고 얼굴을 묻었다. 연이어서 들어온 버스가 또다시 그의 차 뒤에서 빵빵, 시끄럽게 클랙슨을 울렸다.

"진짜……. 여전해서 더 못 놓겠다니까……."

그의 머릿속으로 잠시 마주쳤던 은서의 시선이 또렷이 박혔다. 일부러 그러는 건지 아닌 건지 모르게 앞만 보던 그녀의 굳은 얼굴이 둥둥 떠다녔다.

　그렇게 찬바람 날리는 표정 속에서도 그녀는 무열에게 간지러운 봄바람처럼 다가올 때가 있었다. 자연스레 향하는 마음을 이길 수 없어 한없이 많은 순간 그녀에게 웃음으로 마음을 전했었다.

　무열이 핸들에 박고 있던 머리를 천천히 들었다. 검은 눈동자가 이미 저 멀리 사라져 가는 버스를 가만히 응시했다. 은서를 태우고 점이 되어 가는 버스의 흔적이 그의 눈에 작은 잔상으로 남을 듯 아른거렸다.

　버스는 이미 떠났다고? 이미 떠난 버스는 돌아오지 않는다고?

　그는 수많은 말들을 떠올렸다. 그 문장을 온몸으로 느끼게 하려는 모양일까. 정말 떠난 버스는 무열의 시야에서 완전하게 모습을 감춰 버렸다.

　하지만 그럼에도 무열은 은서의 마지막 표정을 지울 수 없었다. 아직도 눈앞에 생생하게 그려졌다. 그녀의 목소리 하나, 그 높낮이까지도 떠올려 낼 수 있었다.

　버스가 떠났다면 따라잡으면 되는 일이다. 그래. 멈춰 설 때까지 끝까지 따라가고 또 따라가서 다음 정거장에서라도 만나면 될 일이다.

　그리고 그 다음 정거장이 어느덧 삼십 대가 되어 버린 지금 이 순간임을 무열은 알 수 있었다.

03
우리가 있던 시간들

봄에서 여름으로 넘어가던 시기였었나, 아니면 여름에서 가을로 넘어가던 시기였었나. 정확하게 기억나지는 않지만 반팔 교복 아래로 가느다란 팔이 햇살에 따스하게 물들던 시기였다.

가끔 불어오는 바람에 팔뚝 위로 덮인 흰 솜털조차 살랑이며 흔들릴 듯한 그런 토요일 오후였다.

은서는 집으로 돌아가기 위해 버스를 기다리는 중이었다.

"어? 예쁜아!"

"……."

익숙한 목소리가 부르는 듣기 싫은 호칭이 귀에 정확하게 꽂혔다. 정류장에 함께 서 있던 다른 학생들이 키득거리기 시작했다.

"야, 방금 들었어? 예쁜이래. 닭살 돋아."

웃음 섞인 그 말들은 은서의 희고 고운 미간을 잔뜩 찌푸리게 만들었다. 입을 꾹 다문 채 정면만 보았다.

일절 시선조차 주지 않는 차가운 옆모습이 의아했는지 목소리의 주인공은 그녀에게 더욱 가까이 다가왔다. 빙글빙글, 그가 끄는 자전거의 바퀴가 크게 돌았다.

"예쁜아."

"……."

"……엥? 안 들리나? 예쁜아."

"……."

"최은서."

"네."

이름을 듣고 나서야 대답하는 은서의 반응에 무열이 자전거를 비스듬히 세우고 그녀를 물끄러미 보았다.

"예쁜아."

"……."

"최은서."

"네."

무열이 눈썹을 꿈틀거리더니 삐딱하게 서 있던 자세를 고치며 허리를 세웠다.

"왜 이름에만 대답해?"

"무슨 말인지 잘 모르겠는데요."

"대체 왜 예쁜이라는 부름에는 대답을 안 하냐는 말이야."

"제 이름 아니잖아요."

"애칭이잖아."

"본인 허락도 없이 마음대로 애칭 짓지 마세요."

한없이 냉정한 대답에 무열은 잠시 할 말을 잃었다. 침묵을 유지하며 그녀를 빤히 쳐다보기만 했다. 할 말이 굉장히 많은 표정이었지만 은서는 그 시선을 느끼면서도 구태여 입을 열지 않았다.

저 상태 그대로 걸음을 옮겨 주었으면, 조용히 집으로 돌아가 주었으면 하고 바랐다. 다시금 예쁜이라는 닭살 돋는 애칭을 뱉으면 다른 학생들이 보는 앞에서 정강이를 차 버릴지도 몰랐다.

그때, 무열이 주머니를 뒤적거리더니 무언가를 건넸다.

"……?"

"마셔, 초코우유야."

"……."

은서가 눈을 가늘게 떴다. 그 순간 그녀가 무열에게 보일 수 있는 최대한의 반응이었다.

무열은 하교하는 길에 급하게 사 온 모양인지 아직 표면에 물방울이 송골송골 매달린 우유를 손에 쥐고 있었다. 어서 받으라는 듯이 불쑥 그녀의 앞으로 내밀기도 했다.

하지만 은서는 그 우유를 받을 생각이 없었다. 단 거라면 질색이었다.

"선배님이나 많이 드세요."

"우유 싫어해?"

"아니요."

"그럼 왜 안 받아?"

"단 거 싫어해요. 그중에서도 초콜릿을 제일."

그녀의 말에 무열이 한참 눈을 깜빡였다. 그러다가 우유를 주머니에 도로 넣었다. 딱히 마시라고 강요할 생각은 없었던 모양이었다.

속으로 내심 다행이라고 생각하고 있자 무열이 '역시 여자애들은 딸기우유구나.' 하고 중얼거렸다.

"……."

뭐라고 한마디 할까 하다가 관두었다. 그냥 말을 아끼는 게 좋은 상대라는 판단 때문이었다.

그러는 사이 버스 한 대가 정류장 쪽으로 들어와 멈추어 섰다. 정류장에 있던 몇몇 학생들이 무열과 은서의 곁을 스쳐 지나가며 하나둘 버스에 오르기 시작했다.

은서는 자신이 탈 버스가 아니라는 듯 가만히 그쪽을 바라보다가 다시 먼 곳을 응시했다. 기다리는 버스가 오는지 안 오는지 확인해 보기 위해서였다.

"자전거 타고 가."

무열이 그녀의 시선을 가로막으며 불쑥 말했다.

"……?"

"쟤들이랑 같이 버스 타면 끼여서 가야 되잖아. 버스가 바로바로 오는 것도 아니고. 내 자전거 뒤에 타라고. 데려다줄게."

"됐어요. 그냥 버스 타고 갈게요."

조금도 틈이라고는 주지 않는 은서였다.

하지만 무열은 익숙하다는 듯 자전거에 몸을 살며시 기대면서 웃었다. 아무리 차갑게 말해도 그의 능글맞은 웃음은 쉽게 사라지는 법이 없었다.

그가 웃음기 섞인 목소리로 말했다.

"나 버스 기사나 할까?"

"······?"

무슨 말이냐는 듯이 힐끔 보자 그가 입가를 더욱 당기며 웃었다.

"그럼 매일 너 태우고 다닐 수 있잖아."

❖

"······."

은서가 침대 위에 누운 채로 눈을 깜빡였다. 방 천장이 보였다.

아주 오랜만에 무열의 꿈을 꿨다. 그리고 그 사실이 믿기지 않아 한동안 정신이 멍했다. 잠에서 막 깨어난 순간에는 그게 꿈인지 현실인지조차 분간이 되지 않았다.

"뭐야, 언제 적 꿈을······."

악몽을 꾼 것도 아닌데 온몸이 쑤실 정도로 무거웠다. 아니, 악몽이라면 악몽인가. 몸을 한없이 무겁게 짓누르던 감정의 기억을 애써 떨쳐 낸 은서가 침대 밑으로 두 다리를 내렸다.

천천히 걸어가 벽에 걸린 거울 앞에 섰다. 얼굴을 확인하자 몰골이 말로 다 할 수 없을 정도로 가관이었다. 자는 동안 누구한테 얻어맞은 사람 같았다.

기껏 잊고 사는 중이었는데 왜 다시 나타나서 사람 속을 헤집어 놓는 걸까.

그와의 재회가 전혀 반갑지 않은 일임을 아침부터 상기한 은서가 세차게 고개를 내저었다. 자잘하게 흘러내리는 머리카락을 쓸어 올리며 깊게 한숨을 쉬었다.

휘둘려선 안 된다.

벌써 몇 번째인지 모를 생각을 되새기며 욕실로 걸음을 옮겼다.

평소와 다름없이 세수를 하고, 평소와 다름없이 아침 식사를 하고, 평소와 다름없이 화장을 하고, 모든 것이 평소와 같았다. 그러나 마음만큼은 자꾸만 평소와 다르게 흘러갔다.

그도 그럴 게, 첫 맞선이 있는 날이었다.

"딸, 오늘 무슨 날이야? 평소에 안 입던 옷까지 꺼내 입고."

"오빠, 어제 말했는데 또 까먹었수? 은서 오늘 퇴근하고 맞선 보러 가잖아."

"아아, 그랬지. 오늘이었지."

선희의 말에 고개를 끄덕이던 만호가 말없이 은서를 응시했다. 은서는 깊은 눈을 마주하며 그에게서 나올 말을 기다렸다.

하지만 입은 다물렸다가 떼어지기만을 반복할 뿐이었다. 말이 쉽사리 나오지 않는 듯했다.

"아빠 또 그러신다."

은서는 그가 하고 싶은 말이 무언지 알고 있었다. 미안한 감정, 수많은 걱정, 단어로 표현할 수 없는 복잡한 마음들. 그런 것들이 그의 가슴속을 어지럽히고 있을 게 분명했다.

때로는 말로 하지 않아도 전해질 수 있는 것들이 존재한다는 것을 은서는 만호에게 꼭 알려 주고 싶었다.

"걱정 마세요. 저 진짜 억지로 가는 거 아니에요."

"……."

"좋은 사람 만나서 예쁘게 가정 꾸리고 살고 싶어요. 그래서 아빠랑 고모한테도 행복한 모습 잔뜩 보여 드리고 싶구요."

"아빠가 미안하다. 내가 좀 더 멋진 아빠였으면 우리 딸 진즉에 훨씬 좋은 사람 만났을 텐데……."

"이 아저씨가 정말? 누가 보면 맞선을 보는 게 아니라 어디 팔려 가는 줄 알겠네."

은서가 핸드백을 잠시 내려놓더니 만호에게 가까이 다가갔다. 그러고는 허리를 조금 숙여 휠체어에 앉은 그의 어깨를 꼭 끌어안았다. 같은 집에서 생활하며 옷 속 깊숙하게 배어 버린 익숙한 냄새가 코끝을 간질였다.

같은 아침을 먹고, 같은 공기를 마시고, 같은 공간에서 같은 밤을 보내는 사람들. 그리고 그 이름이 가족이란 것이, 그 가족이 이들이란 것이 은서는 좋았다.

짧게 온기를 나눈 은서가 바닥에 내려놓았던 핸드백을 집어 들며 몸을 일으켰다.

"그럼 다녀올게요."

"조심해서 다녀와."

등 뒤에서 배웅을 해 주는 그들이 좋았다.

늦었다.

고작 10분이기는 했지만 예정 시간보다 늦었다는 사실이 은서 스스로를 자꾸만 꾸짖게 만들었다. 첫 만남부터 지각이라니. 좋지 않은 대답을 들어도 면목이 없을 것이다.

은서가 발뒤꿈치의 통증을 느끼며 레스토랑 안으로 빠르게 들어섰다. 괜히 안 신던 구두를 꺼냈나. 한 걸음 내디딜 때마다 온 신경이 발로 쏠려 따끔거리는 묘한 아픔이 느껴졌다.

"예약하셨나요?"

"아, 네. 최은서라고⋯⋯."

"이쪽입니다."

최대한 자연스러운 걸음으로 직원의 뒤를 따랐다. 숨이 가슴 바로 위까지 가쁘게 차올랐지만 내색하지 않으려고 애썼다. 큰 호흡을 조용히 코로만 들이쉬고 내뱉기를 반복했다.

호흡이 조금 차분해졌을 때, 직원이 안내한 테이블 바로 앞에 도달할 수 있었다.

"최은서 씨?"

"안녕하세요. 늦어서 죄송합니다."

남자가 어서 앉으라며 맞은편 자리를 손짓했다. 미안한 기색을 애써 지운 은서가 의자에 살며시 앉았다.

그리고 그런 은서의 행동을 뚫어지게 쳐다보는 시선이 있었으니⋯⋯.

"생각보다 늦었네."

무열이였다.

그는 두 사람의 테이블에서 몇 걸음 정도 떨어진 자리에 앉아 가만히 커피를 들이켰다. 그 남자보다도, 은서보다도 훨씬 전부터 와서 기다리고 있었다.

한 시간 전에 와서 시킨 커피는 은서가 도착했을 때쯤에는 이미 미적지근하게 식은 상태였다. 한 모금을 입에 머금던 무열이 '아, 맛없어.' 하면서 잔을 저 멀리 밀어 버렸다.

매니저는 동행하지 않는다. 그 말은 사실이었다. 하지만 지금의 박무열은 매니저가 아닌 남자로서 이 자리에 와 있는 중이었다. 진심으로 이 맞선을 응원하고 있었을 리 없지 않은가.

힐끔, 은서를 보던 무열이 한 손에 쥐고 있던 신문을 다음 장으로 넘겼다. 교묘하게 얼굴을 숨긴 그는 신문의 가장자리 너머로 계속해서 그녀를 주시했다.

조금 더 가까운 테이블로 자리 잡을 것을 그랬나. 표정은 보이는데 말소리가 전혀 들리지 않아 조금 답답했다.

'대체 뭐라고 하는 거야.'

자리는 불만이었지만 불안은 없었다. 먼저 와서 남자를 실제로 확인한 무열은 조금 안심이 되는 기분이었다.

프로필상의 키마저도 거짓말이었는지 남자는 그보다 더 작아 보였고, 저 잘난 맛에 사는 무열의 기준으로 얼굴도 자신이 백 배 나았다. 진짜 잘될지도 모른다는 걱정은 애초부터 할 필요도 없는 것이었다고 새삼 마음을 다독인 무열이였다.

그러나 그가 간과한 것이 하나 있었다. 최은서가 언제나 박무열의 뜻대로 움직여 주었느냐는 것이다.

답하자면, 전혀.

"……."

은서가 웃고 있었다. 그것도 굉장히 화사하게.

무슨 이야기가 그리도 즐거운지 두 사람은 내내 웃으면서 서로를 보았다. 남자야 그럴 수 있다고 치지만 설마 최은서가 저렇게 웃을까 생각했던 무열이었다.

심드렁한 표정으로 적당히 받아치며 시간이나 때울 거라고 확신했다. 애초에 남자에게 딱히 관심도 없던 인물이고, 진심으로 결혼이 하고 싶어서 가입한 건 아닐 것이라고 추측했으니까. 그래서 상담 때 아무래도 좋다는 반응이었던 거잖아?

하지만 눈앞에 보이는 은서의 얼굴은 무열이 상상하던 것과 달랐다. 그러니까, 웃고 있다는 사실 하나만으로도 무열은 모든 것이 틀어지고 있음을 알 수밖에 없었던 것이다.

자신에게는 한 번도 저렇게 웃어 준 적이 없었다.

"아아, 그러시구나. 일이 많이 힘들지는 않은가요? 전 워낙에 건강한 편이라 약국에 갈 일이 별로 없어서, 하하."

"그렇게 힘들지는 않아요."

하는 일이 뭔지, 대체로 어떤 일을 하는지, 개인적인 시간은 얼마나 활용하고 있는지, 지극히 예상 가능했던 질문들이 은서에게 향했다.

은서는 앞에 나온 샐러드를 포크로 콕 찍어 입에 넣으면서 꿍장히 짜 놓은 듯한 대답을 건넸다. 어찌 보면 영혼이 전혀 담기지 않은 듯 들릴 수도 있는 대답이었다.

그럼에도 상대는 절대 건성이라고 생각하지 못한 듯했다. 그녀가 태연하게 웃는 얼굴을 하고 있기 때문이었다.

"은서 씨는 연애 경험이 많은 편입니까?"

"네?"

"저는 연애를 한 번도 못 해 봐서 말입니다. 가볍게 만나는 여자들은 많았는데 제대로 사귀고 싶거나 결혼을 하고 싶다고 생각한 여자는 한 번도 본 적이 없었습니다."

"아아…… 네……."

하고 싶은 말이 속에서만 울린다.

'왜 한 번도 못 해 보셨는지 알 것도 같네요…….'

은서가 물을 마시면서 '아하하.' 하고 부자연스러운 웃음을 흘렸다.

대체 어떤 남자가 처음 만난 여자 앞에서 자신의 과거를 술술 뱉는단 말인가. 가볍게 만난 여자들은 아무것도 아니었다는 허세? 아니면 네가 내 첫 여자가 될 테니 뿌듯해하라는 건가? 의중을 모르겠다.

그녀의 생각을 알 리 없는 남자가 당당한 목소리를 멈추지 않으며 말을 이었다.

"전 눈이 좀 높은 것 같습니다."

"……?"

이건 또 무슨 소리지.

"은서 씨를 만나러 나오면서 제 이상형에 대해 고민을 해 봤는데 말입니다. 확실히 눈이 높아서 만나지 못했던 걸지도 모르겠다는 생각이 들지 뭡니까."

"아, 그래요……. 이상형이 어떻게……?"

"전 능력 있는 여자가 좋습니다."

"아……."

"결혼을 해도 무조건 맞벌이가 가능해야 합니다. 전 남자 혼자서 돈 벌고, 여자는 남자가 벌어다 주는 돈으로 집에서 편하게 살림만 하는 걸 원하지 않거든요."

맞벌이를 원하는 건 딱히 이상하지 않지만, 살림이 '편하게' 랄 정도로 쉽나……?

은서가 그 말에 대꾸할까 하다가 관두었다. 그다지 전업주부를 원했던 것도 아닌지라 대충 고개만 끄덕이기로 했다. 그리고 어색하게 웃었다.

차라리 웃자, 그게 낫지, 그러면서.

"전 결혼할 여자가 현명한 어머니의 역할도, 사랑스러운 와이프의 역할도 모두 잘 해내기를 바랍니다. 바깥일도 잘하고, 살림도 게을리하지 않고, 아이도 잘 키우고, 남편에게 헌신적이기까지 하다면…… 그보다 더 완벽할 수 없죠."

남자의 이상형은 말하면 말할수록 장황해졌다. 하지만 은서의 신경은 이미 그쪽에서 벗어난 뒤였다.

은서가 앞에 놓인 스테이크를 썰면서 '아, 좀 질기네…….' 하고 생각했다. 한 귀로 듣고 한 귀로 흘리는 건 그녀의 특기 중 하나였다. 살면서 싫은 사람을 너무도 많이 만났고, 싫은 소리를 너무도 많이 들었던 탓이다.

요령이라면 요령이었는데, 그 요령을 이렇게 써먹는 일이 생길 것이라고는 꿈에도 생각하지 못했다.

"은서 씨는 그래도 좋습니까?"

"……?"

그의 마지막 물음에 스테이크를 썰던 손이 멈추었다. 눈을 마주치니 그가 확실한 대답을 원한다는 듯 은서를 응시하고 있었다.

대충 들어서 뭐라고 했는지 기억이 잘 나지 않는다. 그래서 그냥 웃었다.

"아, 네. 좋아요."

지루했다. 시간이 얼른 흘러가 버렸으면 좋겠다는 생각까지 이르렀다. 웃는 게 힘들기도 오랜만이었다.

처음 보는 맞선은 꽤 고되었다. 흥미 없는 대화를 지속해야 한다는 것도, 최대한의 예의를 발휘해 웃음 지어야 한다는 것도, 하나같이 힘들지 않은 게 없었다.

이 자리가 끝나면 매니저에게 말해야겠다. 아무래도 잘 안 맞는 분이었던 것 같다고.

'매니저?'

순간 그 단어와 함께 무열의 얼굴이 떠올랐다.

잊고 있었다. 이 맞선을 주선한 것이 무열이라는 것을. 상대가 마음에 들지 않을 때, 자신은 그 사실을 무열에게 알려야 했다.

역시 담당 매니저를 바꿔 달라고 요청할 것을 그랬다. 잘 살았고, 앞으로도 잘 살 거라는 것을 보란 듯이 어필하고 싶었는데, 그의 앞에서 다른 남자가 마음에 안 든다는 소리를 해야 한다니. 그건 그거대로 내키지 않는 일이었다.

'역시 남자 보는 눈이 까다로우신가 봐요?' 하고 비웃는 그의 표정이 눈앞에 벌써부터 아른거리는 듯했다.

은서가 테이블 아래로 주먹을 꽉 쥐었다. 뭐든지 박무열이라는 존재가 끼어들면 제대로 풀리는 일이 없다. 그의 얼굴을 머릿속에서 지워 내려 애썼다. 저리 좀 비켜 보라고 속으로 되뇌었다.

하지만 무리였다. 지워 내려고 하면 할수록 더욱 떠올라 버렸다. 입술 사이로 사탕을 밀어 넣을 때 닿았던 그의 손끝 감각 같은 것들까지.

"……."

갑자기 얼굴이 확 달아올랐다. 그가 자신의 입을 벌리기 위해 아랫입술을 살짝 누르던 그 느낌이 생생하게 떠올랐다. 잠시나마 아무 생각도 할 수 없을 정도로 넋을 놓은 순간이었다.

그의 눈이…… 너무도 가까운 곳에 있었다.

왜였을까. 왜 그 순간 그의 손길이, 그의 눈빛이 그리도 색정적으로 느껴졌던 걸까. 정말 싫은 사람이라고만 생각했는데, 과거의 그를 떠올려 보면 그런 미묘한 분위기 같은 건 절대 없었는데.

왜였을까.

"부끄러움이 많으신가 봐요."

남자가 말했다.

"네?"

"얼굴이 빨개졌어요."

맞은편의 남자는 묘하게 으쓱한 표정으로 웃으며 은서를 보았다.

그녀의 입장에서는 조금 난처한 일이 아닐 수 없었다. 분명 자신에 대한 호감으로 받아들였을 것이다. 내내 웃어 주던 여자가 얼굴까지 빨갛게 물들이며 어쩔 줄 몰라 한다는 건 그렇게 오해를 살 수도 있는 것이다.

남자는 부끄러워하는 것을 충분히 이해할 수 있다는 듯 고개를 끄덕였다. 오해의 골이 깊어지는 중이었다.

그리고 그 오해의 골은 다른 곳에서도 맨틀을 뚫을 듯 깊숙해졌다.

"……."

무열이 손에 쥐고 있던 신문을 힘주어 구겼다. 커다란 손아귀 안에서 무자비하게 구겨진 신문은 글자의 형태를 알아볼 수도 없는 모양새가 되었다. 단단한 팔이 부들부들 떨렸다.

태연하게 커피 따위를 홀짝이며, 신문 따위를 읽어 내려가며, 느긋하게 지금의 순간을 지켜봐 줄 작정이었다.

하지만 어긋났다. 아까 예감한 그대로였다. 자리에 앉자마자 화사하게 웃던 은서의 얼굴을 확인한 그 순간의 예감이 맞아떨어지고 있었다.

어떤 대화를 나누었는지는 알 수 없었으나 무열에게 그 내용은 더 이상 중요하지 않았다. 계속 웃던 은서의 표정만으로도 도저히 참을 수 없을 만큼의 열이 솟구치는 중이었다.

기어코 붉어지는 그녀의 얼굴을 확인했을 때, 부글거리던 것이 결국 넘쳐흘렀다.

웃지 마. 웃어 주지 마. 얼굴 붉히지 마. 그런 표정 짓지 마.

머릿속에는 온통 그런 말들만이 남았다. 당장에라도 외치고 싶을 만큼 수없이 많은 감정들이 뜨겁게 무열의 가슴을 물들이고 있었다.

자신에게는 한 번도 제대로 웃어 준 적 없던 최은서다. 단 한 번도 저렇게 얼굴을 붉힌 적 없던 최은서다. 그랬던 최은서가 다른 남자에게 웃어 주거나 부끄러워하는 모습을 멀쩡하게 바라볼 수 있을 리 없다.

무열은 자신의 한계를 실감했다. 어쩌면 자신은 생각보다 더 인내심이 없는 남자일지도 모르겠다.

결국 자리에서 일어났다. 잔뜩 구겨진 신문을 테이블 위에 팽개친 그가 한 걸음씩 걷기 시작했다. 은서가 있는 테이블을 향해서였다.

한 걸음 두 걸음 내딛기 시작한 걸음은 중도에 멈추지 않았다. 대화를 나누던 은서와 남자의 시선이 자신을 향할 때까지도 그는 계속 걸었다.

그리고 그녀의 앞에 멈추어 섰다.

"……!"

은서가 눈을 동그랗게 떴다. 또다시 거짓말 같은 순간이 왔다. 눈앞에 있는 사람의 존재가 믿기지 않는다는 듯 눈조차 깜빡이지 못한 채 그를 올려다보았다.

"여긴 어떻……."

제대로 나오지도 않는 말을 애써 꺼내려던 순간이었다. 무열이 은서의 손목을 잡았다. 그러고는 그녀가 상황을 채 파악하기도 전에 강하게 힘을 주어 일으켜 세웠다.

"가자."

무열이 낮은 목소리로 말했다. 흡사 짐승이 으르렁거리는 소리 같았다.

은서가 얼빠진 얼굴로 그를 보았다. 아무 말도 덧붙일 수 없었다. 모든 말이 그녀의 목구멍을 타고 꿀꺽 넘어갔다.

평소의 존대가 아니었다. 고객을 대하고 있다는 뉘앙스를 풍기던 그 미소조차 없었다.

"잠깐만요. 당신 뭡니까?"

앞에 있던 남자가 자리에서 벌떡 일어섰다. 눈앞에서 일어나는 일을 그저 두고 볼 수만은 없다는 듯, 그는 강력한 항의를 내비치며 무열을 노려보았다.

갑작스레 일어난 소동, 테이블을 둘러싸고 일어서 있는 세 명의 남녀. 주변 테이블에 앉아 있는 사람들의 이목이 일순간 그쪽으로 집중되었다.

가늘게 뜨여진 무열의 차가운 눈초리가 남자를 향했다. 남자는 미간을 찌푸리며 입술을 질끈 물었다. 패기 있게 일어섰지만 무열의 압도적인 분위기에 더 따질 만한 말을 찾지 못한 탓이다.

무열이 은서의 손목을 더욱 강하게 쥐며 말했다.

"얘 거."

제 발로 걸어간다기보다는 끌려간다고 표현하는 것이 정확할 법

했다. 은서가 자꾸만 다리에 힘을 주며 멈추어 서려고 할수록 무열은 더 세게 그녀를 당겼다. 팔목도 아팠고, 발뒤꿈치도 아팠다.

"아, 아파요. 이거 좀 놓……!"

무열이 조수석 문을 열고 은서를 밀어 넣었다. 덕분에 말이 뚝 끊긴 은서가 어이없다는 듯이 고개를 추켜들었다.

차 문을 부술 듯이 닫은 무열은 빠른 속도로 보닛을 돌아 운전석에 올랐다. 그 와중에도 그녀가 내려 버릴까 불안했는지 문부터 잠갔다.

"지금 이게 대체 뭐하는 짓이에요? 다짜고짜 들이닥쳐서 대체 어쩌자는 거냐고요."

"……."

"박무열 매니저님!"

"못 해 먹겠어."

그의 말에 은서가 다시 눈을 동그랗게 떴다.

무열은 언제나처럼 그녀의 시선을 피하지 않았다. 올곧게 눈을 마주쳐 다갈색 눈동자 속에 담긴 자신의 모습을 확인했다.

맑은 눈 속에 자신이 있었다. 인내심이 바닥난, 고작 그것밖에 안 되는, 미련한 남자가.

"모르는 척하는 거…… 더는 못 해 먹겠다고."

"매니……."

"나 박무열이야. 네가 아는 박무열."

"……."

"너도 나 기억하잖아."

은서는 생각했다. 실패했다고. 그를 향한 자신의 무언가가 분명하게 실패한 현장이었다. 그것은 표정 관리일 수도 있겠고, 연기일 수도 있겠고, 막으려던 감정일 수도 있겠다. 어찌 되었든 그녀는 순간적으로 굳어 버린 얼굴을 감출 수 없었다.

아마 전부 드러나 버렸을 것이다. 그에게 가지고 있던 생각, 끝까지 피하고 싶었던 나약해진 마음, 결코 그에게 보이고 싶지 않았던 수많은 감정의 잔해들.

"무슨 말씀인지 하나도 이해를 못 하겠네요. 제가 아는 박무열이 대체 누굴 말하는 건지."

볼 안쪽의 여린 살을 깨물며 눈에 힘을 주었다.

그와 끝까지 모르는 사이로 남고 싶었다. 기껏 묻으려고 했던 기억이 조금씩 바깥으로 새어 나오려고 하는 것을 느끼면서도 더는 힘들지 않게, 그저 지금처럼만 지낼 수 있게 만들고 싶었다.

그랬기에 무열이 하는 그 어떤 말도 듣고 싶지 않았다. 귀를 틀어막고 싶은 충동에 휩싸였다.

하지만 무열은 그렇게 순순히 두지 않았다.

"모르는 척하고 싶으면 계속 그렇게 해. 어쨌든 난 못 해 먹겠으니까."

"박무열 매니저님."

"가자. 집까지 데려다줄게."

여전히 제멋대로였다. 하고 싶은 말만 하고, 듣고 싶지 않은 말은 못 들은 척하고, 자신이 보고 싶은 것만 보려고 하는 성미가 여전했다. 그 모습이 은서의 마음을 더 어지럽혔다.

"문 열어요."

"데려다준다니까."

"지금 뭐하자는 거예요. 나 당신 모른다고요. 매니저가 이래도 되는 거예요? 잘리고 싶어요?"

"잘릴 일 없으니까 걱정 마."

"……뭐?"

"정 불만이면 회사에 컴플레인 넣어도 좋고."

대체 뭘 믿고 저렇게 당당한 걸까. 은서가 어이없다는 표정을 지었지만 그는 아랑곳하지 않고 차에 시동을 걸었다. 몇 번이나 문을 열라고, 차를 세우라고 말했지만 무열은 들은 체도 하지 않고 핸들을 돌렸다.

무열의 차가 수많은 차들 사이로 섞여 들었다. 이제 와 차 문을 연다고 해도 나갈 수 없을 만큼 빠르게 도로 위를 달렸다.

결국 은서가 먼저 포기했다. 아무리 외쳐도 그는 멈출 생각이 없어 보였다. 나직하게 한숨을 내쉬며 안전벨트를 매자 그녀를 힐끔 본 무열이 그제야 안심했다.

누구도 입을 열지 않았다. 은서의 외침이 사라지자 차 내부는 그야말로 온전한 정적이었다.

무열은 라디오조차 틀려고 하지 않았고, 은서 역시 운전석으로는 고개 한 번을 돌리지 않았다. 그래, 어디 네가 가고 싶은 대로 마음껏 가 봐. 그런 생각으로 앞만 보았다.

처음이었다, 이렇게 같은 방향을 보며 나란히 앉아 있는 것은. 교복 차림으로 서로를 보았던 1년. 그리 짧지만도 않은 시간이었지만 이런 식의 침묵을 수용하며 함께한 적은 그때도 없었다. 남들이 으레 주고받는다는 달달한 말조차 없었고, 상냥한 시선이 오고 가지도 않았다. 언제나 무열의 일방적인 감정 표현만이 있었을 뿐.

은서는 뚫어질 듯 자신을 바라보며 웃어 오던 그 당시 그의 얼굴을 떠올렸다. 바로 어제의 일처럼 생생했다. 그리고 조금도 웃어 주지 않았던, 살가운 말 한마디 건네주지 않았던 그 시기의 스스로도 기억해 냈다.

이유 없는 호의가 경계심으로만 다가오던 시절이었다. 진중하고 깊은 마음으로 속을 녹이고 싶었다.

한 번도 경험해 보지 못한 성격의 박무열은, 은서에게 있어 어쩌면 두려움의 대상이었을지도 모른다. 정신을 차리고 보면 코앞까지 와 있는, 그러다가 마음속 깊숙한 곳에 멋대로 들어와 앉아 있는 그런 사람이었다.

그래서…… 더 싫었다.

아니, 미웠다.

"이게 대체……."

은서가 멍하니 앞을 보았다. 정말 자신의 집이었다. 데려다준다던 말이 사실일 줄이야. 믿기지 않는다는 얼굴로 현관 쪽을 응시하던 그녀가 천천히 고개를 돌려 무열을 보았다.

"왜?"

왜라니. 너무도 뻔뻔한 물음에 오히려 할 말을 잃을 뻔했다.

"우리 집, 어떻게 알았어요?"

"맞선까지 주선한 입장에서 주소도 모를까 봐?"

"……."

"네 키, 몸무게, 혈액형, 음악 취향부터 여가 시간에 즐기는 취미 하나까지 이미 다 알고 있어. 직접 적었잖아, 네 손으로."

"……."

"하다못해 고모님 전화번호까지 알고 있으니까 다시 도망갈 생각은 하지 마."

그를 보는 은서의 시선이 흔들렸다. 아니, 일렁였다. 무열은 그런 그녀의 눈을 바라보면서 짧은 변화, 작은 떨림까지도 놓치지 않으려 애썼다.

"대화 좀 해."

잃는 건 한 번으로 족하다. 그렇게 찾으려고 해도 찾을 수 없었던 시간들을 떠올리면 지금의 이 순간이 꿈만 같아서 절대 깨지 않으려 발악이라도 하고 싶은 심정이었다.

그러니 좀처럼 놓아줄 수가 없는 것이다. 바로 코앞에 있는 집까지의 거리조차 아쉬울 정도로.

"갈래요."

은서가 손잡이를 잡았다. 안쪽으로 잡아당기며 몇 번이나 덜컹덜컹 차 문을 흔들었다. 하지만 문은 열리지 않았다. 무열은 굳게 잠긴 그 문을 열어 줄 마음이 없었다.

그리고 자신의 마음속에서 그녀를 쉽사리 내보내 줄 생각도 없었다.

"문 열어요."

"싫어."

"문 열라니까요."

"싫어."

"제발 이 문 좀 열……!"

무열이 은서의 손목을 낚아챘다. 한 줌도 안 될 듯한 가느다란 뼈대를 강한 힘으로 꽉 쥔 채 그녀를 응시했다.

작은 얼굴이 있는 대로 일그러졌다. 잡힌 손목이 아팠다. 아까 무자비하게 끌고 올 때부터 시작되었던 통증이 또다시 타고 올라왔다.

하지만 아프다는 말조차 할 수가 없었다. 코앞까지 다가온 무열의 눈이, 자신만큼이나 일그러진 표정이, 지금 이 시간을 당장이라도 조각내 버릴 듯 간절해 보였으니까.

"작작 도망가!"

"……."

"부탁이니까 제발 도망치지 말라고."

아팠다. 벌겋게 붙들린 손목이 계속해서 아파 왔다. 그러다가 아픈 게 손목인지 마음인지 헷갈리기 시작했다.

그래서일까. 머리도 지끈거리며 아파 오는 듯했고, 눈가에도 뜨겁게 열이 올랐다. 눈 밑이 파르르 떨렸고, 눈꺼풀이 한없이 무거워 깜빡이는 방법도 잊어버린 듯했다. 이게 뭘까 생각하다 보니 알 것도 같았다.

나…… 울기 직전이구나.

심장이 점점 시끄럽게 울렸다. 금방이라도 시야가 흐릿하게 번질 듯했고 머리도 어지러웠다. 그에게 잡힌 손목은 마비라도 된 것처럼 점차 감각을 잃어 가고 있었다.

은서가 입술을 짓이기듯 깨물었다.

울지 마, 최은서. 절대 울지 마. 저 자식 앞에서 그런 모습 보여 주지 마.

하지만 기어코 눈시울이 붉어지며 눈물의 파도가 출렁였다. 그리고 무열은 그녀의 눈을 마주 보는 순간, 저도 모르게 손에 힘을 풀어 버렸다.

놀랐다, 처음 보는 최은서의 눈물에.

"……."

그때였다. 은서가 가벼워진 손을 들어 무열의 **뺨**을 내리쳤다.

찰싹, 하는 마찰음 뒤로 이어지는 침묵. 무열은 아무런 말도 하지 못한 채 벌게진 얼굴로 은서를 보았다. 그녀의 입술이 바르르 떨리고 있었다.

"최은……."

"……잖아."

"……."

"도망친 건 너였잖아!"

그렇게 말하며 그녀는 기어코 울었다.

04
그 남자의 사정

"대체 뭘 어쩌신 거예요! 사장님이 그 자리에는 왜 나가신 거
냐구요!"

"아, 나인 거 어떻게 알았지."

무열이 심드렁한 목소리로 말하며 태연하게 하품을 했다.

"그분이 설명하는 모양새가 딱 사장님이었으니까요! 어제 출근
할 때 입고 오신 옷차림 그대로요!"

"와, 역시 김 팀장. 내가 사람 하나는 잘 뽑았어."

"사장님!"

미영이 인상을 쓰며 잔뜩 열을 올렸다. 그러나 무열은 그래그
래, 하면서 그녀의 말을 한 귀로 흘릴 뿐이었다.

그는 뺨에 붙인 쿨패치를 손으로 만지작거리다가 이내 소리 없
는 한숨과 함께 턱을 괴었다. 영혼이 빠져나간 듯한 멍한 시선으

로 사무실 벽을 응시하더니 곧이어 두 번째 하품을 했다.

일이 피곤해졌다. 어제 은서와 만난 남자 측에서 회사에 연락을 해 한바탕 퍼부은 모양이었다.

남자는 눈이 이렇게 쫙 찢어져 가지고 재수 없게 생긴 놈이, 재수 없는 표정으로, 굉장히 재수 없는 회색 슈트에, 더욱 재수 없는 분홍색 하트 땡땡이 넥타이를 매고 나타나서, 더할 나위 없이 재수 없는 말투를 구사하며 여자를 끌고 갔다고 했다.

어찌나 흥분을 했는지 거듭 나오는 '재수 없다'는 대목에서 곧바로 박무열이 떠올랐다……고 하면 되게 그럴싸한 농담이고. 사실 분홍색 하트 땡땡이 넥타이에서 무열임을 바로 알아챌 수 있었다.

대체 저런 괴상한 넥타이는 어디서 구하는 걸까 신기하게 쳐다봤었으니까.

미영은 갑자기 매니저를 하겠다고 나서던 무열을 의심했다. 혹시나 했다. 설마 했다. 유독 최은서 회원에게만 집중할 때부터 이상하다 했다.

단순히 아는 사이라서가 아닌가? 그렇게 생각하며 무작정 뱉었을 때 순순히 인정하는 무열의 반응은 정말이지, 골 때리는 것이었다.

정말 그 깽판남이 우리 회사 사장일 줄이야.

"당장 환불하겠다고, 정신적 손해 배상까지 청구하겠다고 지금 난리예요. 어쩌실 거예요!"

"환불해 줘, 그까짓 거."

"뭐라구요?"

"손해 배상도 해 줘. 법인 카드까지 쓸 필요도 없겠다. 내 카드 줄 테니까 현금 좀 두둑이 뽑아 올래?"

"……."

미영이 대답하지 않고 무열을 보았다. 뭘 해도 진심으로 받아 치지 않는 그의 태도가 결국 입을 다물게 만들었다. 평소에도 항상 진지했던 것은 아니지만 이렇게까지 온몸에 힘을 뺀 채 자신을 놓은 듯 보이는 건 처음이었다.

그러던 그녀의 눈에 그제야 쿨패치가 보였다. 그러고 보니 아까부터 내내 뺨을 감싸 쥔 채 생각에 잠겨 있다. 간혹 미간을 찡 그리기도 하면서.

"뺨에 그건 또 뭐예요. 사랑니라도 빼셨어요?"

"……아니, 아직 앓는 중이야."

축 처진 목소리로 말하며 무열이 또다시 크게 한숨을 내쉬었 다.

사랑니라고 이름을 붙인다면 사랑니일 수도 있겠다. 보이지 않는 곳에 깊숙하게 박혀서는 계속해서 시큰시큰, 지끈지끈하게 만드는 게 비슷한 것도 같았다.

마음속에 정말로 사랑니가 자라나는 기분이었다. 매몰된 채로, 어느 쪽으로 자라날지 방향조차 감지할 수 없을 만큼 조용히, 아주 크게 자라나고 있었다.

실제로 사랑니를 앓았을 때도 이렇게까지 아프지는 않았던 것 같은데……. 눈에 잘 보이지 않는 것들은 하나같이 더 아프게 느껴지는 모양이다.

무열이 다시금 쿨패치 위로 **뺨**을 문질렀다.

'도망친 건 너였잖아!'

은서의 울던 얼굴이 계속, 계속, 머릿속에서 사라지지 않았다.

졸업식이었다.

지난밤에 내린 눈이 미처 녹지도 못한 채 교정 곳곳에 희끗하게 쌓여 있었다. 흰 입김들 사이로 색색의 꽃다발을 든 학생들이 옹기종기 모여 있기도 했고, 사복 차림의 학생들이 부모와 팔짱을 끼면서 운동장을 마음껏 누비기도 했다.

무열의 부모는 졸업식에 오지 못했지만 그의 주변에는 사람들이 넘쳐 났다.

"오빠! 국립대 경영학과 붙었다면서요!"

"아아, 응."

법대니 의대니 본인을 제외한 다른 사람들이 입이 아프도록 떠들어 대던 것과 달리 무열이 가기로 한 곳은 경영학과였다. 사람 고치는 데에 취미 없고, 법 공부는 머리가 아파 싫다면서 말이다.

그러면서 무열은 웃는 얼굴로 덧붙이곤 했다. 국립대 졸업장 들이밀어 큰 기업에 들어가서 밤낮으로 구르며 돈이나 끌어모은 뒤에 사업으로 크게 한 방 터뜨릴 거라고.

참으로 박무열스러운 포부가 아닐 수 없었다. 장난인지 진심인지 구분도 되지 않을 정도였다.

"오빠, 이제 대학 가면 아예 못 보는 거 아니죠? 네?"

"그러게에? 오빠가 많이 바빠질 것 같은데."

"대학생은 많이 바빠요? 연락할 시간이 아예 없는 건 아니죠? 문자 보내면 답장 꼭 해 주세요!"

"노력해 볼게. 장담은 못 한다?"

대여섯 명은 되는 1, 2학년 여학생들이 무열의 곁에 찰싹 붙어 울상을 지었다. 무열은 답장을 해 달라는 말이나 다음에 꼭 만나자는 말들에 항상 짓던 미소로 응하면서도 딱 잘라 그러겠다는 말은 하지 않았다.

장난은 습관과도 같았지만 약속은 달랐다. 지키지 못할 약속 같은 거, 텅 빈 마음으로 해 봐야 상대방에게 상처밖에 더 되나 싶었던 탓이다.

그때, 무열의 어깨에 떡하니 손 하나가 올라왔다. 펄쩍 뛰어 헤드록을 걸듯 어깨동무를 한 재민이 여학생들에게 손을 휘휘 내저었다.

"거기 꼬맹이들. 어여 가라, 가. 너네 무열 오빠는 나랑 볼일이 있어."

"아, 진짜. 재민 오빠 짜증 나!"

"뭐여? 저것들이?"

여학생들은 재민을 향해 혀를 쏙 빼더니 저 멀리 다른 졸업생들이 있는 쪽으로 쪼르르 달렸다. 대여섯 개의 뒷모습을 보던 재민이 그제야 어깨동무를 풀었다.

흘끔, 무열의 품에 한 아름 안겨 있는 꽃다발을 보니 저도 모르게 눈이 가늘게 뜨인다.

"인기 많다, 너."

"뭘 새삼."

"……재수 없는 새끼. 근데 부모님은 어디 계셔? 안 오셨어?"

"두 분 다 일 나가셨지. 이래저래 바쁘셔. 대신 주말에 시간 내서 가족끼리 따로 축하하기로 했어."

"그래. 저렇게 많은 후배들이 축하를 해 줬으니 딱히 외롭지도 않겠다, 새끼야……."

재민의 꿍얼거리는 소리에도 무열은 어깨만 으쓱일 뿐이었다.

그러거나 말거나 하면서 운동장을 둘러보던 때였다. 오십 미터 남짓 떨어진 곳에 익숙한 모습이 서 있었다. 제 아무리 먼 곳에 있어도 알아챌 수 있는 시선이 자신을 향한다.

은서였다.

무열이 꽃다발을 모조리 재민의 품에 떠맡겼다.

"이거 너 다 가져."

갑자기 뭐냐고 묻는 재민을 뒤로하고 무열은 그대로 은서에게 달려갔다.

졸업식에 나타날 거라고는 생각지도 못했다. 그래서일까. 그녀를 발견하자마자 터진 반가움에 도저히 모르는 척 서 있을 수가 없었다. 설마설마하면서도 기쁨이 차올랐다.

무열이 단숨에 은서 앞에 섰다. 저도 모르게 자꾸 웃음이 샜다.

"예쁜아, 오빠 졸업 축하해 주려고 왔어?"

"······재민 선배 보러 왔거든요."

"와, 나 엄청 서운한데. 내 축하는 어디에 팽개치고. 난 축하 안 해 줘?"

"······."

"어?"

"······축하해요, 졸업."

딱딱한 말투였지만 그것으로도 충분했다. 은서의 축하한다는 말에는 그 흔한 꽃다발 하나 없었지만 그래도 좋았다. 그녀가 이렇게 자신의 앞에 서 있다는 게, 자신을 향해 축하한다고 말해 주는 게, 인사를 나눌 기회를 주었다는 게 한없이 기쁘기만 했다.

그러면서 무열은 그 인사라는 것이 이별의 의미가 아닌 다른 의미가 될 수도 있지 않을까 생각했다.

이참에 시작할 수도 있는 거잖아, 제대로.

"최은서."

"네."

"오늘 저녁에 뭐 해."

"······?"

느닷없이 달라진 말투에 은서는 짐짓 당황했다. 능글거리며 장난으로 일관하던 그가 한껏 진지한 얼굴로 그녀를 응시하고 있었다.

갑자기 뭐냐는 듯 동그랗게 뜨인 은서의 눈을 바라보며 무열은 아무래도 좋다는 듯 성큼 다가섰다.

"다른 약속 없으면 나랑 같이 저녁 먹자."

"저……."

"꼭 하고 싶은 말이 있어."

무열의 눈이 반짝였다. 넓은 등 뒤로 쏟아져 내려오는 겨울 오전의 햇살과 함께 빛나고 있었다.

그래서 함부로 눈을 깜빡일 수조차 없었다. 놓치고 싶지 않은 순간이었다.

"……그러죠, 뭐."

"어?"

당연히 '싫은데요.'라고 할 줄 알았다.

의외의 말이 튀어나오자 오히려 만남을 제안한 무열이 더 놀랐다. 재차 '어? 뭐라고?' 하며 대답을 재촉했다. 두 번 세 번 들어도 믿기지 않을 것만 같았다.

평소라면 '아, 몰라요. 시끄러워요.' 하고 무심하게 대답했을 은서가 다시금 자신의 목소리를 쥐어짰다.

"……알았다구요."

무열은 그녀에게 고백을 할 생각이었다. 평소처럼 장난으로 포장한 진심이 아니라 진심 같은 진심으로 온전하게 닿고 싶었다. 더는 같은 장소에서 마주할 수 없더라도, 다른 곳에서나마 같은 눈빛으로 함께하길 원했다.

은서에게 만나자고 한 것은 그 때문이었다. 좋아하는 여자아이를 추억 속에만 남기고 싶지 않았다.

"그럼 오늘 저녁 7시. 아, 아니, 저녁 먹을 거니까 너무 늦다.
6시에 후문에서 보자."

"······네."

"그럼 기다릴게. 그때 봐, 예쁜아!"

무열이 주머니에 두 손을 깊숙이 넣은 채로 어깨를 한껏 올렸
다. 웃음이 크게 터질 것 같아 입꼬리만 가득하게 당겨 웃었다.
소리 내지 않고도 마음껏 웃을 수 있었다.

그리고 그날, 무열은 소리 내지 않고 울 수 있다는 것도 배웠
다.

대문 옆에 자전거를 세운 무열이 의아한 표정으로 현관문을 보
았다. 분명 아침에 나올 때 제대로 잠갔는데 이상하게도 문이 열
려 있었다.

아버지는 새벽같이 일이 바쁘다고 나갔고, 어머니도 식당 아주
머니 한 분이 빠지는 날이라 손이 빈다며 평소보다 더 이르게 집
을 나섰다. 집에는 남은 사람이 아무도 없었다.

그런데 왜 문이 열려 있을까.

'······설마 도둑?'

혹시 모를 상황을 예상하며 무열이 조심스레 안으로 들어섰다.

"어?"

현관에는 작은 신발 한 켤레가 놓여 있었다. 조금은 낡은 여성
용 신발. 어머니의 것이었다.

'그렇게 바쁘다더니 이 시간에 집에는 왜?'

무열이 운동화를 벗었다. 그리고 몇 걸음도 채 걷지 않아 그대로 멈추어 섰다. 아침에 나가면서 보았던 집의 모습과 지금 마주한 집의 모습이 너무도 달랐다.

그중 가장 낯선 것은 거실 한가운데에 덩그러니 앉아 작은 등을 내보이고 있는 어머니, 윤숙이였다.

"엄마……?"

한 걸음씩 내디디며 집 안을 둘러보았다. 모든 것이 엉망이었다. 거실에 있는 수납장이며, 열린 방문 너머로 보이는 옷장이며, 하나같이 난잡하게 헤집어진 상태. 도둑이 들었다고 해도 과언이 아닐 법한 모양새였다.

무엇도 처음의 모습을 그대로 유지하고 있는 것이 없었다. 갑작스레 커다란 폭풍이 휘몰아치기라도 한 것처럼 모두 제자리를 지키지 못하고 있었다.

"이게 다 뭐야? 집에 왜 이래?"

바닥에 떨어져 있는 물건들을 발로 대충 밀어 낸 무열이 그녀의 곁에 섰다. 천천히 무릎을 굽히고 앉아 안색을 살폈다.

내내 움직이지 않고 있던 그녀가 겨우 고개를 들었을 때, 얼굴은 이미 눈물범벅이었다.

"무열아…….."

"집은 왜 이 모양이고 엄마는 또 왜 울어. 대체 무슨 일이 있었던 건데."

"아빠가……. 무열아, 네 아빠가…….."

"아빠? 아빠가 뭐 어쨌는데."

"집을 나갔어⋯⋯."

"⋯⋯뭐?"

윤숙은 일하던 도중 문자 한 통을 받았다. 내용은 그리 길지 않았지만 한없이 무거운 돌덩이가 심장에 쿵, 하고 떨어졌다. '여보, 미안해.' 라는 말. 그게 전부였다.

다른 사람이었다면 이게 무슨 소리냐며 의아했겠지만 윤숙은 아니었다. 알 수밖에 없었던 것이다, 그 말의 의미를.

그녀는 식당에서 뛰쳐나와 무작정 집으로 달렸다. 그러면서 아니기를, 제발 아니기를 바라고 또 바랐다.

머릿속으로 상상만 해 본 일이었다. 그것이 현실로 일어났을 리는 없다고 몇 번이나 생각했다. 한 번도 기대에 부응해 준 적이 없던 삶이 이런 말도 안 되는 걱정에만 부응해 주면 안 되는 거 아니냐고 애원했다.

그녀의 남편은 줄곧 외도 중이었다.

전부 알고 있었다. 알고 있으면서도 모르는 척했다. 그저 잠깐이겠지, 다시 제자리로 돌아오겠지, 그렇게 생각했다.

그 기간이 조금씩 길어지는 것 같다고 생각을 하기는 했지만 입 밖으로 꺼낼 수는 없었다. 모든 것이 망가질 것을 알기 때문이었다.

무열이 졸업도 하지 못한 시기였다. 학원 한 번을 다니지 않고도 전국에서 몇 손가락에 꼽히는 수재의 아들. 그 기특한 아들을 놔두고 모든 것을 뒤집어 놓을 수는 없는 일이었다. 어린 무열을 위해 그녀는 침묵하기로 했다.

그리고 그 침묵의 결과가 바로 오늘의 일이었다.

그녀가 도착했을 때 집은 이미 엉망이었다. 일찌감치 출근했던 그가 집에 다녀간 모양이었다. 다급하게 전화를 걸어 보았지만 문자를 끝으로 번호도 바꿔 버렸는지 없는 번호라는 허망한 기계음만이 들렸다.

윤숙이 천천히 집 안을 둘러보았다. 옷장, 서랍, 어느 것 하나 건드리지 않은 것이 없었다. 그러다가 뒤늦게 정신을 차리고 서랍을 뒤졌다. 아무것도 없었다. 통장부터 도장까지 전부 가지고 갔다.

그가 남긴 것은 메모 하나가 전부였다.

"여보, 정말 미안해. 나 그 사람이랑 행복하고 싶……어……?"

무열이 메모를 천천히 읽어 내려가다가 이를 악물었다. 그러고는 손아귀에 힘을 주어 구겨 버렸다. 종이 쪼가리는 이내 한 줌이 되었다.

이게 무슨 개 같은 소리야. 꿈이 아니고서야 이런 일이 있을 수 있나? 정말 꿈이 아니고서야…….

"엄마, 알고 있었어?"

"……."

"알고 있었냐고 묻잖아, 지금!"

"응……."

"근데 왜 말 안 했어. 이게 다 무슨 꼴이야!"

메모를 집어 던지며 소리 지르는 무열의 앞에서 윤숙은 몸을 웅크렸다. 소리도 내지 않고 어깨만 바르르 떨며 울었다.

널 위해서라는 말 같은 거, 아들에게 할 수 있을 리 없었다. 모든 것은 변명으로 전락하고 말 것이다.

그래서 아무런 말없이 그저 울기만 했다. 엉망이 된 집에 남은 채로, 미련하게 참고만 있었던 죄로, 그녀는 그렇게 그 순간을 버텨야만 했다.

무열이 얼굴을 잔뜩 일그러뜨렸다. 화가 났다. 윤숙을 향한 화가 아니라 자신을 향한 화였다. 왜 참고만 있었는지 듣지 않아도 충분히 알 것 같은 기분이 들어서였다.

그가 천천히 손을 뻗어 윤숙을 끌어안았다. 어깨가 벌써부터 축축하게 젖어 들어 갔다.

"아니야, 엄마. 미안해. 화내서 미안해."

"……."

"엄마는 잘못 없어. 엄마한테 화낼 일이 아닌데. 내가 잘못했어."

윤숙은 목에 힘을 주어 가며 어떻게든 눈물을 삼켜 내려 했다. 하지만 애초부터 무리인 일이었을까. 반복해서 말하는 무열의 말에 기어코 울음이 터졌다. 그녀는 한참이나 그 상태로 아들의 품에 안겨 울었다. 울고 또 울어도 부족할 만큼 그녀는 계속해서 울었다.

열려 있는 현관문 틈으로 묵직한 소리와 함께 추운 겨울바람이 새어 들어왔다. 엉망이 된 거실이 냉방처럼 차갑게 식어 가고 있었다.

무열의 마음에도 그만큼 시린 바람이 불었다.

몇 시간에 걸쳐 정리를 끝내니 집 안이 평소와 다름없어 보였다.

무열이 깨끗해진 거실을 둘러보다가 고개를 돌렸다. 반쯤 열린 방문 틈으로 안방에 누워 잠든 윤숙의 모습이 보였다.

한참을 울던 윤숙은 청심환을 먹고 겨우 진정했다. 그러더니 다시는 깨어나고 싶지 않다는 듯 한없이 곤한 잠에 **빠졌다.** 무열은 그녀가 깰까 싶어 방문을 조심스레 닫았다.

너무도 많은 일들이 한꺼번에 지나갔다. 그는 오랜 신뢰라는 것을 잃었고, 아버지라는 존재를 잃었다. 무너진 가족의 형태를 어떻게 해야 조금이나마 지킬 수 있을지에 대해 생각하지 않을 수 없었다.

그 남자를 되찾을 수 있을까. 아니, 찾을 수 있다고 해도 찾고 싶지 않다. 그럼 당장 남은 돈이 없는 것은 어떻게 해결해야 할까. 곧 입학을 해야 하는데 그 이후의 상황은 어떻게 하면 좋을까.

너무 많은 일들이, 쏟아지는 걱정들이 그의 머리를 짓눌렀다. 생각을 멈출 수 없었다. 조금씩 온기가 돌기 시작하는 거실에 멍하니 앉아 무열은 내내 머릿속을 정리했다.

그러다가 갑자기 떠오른 약속 하나. 놀란 무열이 벽에 걸린 시계를 확인했다.

"……이런 미친 새끼!"

밤 11시 30분. 너무도 늦은 시간이었다.

정신이 없어 은서와의 약속을 완전히 잊어버리고 있었다. 급히 전화를 걸어 보았지만 신호음만 길게 이어졌다. 결국에는 '전화기가 꺼져 있어……'로 시작되는 여자의 목소리만이 응답할 뿐이었다.

무열이 겉옷에 대충 팔을 끼워 넣으며 바깥으로 뛰쳐나갔다. 허겁지겁 자전거를 밀며 올라타자 찬바람이 몸을 휘감았다.

어느샌가 함박눈이 큼직하게 내리고 있었다. 머리며 어깨가 하얗게 물들고 있었지만 그걸 깨달을 정신도 없었다. 마음이 급해 자전거의 페달이 몇 번이나 헛돌았다.

언제 왔을까. 아직도 기다리고 있을까. 설마, 아니겠지. 머릿속에 수만 가지 생각이 떠다녔다. 기대감과 불안감, 말로 다 할 수 없는 많은 감정들이 몰아쳤다.

"최은서……. 젠장, 최은서……."

끼익, 소리와 함께 급히 멈춘 무열이 자전거를 내던지다시피 하며 후문 쪽으로 달렸다. 그러나 안쪽까지 들어와 여기저기 찾았음에도 은서의 모습은 보이지 않았다.

차가운 바람과 함께 멈추지 않는 함박눈만이 소복하게 바닥에 쌓여 가고 있었다. 사람의 발자국 같은 것은 없었다.

언제부터 눈이 온 걸까. 은서는…… 언제까지 이곳에 서 있다가 간 걸까.

무열이 희게 물든 장소를 멍하니 바라보며 은서의 흔적을 찾으려고 애썼다. 하지만 찾을 수 없었다.

은서는 어디에도 없었다.

몇 주가 지났다. 은서와 연락이 되지 않은 채로, 그녀를 만나지 못한 채로 그렇게 시간이 흘렀다.

그날 밤 어떻게 집에 왔는지도 모르게 돌아와 새벽 내내 뒤척였다. 도저히 잠자코 있을 수가 없어 날이 밝기가 무섭게 바로 학교를 찾아가 보기도 했다. 하지만 그녀를 만날 수는 없었다. 이미 봄방학이 시작되었다는 것을 망각하고 있던 탓이었다.

수없이 많은 전화를 걸고, 문자를 보내고, 혹시 집 주소를 아느냐며 재민을 추궁하기도 했지만 소용이 없었다.

무슨 사정이 있었는지 처음부터 끝까지 그녀에게 설명해 줄 수는 없겠지만, 그래도 미안하다는 사과를 하고 싶었다. 어떻게든 그녀와의 관계를 되돌리고 싶었다.

그렇게 하지 않으면 고백을 마음먹었던 그날이 너무도 잔인하게 남을 것만 같았다. 소중하다 여겼던 사람들을 순식간에 잃어버린 끔찍한 날로 남을 게 분명했다.

무열은 포기할 수 없었다. 그래서 또다시 찾아갔다.

개학 후, 교복을 입은 학생들이 우르르 빠져나오는 모교의 정문 앞에 그는 서 있었다.

그 역시 대학교에 입학한 직후라 정신이 없을 때였다. 그럼에도 은서에 대한 생각을 놓을 수는 없었다. 만날 수 있는 방법이 있다면 무엇이든 할 작정이었다.

야간자율학습이 끝나고 모두가 하교를 하는 시각, 밤 10시. 겨울이 끝나 가는 3월 초였지만 그럼에도 밤 날씨는 여전히 춥기만 했다.

"아."

저 멀리 친구와 함께 걸어오는 은서의 모습이 보였다. 몇 주 만에 마주한 얼굴은 못 보던 사이 조금 핼쑥해진 것도 같아 무열의 마음에 시리게 와 닿았다.

무열이 그녀를 향해 성큼성큼 다가갔다. 교문을 빠져나오던 학생들이 '무열 선배 아니야?' 하면서 수군거렸지만 그에게는 들리지 않았다. 오로지 교문을 향해 걸어오는 그녀의 모습만 보일 뿐이었다.

친구와의 대화에 가벼운 웃음으로 고개를 끄덕이던 은서가 천천히 무열의 쪽으로 고개를 돌렸다. 눈이 마주쳤다. 무열이 벅차오르는 감정을 애써 눌렀다.

지난 몇 주가 몇 년과도 같았다. 당장이라도 끌어안고 미안하다는 말부터 전하고 싶었다.

"최은……."

하지만 그녀는 차가웠다. 한 치의 망설임도 없이 시선을 거둬낸 은서가 그를 스쳐 지나갔다. 무열은 순간 아무런 사고도 하지 못한 채 그 자리에 그대로 멈추어 섰다.

"은서야, 방금 무열 선배 아니야? 네 이름 부른 것 같은데……."

"괜찮아."

"아니, 그래도……."

"얼른 가자. 버스 놓치면 한참 기다려야 돼."

등 뒤로 은서의 목소리가 들렸다. 그리고 점점 작아졌다. 교문을 벌써 빠져나가는 중인 듯했다.

다른 학생들이 힐끔거리는 게 느껴졌다. 시선들이 온몸에 따갑게 달라붙었다. 하지만 단 하나, 그토록 원했던 그녀의 시선만큼은 그 자리에 없었다. 묘한 통증과 함께 속이 지끈거렸다.

이대로 놓칠 수는 없다. 무열이 등을 돌려 다시 빠르게 달렸다. 그러고는 그녀의 손목을 강하게 붙들어 돌려세웠다.

"……나랑 잠깐 얘기 좀 해."

"전 할 얘기 없어요."

"잠깐이면 돼."

무열은 그녀가 금방이라도 자신을 뿌리칠까 두려워 잡은 손을 놓지 않고 말했다.

곁에 서 있던 친구가 둘의 눈치를 보더니 '그럼 나 먼저 갈게…….' 하며 종종걸음으로 사라졌다. 그래도 은서는 무열과 시선을 마주치려 하지 않았다.

"그날은…….'

"저 그날 안 갔었어요."

"어?"

예상치 못한 말에 무열이 멈칫했다.

"죄송해요."

"……."

"그러니까 찾아오고 그러지 마세요. 애들이 이상하게 봐요."

그렇게 말하며 은서가 잡혀 있던 손을 빼냈다. 그러는 동안에도 무열은 멍하니 서 있기만 했다. 그녀의 손을 다시 잡을 생각조차 하지 못했다.

완전하게 기대를 빗나간 기분이 들었다. 몇 주 동안 불안감과 미안함에 사로잡혀 아무것도 할 수 없었던 자신을 떠올렸다. 여전히 마음은 어지러웠고, 가족의 일, 은서에 대한 마음, 모든 것들이 엉망이 되어 갔다.

무열이 고개를 돌려 많은 학생들의 뒷모습을 응시했다. 은서는 그 틈으로 섞여 더 이상 보이지 않았다. 이대로 놓쳐야 하는 걸까. 짧은 순간 고민 비슷한 게 스쳤다.

하지만 몇 번을 생각해도 놓칠 수 없었다.

노력은 끈질겼다. 그는 찾아가고, 또 찾아가고, 계속 찾아가기를 반복했다. 하교 시간이면 교문 앞에 진을 쳤다. 그렇게 하루도 쉬지 않고 갔지만 그때마다 은서는 눈도 마주치지 않은 채 무열을 지나쳐 갔다.

'왔었잖아. 왜 거짓말을 하는 거야.'

무열은 이미 은서의 말을 믿지 않고 있었다. 그 확신을 의심하지 않으려고 했다. 정말 오지 않았었다면 그녀가 저토록 상처받은 눈을 할 리가 없다.

그리고 찾아간 지 열흘째 되던 날이었을까. 평소처럼 교문까지 걸어오던 은서의 곁에 모르는 친구 한 명이 붙어 있었다. 한 번도 본 적 없던 남학생이었다.

웬만해서는 남자아이들과 붙어 지내는 것을 본 적이 없던 터라 그 모습은 무열에게도 약간 충격이었다.

"최은서."

"……오지 말라고 했잖아요."

"제대로 대화할 기회를 줄 때까지 절대 못……."

"저기요. 죄송한데요."

그때, 은서의 곁에 붙어 있던 남학생이 둘 사이를 가로막으며 무열을 보고 섰다. 무열이 미간을 좁혔다. 예상치 못한 방해물이 반가울 리 없었다.

하지만 남학생은 비킬 생각이 없어 보였다.

"은서가 엄청 불편해하거든요. 몇 번이나 오지 말라고 말씀도 드렸다는데 왜 자꾸 오세요."

"우리끼리 할 얘기가 있으니까 넌 좀 저쪽으로 빠져 있지."

"못 빠져요."

"뭐?"

"저 은서 남자 친구거든요."

무언가로 머리를 강하게 얻어맞은 기분이었다. 은서를 알고 지낸 이래 단 한 번도 타인을 통해 떠올려 본 적 없던 단어가 등장했다.

무열이 잠시 넋이 나간 얼굴을 했다. '뭐?' 하고 다시 물을 생각도 하지 못했다.

"그러니까 다시는 기다리지 마세요. 제 여자 친구도 찾지 마시고요."

"……."

"가자, 은서야."

"응."

남학생이 어깨에 손을 올리자 은서가 그와 눈을 마주쳤다. 무열에게는 제대로 마주쳐 주지도 않던 시선이 그에게는 곧게도 향해 있었다.

무열은 여전히 말을 잃은 상태였다. 뭐라고든 하고 싶은데 입이 조금도 뻥긋거리지 않는다.

상처받은 눈이었는데. 분명 그런 눈을 하고 있었는데…….

"아, 선배님."

걸어가던 은서가 고개를 돌려 무열을 보았다. 얼마 만에 제대로 마주하는 걸까. 무열은 그 짧은 시선조차 놓칠 수 없었다.

"……?"

"정말이에요. 저 그때 안 나갔어요. ……안 믿으시는 것 같아서요."

"……."

"전 선배님이 정말 싫어요."

"……."

"안녕히 가세요."

은서의 모습이 점점 작아질 때까지도 그는 고개를 돌릴 수 없었다. 일렁이는 시선이 다른 남자와 나란한 그녀의 뒷모습을 쫓고 쫓았다. 점이 되어 흐릿해질 때까지, 코너를 돌아 모습을 감춰 버릴 때까지 계속해서 보았다.

어느덧 상처받은 눈은 무열의 것이 되어 있었다.

무열은 살면서 단 한 번도 먼저 도망쳐 본 일이 없었다. 언제나 소중한 사람들이 자신을 두고 사라졌을 뿐이었다.

그런 경험은 그에게 모진 다짐을 심었다. 마음을 녹이는 따스한 사람, 소중한 존재 같은 것을 다시는 갖지 않겠다고 몇 번이나 스스로를 다잡게 했다.

아버지라 불리던 사람은 마치 제 졸업일을 기다렸다는 듯 일방적으로 부자 관계에 끝을 고했다. 그리고 얼마 지나지 않아 은서마저 놓쳤으니 모든 원망이 그 시기에 집결된 것은 말할 것도 없었다.

그럼에도 무조건적인 끝이란 것은 없는 법. 무열은 끝이라고 생각했던 곳에서 어느 순간 또 다른 시작을 발견했다.

끝과 시작은 언제나 함께 있었다. 모든 게 끝났다고 포기하려 할 때쯤이면 마음대로 끝낼 수도 없게 시작이 바로 앞에 다가와 자신을 끌어당겼다.

곧바로 아르바이트를 시작했다. 학업과 병행하는 것이 쉽지는 않았지만 그럼에도 그는 끝까지 애써야만 했다. 모든 것이 자신의 어깨 위에 놓여 있었다. 무겁더라도 짊어지고 가야만 하는 소중한 무언가였다. 유일하게 잃지 않은 자신의 재산, 바로 어머니인 윤숙이였다. 그랬기에 힘들어도 힘들다는 생각조차 할 수 없었다.

그렇게 모든 시간을 바쁘게 흘려보내다 보니 어느덧 숨통 트일 만한 순간이 코앞까지 와 있었다.

윤숙이 어느 날 신사 한 명을 데리고 무열의 앞에 나타난 것이었다.

'아드님께 허락을 받고 싶어서 왔습니다.'

'……네?'

'윤숙 씨와 만나고 싶습니다.'

무열은 그 순간 말로 다 할 수 없는 묘한 안도를 느꼈다. 의심보다는 그것이 먼저였다.

아들에게조차 제대로 의지하기 미안해하던 그녀가 처음 '여자'의 모습으로 웃고 있었다. 그녀가 누군가의 앞에서 '윤숙'이라는 자신의 이름으로 불리는 걸 본 순간, 무열은 더 이상 자신에게 아무런 선택권이 없음을 알 수 있었다.

아니, 선택권이 있었다 해도 분명 그를 선택했을 것이다. 자신의 새아버지로 말이다.

자신보다 한참이나 어린 무열에게 고개를 숙인 신사, 그러니까 지금 무열의 새아버지인 경철은 윤숙이 일하는 식당에 갔다가 첫눈에 반했다는 말로 이야기를 시작했다.

점심과 저녁, 평일과 주말을 가리지 않고 몇 번이나 찾아가 같은 식사를 했고, 그렇게 마주치는 시간이 늘면서 서로를 눈에 담았다고 했다.

다 늦은 사랑에 겁이란 것이 나지 않았다고 하면 거짓말이라면서도 그는 윤숙을 지켜보기만 할 수는 없었다고 했다. 오십이 다 되어 가던 나이까지 미혼으로 일에만 매진하게 되었던 데에는 이유가 있었던 것 같다고, 전부 뒤늦게 윤숙을 만나기 위함이었을지 모르겠다고도 했다.

경철은 일밖에 모르고 살던 자산가였다. 누구보다 따뜻했지만 분명한 강단이 있는 남자였다. 그것은 무열과 윤숙에게 있어 굉장한 희망이었다.

그러니까…… 법적으로는 기혼이었던 탓에 결혼은 생각도 못 하고 있던 윤숙의 앞에 남편이 나타난 때였다.

2년 만이었다. 전 재산을 들고 집을 나갔던 그는 빈털터리가 된 채 그녀 앞에 섰다. 다시 받아 달라고, 무열과 윤숙의 소중함을 깨닫고 후회한다고 했다.

그때 윤숙에게 도움을 준 것이 바로 경철이었다.

경철은 남편이 만져 본 적도 없을 만큼의 돈을 건네며 제안 아닌 제안을 했다. 돈이 필요한 거라면 그걸 받고 윤숙과 이혼을 해 달라는 것이었다. 만약 돈을 거절한다면 그녀의 행복을 위해 진심으로 포기할 각오도 되어 있었다.

그러나 결과는 불 보듯 뻔했다. 가족의 소중함을 깨달았다는 말? 무열과 윤숙은 애초에 믿지도 않았다. 돈 앞에 얼굴색을 싹 바꾼 남편은 이혼 서류에 미련 없이 도장을 찍었다.

커다란 빚을 진 기분이 들었다. 하지만 그 덕분에 두 사람은 시리던 삶으로부터 비로소 탈출할 수 있었다.

경철은 윤숙에게 한없이 깊은 사랑을 주었다. 그녀는 그의 곁에서 새 삶을 살기 시작했고, 무열 역시 새아버지를 얻음과 동시에 춥고 힘겨웠던 현실로부터 벗어날 수 있었다.

그는 윤숙뿐만 아니라 무열에게도 은인이었다. 공부를 마음껏하게 되었고, 하고 싶은 일도 제약 없이 할 수 있었다.

모든 것이 순풍에 돛을 단 듯이 흘러갔다. 끝은 또 다른 시작으로 이름을 바꾸었다.

'은서랑 저…… 사실 사귀는 사이 아니었습니다.'

군대에서 후임으로 만난 익숙한 얼굴. 그리고 그 녀석이 했던 말. 그 말 또한 이미 끝난 줄 알았던 무열의 시간을 재차 움직였다.

정확히 그때부터였다. 그녀를 다시 찾아 헤매기 시작한 것은.

고생만 하던 윤숙을 그저 지켜보기만 할 수 없었다는 경철의 말이 몇 번씩 무열의 속에서 되풀이되었다. 그때마다 무열은 은서를 떠올렸다. 더는 보기만 할 수 없어서, 그 곁을 맴돌고만 싶지는 않아서, 자신도 그래서 은서에게 고백을 하려고 했었던 것이다.

만약 그날 그런 일이 없었더라면 우리는 진즉 행복할 수도 있지 않았을까. 네가 애써 거짓말을 하며 내게서 도망치는 일도 없지 않았을까. 이후 그런 생각을 몇 번이나 했다.

"사장님, 벌써 퇴근하시게요?"

"어, 갈 데가 있어."

자리에서 일어난 무열이 쿨패치를 떼어 내 휴지통에 처박았다. 코트를 집어 든 그가 사장실 문을 거칠게 열자 밖에 있던 직원들의 시선이 그에게로 꽂혔다.

"어? 사장님! 어디 가세요?"

"사랑니 때문에 죽을 것 같아. 약국에 좀 가야겠어."

"네? 치과가 아니고요?"

의아한 얼굴들을 지나치며 무열이 다급한 걸음을 내디뎠다. 주변을 살필 여유도 없었다.

마음이 군데군데 뻥 뚫린 것처럼 추웠다. 간 적 없다고 말하며 차가운 얼굴을 하던 교복 차림의 최은서와 울먹이며 소리치던 지난 저녁의 최은서가 머릿속을 어지럽혔다.

당장 만나러 가야 했다.

보고 싶은 순간 마음껏 볼 수 없었던 그녀를.

05
그 여자의 사정

"어머, 웬 비야? 예고도 없이."

멍하니 창밖을 바라보고 있는 은서의 곁에 다가오며 희경이 말했다.

유리창에 물기가 가득히 묻었다. 얼마 전까지만 해도 땅을 꽁꽁 얼릴 듯 눈이 내리더니 이제는 세상을 흠뻑 적실 정도로 비가 쏟아지고 있었다.

두 사람이 흐릿한 창밖의 풍경을 응시했다. 아무것도 보이지 않았다. 날은 어두웠고, 빗줄기가 공기 중에 흠집을 내며 희게 떨어지고 있었다.

눈 한 번을 깜빡이지 않은 채 바깥만 보던 은서가 자신의 손목을 매만졌다. 가느다란 손목에는 파스가 붙어 있었다. 무열 때문이었다. 아프다는 말을 들은 체도 안 하며 강하게 잡아 쥐고 있었던 탓이다.

기어코 이렇게 상처를 내고 자신의 흔적을 남긴다. 그 남자는
예나 지금이나 똑같다.

손목이 시큰거리며 자꾸만 신경에 거슬렸다. 강하게 잡혀 있던
그 순간의 아찔함이, 왈칵 터져 버리던 뜨거움이, 전부 그 안에
새겨진 듯했다.

"오늘 밤 내내 비 온다고 그러네. 이게 시작이래. 더 많이 올
건가 봐."

휴대 전화를 붙들고 날씨를 검색해 본 희경이 은서를 보았다.

"은서 씨, 우산 있어?"

"아니요."

"어쩌지, 나도 없는데. 남편한테 우산 하나 더 챙겨 오라고 할
테니까 좀 기다릴래?"

"아뇨, 괜찮아요. 정류장까지 뛰면 금방이에요. 그거 기다릴 시
간에 벌써 집에 도착하고도 남겠어요."

크게 개의치 않는다는 말에 희경이 재차 창밖을 확인했다. 아
직까지는 빗줄기가 그리 세지 않다. 추적추적 비 내리는 풍경에서
시선을 거둔 그녀가 은서의 등을 안쪽으로 밀었다.

"곧 있으면 더 많이 올 거래. 오늘은 내가 마무리하고 갈 테니
까 은서 씨는 먼저 들어가. 물론 지금 나가도 비는 맞겠지
만……."

"괜찮은……."

"쓰읍."

"……그럼 먼저 가죠, 뭐."

불필요한 일로 고집을 부리는 건 은서와 어울리지 않았다. 구태여 괜찮다는 말로 실랑이를 하고 싶지도 않았다. 순순히 고개를 끄덕이며 안쪽으로 들어가자 희경이 그녀의 등 뒤에서 웃었다.

외동이라던 은서는 혼자서 아들이며 딸 노릇을 전부 해 왔던 건지 무척이나 의젓해 보였다. 하지만 타인의 눈에는 너무도 차갑고 딱딱하게만 보일 때가 있어 희경은 언제나 그게 마음에 쓰였다. 그래서 저렇게 숙여 올 때면 그렇게 귀여울 수가 없다. 언니 노릇을 해 보고 싶게 만든다고나 할까.

괜한 뿌듯함에 사로잡혀 웃고 있자 어느덧 코트를 챙겨 입고 나온 은서가 힐끔 그녀를 보았다.

"저 진짜 이대로 먼저 가요?"

"응, 조심해서 가. 오늘도 수고했어, 은서 씨."

"그럼 내일 봬요."

유리문을 밀며 나오자 비 냄새 섞인 바람이 코끝을 스친다. 은서는 약국 차양 밑에 잠시 멈추어 섰다. 안에서 보던 것보다 빗줄기가 꽤 굵었다.

정류장까지 뛰면 얼마나 젖을까. 멍하니 서서 별 의미도 없이 그런 생각을 했다. 조금 젖든 흠뻑 젖든 어차피 젖는다는 사실에는 변함이 없다는 것을 알면서도 말이다.

은서가 깊게 숨을 내쉬었다. 그러자 그녀의 눈앞으로 입김이 하얗게 퍼졌다. 어쩐지 평소보다 더 추운 기분이었다.

펑펑 눈이 쏟아지던 날보다 이렇게 추적추적 비가 내릴 때면 더욱 몸이 차게 식는 것 같았다. 그리고 손끝에서부터 서서히 번지는 차가움을 느낄 때면 꼭 그날의 일이 떠올랐다.

세상을 희게 물들이며 떨어지던 커다란 눈송이들. 지금보다 훨씬 더 추웠던 어느 겨울. 태어나 체감할 수 있었던 모든 추위는 그날을 이겨 낸 적이 없었다.

잊으려고 애써도 자꾸만 되살아나던 그 아픔이 지금 이 순간에도 여전히 느껴졌다.

거울 앞에 선 은서가 교복 차림의 자신을 뚫어지게 응시했다. 웃음기 없는 얼굴에서는 찬바람이 쌩쌩 불었다.

'6시에 후문에서 보자.'

아까도 분명 지금과 똑같은 표정을 하고 있었을 것이다. 조금쯤은 웃어 줄 것을 그랬나 하는 묘한 아쉬움이 남는다. 그러나 이내 고개를 저었다. 이따가 활짝 웃어 주면 되는 것 아닌가. 단둘이서 만나게 될, 떨리는 그 순간에.

교복을 벗고 옷장 문을 열었다. 옷이 많은 것은 아니었지만 그래도 그중에서 나름 가장 예쁘다 생각되는 것으로 두어 벌 꺼내었다. 하지만 뭐가 더 나을지 몰라 한참을 고민에 빠졌다.

누군가에게 '예뻐 보이기 위해' 옷을 고르는 것은 처음이었다.

태어나 한 번도 해 본 적이 없는 고민이었다.

무열이 언제나 '너 예뻐.' 하고 말해도 시답잖은 소리 말라며 무시하기 일쑤였는데 사실 속은 그게 아니었던 모양이다. 질리도록 들었던 그 말이 또 듣고 싶은 걸 보면 말이다.

작은 손에 흰색의 두툼한 니트를 쥐었다. 한없이 차가운 색이었지만 손바닥에 감기는 촉감은 무엇보다 보드랍고 따스했다.

그가 바라보는 나는 이런 모습일까. 겨울 같은 내게서도 그는 막 피어나는 꽃처럼 사랑스러운 무언가를 발견했던 걸까. 그래서 그토록 올곧게 눈을 마주쳐 준 걸까. 마음에 이른 봄바람이 불어오는 듯해 자꾸만 설레었다.

가벼운 사람이라며 그를 무시하고 싫어해 왔던 시간들이 무색해졌다. 내세우던 철벽은 어느샌가 무너졌고, 언제부터였는지도 모르게 마음이 갔다. 그 변화를 깨달았을 때는 이미 출발선을 넘은 지 한참 뒤였다. 나도 모르게 내 마음이 먼저 그의 마음 앞에 가 있었다.

그는 은서가 알고 있는 사람 중 가장 솔직하고 빛나는 사람이었다. 가족보다, 친구보다 더욱더 반짝였다. 주변에 사람이 들끓는 게 충분히 이해되는 그런 남자였다.

어린 시절부터 고모 집에 얹혀살았던 은서에게 있어 인간관계란 아버지 만호, 고모 선희가 전부였다. 여동생 손에 홀로 맡겨진 딸을 볼 때마다 미안하다고 하던 만호와 그런 만호에 대한 걱정으로 조카에게 괜한 죄책감만 실어 주던 선희. 그들 사이에서 투정은 감춘 채 눈치만 키우던 은서는 어쩐지 점점 아이답지 않게 자랐다.

자신의 나약하고 어린 구석을 내보이지 않으려던 노력이 그녀를 조금은 차가운 아이로 성장시켜 버린 것이다.

그랬던 그녀에게 무열은 이제 막 열여덟이 된 소녀의 풋풋한 감정을 처음으로 알게 해 준 이였다. 낯설고 두렵지만 설레는 그런 사람이었다.

새하얀 니트를 입은 은서가 그 위에 코트며 목도리까지 둘렀다. 만반의 준비가 끝났다. 그를 만나러 갈 준비. 그의 따스한 마음을 자신의 추운 방 안에 초대할 준비.

"고모, 저 친구 좀 만나고 올게요."

"친구? 늦어?"

"저녁만 먹고 올 거예요."

"어머, 웬일이래. 도통 친구 얘기도 안 꺼내던 애가…… 조심해서 다녀와. 밤부터 눈 엄청 온다니까 너무 늦지 말고."

"네, 다녀올게요."

은서의 운동화가 바닥을 가볍게 딛고 달렸다. 차박차박, 땅과 닿을 때마다 짧은 소리가 그 주변에 울렸다. 한없이 설레는 소리였다. 지금의 이 설레는 마음이 소리를 낸다면 딱 저럴 것이라고 은서는 생각했다.

춥게 얼어 있던 바닥을 딛고 달리면 지나온 자리마다 분홍빛으로 물들었다. 그를 만나러 가는 길에 수많은 따스함이 수를 놓았다. 태어나 느껴 본 감정 중 가장 벅찬 것이었다.

그 순간 은서는 강원도에 홀로 남아 있는 만호도, 혼자 저녁을 먹으며 드라마를 볼 선희도 생각하지 않았다. 온전하게 나 스스로를 위한 순간, 열여덟 소녀가 설렘에 온몸을 맡기고 사랑에 빠져보고 싶은 그런 순간이었다.

"어서 오세요."

꽃집의 문을 열고 안으로 들어서자 따스하고 훈훈한 공기가 느껴졌다. 딸랑이는 방울 소리와 함께 안쪽에서는 꽃향기만큼이나 포근한 인사가 들려왔다.

등 뒤로 차가운 겨울바람이 시리게 닿자 조금 더 안으로 들어선 은서가 문을 굳게 닫았다. 고개를 돌리니 어느덧 문 앞까지 나온 꽃집 주인이 그녀를 보며 웃고 있었다.

"저…… 꽃다발을 사려고 하는데요."

"찾으시는 꽃이라도?"

"딱히 찾는 게 있는 건……."

꽃과는 별로 친하지 않았다. 초등학교와 중학교 졸업식 때 만호와 선희로부터 축하 꽃다발을 받은 적은 있지만 그게 전부였을 뿐, 누군가를 위해 꽃을 사는 건 처음이었다.

갖가지의 예쁜 꽃들이 꽃집 안에서 향기를 내뿜고 있었다. 그중 어느 것도 예쁘지 않은 게 없다는 사실이 선택을 더 어렵게 만들었다.

그때, 망설이던 은서의 시야에 어느 꽃 하나가 보였다. 장미처럼 화려하지는 않지만 수수한 송이들이 옹기종기 모여 있는 듯한 그런 모양새였다. 하얗고, 작고, 꼭 지금 이 순간 자신의 기분과도 같은.

"이건 뭐예요……?"

"아, 그건 수국이에요. 원래 여름에 만개하는 꽃이라 겨울에는 값이 좀 나가요."

"수국……."

"이 꽃으로 줄까요, 학생?"

"네, 주세요."

은서가 지갑을 뒤적여 곱게 접힌 지폐를 몇 장 꺼냈다. 친구를 만나거나 군것질을 하는 타입도 아니었기에 그동안 받은 용돈이 차곡차곡 모아져 있었다. 언젠가 쓸 일이 있겠지 싶기는 했지만 이렇게 쓰게 될 줄은 미처 몰랐다.

학생이란 입장에서 선뜻 몇 만 원을 내는 게 쉬운 일은 아니었다. 하지만 한 다발의 꽃으로 자신 앞에 내밀어지는 것을 보니 조금도 아깝지 않아졌다.

그에게 주는 첫 선물이 될 것이다. 모든 것의 처음이 될 이 꽃에 설레는 마음을 가득 담아 줄 생각이었다. 졸업 축하 꽃다발이라는 명목으로 내밀면 그는 온 얼굴로 기뻐하며 받아 줄 게 분명했다. 그러면 그냥 바람결에 스쳐 가듯 좋아한다고 말해 보고 싶었다.

만약 그가 먼저 말한다면 그때는 더욱 용기를 낼 수 있을 것이다. 나 역시 같은 마음이라고 벅차게 대답할 수 있을 것도 같았다.

"안녕히 가세요."

꽃집을 나서는 은서의 품에는 하얀 수국이 소복이 솜털처럼 안겨 있었다. 얼굴에는 잔잔한 미소가 번졌다. 꽃다발을 안은 채 버스에 올라탄 은서가 꽃잎에 코끝을 가져다 댔다. 간지러웠다.

꽃잎이, 이제 막 피어나기 시작한 사랑의 잎이, 자꾸만 간지러웠다.

"……."

손끝에 감각이 없어지기 시작했다. 꼼짝 않고 서 있었더니 다리에도 감각이 없어진 것만 같았다. 파랗게 질린 입술 사이로 숨을 내쉬자 입김마저 꽁꽁 얼릴 듯한 공기에 두 뺨이 바르르 경련했다.

이 상태로 얼마나 지난 걸까. 은서가 코트 소매를 걷어 시간을 확인했다. 시침은 11시를 막 넘어서고 있었다.

함박눈이 무척 많이 내렸다. 의식하지 못하는 사이 어느덧 발밑에 소복하게 쌓였고, 그녀의 어깨에도, 그녀의 머리 위에도 달라붙었다.

눈은 쉽사리 멈추지 않았다. 계속해서 쌓이기만 할 뿐 따스해질 기미 같은 건 보이지 않았다. 그래서 더 추운 밤이었다.

은서의 마음도 그랬다. 그를 기다리던 마음들이 눈처럼 계속해서 차곡차곡 쌓였다. 오겠지, 올 거야, 하던 기대도 눈 속에 파묻힐 듯한 추위에 아득하게 멀어져 갔다.

시간이 너무 많이 흘렀다. 늦을까 봐 5시 40분쯤에 도착했었으니 벌써 5시간도 훨씬 지났다. 길이 엇갈릴까 싶어 계속해서 그 자리에만 있었더니 몸은 녹을 새도 없이 차게만 식어 갔다.

문자를 해 볼까, 전화를 해 볼까. 수없이 고민하다가 휴대 전화를 꺼냈지만 배터리 부족으로 전원이 꺼진 상태였다. 평소 따로 연락을 주고받을 만한 사람이 없어 좀처럼 충전에 신경 쓰지 않았던 탓이었다.

하지만 휴대 전화가 켜져 있었다고 해도 은서는 그에게 연락할 수 없었을 것이다. 자신의 마음도 제대로 말해 본 적 없는 그녀에게 있어 왜 안 오냐는 투정이나 재촉 같은 것은 너무 어려웠다.

엄마의 부재를 온몸으로 느끼면서도 '엄마는 언제 와?' 하고 묻지 못했다. 만호와 떨어져 지내는 동안에도 '아빠, 외로워요. 보고 싶어요.' 하고 약한 소리 한 번을 한 적이 없었다.

그러니 무열이라고 가능할 리가 없다. 기다리면 오겠지. 분명히 올 거야. 그렇게 스스로를 달래며 하염없이 자리를 지키는 것만이 그녀가 할 수 있는 최선이었다.

하지만 그는 오지 않았다. 밤 11시의 학교 앞에는 사람이 없었고, 고요함 속에 눈 내리는 소리만이 전부였다. 그대로 얼어 버릴 것 같았다. 몸도, 마음도, 전부.

조금 더 있으면 집으로 가는 막차가 끊길 시간이었다. 은서는 5분만 더, 5분만 더, 하고 속으로 외치다가 결국 모든 것을 내려놓았다. 5분만 더 기다렸다가 그를 만나면 뭐가 달라질까. 이미 마음은 차갑게 얼어붙기 시작했는데.

은서가 천천히 시선을 내려 자신의 품에 안긴 수국을 보았다. 수국 위에도 눈이 쌓였다. 어떤 것이 흰 수국이고, 어떤 것이 눈인지 헷갈릴 정도로 그 밤은 온통 눈 천지였다.

추위 속에서 빨갛게 언 손이 수국을 꽈악 붙들었다. 그리고 천천히 한 걸음을 떼었다. 발도 얼어 버려 걸음을 디뎌도 감각이 잘 느껴지지 않았다.

한 걸음, 또 한 걸음. 천천히 걷던 은서가 교문 근처에 있는 쓰레기통을 멍하니 바라보았다. 그러고는 자신의 손에 들려 있던 수국을 그 안에 툭, 버렸다. 하얗고 아름답던 수국이 쓰레기통에 거꾸로 처박혔다.

은서는 그 상태로도 한참이나 더 수국을 내려다보고 있었다. 거꾸로 처박힌 흰 꽃이 꼭 자신의 마음 같았다. 피어나기 시작하던 설렘이 빠르게 져 버리고 있었다.

"……."

뽀득, 뽀드득. 소복하게 쌓인 눈길 위로 은서의 걸음이 자국을 남겼다. 천천히 떼어 내기 시작한 걸음은 언제나처럼 정류장으로 향했다. 수국은 눈 속에 파묻혀 모습을 감춰 가고 있었다.

은서가 지나간 발자국 위로 다시 눈이 내렸다. 점점 그녀의 흔적을 지워 내고 있었다.

집에 오자마자 현관 앞에서 그대로 고꾸라졌다. 열이 심하게 났다.

선희는 대체 어떤 친구를 만나고 왔길래 이 꼴이 된 거냐며 은서를 다그치려다가 관뒀다. 잔뜩 젖은 채 바들바들 떨며 돌아온 조카는 무슨 말을 해도 들리지 않을 만큼 힘겨워 보였다.

정신을 차릴 수 없을 정도로 땀을 흘렸고, 울었고, 토했다. 은서는 그렇게 꼬박 며칠을 앓았다.

입술이 희게 질릴 정도로 앓고 나서야 겨우 눈을 뜰 수 있었다. 눈을 뜨면 죽을 먹었고, 죽을 먹은 뒤에는 약을 먹었다. 그러고 나면 다시 잠에 빠졌고, 다음 날이 되어서야 깨어나기를 반복했다.

시간의 흐름은 은서가 알고 있는 속도와 달랐다. 정신을 차렸을 때쯤에는 너무도 많은 시간이 흘러 있었다.

힘없는 손이 바닥을 더듬으며 무언가를 찾았다. 가느다란 손가락 끝에 충전 중인 휴대 전화가 걸렸다. 줄을 잡아 자신 쪽으로 당기자 작은 기계가 스르륵 가까이 끌려왔다.

멍한 시선으로 꺼진 액정을 보다가 전원 버튼을 꾹 눌렀다. 몇 초 뒤 켜진 화면은 요란했다. 며칠 사이 무열에게서 수십 통의 전화가 걸려 와 있었다.

"⋯⋯."

하지만 은서는 더 이상 그의 목소리가 궁금하지 않았다.

실컷 앓고 눈을 떠도 달라지는 것은 없었다. 사흘 내내 웅크린 채 엄마를 기다렸던 그때도, 벌벌 떨며 그를 기다렸던 이번도, 가장 먼저 자신을 반긴 것은 흰 천장이었다.

체념하는 것은 이렇게 두 번이면 충분했다. 혼자 남아 누군가를 기다리는 일, 이기적인 도망에 이제는 신물이 났다.

그가 남긴 흔적은 은서가 실컷 앓은 열병이 전부였다. 그녀는 도망 이후의 변심을 마주할 자신이 없었다.

눈을 감으며 휴대 전화를 꺼 버렸다. 마음에서도 영영 까맣게 꺼져 주었으면 하고 바랐다.

빛나던 그의 존재를 영원히 어둠 속에 묻어 버렸다.

"은서야⋯⋯. 무열 선배 또 왔는데⋯⋯?"

바람이 여전히 추운 3월. 무열은 몇 번이나 학교 앞에 찾아왔다.

고개를 돌려도, 오지 말라고 해도, 그는 계속해서 왔다. 왜 안 왔는지에 대한 말은 뒤로 미룬 채 계속 사정이 있었다고, 잠깐 이야기할 시간을 달라고만 말했다.

하지만 그런 말들은 이미 한참을 앓고 일어난 은서의 마음을 움직일 수 없었다. 겉보기에 아물었다고 해서 그 속까지 완전히 나았다고는 볼 수 없는 일 아닌가.

은서는 여전히 아팠다. 조금만 건드려도 속에서 울컥, 무언가가 치밀 것 같았다.

태어나 처음으로 겨우 꺼냈던 용기였다. 가족에게도 내 보지 못했던 용기를 타인인 그에게 냈었다. 그래서였다. 그것이 한 번 사그라지고 나니 똑같은 용기가 두 번은 나지 않았다.

마음을 차갑게 다잡았다. 그는 비겁하게 도망쳤다. 뒤늦게 와서 변덕을 부려도 미련하게 받아 줄 생각이 없었다.

도망쳤으면 아예 처음부터 없던 사람처럼 나타나지도 말 것이지.

그래, 엄마처럼.

우연히 아빠와 고모의 통화를 엿들었던 것이 생각났다. 친엄마가 필리핀에서 다른 남자와 새 출발을 해 잘 살고 있다는 내용이었다. '엄마는?' 하며 그녀를 끝내 놓지 못하던 어린 시절의 자신과 그 곁을 지켜 준 만호까지 모두가 미련해지는 순간이었다.

진심이 다 뭐고, 사랑이 다 뭐야.

"한준우."

친구들과 떠들며 교문을 향해 걷던 한 남학생이 은서의 목소리에 고개를 돌렸다. 그녀와 같은 반인 준우였다.

"……어? 나?"

"그래, 너."

은서가 준우를 보다가 힐끔 교문 쪽을 바라보았다. 그곳에는 자신을 기다리는 무열이 있었다.

"잠깐 나 좀 도와줄래?"

그녀의 첫사랑은 그렇게 끝이 났다.

시간이 한참 흐르고 나서 우연히 알게 된 것이 하나 있다. 수국의 꽃말이었다.

아무 생각 없이 텔레비전을 보던 중이었다. 방송에서는 그때 은서가 샀던 것과 똑같은 수국을 놓고 이렇게 말했었다.

「하얗고 예쁜 수국의 꽃말이 참 슬퍼요. '변심'이라고 하죠?」

"변심……."

떨어지는 빗줄기를 보며 은서가 중얼거렸다.

어쩌면 처음부터 예견된 결말인지도 모르겠다. 돌이켜 보면 우연인 듯 아닌 듯 안 될 거라는 이상한 복선 같은 것들이 곳곳에 깔려 있던 것도 같은 기분이 들었다.

'다 지난 일을 떠올려서 뭐해.'

무열이 나타난 뒤로 그의 생각이, 그와의 과거가, 추웠던 그날의 기억들이 수시로 머릿속을 파고들었다. 다시 잠재우려면 시간이 걸릴지도 모르겠다. 그것은 예상이 아닌 확신과도 같아서 아주조금 슬픈 기분이기도 했다.

한숨을 내쉰 그녀가 핸드백을 손에 꼭 쥐었다. 정류장까지 달릴 생각이었다. 핸드백을 머리 위로 올리며 한 발을 내디딜 때였다.

"……?"

찰박, 소리가 나게 물에 젖은 바닥을 딛자 그와 동시에 머리 위의 빗줄기가 멈추었다. 그녀의 하늘에 그늘이 졌다.

은서가 천천히 고개를 들어 위를 보았다. 검은색의 우산이 보였다. 그리고 그 우산 안에 자신과 함께 들어선 사람. 다름 아닌 무열이였다. 무열이 그녀에게 우산을 씌워 주며 가까이 서 있었다.

"……!"

예상치 못한 인물의 등장에 놀란 은서가 한 걸음 뒤로 물러나자 무열이 그녀의 허리를 확 잡아당겼다.

"비 맞아."

허리에는 그의 단단한 팔이 닿아 있었고, 코앞에는 너른 가슴 팍이 와 있었다. 거의 안기다시피 한 자세로 있자 그에게서 향수 인지 스킨인지 모를 냄새가 훅 끼쳐 와 코끝을 간질였다.

저도 모르게 눈을 질끈 감은 은서가 그대로 무열을 밀쳤다. 거리가 조금 벌어졌지만 그녀를 비에 맞게 하지는 않겠다는 듯 가녀린 등을 받치고 있는 손은 여전했다.

"회원의 개인 정보를 사적으로 활용하는 재미가 쏠쏠해. 집 주소에 일하는 곳까지."

"……여긴 왜 또 왔어요."

"보고 싶어서."

능청스러운 말에 은서가 뭐라고 한마디 하려다가 입을 도로 다물었다.

휘둘리는 건 이제 그만하고 싶다. 그가 망쳐 버린 그날의 일도, 앞으로 망쳐 놓을지 모르는 시간들도 전부 그 자리에 고스란히 두고 싶었다. 그의 손길이 다시는 닿지 않도록.

은서는 입을 꾹 다문 채 아무런 말도 하지 않았다. 그 어떤 대답도 하지 않겠다는 무언의 의사 표현이었다.

굳게 닫힌 입술을 빤히 쳐다보던 무열이 목소리 한번 듣기 어렵다고 조용히 중얼거렸다. 그러더니 한 손으로 자신의 뺨을 가리켰다.

"여기 말이야, 여기."

"……?"

"전치 1일짜리. 조금이라도 부었을 때 보여 주려고 왔어. 마음 아프라고."

"전혀 마음 아프지 않은데요."

"와, 냉정해."

"그리고 이미 붓기 다 빠져서 멀쩡해 보여요."

은서의 말에 무열이 돌연 웃음을 터뜨렸다. 끝까지 입 다물고 있을 것처럼 무표정하더니 어느새 꼬박꼬박 대답을 하고 있지 않은가.

느닷없는 웃음에 은서의 미간에는 더 깊은 주름이 잡혔다. 무열은 비웃은 게 아니라는 듯 손을 휘휘 내저었다.

"귀여워서 그래."

"……?"

"찬바람 부는 것 같은데도 막상 말 걸면 일일이 대답하잖아, 귀엽게."

"……."

한 대 칠까. 은서가 진지하게 생각했다.

뻔뻔하게도 웃는다. 정말이지, 예전처럼 웃는다. 아무 일도 없었다는 듯이, 줄곧 이렇게 지내 오지 않았었냐는 듯이, 자기 멋대로 모든 일을 정리하고 지워 버린 듯이 말이다.

은서가 고개를 돌리며 무심히 앞으로 나아갔다. 그러자 무열이 바짝 따라붙었다. 한 방울의 비조차 맞게 하지 않겠다는 듯 우산을 가까이 가져다 댄 채였다.

그럼에도 그녀는 고개 한 번을 돌리지 않았다. 계속 앞만 보고 걸었다. 저 멀리에 있을 정류장을 향해 그저 걷고 또 걸었다.

구두 굽 뒤로 빗방울들이 튀어 올라 축축하게 다리를 적셨다. 검은 스타킹에 회색의 빗물들이 맺혔다.

등 뒤로는 무열의 체온이 느껴지는 듯한 착각이 일었다. 남자의 깊고도 시원한 향이 자꾸만 뒷목 부근을 낯설게 빙글빙글 맴돌고 있었다. 이대로 멈춰 서면 자신의 마른 등에 그의 넓은 가슴이 빈틈없이 닿을 것만 같았다.

가지 말고 서 버릴까. 그런 생각을 몇 번이나 했다. 왜 자꾸 따라붙는 걸까. 계속해서 의아했다.

오지 말라는 냉정한 말에도 교문 앞을 지키던 그때처럼, 몇 날 며칠을 속 시끄럽게 만들었던 그때처럼, 무열은 은서의 말에도 웃는 낯으로 그녀의 곁을 지켰다.

왜 안 왔냐고 물어볼 것을 그랬나. 사실은 갔었다고 솔직하게 전부 털어놓아 볼 것을 그랬나. 고민들은 수시로 은서를 괴롭혔다. 다시는 보지 못할 사람처럼 멀어지고 나서야 그런 생각들을 했었다.

하지만 전부 부질없는 짓이었다. 쓰레기통에 처박혔던 흰 수국이 떠올랐다. 변심이라는 단어가 끊임없이 그 장면의 끝에 머물렀다.

도망친 사람이다. 그를 밀어 내며 다시는 오지 말라고 으름장을 놓았던 게 자신이라고 해도, 잡히지 않으려 애쓴 게 자신이라고 해도, 가장 솔직했던 순간에 도망을 친 것은 그였다. 먼저 변덕을 부린 것은 분명 박무열이었다.

왜 안 왔냐는 한마디를 묻기도 힘들던 시절, 겨우 싹을 틔우던 용기가 뿌리째 뽑혔다. 열여덟의 다른 소녀들처럼 솔직하게 약한 소리를 하는 게 어려웠다.

기다림의 결과는 어차피 체념으로 이어진다. 그걸 처음 깨달은 게 고작 일곱 살이었다. 그랬기에 상처는 더욱이 크게만 느껴졌다.

그러니 멈추지 않을 것이다. 돌아보지 않을 것이다. 새삼스럽게도 그런 다짐을 하는 순간이었다.

뒷머리에 따스한 무언가가 닿았다. 가느다란 머리카락들을 훑고 올라간 그 온기는 뒷목까지도 움찔 떨게 만들었다. 무열의 손이었다. 무열이 그녀의 머리카락을 매만지고 있었다. 부드러운 손길이 그녀에게 조심스레 닿았다.

걸음이 절로 멈추어 버렸다. 그가 닿았음을 느낀 순간 다리는 더 이상 앞으로 나아가지 못했다.

은서가 고개를 돌렸다. 그러자 머리카락에 닿아 있던 그의 손이 아쉬운 듯 떨어졌다. 아예 몸을 돌리고 선 은서는 아직 허공에 머물러 있는 그의 손을 차갑게 쳐 냈다.

아팠다, 그의 손에 닿았던 자신의 손이. 그리고 또…… 마음도.

"만지지 마요."

"너……."

"그렇게 함부로 만지지 말라구요."

눈빛이 흔들렸을 것이다. 아마 자신을 바라보는 그의 눈만큼이나 크게 일렁였을 것이다. 은서는 거울을 들여다보지 않아도 지금 자신이 어떤 표정일지 충분히 알 수 있었다. 그에게 보여 주고 싶지 않은 표정일 게 분명했다.

그러나 무열은 차가운 말에도 아랑곳하지 않고 손을 뻗었다. 만지지 말라는 말을 제대로 듣지도 않은 걸까. 그가 무작정 은서의 팔을 붙잡았다.

"너 손목 왜 이래."

"……."

손을 드는 순간 하얗게 붙어 있는 파스를 발견했나 보다. 무열이 눈을 동그랗게 뜨며 은서를 보았다.

손목에서 또다시 통증이 왔다. 은서가 인상을 쓰며 그에게 잡힌 팔을 확 빼냈다. 무열은 그런 그녀를 가만히 보고만 있었다. 손을 뻗을 생각 같은 건 하지도 못했다.

"다쳤어?"

"그쪽 덕분에 전치 5일짜리 멍을 얻었거든요."

"……."

딱히 당신 때문이라고 투정을 부리거나 죄책감 같은 걸 심어주고 싶은 건 아니었다. 아무렇지 않게 손을 뻗는 그의 무신경함을 꾸짖어 주고 싶었다. 그뿐이었다. 별로 상처를 주거나 할 생각은 없었다.

그런데도 은서는 상처를 준 것만 같은 기분을 느낄 수밖에 없었다. 잔뜩 표정을 일그러뜨린 채 자신의 손목을 가만히 바라만 보고 있는 그 때문이었다.

그날이 생각났다. '저 안 갔어요.' 라고 말하며 그에서 영영 등을 돌렸던 날. 그때도 흘끔 돌아본 그는 이런 표정을 짓고 있었다. 예상치 못한 생채기가 생긴 듯 쓰라린 표정.

보고 싶지 않았다. 아물었다고 생각한 자신의 마음속 흉터까지 아린 기분이 들었다.

"그럼 저 갈⋯⋯."

그의 우산으로부터 빠져나가려고 할 때였다. 무열이 은서의 어깨를 끌어당겼다. 품에 가득 안은 것은 아니었지만 그녀가 젖지 않도록 자신의 곁에 바짝 붙였다.

"비 맞아. 일단 차로 가자."

그렇게 말하며 무열은 은서의 어깨를 감싼 채 천천히 걸음을 옮겼다. 혹시라도 그녀의 다른 곳마저 다치게 할까 한없이 조심스러웠다.

어깨에 닿은 그의 손은 커다랗고, 따뜻하고, 또 다정했다. 뒤에서서 몰래 머리칼을 만지던 손길만큼이나 조심스러워 은서는 그를 밀쳐 낼 수조차 없었다.

자꾸만 그의 향기가 곁을 감돌았다. 어깨는 따스하다 못해 뜨겁게 데일 것만 같았다. 온 신경이 그와 닿은 곳곳으로 분산되었다.

그가 가까이에 있음을 실감하고 만다. 그를 느끼고 있음을⋯⋯ 깨닫고 만다.

"⋯⋯."

힐끔 고개를 돌리자 그의 반대편 어깨가 축축이 젖어 있는 게 보였다. 자신에게 닿은 어깨가 불에 델 것처럼 뜨거운 감각으로 변하고 있을 때, 우산 밖으로 나온 다른 어깨는 한없이 시린 빗줄기에 흠뻑 젖어 가고 있었다.

그러나 그는 개의치 않았다. 무거운 물기가 어깨를 짓눌러도 신경 쓰지 않았다. 자신의 한쪽 어깨가 무사히 은서를 품어 보듬고 있다는 사실 하나 때문이었다.

은서가 다시 앞을 보았다. 이 손길을 뿌리치고 우산 밖으로 뛰쳐나갈 용기가 나지 않았다. 그의 앞에서 온몸을 흠뻑 적시며 사라져 가는 뒷모습을 남기고 싶지 않았다. 그저 입을 다문 채 그의 걸음을 따라 움직일 뿐이었다.

"타."

무열이 조수석의 문을 열며 은서를 보았다. 도망치지 못하도록 그녀의 손목이든 어깨든 꽉 쥐고 싶었지만 이 여린 몸에 또 상처를 내게 될까 봐 꾹 참았다. 가만히 그녀의 어깨를 감싸고만 있었다.

그런데 웬일일까. 딱히 힘을 주어 끌어안은 게 아닌데도 은서는 제 의지로 그 자리에 머물러 있었다. 그리고 순순히 조수석에 올라탔다.

놀란 얼굴로 내려다보자 은서가 조금은 머쓱한 표정을 지었다.

"추워요. 문 닫아요."

"아, 어, 어."

그녀의 말에 무열이 급하게 문을 닫았다. 그리고 우산을 쓴 채 굳게 닫힌 조수석 문을 멍하니 쳐다보았다. 물기로 창이 잔뜩 얼룩져 은서의 얼굴이 잘 보이지 않았다. 그런데도 입가에 미소가 걸렸다.

순순히 자신이 하자는 대로 해 줄 것이라고는 미처 생각하지 못했다. 이게 뭐라고……. 별다른 말을 들은 것도 아닌데 대체 이게 뭐라고 이렇게나 기쁜 걸까.

무열이 귀까지 걸리려는 웃음을 애써 감추고는 뒷좌석의 문을 열었다. 우산을 접어 뒤에 던져두고 운전석에 올랐다.

조수석에 앉은 은서는 안전벨트까지 전부 채운 채 가만히 앞만 바라보고 있었다. 앞에 뭐가 있나 싶어 고개를 돌렸지만, 앞창에 도 물기가 아른거려 밖이라고는 조금도 보이지 않았다. 눈을 마주 치지 않으려 나름대로 애를 쓰는 모양이었다.

그래도 좋았다. 그저 곁에 있다는 게, 이 공간 속에 빗소리를 제외하고는 누구의 말소리도 들리지 않는다는 게 무열은 너무도 좋았다.

온전하게 그녀의 향기만이 남았다. 함께 있다는 기쁨만이 머물 렀다.

"어디 가서 잠깐 얘기 좀 하자."

"……."

시동을 걸며 무열이 말했다. 하지만 은서는 대답하지 않았다. '싫어요.' 라든가, '여기서 해요.' 같은 말은 한마디도 입에 담지 않 았다. 그저 침묵했다. 작은 입술은 여전히 일자로 다물린 채였다.

그래도 무열은 액셀러레이터를 밟았다. 대답이 없어도 괜찮았다. 그녀의 침묵이 긍정의 대답이었다.

06

그러니까 난 아직도 네가

비 오는 평일 저녁의 선술집은 무척 조용했다. 잔잔한 음악 소리를 빼면 도란도란 무슨 말인지 들리지도 않을 만큼 작은 이야기 소리가 군데군데에서 머물렀다.

몇 가지 이야기들 사이에는 무열과 은서의 것도 섞여 있어야 했지만 두 사람은 쉽사리 말을 꺼내지 못하고 있었다. 빗속에 머물러 있던 눅눅한 공기만이 둘 사이를 여전히 맴돌았다.

무열이 손을 뻗어 병을 잡더니 은서의 잔에 졸졸졸 술을 따랐다. 그녀의 시선이 맑게 반짝이는 잔 위로 향했다.

말도 안 되는 시간을 보내는 중이었다. 어른이 되어 버린 무열과 자신이 이렇게 술잔을 기울이게 될 줄 어떻게 상상이나 해 볼 수 있었겠는가. 상상을 해 보았다고 한들 그것은 말 그대로 상상에만 남아 있을 일이다. 이렇게 현실로 눈앞에 도래할 것이라고는 꿈조차 꿔 보지 않았다.

그래서일까. 자꾸만 눈을 감았다 뜨면 홀로 천장을 바라보고 누워 있을 것만 같았다. 만나지 못한 채 끊임없는 열에 시달리다 눈을 떴던 그때처럼.

"술은 잘 마셔?"

무열이 물었다. 주로 처음 만난 사람들이 하는 대사였다. 그 말에 은서는 그와 '처음' 술을 마시게 된 지금의 순간을 곱씹고 또 곱씹었다.

소년과 소녀는 어느덧 어른이 되었다. 초코우유를 건네던 그가 그녀에게 술을 따라 주게 되었을 정도로 많은 시간이 흘렀다.

"……남들만큼은 마셔요."

"잘 마시네."

그렇게 말하며 웃는 무열의 얼굴은 다시없을 정도로 다정했다.

시선을 피한다는 걸 잊은 채 그의 미소를 제대로 마주해 버린 은서는 애꿎은 술잔만 만지작댔다. 당황으로 낯빛이 변할까 조금 긴장했다. 우습게도, 그렇게나 싫어한다는 사람 앞에서 이런 꼴이다.

싫다는 것은 거짓이 아니었다. 그는 몰래 숨어 담배를 피우던 첫인상부터 별로였고, 언제나 여자들에게 둘러싸인 가벼운 이미지였다. 그 때문에 그에게 마음이 가기까지도 꽤 오랜 시간이 필요했다.

따스했던 봄, 뜨거웠던 여름, 시원했던 가을을 고스란히 지나치고 마음이 차갑게 얼어붙는 겨울이 되어서야 자신의 마음을 깨달았다. 눈치채지 못하는 사이, 이미 그를 향하고 있었다는 것을 말이다.

누군가를 쉽게 좋아하고 싶지 않았다. 아니, 좋아하게 되어도 언젠가는 다른 사람에게 가 버릴 것 같은 가벼운 상대를 좋아하고 싶지는 않았다. 그런 와중에 깨닫게 된 마음의 원망은 그를 향했다.

좋아하고 싶지 않았는데 어째서 그토록 좋아져 버린 거냐고.

더 좋아하고 싶었는데…… 왜 변덕을 부렸느냐고.

"그래도 많이 마시지는 마."

가슴이 떨렸다. 이상한 일이었다. 오롯하게 원망만 남았다고 생각했는데 막상 얼굴을 마주하고 나니까 그렇게 아파했던 시간들이 조금은, 정말 조금쯤은 괜찮아지는 것도 같은 이상한 기분이 들었다.

그의 곁에 앉아 과거를 돌이켜 보는 지금의 은서에게 과거의 은서가 계속해서 외쳤다. 네가 얼마나 아프고 힘겨웠는지 잊지 말라고, 혼자 남아 기다리는 불안감에 얼마나 괴로웠는지를 기억하라고.

"좋네, 이런 자리. 나중에 재민이도 불러서 같이 보자."

"재민 선배…… 아직도 연락해요?"

순간 학창 시절로 돌아가기라도 한 듯 대화가 굉장히 자연스러워졌다.

무열은 그것을 노렸다. 둘이 기억하는 공통적인 키워드를 꺼내어 누구에게도 상처 되지 않은 채 한없이 설레기만 했던 그때의 추억을 되살려 보는 것.

그녀는 의도한 대화에 일말의 의심도 없이 첨벙, 발을 담갔다.

"자주는 아니고 가끔. 알잖아, 그 녀석 말 많은 거. 연락 오는 거 받아 주다 보면 한도 끝도 없이 와. 귀찮아 죽어."

"아아, 그렇구나. 재민 선배 소식 궁금했는……."

은서가 말끝을 흐렸다. 갑자기 무열이 의식되기 시작했다. 그가 이끌어 놓은 물웅덩이에 저도 모르게 발을 담가 버렸다는 것을 깨달은 순간, 속에서부터 깊이 한숨이 끓어오르는 것을 느낄 수 있었다. 너무 아무렇지 않게 휩쓸렸다.

앞에 놓인 잔을 들어 술을 한 모금 마실 때쯤 무열이 덤덤하게 입을 열었다.

"생각해 보니까 말이야."

"……?"

"넌 나한테 그 흔한 오빠, 선배 소리 한 번을 안 했어. 하다못해 변재민 그 자식한테도 선배라고 부르면서 나한테는 꼬박꼬박 선배님, 선배님."

"아, 그랬었나요."

"그래."

괜스레 술이 더 당겼다. 은서가 반 정도 남겼던 술을 마저 들이켰다. 빈 잔을 내려놓고 고개를 돌리자 무열의 시선이 자신을 향해 있었다. 저도 모르게 아직 놓지 않은 술잔을 손에 꽉 쥐었다.

"그나마도 이젠 부를 일 없을 거예요, 박무열 씨. 더 이상 우리가 그때처럼 선후배 관계인 것도 아니잖……."

"다시."

낮은 목소리가 짧게 울렸다. 그의 눈이 흔들림 없이 은서를 응시했다. 시선을 회피할 타이밍도 찾지 못했다.

'……화났나?'

당황하지 말아야 한다. 차라리 예전처럼 대하자. 그래, 예전처럼. 모든 게 달라졌다 해도 속마음만 겉으로 드러내지 않는다면 다시 평온해질 수 있을 것이다.

은서는 그가 무슨 말을 하는지 모르겠다는 듯 그저 눈을 크게 떴다.

"……."

"다시 불러 보라고, 방금 그거."

"뭘요."

"방금 내 이름 불렀잖아. '씨' 붙여서."

아무래도 화가 난 것 같다. 끊임없이 그어 버리고 마는 선에. 어떻게 해도 오지 못하게 할 거라는 무언의 의사 표현에. 남일 수밖에 없게 만드는 그 딱딱한 호칭에.

은서가 침을 꿀꺽 삼켰다. 입 안에서 술의 향이 퍼졌다.

"박무열 씨."

"……."

침묵이 맴돌았다. 그리고 조용하던 무열이 그녀를 바라보며 중얼거렸다.

"……아, 섹시해."

"……."

"그렇게 부르는 거…… 섹시해."

"······."

'이 또라이가······.'

갑자기 술이 확 당겼다.

한 잔, 또 한 잔. 그렇게 얼마나 지났을까.

"······러니까아 내가 말했잖아."

은서는 만취했다.

미처 못 했던 과거의 이야기를 제대로 시작하기도 전에 말이다.

"네, 네."

무열이 대답하면서 그녀의 손에 쥐어진 잔을 보았다. 빼앗아야 하나. 아무래도 그래야 할 것 같은데. 생각을 하기는 했지만 실행으로 옮기지는 않았다. 작은 잔을 손에 꽉 쥐고 있는 모습이 꽤 귀여워 보인 탓이다.

상상해 본 적도 없는 얼굴이었다. 술기운에 발갛게 달아오른 뺨이며, 게슴츠레하게 떠진 눈, 아이처럼 고집을 부리는 듯 앙다문 입까지.

바깥에 내리는 비 때문일까. 그 분위기에 취해 버린 걸까. 은서는 결코 틈을 주지 않을 것처럼 굳은 얼굴을 하고 있더니 어느샌가 잔뜩 풀어져 버렸다. 비스듬히 팔을 괸 채로 엎드려서 말이다.

"싯타고, 너. 너 말이야, 너. 박무열, 너어······."

"그래, 그래. 많이 들었어. 나 엄청 싯타고 그랬었어, 네가."

무열은 그녀가 '남들만큼'이라고 했던 말의 의미를 다시 떠올려 보았다. 대체 최은서 주변에 있는 남들은 주량이 어떻게 되는

걸까. 이 정도에 나가떨어질 거면서 어찌나 당당하게 '남들만큼
은 마셔요.' 라고 하는지 정말 깜빡 속아 버렸다.

그녀와 가지는 첫 술자리는 어른이 된 최은서에 대해 몰랐던
것들을 알게 했다. 그래서 좋았다. 싫다는 말을 들으면서도 무열
은 이상하게 자꾸만 좋았다.

"내가 취커 싯타고 그래짜나. 근데 왜 줘어. 왜, 왜!"

"……그때 그 쿠키 말하는 거야?"

"그래애. 취커꾸끼……."

"……끅끅."

기껏 참았던 웃음이 입술 새로 삐져나왔다. 무열이 테이블 위에
머리를 박을 듯이 상체를 숙이며 어떻게든 웃음을 삼키려 애썼다.

하지만 숨을 죽여 웃어도 그녀에겐 명확하게 들린 모양이다.
눈을 거의 감고 있던 은서가 눈꺼풀에 힘을 주더니 게슴츠레한
시선으로 그를 보았다.

"웅냐? 어? 우서?"

"아닙니다. 안 웃었습니다."

무열이 웃음기를 지우고 입가에 힘을 주며 말했다. 그러자 인
상을 쓰고 있던 은서가 그제야 만족한다는 듯이 미소 지었다.

"……."

은서의 미소를 보던 무열은 잠시 말을 잃었다. 한 번도 자신을
향해 보여 준 적 없는 미소를 너무 가까운 곳에서 마주해 버렸다.

방심하는 순간 덮쳐 온 그녀의 미소에 무열은 모든 사고가 정
지해 버리는 기분을 느꼈다. 아무 생각도, 아무것도 할 수 없었

다. 그저 가만히 저 예쁜 얼굴을 보고만 있었으면 좋겠다고 생각했을 뿐이다.

"박무열, 바아보⋯⋯."

내내 차갑던 은서의 얼굴 위로 발간 홍조와 함께 몽글거리는 미소가 맴돌았다. 한번 오른 웃음은 쉽게 내려가지 않았다.

무열이 자신의 잔을 꽉 쥐었다.

그녀의 이런 모습을 본 사람은 과연 몇이나 될까. 이렇게 예고도 없이 건네는 따사로운 미소를, 자신이 아닌 다른 남자들은 몇 번이나 마주했을까. 웃고 있는 그녀의 얼굴 위로 키스를 퍼붓고 싶은 충동을 참을 수가 없는데, 그 남자들은 어땠을까. 자신처럼 참았을까, 아니면⋯⋯.

멈춰 있던 생각들이 요란한 소리를 내며 빠르게 뒤엉키기 시작했다. 무열의 얼굴도 순식간에 굳었다.

자신이 없던 시절에 대한 질투 같은 것이었다. 제대로 본 적도 없이 지나간 그녀의 아름다운 이십 대. 그 시절을 함께 보냈을, 옆에서 지켜보았을 누군가에 대한 분노 같은 것이었다. 그럴 자격이 없다는 걸 알면서도 화가 치밀었다.

놓치지 않을 수 있었다는 생각은 무의미했다. 의도된 일이었든 아니었든 자신의 책임이 없다고는 할 수 없는 일이었으니까.

냉정하게 등을 돌려 걸어가던 작은 뒷모습. 그때의 모습을 머릿속으로 그려 보던 무열이 문득 반갑지 않았던 누군가와의 재회를 기억해 냈다.

❖

"너 이 새끼······."

"히익!"

녀석을 만난 건 군대에서였다.

"이, 이병 한! 준! 우!"

"아아, 한준우. 네 이름이 한준우였구나. 그래, 한준우······."

어디서 많이 본 얼굴이라고 생각했었다. 대체 어디서지. 어디
에서 봤더라. 그러다가 갑자기 생각이 났다.

춥던 밤, 자신이 홀로 남겨졌던 그때, 은서와 함께 사라지던 바
로 그 녀석이었다. 자신을 은서의 남자 친구라고 소개하며, 다시
는 찾아오지 말라는 건방진 말까지 서슴없이 뱉던 바로 그 녀석.

그랬던 녀석을 군대에서 만났다. 그것도 사수와 부사수의 관계
로 말이다.

그때의 그 녀석이 맞다는 사실에는 한 치의 의심도 없었다. 무
열을 발견하자마자 파랗게 질렸던 녀석의 얼굴이 모든 것을 고스
란히 증명하고 있었다.

윤숙이 재혼을 하고 집에 평화가 찾아온 시기였다. 수많았던
걱정들이 하나둘 사라졌지만 그래도 가슴속에는 은서의 존재가
아프게 남아 있는 시기이기도 했다.

잊으려고 애썼지만 한 번도 제대로 잊을 수는 없었다. 다시 찾
아보려는 생각조차 하지 않았지만 그래도 수시로 떠오르고 마는
그날의 장면, 그날의 표정이 무열을 몇 번이나 괴롭혔었다.

그러던 와중에 준우를 만났다.

무열은 은서를 향하던 그리움, 제대로 말도 못 해 본 괴로움 같은 것들이 그때 모조리 분출되는 것을 느꼈다.

준우는 나중에 가서 이렇게 말했었다. '그때 진짜 날 죽이려는 줄 알았어요.' 라고.

틀린 말은 아니었다. 준우를 마주하면서 무열은 순간 '그냥 이 새끼 쥐어 패고 영창이나 갈까.' 하는 생각을 하기도 했었으니까. 이십 대 초반이었으니 그 혈기에 충분히 가능했을지도 모르는 일이다.

하지만 무열은 머리가 꽤 좋은 편이었다. 굉장히 합법적으로, 문제가 되지 않는 방법으로, 절대 무력을 행사하지 않고 준우를 굴렸다. 사수와 부사수의 관계에서 그 역시 함께 구를 때가 많았지만 무열에게 그 정도는 아무것도 아니었다. 널 엿 먹이기 위해서는 365일 행군도 마다하지 않겠다는 마음까지 들었으니 말 다한 셈이다.

은서에 대한 것을 묻고 싶었지만 참았다. 그 아이는 어떻게 지내고 있느냐고 묻고 싶었지만 몇 번이고 참았다.

준우가 공중전화 부스 안에 서 있을 때면 혹시라도 건너편에 있는 게 은서는 아닌지, 통화를 하면서 웃을 때면 은서의 목소리에 기쁜 게 아닌지 계속해서 신경 쓰이곤 했다. 잊기로 했지 않느냐고 스스로를 다그쳐도 소용이 없었다.

모든 게 제 착각이었다. 사랑이 끝나지 않았다. 아예 멈춘 게 아니라 잠시 쉬고 있을 뿐이었던 것이다.

그러던 어느 날, 함께 보초를 서던 준우가 무열에게 먼저 말을 걸어왔다.

"저…… 박 상병님."

"뭐."

"혹시 저한테 이러시는 게…… 은서 일 때문입니까?"

"……."

뜨끔했다. 아니라고 발뺌하지 못하는 스스로에게 화가 날 정도로 눈에 띄게 멈칫했다. 최은서와 관련된 일에 대해서는 유독 더 감정적으로 변하고는 했으니 이상한 일도 아니었다.

"안 그래도 전부터 계속 말씀드릴 타이밍을 보고 있었는데……."

"뭘?"

"은서랑 저…… 사귀는 사이 아니었습니다."

"……."

"……."

침묵이 오고 갔다.

"잠깐, 뭐?"

"예, 사실은 아니었…… 악!"

무열이 앞뒤 말을 제대로 듣기도 전에 일단 준우의 엉덩이를 발로 차 버렸다. 참고 참았던 분노가 전혀 예상하지도 못한 타이밍에 터져 버린 것이다.

준우가 엉덩이를 붙들고 고개를 번쩍 들며 무열을 원망의 눈으로 올려다보았다.

그래. 말 그대로 원망의 눈이었다.

"그러니까 넌 그냥 같은 반 친구였을 뿐이다?"

"예, 그렇습니다."

"최은서의 부탁을 들어줬을 뿐이다?"

"예, 그렇게 된 겁니다."

"칠까, 진짜."

"……."

무열이 준우를 보며 나직하게 중얼거리자 그게 어찌나 섬뜩하게 들렸는지 준우가 몸을 바르르 떨었다. 추위 때문인 척 괜스레두 팔을 쓸어내리면서 말이다.

준우는 모든 게 은서의 부탁 때문이었다고 했다. 잠깐이면 된다고, 그냥 자신이 시키는 대로만 말해 달라 그랬다고 했다.

그러면서 그는 저 너머를 바라다보며 천천히 말을 이었다.

"최은서요, 그때 엄청 아팠어요."

"……아팠다고?"

"걔 고모가 교무실에 오셨던 날이 있었는데 그때 담임이랑 이야기하는 걸 들었어요. 봄방학 내내 무슨 감기를 어떻게 앓았는지 몇주 동안 일어나지도 못했대요. 먹고, 토하고, 자고, 깨고, 그랬대요. 그 상태로 학교에 왔는데 얼굴이 진짜…… 사람 얼굴 같지가 않더라고요. 병원에서 탈출한 환자도 그것보단 사람 같았을 거예요."

"……."

"함박눈 펑펑 온 날 있었잖아요. 몇 시간을 밖에 있다가 제대로 앓아누웠다더라고요. 몇 번 오셨을 때 보셨죠, 핼쑥해서 볼이 이렇게 움푹 패어 있던 거. 그래도 그때 본 얼굴이 그나마 좀 나았을 때였어요. 그전에는 수업받다가 쓰러지는 거 아닌가 애들이 얼마나 걱정을 했다고요."

"……."

무열의 머릿속으로 은서의 얼굴이 가물거리며 떠올랐다. '가세요.' 하고 차갑게 말하던 그 얼굴이 어땠었는지를 되짚었다.

조금 더 마른 것 같다고, 몇 주 사이에 한없이 작아진 것 같다고, 그렇게 생각했었다. 그게 어째서였는지는 미처 알아채지 못하고 말이다.

"그때 안 갔었다고 걔가 그랬잖아요. 전 솔직히 시키는 대로만 말한 거라서 그게 무슨 말인지 잘 몰랐거든요."

"……."

"근데 나중에 생각해 보니까 대충 알겠더라고요. 제가 눈치 하나는 끝내주거든요. 최은서가 그렇게 아팠던 거, 박 상병님이랑 관계있는 거였죠?"

아무런 말도 하지 않고 가만히 은서의 얼굴만 떠올리고 있었다. 차갑던 표정. 가지 않았었다는 거짓말을 끌어 올리기 위해 무던히도 노력했을 목소리. 어느 것 하나 진실된 게 없었는데도 바보같이 전부 믿어 버리고 말았다.

가지 말라고, 내 얘기를 들어 보라고 하며 그녀를 붙들어도 부족했을 텐데. 그저 자신의 마음이 온전하게 닿지 못했었구나 하는 그런 좌절감에 모든 것을 놓아 버렸다.

시간을 돌릴 수도 없는데 이야기는 그때로 돌아가 다시 온전한 후회만을 남겼다.

"근데 너."

"네?"

"제대 안 하고 영영 여기에 묻히고 싶냐?"

"……네?"

"내가 네 동네 형이야? 군대가 만만하냐? 어디서 '요'를 써, 이 새끼가!"

"죄, 죄송합니다!"

일부러 가지 않은 건 아니었지만 그녀 입장에서는 도망이라 해도 완전히 틀린 말은 아닐지도 모르겠다. 그녀가 다른 사람을 선택했다 생각하고 더는 붙잡을 생각도 하지 않았으니 자신의 진심으로부터 도망쳐 버린 것도 맞았다.

제대로 고백을 해 보고 끝낸 것도 아니었고 마음을 정리한 것도 아니었으니 그건 수많은 도망의 종류 중 하나였을 것이다.

"……."

은서는 어느새 테이블에 기대어 잠이 들어 있었다. 그리고 무열은 그런 은서를 물끄러미 바라보았다.

얼마나 기다렸을까. 얼마나 추웠을까. 얼마나 아파하고, 또…… 얼마나 원망했을까. 짐작하지 못할 아픔들이 여전히 그녀 안에 숨어 있을 것만 같아 무열은 가슴이 시큰거렸다.

아버지가 바람이 나 집을 나갔다고, 그래서 어머니를 챙기느라 제 시간을 지키지 못했다고, 구구절절 말할 자신 같은 게 있었을 리 만무하다. 갓 스물이 된 무열에게는 너무도 어려운 것이었다.

진지하게 고백도 해 보지 못한, 자길 좋아하는지 아닌지 확신할 수도 없는 여자아이에게 엉망이 되어 버린 자신의 가정사를…… 말할 수 있을 리 없지 않은가.

무열이 쓴 미소를 지으며 은서에게 손을 뻗었다. 아직 그녀의 손에 쥐어져 있는 잔을 살며시 빼냈다.

"……아."

그때, 잠들어 있던 은서가 눈을 반쯤 뜨며 흐릿한 눈빛으로 무열을 보았다.

"……."

"……."

아무도 말을 하지 않았다. 선술집의 공기는 비 오는 바깥 날씨 때문인지 여전히 눅눅하기만 했고, 다른 테이블은 도란도란 기분 좋은 소음을 배경 음악으로 만들며 그들의 주변에 스며들었다.

"……왜 안 왔어요?"

"……."

가늘게 뜬 은서의 시선이 흔들림 없이 무열을 향했다. 애초에 취한 적도 없던 사람처럼 맑고 영롱하게 반짝이는 눈이었다. 똑바로 뜨여진 것은 아니었지만 무열은 그녀의 눈빛을 읽을 수 있었다.

대답하라는 듯 그를 바라보던 은서가 다시 천천히 눈을 감았다. 그러고는 테이블 위에 흰 뺨을 가져다 대며 엎드렸다. 재차 술기운이 올라오는 모양이었다.

테이블에 대지 않은 반대편 뺨이 발갛게 홍조를 띠고 있었다. 오르락내리락 숨소리마저 들릴 듯 모든 것이 고요하게 다가왔다.

"기다렸는데……."

"……."

"엄청…… 오래…… 기다렸는데……."

"……."

은서가 눈을 감은 채 겨우 입만 달싹였다. 느릿느릿 하고 싶던 말들이 나왔다. 무열이 어떤 눈으로 자신을 바라보고 있는지는 알지도 못한 채, 술기운을 머금은 분홍색 입술은 내내 부정하고 있던 진심을 토했다.

아마 술이 깨면 자신이 무슨 말을 했는지조차 기억하지 못할 것이다. 취중에 뱉는 말은 그래서 더욱 솔직할 수밖에 없었다. 점점 흐려지는 정신을 더는 붙잡지도 못한 채 은서가 색색 숨만 내쉬었다.

"……미안해."

"……."

"내가 너무 늦게 가서 미안해, 은서야. 기다리게 해서, 아프게 해서 미안해."

"……."

무열이 턱을 괴고 은서를 바라보며 말했다. 그녀가 들을 수 있을 만큼만 작은 목소리로, 그녀에게만 들릴 정도의 속삭임으로 말했다.

들어 주길 바라지만 듣지 못한다 해도 좋았다. 기억해 주길 바라지만 내일이면 싹 잊어도 괜찮았다. 지금 이 순간이 꿈이라 해도 무열에게는 이미 충분했다.

"그래도…… 도망친 건 아니었어."

그의 나직한 목소리가 꿈결처럼 들렸을까. 은서가 눈을 감은 채 입술을 오물거렸다.

"선배……님……."

몇 년 만에 들은 단어일까. 오빠라는 말도, 선배라는 말도 들어 본 적이 없다고 말은 했지만 그녀가 자신만을 향해 부르는 그 딱딱한 호칭이 어쩌면 내내 그리웠던 건지도 모르겠다.

무열이 '박무열 씨.' 하고 자신을 부르며 선을 긋던 그녀를 떠올리다가 살며시 벌어졌던 입을 꾹 다물었다.

몇 번이나 자신을 저렇게 불렀을까. 지난 기억에 대한 생각들은 꽁꽁 숨긴 채 몇 번이나 속으로 '선배님.' 하고 불러 봤을까.

그가 은서에게로 조금 더 가까이 몸을 숙였다.

"선……."

술김에, 그리고 잠결에 자신을 되뇌는 그녀를 도무지 가만히 두고 볼 수만은 없었다.

그 순간 몰래 한 입맞춤을, 무열은 그렇게 핑계 대어 보기로 했다.

07
더 달콤하게

그녀가 기억하지 못하고 자신이 기억하는 어느 비 오던 밤. 그날 무열은 은서의 꿈을 꾸었다.

꿈속의 은서는 맑은 눈으로 자신을 바라보았고 어느 순간 한없이 화사하게 웃었다. 한 번도 보여 준 적 없던 표정으로 자신을 '선배님.' 하고 부르며 서 있었다.

눈앞에 있는 그녀가 열일곱의 그녀인지 스물아홉의 그녀인지 도통 알아챌 수가 없었다. 꿈이어서 그런지는 몰라도 머리가 굳어서 굴러가지 않았다.

모든 감각이 허상처럼 느껴졌다. 그녀가 웃고 있는데 자신은 아무것도 할 수가 없었다. 온몸이 굳어 있었다. 그 상태로 그저 그녀를 바라보기만 할 뿐이었다.

그러면 꿈속의 은서는 곧바로 슬픈 표정을 했다. '왜 안 와요?' 라는 말과 함께 천천히 눈을 감아 버렸다. 손을 뻗으려고 했을 때는 이미 사라진 뒤였다.

다시는 찾지 못할 것처럼.

무열은 서류를 훑으면서 머리로는 계속 딴생각을 했다. 그가 집중하지 못하고 있다는 걸 알리듯 손안에서 펜이 빙글빙글 돌았다.

은서의 생각은 시간이 흐를수록 더욱 강하게 무열을 흔들었다. 더 가까이 오라는 듯이, 더는 가지 말라는 듯이.

"그리고 이건 다음 주에 있을 셀프 매칭 밸런타인 파티 최종 리스트입니다."

일정에 대한 보고와 함께 미영이 책상 위에 서류를 내려놓았다. 멍하니 앉아 손가락 끝으로 펜을 돌리던 무열이 빙글거리다가 떨어질 뻔한 그것을 빠르게 붙잡았다.

"파티?"

"네, 파티요."

그가 고개를 들어 그제야 시선을 제대로 마주쳤다. 미영이 '설마 까먹었다고 하시려는 건 아니죠?' 하는 눈으로 그를 내려다보았다.

"······아아, 파티가 있었지."

꽤 신경 쓰고 있던 일정이었는데 최근 은서의 일로 까맣게 잊고 있었다.

곧 파티가 있을 예정이었다. 등록된 회원들 중 상위 등급만 특별히 초대해 자연스러운 만남을 유도하는 파티. '낭만' 이라는 이름에 걸맞은 밸런타인 파티를 꾸미기 위해 직원들과 얼마나 많은 회의를 거쳤는지 모른다.

"김민석 의원님과 유호석 변호사님 두 분을 제외하고는 전부 참석 가능하다고 하셨습니다. 일정 그대로 진행해도 무관할 것 같습니다."

"웬만하면 다들 오려고 하겠지. 짝은 못 찾아도 인맥 관리 용도로 손색이 없을 테니."

그럼 이대로 진행하라며 서류를 내밀던 무열이 순간 멈칫했다. 그가 내미는 서류를 받아 들던 미영의 손도 함께 멈추었다.

"사장님?"

"잠깐만. 한 사람 더 추가하자."

"네? 누구를요?"

"최은서 씨."

무열이 서류 상단에 은서의 이름을 적었다. 펜촉이 그녀의 이름 뒤에 탁, 하고 가볍게 마침표를 찍었다.

"최은서 회원님은 파티에 참여할 자격이……."

"알아."

"그런데 왜……."

의아하다는 듯이 말하며 그의 손끝을 보던 미영이 잠시 말끝을 흐렸다. 그러고는 서류 위에 적혀 있는 '최은서'라는 이름을 가만히 쳐다보았다. 무열이 대충 휘갈겨 쓴 이름에서조차 평범하지 않은 기운을 느낄 수 있었다. 지난번 맞선 깽판 사건이 떠오르기도 했고.

"사장님."

"어."

"역시 최은서 회원님이랑 보통 사이는 아닌 거죠?"

그렇지 않고서야 회사 차원의 문제에 사적인 감정을 동원해 권력을 남용할 리가. 미영은 그런 확신이 있었다.

그는 보기보다 회사 일에 최선을 다하는 편이었고, 때때로 직원들이 혀를 내두를 정도로 독하게 굴었다. 그랬던 그가 요즘 부쩍 정신을 빼놓거나 한 사람의 이름에 유별나게 반응하는 것을 보면…….

역시 단순하게 '아는 사이'만은 아닐 것이다.

"보통 사이가 아니라고 하면……."

"……?"

무열이 미영에게 서류를 스윽 내밀면서 속내를 모르게끔 웃었다.

"좀 도와줄래?"

은서는 부재중 전화가 두 통이나 남겨져 있는 것을 보고 눈을 깜빡였다. 발신인으로 찍힌 이름은 박무열이었다.

한 번 걸어서 안 받으면 그러려니 할 것이지, 왜 다시 걸었을까. 무슨 볼일이었던 걸까. 액정을 바라보는 짧은 순간 많은 생각들이 들었다.

손가락이 자꾸 머뭇거리며 통화 버튼을 누를까 말까 망설였다.

먼저 전화를 거는 게 처음이었다. 첫마디를 뭐라고 떼면 좋을지, 입이나 제대로 떨어질는지가 걱정되었다. 함께 술을 마신 뒤로 처음 나누게 될 대화였다.

그날은 무슨 이야기를 했었는지 제대로 기억도 나지 않을 정도로 취했었다. 차라리 영영 아무것도 모르면 나았을 텐데, 무열이 자신을 업고 왔었다는 걸 선희에게 들었을 때는 태어나 처음으로 참 살기 싫다는 생각이 들었다.

괜한 소리를 하지는 않았겠지? 그런 걱정을 애써 꾹 누르며 휴대 전화를 세게 쥐었다.

했으면 어때. 기억나지 않는다고, 술주정이었다고 발뺌하면 그만이다. 내가 기억나지 않는데 자기가 어쩔 거야.

은서가 통화 버튼을 눌렀다. 통화 연결음이 들리기 시작하자 침이 꿀꺽 넘어갔다. 심장이 쪼그라드는 것 같기도 했고 괜스레 배가 아린 느낌이기도 했다. 귓가에서 쿵쿵, 요란한 소리가 들렸다. 긴장이었다.

— 여보세요?

갑자기 쿵, 하며 심장이 멈추어 버리는 듯했다. 그의 목소리가 귓가에 울리자 은서는 순간적으로 할 말을 잃었다. '전화하셨나요?' 하고 한마디만 하면 되는데 그게 어려웠다.

그의 곁에서 취해 버렸던 그 밤, 대체 무슨 일이 있었던 걸까. 기억도 하지 못하는데 마음은 왜 이렇게 덜컹거리고 흔들리며 요란하게 구는 걸까.

— 여보세요? 말씀하세요, 최은서 씨.

"……."

그가 평소와 같은 호칭으로 은서를 불렀다. 그런데 은서의 표정은 평소와 달리 딱딱하게 굳었다. 딱히 무언가를 기대했다거나 한 것도 아닌데 저도 모르게 떠오르던 미소가 쏙 들어갔다.

'최은서.' 하고 자신을 불러 주던 것이 생각났다. 그것도 그리 다정한 호칭은 아니었지만 전과 같은 편안함을 느끼기에는 충분했었다. '씨' 만 붙였을 뿐인데 또다시 거리가 멀어진다.

은서가 새삼 둘 사이의 호칭에 대해 생각해 보며 앙다물었던 입을 천천히 떼어 냈다.

서운함일 리, 없어야 한다.

"전화하셨던 것 같아서요."

— 아아, 네. 했습니다. 드릴 말씀이 있어서요.

"……뭔데요."

심통일까. 조금 퉁명스럽게 대답한 기분이 들어 괜히 마음이 쓰였다.

그를 만나면서 경계가 조금 풀어진 탓인지 은서는 방금 전에 자신이 뱉은 말투까지 되짚고 있었다. 평소 같았나? 평소보다 더 딱딱했나? 한 번도 생각하지 않았던 것들이 의식되기 시작한 것이다.

— 이번 주 금요일 저녁에 셀프 매칭 밸런타인 파티가 있습니다.

"셀…… 무슨 파티요?"

— 밸런타인에 맞추어 회원님들 중 몇 분을 특별히 선정, 초대

하는 자리입니다. 맞선과는 다르게 셀프 매칭으로 직접 파티에 참여하여 대화를 나누고 상대를 찾아볼 수 있는 이벤트입니다.

"……."

— 참석 가능하십니까?

그러니까 그 말인즉 마음에 드는 남자를 직접 찾아봐라…… 이소린가.

은서의 표정이 더욱 차갑게 가라앉았다. 자꾸만 찾아와서 속을 들쑤시고, 과거 이야기를 꺼내고, 잊은 줄 알았던 그때의 감정들을 구태여 떠오르게 만들더니 기껏 하는 소리가 저렇다.

무슨 일이 있었냐는 듯 자신은 어느새 뻔뻔하게도 매니저의 입장으로 돌아가 있는 것이다.

뭘 어쩌자는 거지. 도대체 무슨 속셈인 거지.

묘하게 화가 났다. 절대 흔들리지 말자고, 저 사람이 싫다고, 과거로 돌아가는 일 따위 만들지 말자고 생각했으면서도 정신을 차리고 보면 화가 났고, 그럴수록 마음은 더 딱딱하게 굳었다.

역시 싫다, 저 남자.

은서가 휴대 전화를 더 강하게 쥐며 말했다.

"가겠습니다."

배경으로 흐르는 잔잔한 클래식은 어디선가 들어 본 적 있는 것이었지만 제목이 뭐였는지는 기억나지 않았다. 주변 여성들이 들고 있는 핸드백도 몇 번 보았던 명품, 하지만 브랜드 명까지는 단번에 알 수 없었다.

그 순간 그 공간 안에서 움직이고 존재하는 모든 것들이 신기한 은서였다. 세상과는 차단된 듯 보이는 그곳에서의 모든 일들이 요지경이나 다름없었다.

"아, 김 의원님 따님이셨구나. 어쩐지, 저기 멀리서 봐도 빛이 나더라고요."

"어머, 부끄럽게. 그나저나 변호사님은 어느 로펌에 계세요?"

"맞혀 보세요. 5대 로펌 중 하나, 확률은 20%."

"아아, 너무 어려워요."

사람들의 말소리가 너무도 명확하게 들렸다. 알 법한 국회의원의 이름, 알 법한 유명 로펌의 이름 등. 다른 세상의 이야기들이 그녀의 주변으로 오고 갔다.

한 걸음도 쉽게 움직일 수 없었다. 눈앞에 있는 사람들은 숨을 쉬는 방법조차 다를 것만 같았다. 섣불리 섞여 들 수 없어 홀로 서 있던 은서가 버건디 색상의 원피스 치맛단을 꾸욱 쥐었다가 놓았다.

딱 보아도 자신이 초대될 수 있을 만한 파티가 아니었다. 이곳에 입장을 하고 나서 5분도 채 지나지 않아 알 수 있었다.

하지만 도로 물러날 수는 없는 일이었다. 뻔뻔하게 초대를 했으니 나 역시 보란 듯이 뭐라도 해 보이겠다고 생각했다. 듣지도 못할 무열을 향한 마음이 그렇게 외쳤다.

갑자기 나타나 손목을 잡아채고, 입술을 매만지고, 머리칼에 손을 감으며 다정하게 웃어 주기까지. 몇 번이나 사람의 마음을 뒤흔든 주제에 아무렇지 않게 '참석 가능하십니까?' 라니.

자신이 등록한 업체의 매니저라고만 생각하기로 한 스스로의 다짐과 다르게 은서는 이미 개인적인 감정으로 그를 보고 있었다. 그때나 지금이나 내 마음이 내 마음대로 되지 않아 화가 나고, 분하고, 억울했다.

물론 그가 한 모든 행동들에 일말의 사심도 없었다고 하면 할 말은 없다. 그저 어린 시절 알고 지냈던 어느 후배에게 반가움을 표현하기 위한 퍼포먼스 정도였다고 해도 자신은 그를 탓할 수 없을 것이다.

정말 싫어, 진짜 싫어, 그런 말들로 속을 부정하고 있는 주제에 어떻게 그를 탓할 수 있겠는가.

흔들렸다고 해도 소용없다. 모든 감정은 예전에 끝났고 다시 돌이킬 수 없는 게 분명하니까. 그러니까 그와 관련한 이런 어지러운 생각들은 떠올리지 말자.

은서가 그렇게 생각하며 고개를 내저을 때였다.

"아, 아. 마이크 테스트. 원, 투."

파티장 내부를 울리는 커다란 마이크의 울림. 은서를 비롯하여 그곳에 있던 사람들의 시선이 모두 한곳으로 향했다. 잠시나마 웅성거리던 소리는 마이크를 쥐고 선 남자가 사람 좋게 웃어 보일 때쯤 완전히 멈추었다.

"안녕하십니까, 여러분. 즐거운 시간 보내고 계신가요? 다들 멋지게 입고 오셨네요. 제가 초라해지는 밤입니다."

그리고 은서의 생각도 멈추었다. 그녀의 시선이 크게 일렁이며 단상 위에 선 이를 보았다.

"……."

박무열이었다.

멋들어진 턱시도를 입고 포마드로 머리를 넘겨 올린, 처음 보는 모습이었다.

그는 마이크를 쥔 채 유창한 말솜씨를 뽐냈다. 그의 농담에 몇몇 사람들이 웃음까지 터뜨릴 정도로 분위기는 굉장히 화기애애했다.

그곳에 서 있는 무열의 모습은 자신을 귀찮게 하던 한없이 가벼운 남자가 아니었다. 모두의 이목을 집중시키던 학창 시절의 박무열과 크게 다르지 않았다. 그런 분위기를 만들 수 있을 만한 사람이었다.

"여러분의 달콤하고 따뜻한 밸런타인을 위해, 앞으로 만들어 갈 로맨스를 위해 많은 준비를 했습니다. 아낌없는 대화를 통해 좋은 인연 만들어 가실 수 있기를 바랍니다."

능청스럽게 말하던 무열이 문득 시선을 내려 은서가 있는 쪽을 보았다. 마치 처음부터 그녀가 그곳에 있는 것을 알고 있던 것처럼.

잠시 당황하는 그녀의 반응을 즐기기라도 하듯 그는 입꼬리를 당겨 웃었다. 마이크에 대고 떠드는 입은 멈추지 않았지만 시선은 그와 별개로 은서에게 이야기를 건네는 것처럼 보였다.

괜스레 얼굴이 확 달아오른다. 은서가 시선을 피하듯이 살짝 고개를 숙였다. 그 눈을 마주하는 게 아주 조금 겁이 났다.

숨길 수 없을 것이다. 그에게 흔들린 자신을 말이다.

그토록 자신 있었던 무표정이 오늘따라 유독 힘겹게 느껴졌다. 이러다가 다시 과거를 반복할 것 같았다.

마음은 제 뜻대로 움직이지 않을 것이고, 정신을 차리고 보면 그의 생각이 머릿속에 꽉 차 있을 게 분명했다. 너에게 흔들렸다고, 그토록 원망을 하면서도 또다시 신경 쓰이기 시작했다고 알리는 꼴이 되고 말 것이다.

그렇게 만들고 싶지 않았다.

마이크를 통해 온 공간에 울리는 목소리조차 그녀에게는 아찔한 위기였다. 귓가에서 그의 목소리가 웅웅거렸다. 자신에게 하는 말이 아닌데도 그 존재 자체가 주변의 공기 중으로 퍼져 갔다.

은서가 주먹을 꽉 쥐며 마른침을 삼켰다. 이곳에 온 게 그를 향한 오기 때문이라는 것을 들킬까 두려운 마음이 들었다.

그러나 무열은 그녀의 생각을 몇 번이고 아무렇지 않게 뛰어넘었다. 그게 중요한 게 아니라는 듯이.

"이상 '낭만'의 대표, 박무열이었습니다. 감사합니다."

뭐?

은서의 고개가 바짝 들렸다. 동그랗게 뜬 시선이 무열을 향했다. 자신을 '대표'라고 말한 무열은 사람들을 향해 고개를 꾸벅여 인사를 건네고 있었다.

그는 단상을 내려가면서도 은서를 보았다. 뻔뻔하게 눈을 마주치고 생글생글 웃어 보이기까지 하면서.

문득 재회했던 날이 떠올랐다. '매니저, 박무열입니다.'라고 말하던 얼굴. 지금 생각해 보면 가증스럽기까지 한 친절한 미소.

'저 남자…… 또 날 속였어……'

자신을 바람맞혔던 그 당시의 변덕과 깜빡 속아 넘어가고 말았던 어린 날의 상처를 기억해 냈다. 대체 언제까지 장난을 치고, 속이고, 바보 같은 모습을 보며 웃을 생각인 거지? 그를 바라보는 은서의 시선이 날카롭게 변했다.

하지만 배신감은 오래가지 않았다. 그보다 더 강하게 휘몰아친 감정이 있었다.

"와아, 박 대표님. 오늘 신경 좀 쓰셨네요?"

"티 납니까?"

"대표님은 파트너 안 찾으시는 거예요? 오늘이 초라해지지 않게 제가 같이 있어 드릴 수도 있는데."

"벌써부터 다른 남성분들의 따가운 시선이 느껴지는데요."

따가운 시선은 남성들의 것만은 아니었다.

'……나쁜 새끼.'

여성들에게 둘러싸인 무열을 보며 은서가 생각했다. 입 밖으로 내지는 않았지만 참지 않으면 끝없이 분노가 터져 나올 것만 같았다. 신경 쓰지 않기로 하지 않았냐고 스스로를 다그쳐 보려 해도 소용이 없었다.

어느새 은서의 머릿속에는 졸업식 날, 여자 후배들에게 둘러싸여 꽃다발을 받던 그의 모습이 있었다. 자신은 그때도 이렇게 멀찍이서 그를 바라보고 있었다. 좀처럼 쉽게 다가가지 못한 채 여느 때처럼 차가운 표정을 짓고, 내 마음을 숨길 수 있을까 애를 써 보면서 말이다.

그러나 그 당시의 무열은 자신을 먼저 발견해 주었다. 조용히 바라보기만 하던 자신을 향해 빠르게 뛰어왔었다. 한없이 기쁜 얼굴로, 벅찬 표정으로 웃으면서 자신의 앞에 서 주었었다.

그래서였는데. 나만 보고, 나를 통한 기쁨을 숨기지 않는 그 솔직함을 이겨 낼 도리가 없어서, 그래서 함께하기로 마음먹었던 건데…….

또다시 과거의 일에 사로잡혔다. 그때와 지금은 분명 다르다는 걸 자꾸 잊는다. 최근 들어 하루에 몇 번이나 과거와 현재를 오가는 건지 스스로도 알 수가 없다.

은서가 고개를 들었다. 여전히 여자들에게 둘러싸여 실실 웃고 있는 못난 남자를 보았다. 단번에 자신에게 달려와 주었던 그때와 지금을 똑같이 볼 수는 없었다. 모든 것이 달라진 것이다. 변한 건 자신뿐만이 아니다.

더는 자신의 앞에 서서 기쁜 얼굴로 웃어 주지 않는다. 왔느냐고, 반갑게 인사해 주지 않는다.

어지럽고 속상한 것 같기도 한 이 마음은…… 질투일까.

"안녕하세요."

그때였다. 십여 년 전 무열이 달려와 섰던 그 자리에 다른 남자가 다가왔다.

온순한 생김새의 남자는 은서가 눈을 마주치자 썩 다정하게 웃어 보였다. 은서는 잠시나마 무열과의 과거에서 빠져나왔다.

"……?"

"계속 혼자 계신 것 같던데, 따로 파트너 정하신 게 아니라면 잠깐 시간 괜찮으실지."

"아, 네⋯⋯."

약국에 찾아오는 사람들을 제외하고는 모르는 사람과 그리 살갑게 대화를 나누지 않던 은서였다. 저도 모르게 떨떠름한 얼굴을 했을 것이다. 그녀는 스스로의 표정을 알 수 있었다.

하지만 남자는 그녀의 표정이나 머뭇거리는 말투는 크게 개의치 않는다는 듯, 테이블 위에 놓인 샴페인 한 잔을 건네며 웃었다.

"처음 뵙는 얼굴이네요. 파티에는 처음 오셨나 봐요?"

"등록한 지 얼마 안 돼서요."

"아, 역시. 이 정도 미모면 분명 저번 파티에서 뵈었을 텐데 왜 기억에 없나 싶었거든요."

박무열 같아.

순간 은서는 그렇게 생각했다. 얼굴이 닮았다거나 분위기가 비슷한 건 절대 아니었는데 마음에도 없는 번지르르한 말을 줄줄 뱉는 것이 꼭 고등학생 시절의 무열을 보는 듯했다.

자신은 무조건적인 칭찬을 기분 좋게 받아들이는 아름다운 성미는 되지 못했다. '무슨 수작이지?' 하고 의심부터 하는 것이 습관이나 다름없었다. 초기의 무열이 그녀에게 제대로 어필을 하지 못하고 싫은 사람으로 찍힌 이유 중 하나이기도 했다.

칭찬은 고래도 춤추게 한다지만 최은서에게는 달랐다.

하지만 이곳에서의 수작이라면 목표는 단 하나뿐이지 않겠는가. 자신이 파티에 참석한 것과 같은 이유. 누군가를 '만나기' 위해서.

"실례가 되지 않는다면 성함이?"

"최은서예요."

"아아, 은서 씨. 외모만큼 이름도 아름다우시네요. 전 김훈입니다."

남자는 자신을 소개하며 명함을 한 장 꺼냈다. 은서가 그것을 받아 들며 작은 종이 안에 적힌 몇 글자를 속으로 읽었다.

예상했던 것처럼, 역시나. 이 사람도 변호사다. 그것도 법조계에 대해서는 전혀 모르는 자신이 이름을 알 정도로 꽤 유명한 대형 로펌. 아까 은서의 곁에서 이야기를 나누던 남녀의 말처럼 '5대 로펌'이라고 불리는 곳 중의 하나.

은서가 작은 가방 안에 그의 명함을 넣으며 어색하게 웃었다. 그들만의 세상에 온 불청객의 느낌을 지울 수 없었지만 그걸 알 리 없는 상대는 그저 그녀를 따라 웃을 뿐이었다.

그는 상대를 향한 조금의 의심도 없어 보였다. 이 파티에 온 모든 사람들이 그렇듯 구태여 무슨 일을 하는지 묻지 않아도 자신과 '급'이 맞는 상대라 무언의 확신을 하고 있을 게 분명했다.

박무열 그 남자는 대체 무슨 의도로 자신을 부른 걸까. 더 좋은 사람을 만날 수 있게 특별한 대우를 해 주려는 걸까? 아니면 다른 방식으로 상처 주기 위해서? 도무지 감이 잡히지 않았다.

"사실 전 이런 자리를 별로 좋아하지 않습니다."

"……?"

샴페인을 한 모금 넘기며 나직이 뱉는 말. 은서가 천천히 고개를 들어 그를 보았다.

"누군가와 억지로 만나고, 너무나도 목적이 뚜렷한 이야기를 나누고, 감정이 배제된 짝짓기 같습니다. 다들 눈으로 얼마나 재고 따지는지…… 기싸움도 좀 피곤한 일이 아닙니다."

"아아, 네."

그걸 모르고 나온 게 아닐 텐데.

대체 무슨 말이 하고 싶은 거냐고 묻고 싶었지만 은서는 묵묵히 샴페인만 마셨다. 그에게 관심을 보이고 조금씩 인연으로 만들어 나가면 될 일인데 조금도 앞서가고 싶은 생각이 들지 않았다.

머릿속에는 온통 무열의 생각만이 가득했다. 여자들에게 둘러싸여 있던 무열과 자신을 향해 아프게도 웃어 주던 무열의 모습이 몇 번이고 가슴속에 빙글빙글 휘몰아쳤다.

그의 생각에서 벗어나지 못하게 하려는 수작이었을까. 그렇다면 성공이다. 그가 자신을 초대한 이유 중 가장 그럴싸한 것이 수면 위로 떠올랐다.

은서가 흘깃 아까 무열이 있던 자리를 쳐다보았다. 하지만 그의 모습은 보이지 않았다. 그를 둘러싸고 있던 여성들이 주변에 있던 다른 남성 회원들과 대화를 나누고 있을 뿐이었다. 무열은 처음부터 그곳에 없었던 사람처럼 소리도 없이 사라졌다.

자신도 모르게 그의 흔적을 찾고 있다는 걸 깨달음과 동시에 은서의 심장이 쿵쾅거리기 시작했다. 아닐 거라고 생각하면서도 결국은 안 될 일이라는 것을 인정하게 될 것만 같았다.

시작도 못 해 봤다. 그랬기에 끝도 마음대로 낼 수 없었던 게 아니냐고 형체 없는 무언가가 말한다. 마음속 아주 깊은 곳에서 말이다.

"그래도 은서 씨를 만나고 나니 오길 잘했다는 생각이 듭니다."

"네?"

"들어왔을 때부터 누구에게도 시선 주지 않고 홀로 고고하게 서 계시는 모습이 시선을 잡아 끌었거든요."

딱히 고고하게 서 있었던 적은 없지만 은서는 애써 부정하지 않기로 했다. 어떤 남자가 신경 쓰여 다른 남자는 눈에 들어오지도 않았다고 말할 수 있을 리 없다. 물론 지금 이 순간에도 마찬가지라는 것 역시.

"제 주변에 있는 다른 사람들도 모두 은서 씨를 보고 있었습니다. 모르셨을 것 같지만."

몰랐다, 진심으로.

"선수를 빼앗길까 싶어 나섰습니다."

적응될 리 없는 말. 적응하고 싶지도 않은 성질의 말.

은서가 남은 샴페인을 모조리 쭈욱 들이켰다. 저런 입에 발린 말에 홀라당 넘어갔을 거였으면 열일곱의 봄, 그 일렀던 시기에 진즉 넘어갔을 것이다.

맞선을 보러 갔던 날이 떠올랐다. 그때도 '아, 지루해.' 하며 시간을 낭비하고 있었다. 자신의 감정을 참지 못한 듯 성이 난 얼굴로 다가와 손목을 잡아채던 무열이 있었다는 차이를 빼면 그때나 지금이나 똑같았다.

당시에는 당황해서 생각할 겨를도 없었지만 시간이 흐르고 나니 알겠다. 그때부터 제대로 엮여 버렸다. 손목에 남았던 강렬한 흔적이 마치 수갑처럼 자신을 그에게 옭아맸다.

이제는 그때처럼 나타나 주지 않으려나. 저도 모르게 그런 기대가 새어 나왔다.

이대로 대화를 지속하다 보면 분위기에 휩쓸리고 말지도 모르겠다. 그런 생각이 들었다는 것 자체가 이미 이곳에서 자신의 짝을 만날 생각이 없다는 것을 반증하는 것이란 사실도 은서는 알 수 있었다.

시간 낭비라는 결론이 났다. 무열의 모습을 계속 눈으로 찾고 있을 바에야 차라리 홀로 머리를 식히고 마음을 정리하는 편이 좋을 것이다.

그런 마음으로 옆에 서 있는 남자를 올려다볼 때였다. 남자가 자신을 보고 있었다. 아니, 정확하게 말해 자신을 '훑고' 있었다.

눈도 마주치지 않고 자신의 몸을 위에서 아래까지 슥 훑는 시선에 은서가 미간을 찌푸렸다.

박무열과 비슷한 것 같다는 말 취소. 적어도 그는 이렇게 노골적으로 사람의 기분을 나쁘게 하지는 않는다.

'아……'

생각하다 말고 갑자기 커다란 깨달음이 덮쳐 왔다. 정말 큰일이다. 매 순간 모든 생각이 무열로 연결되고 있었다.

내 마음이 더는 내 마음대로 되지 않는다는 것을 깨달을 때면 초조해졌다. 은서는 지금 딱 그런 상태였다. 손안에 땀이 배어날 것 같아 은서가 또다시 치맛단을 꽈악 쥐었다.

"많이 지루하신 것 같은데 바람도 쐴 겸 자리를 옮……"

"최은서 회원님?"

그때였다. 남자의 말을 끊으며 불쑥 나타난 한 여자. 그녀는 은서의 이름을 부르며 눈을 마주치고 웃었다.

"네?"

"맞으시죠? 최은서 회원님."

남자의 시선이 두 여자를 번갈아 쳐다보았다. 의아한 건 은서도 마찬가지였다. 깔끔한 투피스의 상의에는 '팀장 김미영'이라고 적힌 이름표가 달려 있었다. 직원인 듯했다.

"네, 전데요. 어쩐 일이신지…….''

"오래 기다리셨습니다. 파트너께서 찾고 계십니다."

"파트……너요?"

웬 파트너냐고 되묻는 은서의 목소리에 미영이 손바닥을 펼쳐 복도 끝을 가리켰다.

"잠시 같이 가 주시겠어요?"

미영은 한 번도 은서를 돌아보지 않은 채 걸었다. 은서 역시 그녀의 뒷모습만 바라보며 걸을 뿐이었다.

있지도 않은 파트너가 자신을 찾는다는 말에 그게 누구냐고 물어볼 생각도 하지 않았다. 안 그래도 빠져나오고 싶었던 곳이었다. 이유야 어쨌든 잠시나마 숨을 돌릴 수 있게 되었으니 그것으로 충분할지도 모르겠다.

"여깁니다."

미영이 그녀를 이끈 곳은 복도 끝에 있는 작은 테라스였다. 조명조차 비추지 않는 어두운 곳. 누군가 있다고 하기에는 수상해 보이는 장소였다.

이런 데서 대체 누가 자길 찾는다는 건지. 조심스레 고개를 내밀자 어둠 속에서 누군가 모습을 드러냈다.

"수고했어, 김 팀장."

무열이였다.

은서가 눈을 동그랗게 뜨고 그를 바라보았다. 갑자기 안 보이기에 어디로 사라졌나 했더니 사람의 발길이 닿지 않는 이런 조용한 곳으로 피신해 있었나 보다.

자신을 바라보는 시선을 느꼈는지 무열이 은서를 지긋이 쳐다보았다. 그러고는 미영에게 휘휘 손을 내저었다.

"됐으니까 김 팀장은 얼른 가 봐, 둘만 있게."

"두 번은 안 도와드릴 거예요."

알았으니 얼른 가라는 듯 재차 내저어지는 손에 미영이 그를 흘겼다. 그녀는 은서를 잠시 보더니 예의 친절한 미소를 지어 보이며 고개를 꾸벅였다. 어색하게 인사를 받자 또각또각, 미영이 저쪽으로 걸음을 옮겼다.

그녀가 사라진 쪽을 가만히 보고 있을 때였다. 다른 데 보고 있을 시간이 없다는 듯 무열이 은서의 손목을 확 잡아챘다.

"······!"

또다시 통증이 올까 놀란 은서가 잠시 멈칫했다. 하지만 무열이 그녀를 잡은 손에는 조금의 힘도 들어가 있지 않았다. 언제든 쉽게 뿌리칠 수 있을 정도의 악력이었다.

그에게 잡힌 손목을 가만히 내려다보았다. 굳이 **빼내고** 싶지 않았다. 그가 힘을 주지 않았다는 걸 깨달은 순간, 그에게서 벗어나려 노력하려는 것도 더는 의미가 없음을 알았다. 무시무시해 보이는 표정과 다르게 손길이 너무도 조심스러워 괜히 마음이 간지러웠다.

무열은 부드럽게 은서의 손목을 움켜쥐며 테라스 안쪽으로 걸어갔다. 창문이 닫혀 있어 춥지는 않았지만 간혹 바람이 불 때마다 커다란 창이 덜컹거리며 소리를 냈다. 그래서 이 순간의 침묵이 더욱 고요하게 느껴졌다.

벽 쪽으로 몰아세워진 은서가 미간을 찡그리며 그와 시선을 마주쳤다.

"……손목 좀 놔 주시죠, 박무열 사장님."

왜 매니저라고 속였냐는 물음을 대신한 날 선 말투. 그녀의 반응에도 무열은 오로지 자신이 하고 싶은 말을 했다.

"아파?"

그의 물음 속에는 오로지 걱정만이 있었다. '사실 어떻게 된 거냐면…….' 하고 변명을 하기보다 지금 자신의 눈에 들어오는 것에 신경을 썼다. 두 가지는 생각하지 못하겠다는 양 행동하고 있었다. 그녀가 애써 세운 가시에도 꿈쩍 않은 채로.

그게 은서를 더욱 무력하게 만들었다.

"안 아프다고 하면 안 놔요?"

그녀의 말에 무열은 아무런 말없이 시선만 마주쳐 왔다. 평소처럼 **뻔뻔**하고 능글맞게 받아칠 줄 알았는데. 입을 다물어 버리니 오히려 당황한 것은 은서였다.

저도 모르게 자꾸만 그를 향한 스스로의 태도를 되짚어 보게 된다. 대체 언제부터일까. 십여 년 전의 감정을 반복하는 듯 이렇게 모든 것이 조심스러워지기 시작한 게.

무열이 그녀의 손을 놓는가 싶더니 원피스의 소매를 슥 밀었다. 가느다란 손목이 드러났다.

"멍 없어졌네."

"뭘 걱정했다는 듯이……."

"걱정했어."

아, 또. 심장이 또 쿵, 하는 소리와 함께 발밑까지 떨어지는 듯한 착각이 일었다. 차라리 한결같이 가볍기만 하다면 이렇게까지 혼란스럽지도 않을 텐데.

졸업식 때 보았던 진지한 얼굴, 추운 교문 앞에서 자신을 기다리던 쓸쓸한 얼굴. 그것들에 이어 지금 눈앞에 있는 그의 걱정스러운 얼굴은 또다시 은서의 마음을 뒤흔들었다.

은서가 더욱 얼굴을 찡그렸다. 그러지 않으면 더는 차갑게 굴지 못하는 자신의 마음을 그에게 들켜 버릴 것만 같았다.

그때, 무열이 그녀의 가는 손목을 가만히 내려다보더니 그 위에 입을 맞췄다.

"……."

일종의 의식과도 같은 그 경건한 입맞춤은 그 순간 세차게 흔들리던 창문조차 잠잠하게 만들었다. 주변의 공기가 그대로 정지했다. 은서의 생각이 전부 멈춰 버린 것처럼 말이다.

무열은 은서의 손목에 여전히 입술을 댄 채 시선만 올려 그녀를 보았다. 크게 일렁이는 그 눈을 조금도 놓칠 수 없다. 마음 같아서는 혀를 내밀어 핥고도 싶었고, 조금 더 욕심을 내 깨물어 버리고도 싶었다.

자꾸만 욕심이 나는 모양이다. 지난 시간들이 너무도 아까워서. 지금 흘러가는 시간도 도무지 내버려 둘 수가 없어서.

'나 그날 밤에 너한테 입 맞췄어.' 하고 말한다면 그녀는 어떤 표정을 지을까. 당황으로 물들 얼굴이 궁금하면서도 곧바로 뺨이라도 내리쳐 올 것 같아 그저 생각에서만 멈추기로 했다.

이런 비밀 하나쯤 가지고 있어도 좋잖아. 단 한 번도 내게 달콤한 기회를 준 적 없었으니까.

손목에서 입술을 떼지 않고 콧등을 살며시 대어 볼 때였다. 은서의 얼굴이 점점 붉어지기 시작했다. 노골적으로 야한 행위를 해 온 것도 아닌데 이상하게 색정적이었다.

멍들었을 때와는 다른 의미로 손목이 지끈거렸다. 자꾸만 뜨거워져 이러다가 데일 것만 같았다. 자꾸 간지럽게 닿아 오는 그의 작은 숨결에 말이다.

은서가 손목을 살짝 빼내며 그에게서 벗어났다. 떨어져 나왔음에도 손목은 여전히 화끈거렸다. 입술의 부드러운 느낌이 피부에 고스란히 남아 있었다.

무열이 예상한 반응이라도 된다는 듯 여유 있게 입가를 당겨 웃었다.

'……뭔가 억울해.'

그녀가 속으로 그렇게 생각할 때였다.

"아, 맞다."

무열이 허리를 세우며 조심스레 손을 내밀었다. 은서의 시선이 그의 널찍한 손바닥을 향했다. 다시 손을 내어 달라는 건가? 이게 무슨 뜻이지. 도무지 알 수 없어 다시금 시선을 올려 마주하자 그가 묘하게 미간을 좁혔다.

"……?"

"줘."

"그러니까 뭘요."

"명함."

그의 눈에는 흔들림이 없었다. 짧은 단어 하나만을 뱉었을 뿐 더 이상 말을 잇지도 않았다.

'아, 혹시?'

은서의 머릿속을 스치는 무언가가 있었다. 모 로펌의 변호사라고 했던 남자를 떠올리며 은서가 가방 속에서 아까 받은 명함을 꺼냈다. '김훈'이라고 적힌, 아직은 빳빳한 종이 한 장.

혹시 이걸 말하는 거냐고 물으려던 찰나 무열이 빠르게 명함을 빼앗았다. 은서가 인상을 확 구겼다. 뭐하는 짓이냐고 따져 물으려고 하자 무열은 조금의 망설임도 없이 명함을 쫙쫙 찢어 버렸다.

"지금 뭐……."

"이딴 걸 대체 왜 받아?"

무열이 눈썹을 더욱 꿈틀거리며 은서를 보았다. 그녀의 표정이 함께 일그러지는 것을 보면서도 그는 도무지 미간 사이에 생긴 주름을 펴 낼 수가 없었다.

다른 남자 앞에서 순순히 명함을 받아 드는 모습을 발견했을 때 속에서 천불이 나는 줄 알았다. 맞선 깽판남으로 미영에게 질리도록 잔소리를 들었음에도 이번에는 파티 깽판남으로 전락하려는 자신을 애써 붙들었다.

그가 속으로 열을 식히는 동안 은서는 학창 시절에 그랬듯 그를 한심하다는 눈으로 보고 있었다. 괜히 욱하는 심정이기도 했다. 여자들에게 둘러싸여 하하, 호호, 신나게 웃어 재끼던 네가 할 말은 아니지 않냐고 퍼부어 주고 싶었다.

그러면서 또 깨닫고 만다.

정말 질투였나.

"남자 만나러 온 자리니까요. 그러라고 초대한 거잖아요."

평소 같았다면, 하다못해 예전의 최은서 같았다면 '내 마음인데요.' 하고 말았을 일이다. 하지만 은서는 돌아갈 수 없음을 알고 있었다. 또다시 태연해질 수 없음을 절감해 버렸다. 눈앞의 그가 같은 생각을 하고 있을지 아닐지는 미처 알 수 없더라도 말이다.

무열이 은서의 손목을 재차 낚아 쥐고 싶은 것을 꾹 참으며 셔츠의 윗 단추를 하나 풀었다. 갑갑했다.

"그러라고 초대한 거 아니야."

그렇게 말하며 찌푸린 시선이 은서를 향했다. 그녀와 눈을 마주치다가 그녀의 가녀린 어깨로 내려왔고, 봉긋한 가슴 라인부터 예쁘게 뻗은 다리까지 한순간에 빠르게 훑은 뒤 제자리로 돌아왔다.

이렇게 제대로 갖춰 입고 올 줄 알았다면 차라리 남모르게 불렀을 것이다. 모두에게 보여 주고 싶은 모습은 아니었다. 자신조차도 제대로 본 적 없는 모습이었으니까.

은서는 아까 그 남자가 그랬던 것처럼 무열이 자신을 훑는 시선을 짧은 순간 바로 알아차렸다. 의식하지 못하는 중이었을 것이다. 저도 모르게 훑어 내리고 다시금 똑바로 눈을 마주쳐 온다. 그럼에도 아까처럼 기분이 나쁘지 않았다.

이상한 일이었다. 오히려 발가벗겨지는 기분에 한없이 부끄러워 당장이라도 어딘가에 숨어 버리고 싶었다.

무열의 깊은 눈은 은서를 자꾸만 도망치고 싶게 만들었다. 너무 두렵거나 아파도 그랬고, 말로 다 할 수 없을 만큼 설레게 되어도 그랬다.

"그러니까 다른 남자한테 이딴 거 받아 오지 마. 웃어 주지도 마."

저렇게 말하면 꼭 오해할 것만 같다. 그가 수시로 자신을 찾아온 이유. 자신을 데리고 나가려던 이유. 자신을 만지고, 쉽게 닿아 오려는 이유.

뻔뻔하게 맞선 일정을 잡고 이런 파티에 초대까지 한 사람이 누군데. 쓸데없는 마음을 먹게 했으면서 이제 와 다른 이야기를 한다면 한 대 때려 줄 생각이었다. 솔직한 마음은 그게 아니더라도 말이다.

그럼에도 확인하고 싶은 것들이 있다. 심장이 바짝 쪼그라들 것 같은 심정에도 은서는 그 충동을 이기지 못했다.

"그럼…… 왜 초대했는데요."

그가 여자들에게 둘러싸여 있던 걸 본 순간 든 감정. 그것이 질투나 새로운 무언가의 깨달음이라는 것을 인정하기로 했다. 그랬더니 그에게 찬바람으로 대응하던 자신의 겨울이 정말 끝을 보이는 듯했다.

차갑게, 더 차갑게, 그를 고독 속에 세워 두고 싶었다. 하지만 그럴수록 자신이 더 외로워졌다. 그가 없던 지난 십여 년의 겨울. 그를 기다렸던 그때의 그 순간이 몇 번이나 반복되었다. 결국 이렇게 멋대로 끝나 버릴 겨울이었으면서.

무열이 말없이 은서를 응시했다. 차라리 뭐라고 떠들어 주면 좋으련만 그는 비겁하게도 자꾸만 입을 다물었다.

그의 대답을, 그의 감정을 재촉하는 것 같아 은서는 자꾸 자신의 자리가 위태롭게 여겨졌다. 언제부터 이렇게 엉망이 된 거냐고 스스로에게 묻는다.

"보고 싶어서."

한 치의 흔들림도 없는 목소리가 조용한 공간에 퍼졌다. 흔들리는 눈으로 그를 바라보자 잘못 들은 게 아니라는 것을 알려 주려는 듯 무열이 그녀를 꼭 안아 오며 다시금 중얼거렸다.

"나 보러 오라고 하면 안 왔을 거잖아."

"……."

할 말을 잃었다. 다시 자신을 흔들면 때려 주겠다고 다짐도 했는데 꼼짝할 수 없었다. 딱히 기다렸던 말도 아닌데, 기대했던 것도 아닌데, 온몸에 힘이 쭉 빠졌다.

그러는 동안 무열은 그녀를 더욱 꼭 안았다. 당장 밀쳐 낼 것이라 생각했다. 때려도 어쩔 수 없다고 생각했다. 뭐하는 짓이냐고 윽박을 지르거나 차갑게 쏘아봐도 괜찮다고 생각했다.

하지만 어느 것 하나 그의 예상에 맞아떨어진 것이 없었다.

은서는 무슨 헛소리냐고 그의 감정을 무시하거나 하지 않았다. 품 안에 가만히 안긴 채로 나직한 숨만 내쉬고 있을 뿐이었다.

그랬기에 무열은 더욱 그녀를 놓을 수 없었다. 지금의 온기를 언제 다시 느낄 수 있을지조차 모르는, 그런 아슬아슬한 시간들을 홀로 보내 왔기 때문이었다.

"그렇다고 내가 가자니 그것도 싫어할 것 같고."

나름의 변명이라는 듯 나직하게 말하는 목소리를 들으며 은서가 눈을 가늘게 떴다.

"……웃기시네."

"……."

"멋대로 잘만 찾아왔으면서."

품 안에서 중얼거리는 작은 소리가 울렸다. 이상하게도 무열의 귀에는 그게 꼭 귀여운 투정처럼 들렸다. 딱딱한 말투였지만 전혀 아프게 느껴지지 않은 이유는 아마 은서가 얌전히 안겨 있기 때문일 것이다.

이렇게 보드랍고 따뜻하면서 겉으로만 까슬한 말이 튀어나온다, 귀엽게.

"두 번이나 멋대로 찾아가면 질색할 것 같았거든. 그럼 앞으로는 이런 핑계 없이 그냥 보러 가도 돼?"

"아니요. 싫은데요."

"알았어. 다음부터는 안 부르고 내가 갈게."

"싫다니까요?"

몇 번을 들었던 싫다는 말. 그 말에도 무열은 아랑곳하지 않고 은서를 끌어안았다. 이상했다. 왜 자꾸 싫다는 말이 싫다고 들리지 않는 건지. 영문을 알 수가 없다.

"……응, 또 갈게."

"……."

상대의 대답은 들리지도 않는다는 듯 멋대로 말하는 작은 다짐. 그의 말을 들으면서 은서는 천천히 눈을 감았다.

홀로 서 있던 추운 겨울날. 그가 달려와 이렇게 안아 주기를 바랐던 것도 같다.

자신을 홀로 두고 아프게 했던 그날 이후, 조금만 더 찾아와 이렇게 안아 주기를, 사정이 있었다는 서두에 매달리기보다 일단 품에 안아 자신의 마음부터 녹여 주기를…… 바랐던 것 같다.

이토록 쉬운 한 가지가 그때는 왜 그렇게 어려웠을까.

입술이 파랗게 질려 덜덜 떨던 어린 날의 자신이 그에게 꼭 안기는 상상을 해 본다.

은서가 그의 품에 안긴 채 중얼거렸다.

……정말 싫어, 박무열.

문을 열기 위한 준비

은서는 무열의 품에 안겨 있었다. 금방이라도 잠이 들 것처럼 그 예쁜 눈을 살며시 내려 감은 채 색색거리는 작은 숨소리를 냈다.

무열이 그녀의 허리에 팔을 감아 더욱 강하게 끌어당겼다. 더 가까이 안을 수도 없을 만큼 둘의 몸이 바짝 맞닿았다. 그녀의 머리카락 사이로 풍겨 오는 향긋한 내음도, 그녀의 옷을 뚫고 전해지는 온기도 전부 쉽게 놓을 수 없을 만큼 간절했다.

'보고 싶었어.'

그의 나직한 목소리에 은서가 흠칫 떨었다. 그 조그마한 몸짓도 무열에게는 커다란 파도처럼 다가왔다. 그녀의 조심스러운 반응에 모든 것을 놓고 흠뻑 젖고 싶었다.

은서는 아무런 말을 하지 않는 대신 그의 등을 붙들며 더욱 품으로 파고들었다. 꼼질거리는 손가락이 등에 닿는 것조차 안달이 났다.

무열이 그녀를 조금 떼어 내며 눈을 마주했다. 한없이 맑게 반짝이는 눈동자 속에 자신이 비쳤다. 언제나 차가울 줄 알았던 시선이 따스하게 자신을 비추며 진심을 마주해 오고 있었다.

참을 수 없었다. 더는 그렇게 끌어안은 채로 눈만 마주치고 있을 자신이 들지 않았다. 그래서 무열은 하고 싶은 대로 하기로 했다.

그녀의 어깨를 그러쥐었다. 은서의 눈이 여전히 반짝이며 빛을 냈다. 무얼 하고 싶냐는 듯이, 지금 어떤 마음으로 자신을 바라보고 있냐는 듯이, 그녀가 말없이 눈으로 많은 것들을 물어 왔다.

무열은 뜨겁게 달아오른 숨을 나누어 주며 지금의 모든 것을 전하기로 했다. 이것 외엔 방법이 없다.

점점, 조금씩, 그렇게 은서에게 다가갔다. 굳게 닫힌 붉은 입술이 모든 시선을 사로잡았다. 조금만 더 가면 닿는다. 조금만. 그래, 이렇게 조금만 더.

꿈만 같았다. 그녀와의 행복한 입맞춤이, 깊은 키스가 바로 눈앞에 펼쳐지…….

"아."

……다가 사라졌다.

꿈이었다.

무열이 베개에 묻고 있던 고개를 천천히 돌려 침대 옆 협탁을 보았다. 휴대 전화의 요란한 벨 소리가 집 안을 가득하게 울리고 있었다.

모처럼 기분 좋은 꿈을 꾸며 늘어질 수 있던 휴일. 단잠을 깨웠다는 건 둘째 치고 언제 또 꿔 볼까 싶은 은서와의 달콤한 장면을 방해받아 무열은 굉장히 언짢았다.

"어떤 새끼인지 모르지만 죽여 버릴 거야."

신경질적으로 이불을 치워 내며 일어난 무열이 오만상을 하며 팔을 뻗었다. 쉽사리 끊길 생각을 하지 않고 자신의 존재감을 드러내는 벨 소리에 그가 휴대 전화를 확 낚아챘다.

잠기운이 제대로 달아나지 않은 눈을 가늘게 뜨며 액정을 내려다보자 달갑지 않은 이름 석 자가 떴다. 한준우였다.

'……진짜 죽일까. 이 새끼라면 가능할 것도 같은데.'

이를 부득 갈면서 통화 버튼을 눌렀다.

— 형님!

눈치라고는 밥에 말아먹으려 해도 없는 새끼.

준우는 본인이 눈치 하나로 먹고산다며 자화자찬을 했지만 무열의 눈에 그는 눈치가 없어도 너무 없었다. 때때로 주먹을 부를 정도였다.

지금도 그랬다. 무열이 전화를 받고도 입을 꾹 다물고 있는데 조금도 이상한 걸 눈치채지 못하고 혼자만 방방 뛴다.

"……."

— 여보세요? 형님?

"······."

— 얼레? 끊겼나? 혀엉님. 형님!

"좀 닥쳐 봐."

진짜 끊어 버릴까 하다가 무열이 낮게 잠긴 목소리로 짜증을 냈다.

아침부터 듣는 목소리가 한준우라는 것도 싫은데, 그 듣기 싫은 목소리가 평소보다 한층 신이 나 떠들어 대니 더욱 짜증이 밀려왔다. 네가 대체 어떤 꿈을 방해했는지 알기나 하냐고 멱살이라도 쥐어 채고 싶은 심정이었다.

— 혹시 주무시고 계셨어요?

"넌 아침잠도 없냐? 시간이 몇 시인데 전화질이야."

— 에이, 형님. 아무리 그래도 아침과 오전은 정확하게 구분해야죠. 따지자면 오전이죠, 오전.

"내가 그때 널 뒷산에 묻어 버리고 왔어야 하는 건데, 아직도 후회된다."

— ······하핫, 형님도 참!

준우는 은서의 남자 친구 행세를 했던 녀석이자 무열의 군대 후임이었다. 은서와 자신이 완전히 갈라설 수 있게 종지부를 찍어 주었던 악연임과 동시에 은서의 사정을 대신 전해 준 인연이기도 했다.

녀석을 향하던 분노가 쉽게 사그라지는 건 아니었다. 그러나 부탁을 받았을 뿐이었다며 손사래를 치던 녀석이 아니었으면 은서를 다시 찾으려고 애쓰는 일도 없었을 테니 완전히 내치기도 힘들었다.

그렇게 전역을 한 뒤에도 끊지 못한 관계가 지금까지 이어졌다. 은서와도 이어 오지 못했던 인연의 시간들을 설마 한준우와 함께해 오게 될 줄이야.

무열이 휴대 전화를 협탁 위에 도로 올리며 스피커 버튼을 눌렀다. 긴 다리가 바닥을 디디며 침대에서 내려왔다.

천천히 옷장 쪽으로 다가가 문을 열자 여러 벌의 셔츠가 정갈하게 걸린 상태로 그를 반겼다. 그중 편한 셔츠 하나를 꺼내 반나신으로 있던 자신의 상체에 걸쳤다.

한쪽 팔을 끼워 넣고 있으려니 전화 너머에서 준우가 잔뜩 힘이 들어간 목소리를 냈다.

— 아, 그나저나 형님! 빅뉴스가 있어요!

소리가 어찌나 큰지 무열의 방 안 가득 준우의 목소리가 울렸다.

아침부터 목청도 좋네.

"시답잖은 얘기면 난 오늘 정말 널 죽일지도 몰라."

반대편 팔도 마저 끼워 낸 무열이 그렇게 말하며 냉장고 쪽으로 걸어갔다. 500ml 생수를 하나 꺼내어 마시기 시작했다. 차가운 물줄기가 식도를 타고 시원하게 넘어갔다.

그제야 조금씩 정신이 드는 느낌이다. 준우의 목소리에도 여전히 꿈을 떨치지 못했던 감각들이 또렷하게 돌아왔다.

— 놀라지 마세요, 진짜로.

"끊어."

— 아아, 진짜예요! 최은서에 관련된 이야기라고요!

무열이 식탁 위에 병을 내려놓으며 협탁 쪽을 쳐다보았다. 어쩔 수가 없다. 은서를 직접 마주하고도, 그녀를 끌어안고도, 또다시 그녀의 이름에 반응하고 마는 자신은.

휴대 전화를 향해 천천히 다가갔다.

"최은서가 뭐?"

— 놀라지 말고 들으셔야 돼요. 자, 심호흡을 크게 하시고…….

"끊는다. 3, 2……."

— 은서 연락처를 알아냈어요!

안 되겠다, 이 새끼. 진짜 죽이든가 해야지.

"……끊어."

— 아, 왜요! 찾으셨잖아요!

칭찬을 바랐던 걸까. 준우가 억울하다는 듯 전화기에 입을 바짝 대며 절규했다. 목소리가 웅웅 울렸다.

무열이 미간을 잔뜩 좁힌 채 휴대 전화를 집어 들었다. 스피커를 해제하고 귓가에 가져다 댄 그가 나직하게 이를 갈면서 말했다.

"이미 알아, 새끼야."

— ……예?

"끊어."

— 잠……!

조금의 망설임도 없이 냉정하게 통화 종료 버튼을 눌렀다. 더 붙들고 있어 봐야 피곤하게 꼬치꼬치 캐물어 올 게 분명했다.

어떻게 알게 되었느냐, 그럼 현재 연락을 하고 있다는 말이냐 등 줄줄 나올 질문들을 머릿속으로 그려 보았다. 벌써 골이 울린다. 자를 수 있을 때 잘라 버리는 편이 좋다. 한번 통화를 하면 좀처럼 끊으려 들지 않는 게 고등학교 동창인 재민과 한 세트처럼 여겨지기까지 했다.

왜 내 주변에는 이런 놈들뿐인 거야, 하고 생각하던 무열이 문득 은서를 떠올렸다.

'목소리 듣고 싶다…….'

매니저라는 거짓 직함을 내세웠을 때 말고는 그녀가 알고 있는 남자 박무열로서 연락을 한 일이 한 번도 없었다. 개인적으로 연락도 못 해 봤었다니. 그 사실을 깨닫고 나자 무열은 스스로가 조금 한심해졌다.

전화를 걸면 뭐라고 대답을 해 올까. '볼일 없으면 끊어요.' 하고 냉정하게 끊어 버릴 것 같기도 하고, '……왜요.' 하고 조금 무뚝뚝한 말투로 대꾸를 해 올 것 같기도 하고. 예전처럼 '오빠야, 예쁜아.' 하고 인사를 건네면…… 아마 곧바로 끊긴 수화음만 듣게 되겠지.

무열은 직접 전화를 걸지는 않고 그녀와의 사적인 통화를 머릿속으로 상상해 보았다.

"아아, 최은서……."

다시 타오르는 첫사랑에 가슴앓이라도 하듯 무열이 은서의 이름을 되뇌었다. 그러고는 괴로운 얼굴로 욕실을 향해 걸어갔다.

"짜잔!"

"……."

정면에 있는 얼굴을 확인한 무열이 쾅 소리가 나게 현관문을 닫아 버렸다.

"아, 형님! 추워요. 좀 열어 주세요!"

밖에서 준우가 문을 두드리며 소리를 질렀다.

그렇게 전화를 끊어 버려 충분히 무시했다 생각했는데, 웬걸. 씻고 나와 느긋하게 커피를 마시려던 중 초인종이 울려 나가 보니 한준우가 서 있었다. 귀염상의 얼굴 위로 한가득 미소를 지으면서 말이다.

평화로운 휴일을 도둑맞게 되었다. 정신을 차리고 보니 무열은 어느새 —고성방가 예방 차원에서— 준우를 안에 들인 뒤였고, 준우는 그의 집을 마치 제집처럼 여기며 소파에 편안히 등을 기대앉는 중이었다.

군대에 있을 때는 벌벌 떨면서 기어 다니던 녀석이 이제 서른이 코앞이라고 세상만사가 다 만만하게 보이는 모양이다. 저게 어딜 봐서 은서와 동갑이라는 거지.

"근데 형님. 진짜 최은서 연락처 알고 있었어요? 누가 알려 줬어요? 대체 나보다 빠른 소식통이 누구……."

"최은서 본인."

"예?"

"우리 회사에 회원으로 등록했더라고."

"아아, 그렇…… 예? 예엑?"

소파에 늘어지게 눕다시피 앉아 있던 준우가 화들짝 놀라며 허리를 곧추세웠다. 눈을 동그랗게 뜨니 호기심 충만한 어린애 같은 게, 요새 텔레비전을 틀면 여기저기에 나오는 십 대 아이돌처럼 보이기도 했다.

"그 최은서가 결혼정보회사를 찾아왔다고요? 자기 발로? 동명이인 아니에요?"

"그 최은서 맞아. 직접 만났어."

"맙소사……"

심지어 만나기까지 했냐는 듯 준우가 놀라움을 금치 못하며 무열을 보았다. 그러면서 왜 자신에게는 말도 안 해 줬냐고 질척거리며 달라붙었다. 무열이 길고 튼실한 다리를 들어 준우를 저 멀리 밀어 버렸다.

"끼어들지 마, 내 거야."

"걔가 자기를 형님에게 주진 않았을 것 같은데."

"그럼 내가 걔 거인 걸로 해 둬."

"최은서가 형님을 갖기는 하겠대요? 줘도 안 가진다고 할 것 같…… 아, 알았어요. 쫓아내지 말아요!"

현관문으로 질질 끌려가던 준우가 빠르게 도망쳐 강아지처럼 소파 위로 올라앉았다. 그는 쿠션을 품에 끌어안고 쪼그려 앉은 채 새삼 신기하다는 양 입을 열었다.

"그래도 인연은 인연인 모양이네요, 그렇게도 만나게 되는 걸 보니."

"이런 걸 보통은 운명이라고 하지."

"예, 예…… 운명……"

마지못해 대답을 하던 준우가 힐끔 무열의 얼굴을 살폈다.

평소처럼 자신이 귀찮아 죽겠다는 얼굴을 하고 있는데도 어딘가 묘하게 달라지기는 했다. 얼굴이나 표정 자체는 비슷했지만 분위기라는 것이 그랬다. 어느덧 은서보다 무열과 더 오랜 시간 알고 지내게 된 준우였기에 그 정도 변화는 알아챌 수 있었다.

"있잖아요, 형님."

"뭐."

"진짜 최은서를 엄청 좋아하기는 하셨나 봐요."

"뭐?"

"못 본 새 분위기가 좀…… 달라졌는데."

"……데?"

"데……요……"

무열의 날카로운 시선에 다시 이병 때로 돌아간 듯 준우가 눈치를 보다가 조심스럽게 '요' 하나를 덧붙였다.

"달라질 수밖에 없지. 너도 모르는 거 아니잖아. 겪어 본 걸로 아는데."

"뭘요?"

"김진아였나, 김지나였나. 좋아 죽겠다고 쫓아다니다가 차여서 온 적 있었잖아. 그때 너 많이 컸구나 싶었다. 마냥 애새끼인 줄로만 알았는데 여자 때문에 울 줄도 알고."

준우가 무열을 형님이라고 부르기 시작한 게 아마 그때쯤이었을 것이다. 은서를 들먹이며 불러내기에 깜빡 속아서 나갔었다. 술에 취해 울고불고 난리를 치며 '형님, 혀엉님.' 하고 부르는데 얼마나 치가 떨리던지.

무열은 그 후로 은서의 이름을 들어도 절대 반응하지 말아야겠다고 생각했었다. 물론 턱도 없는 다짐이었지만.

"……진아도 지나도 아니고 지아였거든요. 부끄러웠던 과거 얘기는 웬만하면 꺼내지 말죠, 형님. 저라고 형님 과거 모르는 거 아닌데요."

"나한테 과거랄 게 뭐가 있어."

"제 얘기 듣고 나서 최은서 찾는다고 정신 빼놓고 다닐 때 있었잖아요. SNS 검색으로 밤새는 건 기본에, 우리 학년 애들 동창회에 나가질 않나. 형님은 몰랐겠지만 그때 애들이 얼마나 흥을 봤다고요. 저 사람 누가 데려왔냐, 왜 자기 동창회에 안 가고 후배들 동창회에 나타나서 술만 푸는 거냐 등등."

"……."

"졸업 전에도 영 또라이 같던데 졸업하고 나서 한층 더 또라이 같아졌다고 다들……. 악! 아파요, 형님!"

무열이 준우를 소파 구석으로 몰아넣고 자근자근 밟았다.

잊고 있던 기억들이 떠올랐다. 그녀를 찾을 수 있을 만한 한 가닥의 희망도 놓치지 않으려 동분서주하던 시절.

재민을 닦달해 은서의 동창회 정보를 알아보라고 했었다. 그리고 얼굴도 이름도 모르는 후배들의 동창회에 나가 그녀의 모습을 찾고, 그녀의 소식을 듣기 위해 애를 썼다.

하지만 어디에서도 은서의 이야기는 들을 수 없었다.

학교를 다닐 때도 교문을 벗어나면 개인적으로 연락을 하는 친구가 거의 없다고 했다. 그랬으니 졸업 후에도 꾸준히 연락을 해 온 누군가가 없었다는 사실 역시 크게 이상할 건 없었다.

수군거리는 목소리들은 '저 선배 뭐야? 여길 왜 왔대?' 하고 그를 힐끔거렸다. 스스로가 불청객임을 모르려야 모를 수 없게 했다.

그 와중에 기억도 나지 않는 후배들이 '어머, 무열 오빠. 여긴 어떻게 알고 오셨어요?' 하면서 알은척을 해 왔지만 무열은 어리던 그때처럼 능청스레 그녀들의 이야기를 받아쳐 줄 수 없었다.

무작정 술만 마셨다. 은서에 대한 정보를 아무것도 줄 수 없다면 필요 없는 사람들이라며, 홀로 은서의 흔적을 쫓기만 하다가 돌아왔다.

모든 것은 —심지어 무열의 성격조차도— 조금씩 달라졌는데 유일하게 은서를 향한 갈증만 달라지지 않은 날들이었다.

준우는 벌떡 일어나 멋대로 냉장고 문을 열었다. 내부를 뒤적여 마실 것을 찾고 소파 위에 길게 뻗기도 하는 등 군대 후임이 아니라 무열의 오랜 동생처럼 움직였다.

전 같았으면 쫙 찢어진 눈으로 살얼음판 위를 걷게 해 주었을 법도 하지만 무열은 준우와 함께하는 시간이 늘면서 모든 것을 적당히 내버려 두게 되었다. 집 안을 누비는 한 마리의 개처럼 취급하는 모양이었다.

무열은 침대에 걸터앉은 채 휴대 전화를 손안에서 빙글빙글 돌렸고, 준우는 냉장고에서 꺼낸 캔 맥주를 제 것처럼 홀짝이며 과거의 일들에 대해 열변을 토했다. 둘이 만나면 빠질 수 없는 것이 은서의 이야기였다.

오늘도 다르지 않았다. 게다가 무열이 은서와 직접 재회를 했다고 하니 준우의 입이 얌전하게 다물려 있을 리도 없었다.

첫사랑과 미련이라는 것에 대해 한참 연설을 하던 준우가 어느새 다 마신 캔을 위로 들며 인상을 찌푸렸다. 입 속으로 맥주 방울을 톡톡 털어 넣다가 말없는 무열을 쳐다보기도 했다.

"휴대 전화 뚫리겠어요, 형님."

"신경 꺼."

"그냥 전화 걸어요. 목소리 듣고 싶으면 듣고, 만나고 싶으면 만나고 그러는 거죠."

"신경 끄라고 했다."

"다시 만났으면 대화로 오해 풀고 그냥 사귀면 되는 거 아니에요?"

때때로 무열이 생각하던 것들이었다. 하지만 생각과 현실, 그리고 실천은 너무도 다른 것이었다. 몇 번씩 인내하고 고민을 거듭했는지 모른다.

"넌 사랑하는 게 그렇게 쉬운 줄 아나?"

그렇게 말하면서 무열은 또다시 휴대 전화를 빤히 응시했다. 서른 넘은 남자가 휴일의 시간을 이렇게 휴대 전화만 쳐다보며 보내게 될 줄 누가 알았을까.

저도 모르게 계속 은서의 연락을 기다리게 된다. 하지만 연락이 올 리 없다. 당연한 일이다. 상대는 최은서이지 않은가.

그때였다. 손에 쥐고 있던 그의 휴대 전화가 딩동, 하고 울렸다. 무열이 멈칫한 만큼 그 알림 소리를 함께 들은 준우도 소파에서 몸을 벌떡 일으켰다.

"방금 뭐예요, 그거? 문자 아니에요?"

"어……."

무열이 다급하게 화면을 눌러 문자를 확인했다. 옆에서 설레발치는 준우를 깡그리 무시하고 화면 속에 떠오른 문장에만 집중했다.

보낸 사람, 김미영.

김 팀장입니다. 지난 파티 때 찍은 사진들 메일로 발송했어요. 확인하시고 홍보용으로 올려도 좋을 법한 걸로 몇 장 추려서 월요일 회의 때 말씀해 주세요.

"에이, 뭐야. 일 문자네……."

은서의 것이 아님을 확인한 준우가 실망한 기색을 드러내며 다시 소파 위로 올라갈 때였다. 준우와 같은 표정으로 실망을 금치 못하던 무열의 표정에 약간의 화색이 돌았다.

아, 그리고 이 사진은 사장님께 개인적으로 보내 드리는 겁니다. 제 휴대 전화로 찍어서 예쁘게는 안 나왔네요.

연달아서 온 문자와 함께 그의 휴대 전화 화면에는 하나의 사진이 떠올랐다.

무열과 은서의 모습이었다.

"......"

은서는 아름다웠다. 웃고 있는 얼굴이 아닌데도 그랬다. 조명이 닿지 않는 위치에 있었던 터라 얼굴이 조금 어둡게 나왔는데 오히려 그래서 더 안달이 나는 묘한 사진이었다.

그날의 그녀가 얼마나 아름다웠는지 재차 깨닫게 된다. 이런 옷을 입고 있었지. 이런 모습을 하고 있었지. 그녀의 아름다웠던 모습 한 장면 한 장면을 전부 다시금 돌이켜 보는 무열이었다.

시선을 옆으로 옮겨 그녀의 앞에 서 있는 자신을 보았다. 거울을 통해서 볼 때와는 또 다른 얼굴. 자신이 저런 얼굴을 하기도 한다는 걸 처음 깨달았다.

달콤한 이야기를 나눴던 것도 아닌데 그녀의 곁에 서 있다는 이유만으로도 무열은 한없이 행복한 미소를 띠고 있었다. 박무열조차 본 적 없는 박무열의 모습이었다.

스스로의 행복을 그렇게 마주하고 나자 무열은 모든 것이 신기하면서도 새삼 은서의 존재가 소중하게 느껴졌다. 그것 보라고, 난 너 없으면 안 된다고, 네가 날 바라보는 것만으로도 이렇게 행복해하지 않느냐고, 은서를 향해 말해 주고 싶은 기분이 들었다.

무열이 휴대 전화에서 은서의 이름을 검색했다. 그리고 몇 마디의 문자를 적기 시작했다.

이것 봐. 선남선녀가 따로 없지.

    짧은 문자에 미영에게 받은 사진을 첨부했다. 문자가 전송되는
듯 대화창이 화면 위로 느리게 떴다가 멈추었다.
    완전하게 전송이 되었음을 확인한 무열이 만족한 얼굴로 휴대
전화를 꽉 쥐었다. 준우가 이상하다는 듯이 쳐다보았지만 그는 그
녀에게 연락할 빌미 한 가지가 생겼다는 것이 그렇게 기쁠 수가
없었다.
    하지만 최은서 성격에 살가운 답장이 올 리 만무하다. 태연하
게 읽고 씹을 모습이 눈에 선했다. 그러니 괜한 기대 같은 건 하
지도 말자고 생각할 때였다.
    다시 딩동, 하는 소리와 함께 문자가 도착했다. 순간적으로 멈
칫한 무열과 달리 준우는 어차피 또 일 문자일 거라며 소파에 누
워 꼼짝도 하지 않았다. 그럼에도 혹시나 싶었던 무열이 시선을
밑으로 내렸다.
    “아.”
    휴대 전화 화면에 찍힌 이름은 정확하게 최은서였다.

시끄러워요.

    음성이라도 지원되는 듯한 다섯 글자에 무열이 참지 못하고 크
게 웃음을 터뜨렸다. 텔레비전을 시청하고 있던 준우가 화들짝 놀
라 그가 있는 쪽으로 고개를 돌렸다. 커다란 웃음소리는 몇 초간

208

이나 멈추지 않았다.

귀여워 죽겠다는 생각이 머릿속을 지배했다. 아마 최은서는 코를 골아도, 자다가 침을 흘려도 귀여울 것이다. 그러니 이렇게 귀염성이라고는 한 톨도 없는 다섯 글자만 찍어 보내도 귀여워 죽을 것 같은 기분을 느끼게 하는 게 아닌가.

무열이 침대 위에서 몸을 벌떡 일으켰다. 다짜고짜 코트를 걸치고 지갑과 차 키를 챙겨 들더니 굉장히 간단한 깨달음을 얻기라도 한 듯 묘한 웃음을 띠었다.

"역시 사랑하는 게 쉽겠지? 사랑하지 않는 게 어려운 거지."

"예……?"

느닷없이 무슨 말이냐는 듯이 눈을 동그랗게 뜨는 준우를 무시한 채 무열이 빠르게 현관 쪽으로 걸어갔다.

"알아서 문 닫고 가."

"잠깐, 형님! 갑자기 어디 가시는데요!"

갑자기 은서가 보고 싶어졌다. 잔뜩 찡그릴 그 귀여운 얼굴을 눈앞에서 직접 보고 싶었다.

당장 만나러 가지 않고는 견딜 수 없을 것만 같았다.

"저 쓰레기 버리고 올게요."

"추우니까 잠바라도 걸치고 나가, 은서야."

"괜찮아요. 금방이에요."

은서가 묵직한 쓰레기봉투를 들고는 대문 밖으로 나왔다. 그러자 밖으로 나오기가 무섭게 찬바람이 쌩하니 불며 그녀의 손이며 뺨, 머리카락을 세차게 훑고 지나갔다.

'대체 봄은 언제쯤 오려는 걸까.'

이번 겨울은 유독 긴 것 같다고 생각하며 그녀가 걸음을 빠르게 옮겼다. 그러면서 무열이 보내온 사진을 머릿속에 떠올렸다.

졸업식 때조차 나란히 찍어 본 적이 없던 사진. 단 한 장도 가지지 못했던 사진.

그래서 떨어져 있던 십여 년간 그의 얼굴이 자꾸만 가물거렸는지도 모르겠다. 다시 만나면 알아보지도 못할 것이라고 단정했을 만큼 말이다. 그 때문일까. 곧바로 알아보았던 재회의 순간은 지금 생각해도 참으로 신기했다.

자신도 모르게 저장 버튼을 눌렀다. 그에게는 시끄럽다는 무심한 말로 대꾸를 해 놓고 몇 번이나 그 사진을 들여다보았다. 배경이 어두워 얼굴이 선명하게 보이지는 않았지만 그럼에도 무열의 웃는 표정만큼은 정확하게 알아볼 수 있었다.

그는 그 순간에도 눈이 부실 정도로 빛나고 있었다.

대문에서 얼마 떨어지지 않은 가로등 밑에 쓰레기봉투를 내려놓았다. 그러고는 뻐근한 허리를 길쭉하게 펴며 고개를 들었다.

주황빛으로 길거리에 내려앉는 불빛이 평소와는 다르게 쓸쓸해 보였다. 혼자여도 상관없다고 생각하던 시절들을 지나친 탓일까. 무열이 다시 마음에 들어앉았기 때문일까.

그의 생각으로 밤을 지새워도 이상하지 않을 것만 같은 상태였다. 그의 표정, 그의 눈빛 하나 때문에 잊고 살았던 외로움이 멋대로 깨어나 버린 기분이었다.

보고 싶은 걸까……? 그런 생각을 하다가 고개를 저었다. 사실 자신이 어떤 마음인지 다 알고 있으면서 인정하고 싶지 않은 것도 같았다.

은서가 그 사이에 차갑게 식은 손을 세차게 비볐다. 아직 날이 꽤 추웠다. 서둘러 들어가야겠다고 생각하며 한 걸음을 내디딜 때였다.

예상하지 못한 팔이 뒤에서 불쑥 튀어나와 그녀를 끌어안았다.

"……!"

너무 놀라면 소리도 나오지 않는다고 하던데 정말이었다. 인기척 같은 건 느끼지도 못했는데 갑자기 어디에서 튀어나온 건지 모를 팔이 정확하게 몸을 감쌌다.

한 1초 정도 바짝 굳어 있던 은서가 정신을 차리고는 그에게서 벗어나려 몸을 비틀었다. 힘으로는 되지 않을 것 같아 팔을 뒤로 확 뺐다. 그러자 팔꿈치에 가격당한 사람이 '윽!' 하는 외마디 신음과 함께 뒤로 물러섰다.

빠르게 뒤를 돌며 급소를 차 버리려 할 때였다.

"스톱!"

"……."

몸을 굽힌 남자가 다급하게 한 손을 들어 보이며 그녀를 막았다. 너무도 익숙한 목소리.

"박……무열?"

은서가 그의 모습을 확인하며 살짝 들었던 무릎을 내렸다. 무열이 자신의 복부를 감싸 쥔 채 아프다는 시늉을 하며 은서를 보고 있었다.

"이렇게 과격할 줄은 미처 몰랐는데. 하마터면 마지막 인사도 못 하고 이승 떠날 뻔했어."

"……여긴 또 왜 왔어요."

놀란 마음을 감추며 일부러 심드렁한 얼굴을 한 은서가 무열을 힐끔 보았다. 그런 그녀를 보면서 무열은 '애써 무심한 척 굴면 귀여워서 더 달라붙고 싶어지는데…….' 하고 생각했다. 팔꿈치의 맛을 보았기 때문에 쉽사리 입 밖으로 내지는 않았지만 말이다.

"보고 싶어서."

한 치의 거짓도 없는 한마디에 은서는 잠시나마 할 말을 잃었다.

보고 싶으면 오겠다던 말 그대로 멋대로 찾아와 버린 그가 조금도 싫지 않았다. 입으로는 몇 번이나 싫다고 말했으면서도 정작 놀란 마음 한편에서는 묘한 반가움 같은 게 느껴졌다. 스스로도 어이가 없을 정도였다.

"……때린 건 사과 안 할 거예요. 그럴 만했으니까."

"아아, 괜찮아. 세게 맞기는 했지만 안아 봤으니까 억울하진 않아."

왜 싫지 않을까. 이 남자, 대체 나한테 무슨 짓을 한 걸까.

"사람이 대체 왜 그래요? 보고 싶으면 마음대로 보고, 안고 싶으면 마음대로 안아도 되는 줄 알아요?"

미간을 좁히며 그에게 날을 세워도 본다.

하지만 예전에도 그랬듯이 지금의 무열에게도 통하지 않는 모양이다. 무열이 코트 주머니에 두 손을 깊숙하게 넣으면서 웃었다. 입가를 시원하게 당겨 뺨이 볼록하게 올라올 정도로.

"응, 그런 줄 알아."

"……."

너무 당당해서 핀잔을 하는 것도 잊고 멍하니 서 있자 그가 말을 덧붙였다.

"최은서. 내일 저녁에 뭐 해."

"……."

갑자기 묻어 두었던 기억이 났다. 그때와 같은 대사에 시간이 과거를 향해 흐른다. 한없이 설레게 만들었던 단 한마디의 말과 그 뒤를 쫓아오는 한없이 춥고 시리던 날의 괴로움 같은 것들. 모든 것이 예고도 없이 넘실거리며 그녀의 머릿속에 차올랐다.

범람하고 말 것이다. 그가 과거가 아닌 현재가 되어 앞에 왔으니.

"다른 약속 없으면 나랑 같이 저녁 먹자."

그는 또다시 자신을 그날의 그 자리로 데려다 놓는다. 다시금 깨어나기 시작한 두근거림이 그 추웠던 날의 감각까지 불러올 것 같아 아주 조금 겁이 나기 시작했다는 것은 알지 못한 채로 말이다.

"그때 그 후문, 같은 시간."

"……."

"할 말이 있어."

무열의 눈이 진지하게 빛을 냈다. 오랜 시간 쌓이기만 하다가

곪아 버린 오해의 흙을 모조리 퍼낼 생각이었다. 새로운 흙을 깔아 두고 다시금 그 설렘의 싹이 사랑으로 예쁘게 꽃을 피워 낼 수 있도록.

그때 하지 못한 것들을 지금이라도 해야 했다. 그녀와 시작하고 싶었으니까. 아쉽게 엇갈린 출발선 앞에 다시 서고 싶었으니까.

그동안 많은 것이 달라졌다. 어머니인 윤숙도 행복을 찾았고, 자신도 안정 속에 살 수 있게 되었다. 그러니까 이제 되찾을 수 있는 것들을 되찾기만 하면 된다. 윤숙이 행복을 찾았듯이 자신도 자신의 행복인 은서를 되찾아야 했다.

"안 갈 거예요."

은서가 스스로에게 다짐이라도 하는 듯한 목소리로 대답했다.

"아니, 넌 올 거야. 올 거 알아."

"절대 안 가요. 절대로."

"올 때까지 기다릴게. 네가 그랬던 것처럼, 이번에는 내가 몇 시간이고 널 기다릴게."

망설임이라고는 찾아볼 수 없는 눈빛이었다. 무열은 더 이상 마음에도 없는 네 말에 순순히 속아 주지 않을 거라는 듯 그녀를 보며 자신의 굳은 다짐을 내보였다.

몇 년 동안 찾고 또 찾았는데 몇 시간 기다리는 게 뭐가 힘들까.

어쩌면 알고 있었는지도 모른다. 오지 않을 거라고 말하면서도 결국은 오고 말 그녀임을. 기다리겠다고 하면 기다리게 만들지 않으려 그 자리에 나타나고 말, 여전히 여리고 따스한 그녀임을.

무열이 아까처럼 그녀를 함부로 끌어안지는 못하고 조심스레 어깨를 감싸 쥐었다. 그러면서 조금씩 가까이 다가가 차게 식은 그녀의 이마에 살며시 입을 맞추었다.

"내가 널 기다릴게."

은서가 작은 주먹을 꽈악 쥐었다. 조심스레 다가온 그의 뜨거운 촉감을 밀어 낼 수 없었다.

"절대……."

'안 가.' 라는 말이 끝끝내 입 밖으로 나오지 못한다. 머릿속이 어지럽게 빙글빙글 돌았다. 마음도, 머리도, 가만히 멈춰 있지 못하고 있는 힘껏 흔들렸다. 어느 것도 자신의 마음대로 할 수 있는 게 없었다. 또다. 또 무열이 멋대로 이렇게 만들고 있었다.

무열은 그런 그녀를 보며 웃었다. 그러고는 '갈게.' 하면서 천천히 멀어졌다. 그러는 동안 은서는 바닥만 바라보았다.

그의 걸음 소리가 들리지 않을 때쯤에야 서서히 고개를 들 수 있었다. 차를 어디에 세워 둔 건지 그가 멀찍이 걸어가며 점이 되고 있었다. 도무지 시선을 떼어 낼 수 없었다.

"……."

그녀는 알 수 있었다. 결국 자신은 그를 만나러 가고 말 것이다.

그를 찾아가 그와 눈을 마주치고 그의 손을 잡고 싶었다. 그의 곁에 서서 그의 오랜 이야기를 듣고 싶었다.

제대로…… 시작하고 싶었다.

09

너에게 닿기를

　무열은 들뜬 마음을 좀처럼 가라앉히지 못했다. 은서를 처음 만나는 것도 아니고, 그녀와 단둘이서만 보는 게 처음 있는 일도 아닌데 오늘은 유독 기분이 남달랐다.

　그는 아침에 눈을 뜨면서 자신이 스무 살 초의 겨울로 돌아가 있음을 깨달을 수 있었다. 그때 제대로 해 보지 못했던 준비라는 것을 다시금 할 수 있는 기회를 얻게 되었다.

　기대감에 얼마나 잠을 설쳤는지 모른다. 무슨 꿈을 꾸었는지 기억도 나지 않을 정도로 자고, 깨고, 자고 하는 것을 몇 번이나 반복했다. 졸업식 당일에도 이토록 설레지는 않았었는데 말이다.

　몇 번이나 상상했었다. 그날 그런 일이 없었더라면 지금쯤 우리의 모습은 달라졌을까. 십여 년이 넘는 시간을 한없이 같은 마음으로 버텨 올 수 있었을까. 서로에게 상처가 아닌 의지가 될 수 있었을까. 모든 것은 어느 정도로, 얼마만큼의 크기로 변화해 있었을까.

의미 없는 상상의 끝에는 언제나 은서의 얼굴이 머물렀다. 차가운 표정을 짓고 있는데도 이상하게 곁에만 서면 따스하게 느껴지던 그녀의 모습이.

만나기로 한 시간이 다가올수록 심장이 뻐근해질 정도로 긴장이 되었다. 시작해 보지도 못했던 마음을 다시 일으키고 그녀와 제대로 시작할 수 있을지도 모른다는 확신이, 그 기대감이, 무열을 자꾸만 어지럽게 했다.

"그러고 보니 밥 한 끼를 같이 먹은 적이 없네."

무열이 중얼거리며 핸들을 돌렸다. 약속 장소로 향하는 편도 1차로에 들어선 그는 핸들 위에 손을 가벼이 올리고 빨갛게 불이 들어온 정지 신호를 멍하니 바라보았다.

마음이 앞서 어떻게든 곁에 있고 싶어만 했지, 정작 그녀에 대해선 아는 것이 없었다. 회사에 등록하면서 직접 적어 제출한 서류상의 정보들이 아닌, 그녀를 겪으면서 알 수 있는 모든 것들은 전혀 모르고 있었다.

떨어져 있던 시간들을 가득하게 채우고, 그녀에 대해 작은 것 하나까지 전부 알 수 있는 사람이 되려면 시간이 많이 걸릴 것 같았다. 지난 시간들이 아쉬우니 다른 사람들보다 몇 배로 속도를 내야겠다고 무열은 생각했다.

흘끔, 시간을 확인했다. 한 시간이나 여유가 남아 있었다. 생각보다 더 빨리 도착해 버렸다. 약속했던 자신들의 학교까지는 5분거리도 채 남지 않았다.

작은 선물이라도 준비할까. 뭘 준비하는 게 좋을까. 그런 생각을 하던 중 신호에 초록 불이 들어 왔다. 무열이 부드럽게 액셀러레이터를 밟으면서 앞으로 나아갔다.

그때였다. 맞은편에서 한 대의 차가 중앙선을 침범하며 무열이 있는 쪽으로 달려왔다.

"......!"

판단을 하고 말 새도 없었다. 본능적으로 빠르게 핸들을 꺾었다. 그리고 이내 쾅! 하는 소리와 함께 가로수를 들이받았다. 인도 위를 걷던 사람들이 웅성거리며 그 주변으로 몰려들었다.

무열의 의식은 어둠 속으로 잠겨 들었다.

"......는 그렇게 하는 걸로 합시다."

"네, 알겠습니다."

머릿속이 멍하니 비어 있는 기분이 들었다. 사람들의 목소리 같은 것들이 귓가에서 아득하게 울려 댔다.

눈앞에 보이는 것은 온통 어둠이었다. 천천히 깨어나기 시작한 정신과 함께 어떻게든 눈꺼풀을 올리려 애썼다. 손가락 끝은 환하게 닿아 오는 빛을 감지한 듯 움찔거렸다.

여긴 천국인가, 지옥인가. 빛 한 점 들어오지 않는 어둠을 바라보며 무열이 그냥 정신을 놓아 버릴까 생각할 때였다.

최은서.

"……."

갑작스레 그 이름이 떠올랐다. 완전히 암흑 속으로 빠질 뻔한 순간, 그의 머릿속에 떠오른 것은 그녀의 이름이었다.

그제야 생각이 났다. 자신이 어디로 가는 중이었는지.

한 시간 남짓 남은 시간을 가늠해 보면서 가는 길에 뭐라도 살까 고민을 하고 있었다. 그리고 자신이 있는 차로 쪽으로 돌진해 오는 맞은편의 강한 불빛과 이어지는 강렬한 통증도 있었다.

무열이 눈을 번쩍 떴다. 흰 천장에서부터 밝은 빛이 한꺼번에 쏟아져 내려왔다. 순간적으로 내가 지금 회사에 와 있나 생각했을 정도였다.

눈을 한 번, 두 번, 그렇게 깜빡이니 조금씩 빛으로부터 익숙해졌다. 벽, 천장, 모든 것이 희기만 했다. 옆을 보자 돌아다니는 사람들 역시 흰 가운을 입고 있었다. 짧은 순간 바로 알아챌 수 있었다.

병원이었다.

"사장님? 정신이 좀 드세요?"

그때, 주변을 훑어보던 그의 시야에 익숙한 모습이 들어왔다. 그녀는 가만히 누워 있는 그를 내려다보면서 미간을 잔뜩 찌푸렸다. 미영이였다.

"김…… 팀장?"

"네, 김 팀장이에요. 그래도 다행히 알아보시네요."

미영이 의식을 되찾은 그를 보며 그제야 안심했다는 듯 굳어 있던 표정을 조금 풀었다.

"김 팀장이 왜 여기 있어?"

"제가 드리고 싶은 말씀이네요. 사장님은 여기 왜 이러고 계세요."

"뭐가 어떻게……."

머리가 지끈거리는 듯 인상을 쓰던 그가 문득 이러고 있을 때가 아닌 듯이 급하게 몸을 일으켰다. 그러다가 윽, 하는 신음과 함께 눈을 동그랗게 떴다. 천천히 고개를 내려서 보니 오른손에 깁스가 되어 있었다.

"뭐야, 이거?"

"뭐긴 뭐예요. 보시다시피 깁스한 거죠."

"어떻게 된 건지 보고 좀."

여기가 회사인 줄 아느냐는 그녀의 표정에도 무열은 눈조차 깜빡이지 않고 자초지종을 재촉했다. 미영은 나직한 한숨과 함께 하나둘씩 설명을 하기 시작했다.

집에서 쉬던 중이었는데 최근 통화 목록에 자신이 있었다는 이유로 소환당했다는 사실, 음주 운전 차량을 피하려다가 사고가 났다는 사실, 검사를 해 봤는데 별다른 이상은 없고 가벼운 뇌진탕과 타박상, 손목에 약간의 금이 간 게 전부라는 사실까지 하나도 빼놓지 않고 확실하게.

무열이 손목조차 까딱거릴 수 없게 하는 깁스를 가만히 내려다보다가 상의를 올려 자신의 몸을 확인했다. 갈비뼈가 나가거나 살이 찢어진 곳은 없었다. 군데군데 시퍼런 멍이 들어 있을 뿐.

나쁜 운은 어린 시절에 전부 써 버린 걸까. 천만다행인 일이었다.

"오늘 받은 검사에서는 별 이상이 없다고 하지만 뇌진탕은 후유증이 있을 수 있다고 하니까 더 계시면서 다른 검사를……. 사장님, 뭐하세요?"

미영이 뭐라고 떠들든 말든 무열은 침대에서 내려왔다. 셔츠를 제대로 집어넣어 매무새를 가다듬고 자신의 코트를 찾아 걸쳤다. 휴대 전화와 차 키도 챙기는가 싶다가 지금쯤 앞부분이 박살이 나 개도 실려 간 상태겠구나 싶어 잠시 좌절 아닌 좌절도 했다.

온몸에서 욱신거리는 통증이 일었지만 참을 수 있었다. 뛰는 게 가능할지는 모르겠지만 조금 빨리 걷는 건 될 것도 같았다.

"저녁 약속이 있어. 늦기 전에 가야 돼."

"저녁 약속이요? 이 시간에요?"

온통 서둘러야겠다는 생각만으로 가득하던 무열이 미영의 물음에 고개를 돌렸다. 그러고 보니 생각도 못 하고 있었다. 어서 가야겠다고 서두르기만 했을 뿐, 지금이 몇 시인지는 확인도 해 보지 않았다.

"지금…… 몇 시지?"

"곧 11시 될 것 같아요. 이 시간에 저녁을 드시게요?"

그 순간 무열의 입술 사이로 작게 욕지기가 나왔다. 주변 사람들은 듣지 못했지만 미영만이 들을 수 있을 만큼 아주 작은 소리였다. 그답지 않게 웬 욕인가 싶어 미영이 눈을 동그랗게 뜨고 무열을 보았다.

"김 팀장, 뒷일은 알아서 부탁해. 나 간다."

"네? 사장님, 그 몸으로 어딜……!"

무열이 통증을 참아 내려 이를 악물면서 빠르게 응급실을 빠져 나갔다. 미영이 그를 불러 댔지만 뒤를 돌아볼 여유도 찾을 수 없었다.

"제발……. 제발……."

그녀가 그 자리에 있어 주기를 바라며 속으로 몇 번의 기도를 했다. 이 추운 날씨에 또다시 덜덜 떨며 기다리고 있을 것을 생각하면 마음이 아팠지만, 두 번이나 그녀를 놓치면 다시 돌이킬 수 없어질 것 같아 그건 그것대로 불안하고 괴로웠다.

건물 밖으로 나온 무열은 우선 주변을 두리번거렸다. 무슨 병원인지부터 파악했다. 그래도 사고 지점이 학교 근처였던 터라 멀리 오지는 않은 모양이었다. 생각보다 빨리 갈 수도 있겠다.

그때, 병원으로 들어오던 택시가 다른 손님을 내려 주고 천천히 유턴을 했다. 무열은 빠르게 달려가 보닛에 멀쩡한 손을 턱 올리며 택시를 막아섰다.

분노인지 고통인지 모를 것들로 잔뜩 일그러진 그의 얼굴이 택시 앞 유리를 통해 비치고 있었다.

※

"……."

은서가 크게 숨을 내쉬었다. 그러자 공기 중으로 뿌연 입김이 퍼졌다. 아직도 날이 많이 춥기는 추운 모양이었다.

코트 주머니에 넣었던 손을 다시 빼서 비볐다. 그러다가 다시 넣기를 반복했다. 그래도 이미 차갑게 얼어 버린 손은 녹을 생각을 하지 않았다.

소매를 걷어 시계를 확인했다. 11시가 되어 가는 시간.

결국 그때와 같은 상황이 되어 버렸다. 그는 오지 않고 자신은 시간만 재며 하염없이 그를 기다리고 있다. 반복하지 않으려고 나온 건데, 그는 또다시 모든 것을 반복해 버리고 만다.

30분만 더 기다려 보자. 그러다가 시간이 갔다. 그럼 다시 지금부터 30분만 더 기다려 보자. 그러면서 시간을 조금씩 늘려 갔다. 30분을 더하고, 또 30분을 더하고. 그러다 보니 그때와 비슷한 시간이 되어 버렸다. 그때나 지금이나 자신은 배알도 없는 미련둥이, 팔푼이다.

그에게서는 늦는다는 연락 하나가 없었다. 늦으면 늦는다고, 못 오면 못 온다고 말을 하면 될 텐데 그 흔한 말 한마디 없이 그는 오지 않았다.

원래 그런 놈인 거라고 생각하면서 그냥 돌아가 버리면 되는데, 그래도 혹시나 싶은 마음 하나가 미련하게 자꾸 남아 은서의 발을 묶어 두었다.

그때처럼 시린 눈이 내리고 있는 건 아니었지만 뺨이며 코는 이미 추위에 빨갛게 얼어 버린 상태였다. 근처에는 그 흔한 카페나 편의점 하나도 없어서 따뜻한 무언가를 사 들고 오는 것도 어렵기만 했다. 그저 멍하니 추위에 몸을 맡기는 수밖에 없었다.

하지만 더는 무리였다. 이러다가는 그날처럼 열병에 시달리며 쓰러지고 말 것이다. 그래도 그때보단 덜 미련해지지 않았느냐고 스스로에게 물음을 던지며 겨우 한 걸음을 떼어 냈다.

"……그럼 그렇지."

올 사람이었으면 진즉 왔을 것이다. 정말 올 사람이었으면, 그 때 이미 왔었을 것이다. 어찌 되었든 그는 약속 시간을 지키지 못 했다. 한 번도 아닌 두 번이나.

잠시나마 그에게 흔들린 자신이 바보였다.

은서가 조금씩 빠르게 걷기 시작했다. 추위를 견뎌 내며 아무 것도 하지 않고 몇 시간씩 밖에 서 있는 건 결코 쉬운 일이 아니 었다. 태어나 두 번 경험했으면 충분했다. 세 번 겪을 일은 없어 야 할 거라고 생각하면서 더욱더 빠르게 걸었다.

한 번 떼어 낸 걸음에 속도를 싣는 건 그리 어렵지 않았다. 몸 이 얼어서 뛰어갈 수 있을 정도는 되지 못했지만 그래도 다리가 멀쩡하게 움직여 준다는 것이 다행이었다.

그때, 등 뒤에서 탁탁 뛰는 발소리가 들렸다. 그를 만나러 달려 가던 어린 시절의 작은 운동화에서도 저런 소리가 났었다.

은서는 그 소리를 듣고도 쉽게 고개를 돌리지 못했다. 확인하 고 싶었지만 만약 그가 아니라면 참았던 인내가 모조리 무너질 것 같았다. 모르는 사람을 붙들고 울어 버릴지도 몰랐다.

그래도. 그래도 혹시나. 혹시라도.

"……최은서!"

가쁜 숨소리 틈으로 들린 자신의 이름. 그와 동시에 강한 힘이 그녀의 팔을 잡아 확 돌려세웠다.

"……!"

"하아, 하아……."

은서가 눈을 동그랗게 뜨고 앞에 있는 사람을 응시했다. 턱 끝까지 차오른 숨을 가쁘게 내쉬면서 띄엄띄엄 힘겹게 자신의 이름을 부르고 있는 남자. 분명 무열이었다. 또다시 자신을 내버려 두었다고 원망하던 그가 실물로 나타났다.

"하아……. 미안……. 너무 늦었지……."

"……."

"하아……. 사정이 생겨서……."

얼굴이 하얗게 질려 숨을 몰아쉬는 그를 보면서도 은서는 울컥 치미는 분노를 참을 수가 없었다. 자신을 향해 이토록 뛰어왔다는 사실을 버젓하게 눈으로 보았으면서도 괜찮은 척할 수 없었다.

그때처럼 모르는 척 등을 돌려 도망칠 수도 없다. 등 뒤는 이미 벼랑 끝이었다. 그가 자신의 마음을 이렇게 아슬아슬한 곳까지 몰아세워 버렸다.

"또 사정!"

"……."

은서가 소리를 지르자 무열이 그녀의 팔을 쥔 채 가쁘게 몰아쉬던 숨을 멈추었다.

도망친 건 너이지 않느냐면서 울음을 터뜨렸던 그때 이후 처음 보는 얼굴. 그때만큼 괴로운 얼굴이 수많은 분노를 담고 있었다.

그녀는 잘근 깨무는 입술 새로 모든 감정을 토해 낼 작정이었다. 눈시울이 잔뜩 붉어졌다. 당장 울어도 이상하지 않을 만큼.

"넌 그때나 지금이나 똑같아. 사정? 사정이 있었다고만 하지 말고, 대체 그 사정이 뭔지부터 말해 달란 말이야!"

"……."

"그때도 그렇게 해 줬으면 안 됐니? 며칠씩 찾아와서 사정이 있었다고만 하지 말고, 처음부터 무슨 사정이었는지 말해 줄 수는 없었어?"

목소리가 기어코 바들바들 떨리기 시작했다. 추위 때문인지 터져 나올 것 같은 울음 때문인지는 알 수 없었다.

하지만 무열은 그녀가 떨고 있다는 사실 하나에 아무런 생각도 할 수가 없었다. 일단 안아 주어야겠다는 생각만이 겨우 떠올랐을 뿐이다.

"너 같은 거……. 너 같은 거 정말……."

무열이 그녀를 잡은 팔에 조금 더 힘을 주었다. 울먹이는 그녀의 얼굴에 가슴 한편이 통증을 일으키기 시작했다. 자신이 더 아파 오는 기분이 들어 그대로 둘 수 없었다.

그녀를 끌어안기 위해 가까이 다가섰다. 그러자 은서가 무열의 팔을 강하게 뿌리치면서 그를 확 밀었다.

"윽……."

순간 뒤로 물러난 무열이 가슴을 한 손으로 붙들며 괴로워했다. 그 반응에 더 놀란 것은 은서였다. 힘을 주어 밀치기는 했지만 아플 정도는 아니었다. 평소의 박무열이라면 눈 하나 깜빡하지 않을, 조금도 물러나지 않고 버틸 수 있을 만한 힘이었다.

눈물이 그렁그렁 맺혀 있던 은서의 눈이 동그랗게 뜨였다. 가슴을 붙든 그의 손에 깁스가 보였다.

"그 손……."

무열이 미간을 찡그리고 있다가 놀란 은서의 얼굴을 마주했다. 타박상을 입었던 부분에서 통증이 밀려오기는 했지만 좀 참으니 서서히 가라앉기 시작했다.

그러나 그녀는 여전히 울 것 같은 얼굴을 하고 있었다.

"……안 그래도 말하려던 참이었어."

그렇게 말하면서 무열은 다시 은서에게로 가까이 다가갔다. 똑바로 눈을 마주치자 그녀가 깊게 일렁이는 시선으로 자신을 올려다본다. 그 눈에는 원망이 아닌 다른 감정들도 한가득 담겨 있었다. 말로 표현하기에는 조금 부족할 것도 같은 다른 감정.

무열이 두 팔을 뻗어 그녀의 등 뒤로 조심스레 둘렀다. 살며시 자신의 품으로 당겨 안으면서 나직하게 숨을 내쉬었다. 숨결은 곧 입김이 되었다. 품에 안은 그녀의 몸이 얼마나 차가운지 이제야 깨닫는다.

차를 가지고 올 수 있었다면 좋았을 텐데. 그럼 이 추위로부터 몸을 녹일 수 있게 해 주었을 텐데. 늦은 시간, 학교 주변에는 그들의 몸을 녹일 만한 곳이 한 군데도 없었다.

아쉬움을 삼키며 그가 입을 열었다.

"교통사고가 있었어."

"……!"

은서의 몸이 움찔했다. 대체 그게 무슨 소리냐고 묻듯이.

그녀가 무열의 얼굴을 제대로 살피기 위해 몸을 꿈틀거렸다.

하지만 무열은 그녀를 놓아주지 않겠다는 듯이 조금 더 힘을 주어 꼭 끌어안았다. 마른 몸이 바르작거릴 때마다 찬 기운이 전해지는 것 같아 안쓰러웠다.

"이대로 있어. 한참 밖에 있느라 추웠잖아."

"……."

무열의 말에 은서가 일단은 몸에 힘을 뺐다. 안고 있다고 해서 얼어 버린 몸이 순식간에 따뜻해지는 건 아니었지만 바짝 얼어붙은 마음은 조금씩 녹을 수도 있을 것 같았다.

"원래는 한 시간 정도 미리 도착했었는데, 이 근처에 다 와서는 사고가 나는 바람에……."

"……."

"눈 떠 보니 병원이더라고."

가감 없이 있는 그대로의 사실을 무열은 담백하게도 말했다. 그러는 동안 은서는 아무런 말도 하지 않은 채 그의 품에 안겨 조용히 인상을 썼다.

그러니까, 정신을 잃었었다는 말이 아닌가. 기절을 할 정도로 강한 충격이 있었고, 그 때문에 손도 다치게 된 거고.

"놔 봐요."

"어?"

"나 좀 놔 보라구요."

그 목소리가 어찌나 똑 부러지는지. 말을 듣지 않으면 안 될 것 같아 무열이 안고 있던 그녀를 살며시 놓았다. 그러자 은서가 한 걸음 뒤로 물러나더니 무열의 얼굴을 똑바로 올려다보았다.

"……."

아까까지만 해도 눈물을 뚝뚝 떨어뜨릴 것처럼 젖어 들던 눈이 겨우 평소처럼 돌아온 듯 보였다.

아니, 평소보다 조금 더…… 화가 났나?

"병원에서는 뭐래요."

"그냥 가벼운 뇌진탕에 손목에 금이 간 정도? 그거 빼면 타박상이 전부인데 그렇게 아프진 않……."

"검사는 더 안 받아도 된대요?"

무열의 말을 싹둑 자르면서 은서가 특유의 딱딱한 말투로 더 많은 것을 물었다.

"어? 아니, 간단한 검사를 하기는 했는데 별로 이상은 없다던데."

뭐지, 조금 이상한데.

정확한 이유는 모르겠다. 어찌 되었든 자신이 생각했던 것과는 다르게 흘러가는 지금의 이 상황에 무열은 조금 당황했다. 은서에게 차가운 원망의 말을 듣고, 다시는 자신을 보지 않겠다는 말에 어떻게든 매달려 볼 각오까지 하며 달려온 건데.

이거 설마…… 진짜 걱정인 건가?

"아무튼 오늘 일은 예상치 못한 사고였어, 미안해. 그리고 그때 일은……."

"다물어요."

"어?"

무열이 눈을 깜빡였다.

"제정신이에요? 교통사고 후유증을 지금 뭘로 보는 거예요? 하루 정도 아예 입원을 하든가, 이참에 제대로 정밀 검사를 받아 볼 생각은 안 하고. 응급실에 누워 있다가 그냥 뛰쳐나왔어요?"

"어? 어, 어……. 시간이 너무 늦……."

은서는 무열의 말을 끝까지 들을 생각도 하지 않고 다치지 않은 그의 반대편 팔을 붙잡았다. 무열이 의아한 얼굴로 내려다보거나 말거나 그의 팔을 잡아당기면서 한 걸음씩 내딛기 시작했다.

"미쳤어. 아무리 생각해도 제정신이 아니야. 지금 당장 병원으로 다시 돌아가요. 몇 시간 전에 교통사고로 다친 사람이 전력 질주를 해서 뛰어오다니, 말도 안 돼. 평생 골병들어 살고 싶지 않으면 잔말 말고 이대로 따라와요. 어느 병원이었어요? 이 근처에 무슨 병원이 있……!"

화가 난 듯, 혹은 답답한 듯, 잔뜩 상기되어 한참을 주절주절 혼자 떠들던 은서의 말이 뚝 끊겼다. 무열이 그 자리에 멈추어 서서 그녀를 확 잡아당긴 탓이었다.

그는 아까처럼 그녀를 살며시 끌어안지 않았다. 온 힘을 다해 강하게 끌어안고 그녀의 어깨에 자신의 이마를 묻었다.

"……뭐, 뭐 해요?"

"안 가도 돼."

괜스레 마음이 간지러워졌다. 아닌 척, 마음을 주지 않은 척하면서도 이렇게 온몸으로 전부 말하고 있는 그녀가 사랑스러워서 견딜 수 없었다.

아까부터 욱신거리던 손목의 통증조차 잊었다. 그녀의 진심 어린 걱정이, 그 걱정과 속상함을 이렇게밖에 표현하지 못하는 그녀의 서투름이 너무도 좋아 가슴이 벅차올랐다.

"머저리. 쓸데없는 말 하지 말고 어느 병원이었는지부터……."

"사랑해, 은서야."

"……."

그 순간 모든 말이 멈추었다.

은서는 생각하는 것조차 멈추어 버렸다. 아마 그녀의 주변을 감싸고 있던 차가운 시간도 아주 잠시 멈추었을 것이다.

"사랑해."

"……."

공기는 여전히 차가웠고, 온몸은 여전히 얼어 있었다. 마음도 꽁꽁 얼어 있을 것이라 생각했다.

그런데 이상한 일이었다. 그의 목소리가, 그의 말이, 하얗게 눈 쌓여 덮여 있는 줄로만 알았던 자신의 마음속 아주 깊은 곳에서 작은 싹을 틔운 것 같았다. 그 싹의 이름을 뭐라고 해야 할지 알지 못하던 은서에게 그는 몇 번이나 그 이름을 알려 주고 있었다.

"사랑해."

그래, 사랑이었다.

무열은 은서를 끌어안은 채 몇 번씩 같은 말을 중얼거렸다. 그리고 천천히 그녀를 품에서 떼어 내며 눈을 마주치고 웃었다.

"울지 마."

모르는 새 눈물이 떨어지고 있던 모양이다. 은서는 모르고 있었다. 자신의 얼굴이 어느덧 축축하게 젖어 들고 있음을. 방울진 눈물이 신호도 없이 멋대로 흘러내리고 있음을.

무열의 차가운 손가락이 은서의 눈가를 매만졌다. 축축이 젖은 뺨 위로 조심스럽게 눈물을 닦아 냈다. 자신을 보고 원망의 말을 토해 낼 때는 차마 닦아 주지 못했던 눈물이었다.

"울긴 누가 울……어요. 아, 안 울……."

말이 띄엄띄엄 끊겼다. 은서는 제대로 말을 이을 수 없었다. 무열만큼 그녀조차 감정이 북받쳐 오른 탓이었다.

춥던 그 겨울날. 그가 이렇게 자신을 꼭 안아 주기를 바랐었다. 자신을 안은 채 아무런 말없이 그저 그 마음을 고백해 주기를, 이렇게 따스하게 달래 주기를 바랐었다.

십 년이 훌쩍 지나고 나서야 들은 그의 고백은 세상 그 어떤 온기보다 따스했다.

"다행이야."

"……."

"이번에는 놓치지 않아서, 정말 다행이야."

"……."

정말 다행이었다. 그녀 역시 그렇게 생각했다. 자신이 태어나 처음으로 사랑하게 된 남자가 이 남자라서, 태어나 처음으로 사랑해 준 남자도 이 남자라서, 모든 게 다행이었다.

이 사람을 만나서 다행이라고…… 은서는 생각했다.

"잡혀 줘서 고마워."

왜 모든 미움도, 화도, 고마움도, 걱정도, 설렘도, 전부 이 사람만을 향했을까. 왜 그렇게 밀어 내려고 애를 써도 결국은 함락당

하고 만 걸까. 머리로 생각해 봤자 답이 나오지도 않는 것들을 혼자서 몇 번이나 떠올리고 고민했다.

그가 왜 자신을 좋아하는지 도통 모르겠다고 생각했다. 왜 자신이 그에게 빠지고 만 건지, 그 이유조차 모르겠다고 생각했었다.

누군가에게 향하는 마음에는 이유 같은 게 없을 수도 있다는 것을 몰랐었다.

하지만 지금은 알 수 있다.

"사랑……. 흐윽, 사, 사아……."

사랑한다는 그 한마디도 울음에 자꾸 파묻혔다. 하지만 무열은 이미 전부 들었다는 듯 그녀의 뺨을 한 손으로 쥐고 깊게 입을 맞췄다. 손가락 틈으로 계속해서 축축한 눈물이 스며들었다. 손도 뺨도 차가웠는데 유일하게 눈물이 지나간 자리만 따뜻했다.

은서는 입술 사이로 파고드는 그의 뜨거운 혀에 어떻게 반응해야 할지 몰라 몸을 바르르 떨었다. 그러면서도 무열을 밀어 내지는 않았다.

그녀의 혀가 갈피를 잡지 못하고 자꾸만 방향을 헤매면 무열은 능숙하게 옭아매어 자신에게로 이끌어 왔다. 모든 것이 차가웠지만 서로에게 맞닿은 곳만 뜨겁게 달아올랐다.

질끈 감은 눈가 끝으로 살며시 맺힌 그녀의 눈물이 아름답게 반짝였다.

10
다시는, 두 번은

은서는 무열의 집 앞에 서서 한숨을 내쉬었다. 내가 어쩌다가 여기까지 오게 된 건가 하고 작은 후회를 하는 모양이었다.

"비밀번호 좀 대신 눌러 줘. 1719 누르고 별."

"⋯⋯."

넌 손이 없니, 발이 없니.

마음 같아서는 그렇게 말하고 싶었지만 은서는 잠자코 그가 말하는 대로 비밀번호를 눌렀다. 띠리릭, 짧은 소리와 함께 현관문의 잠금장치가 풀렸다.

문도 먼저 열 생각이 없는지 가만히 서 있기만 하는 무열을 힐끔 본 은서가 결국 문을 벌컥 열며 먼저 발을 들여놓았다. 누가 집주인이고 누가 외부인인지 모르겠다.

무열은 당장 병원으로 돌아가자는 은서의 말에도 고집을 부렸다. 그저 집에 가서 푹 쉬었으면 좋겠다는 말로 그녀를 설득했을 뿐이다.

몸도 아프고 여러모로 편한 상태는 아닐 거라 판단한 은서는 결국 그의 말을 들어주기로 했다. 병원이 그렇게까지 싫다면 집에 가서 편히 쉬기라도 하는 게 좋겠다고 말이다. 최선은 아니더라도 차선은 될 터였다.

택시를 타고 그를 데려다주던 길, 집에 가면 돌보아 줄 사람이 나 있느냐는 물음에 그는 고개를 내저었다. '나 혼자 살아.'라는 그 말 한마디에 은서는 입을 꾹 다물어 버렸다. 돌보아 줄 사람이 없다는 것에 대한 걱정과 동시에 혼자 사는 남자 집에 가고 있다는 묘한 긴장이 고개를 내밀었다.

데려다주지 말까, 그냥 알아서 갈 수 있지 않을까, 그런 생각이 들기도 했지만 아주 잠시였다. 뇌진탕으로 한 번 쓰러졌다가 온 사람이다. 무사히 뻗는 걸 보기 전까지는 안심이 되질 않았다. 그래서 함께 오게 된 것이 지금의 상황이었다.

"보일러 온도는 여기서 더 낮추지 마요. 이 정도로는 해 놔야 늘어져서 편히 잘 수 있을 테니까. 그리고 내일 일어나면 진짜 병원에 다시 한 번 꼭 가고요. 그럼 전 이만 갈……."

쨍그랑!

무언가 깨지는 소리에 그녀의 목소리가 뚝 끊기며 갈피를 잃었다. 긴장을 들키지 않으려 그와 눈도 마주치지 않고 있던 은서가 고개를 번쩍 들었다. 컵을 꺼내려던 모양이었는지 부엌에 선 무열이 바닥에 산산조각이 난 유리컵의 잔해들을 보며 웃고 있었다.

"아, 이런. 혼자서는 아무것도 할 수가 없네."

"……."

이 남자가 진짜…….

누가 보면 손목에 금이 간 게 아니라 팔이 잘려 나간 줄 알겠다. 은서가 이를 부득 갈았다.

그런 그녀의 속을 아는지 모르는지 무열은 오히려 오른손의 깁스를 더 보란 듯이 내보이면서 축 처진 눈을 했다. 재민이 준 담배를 피웠을 뿐이라고 연기하던 어린 시절의 모습이 스쳤다. 그때도 분명 이렇게 발연기를 했던 게 분명하다는 확신이 드는 순간이었다.

"놔두고 저리 비켜요. 내가 치울게요."

"아니야, 너 손 베여."

"컵 하나 쥐지도 못할 정도로 손이 불편하신 분이 이건 직접 치울 수 있나 봐요?"

"어? 아니……."

위험한 유리 조각을 은서가 직접 줍도록 두고 싶지는 않고, 그렇다고 이대로 순순히 보내자니 아쉬워 죽을 것만 같고. 무열은 나름 고뇌가 깊은 듯이 잠시 말을 멈추고 바닥을 뚫어지게 보았다.

이 남자를 진짜 어쩌면 좋니.

"휴……. 알았어요."

"어?"

"안 간다고요."

무열의 눈빛이 달라졌다. 설마 은서의 입을 통해서 그 말이 나올 것이라고는 생각조차 하지 못한 듯했다. 혹시 잘못 들은 것일지도 몰라 되묻고 싶었지만 그랬다가는 은서가 마음을 바꿔 버릴까 봐 입을 다물 뿐이었다.

은서의 속을 그가 알 리 없었다. 이미 그녀는 평소의 자신을 잃어버린 상태였다. 냉정하게 그를 두고 가 버릴 만큼 모질 수가 없었다.

그를 혼자 둘 수 없다는 걱정과 더불어 조금만 더 그와 함께 있고 싶다는 솔직한 진심이 그녀의 머릿속을 전부 물들였다. 더는 좋아도 싫은 척, 싫어도 좋은 척, 그렇게 살 수 없을 것만 같았다.

물론 사람이 쉽게 변하지 않는다는 건 잘 알고 있으니 얼마 안 가 평소의 최은서로 돌아가 버리고 말겠지만, 그래도 지금 이 순간만큼은 자신이 할 수 있는 솔직한 진심을 다하고 싶었다.

그가, 나를 사랑한다고 했으니까.

"네, 고모. 죄송해요. 오늘은 친구 집에서 자고 갈게요."

외박이 처음이라, 게다가 이런 식의 거짓말도 처음이라 은서는 심장이 두근두근 뛰었다. 들키진 않을까 내심 걱정도 되었다.

— 어쩔 수 없지. 그 친구도 참 가엾다. 그렇게 아픈데 옆에서 간호해 줄 가족이 전부 타지에 있다니……. 아플 때는 혼자인 게 제일 서러운 거야. 옆에서 잘 보살펴 줘.

선희의 말에 은서가 눈을 가늘게 떴다.

가엾기는 개뿔…….

"그럴게요. 아침까지만 챙겨 주고 내일 늦지 않게 출발할 테니까 걱정 말고 주무세요."

— 그래, 네 아빠한테는 내가 잘 말해 둘게.

"……네, 안녕히 주무세요."

은서가 끊긴 휴대 전화를 손에 꼭 쥐면서 눈을 감았다.

"팔 좀 치우시죠?"

컵은 언제 다 치우고 온 건지 무열이 등 뒤에서 그녀를 꼭 끌어안고 있었다. 금 간 손목이 아프다고 엄살 아닌 엄살을 부릴 땐 언제고, 통화를 하는 사이 은근슬쩍 접근하는가 싶더니 이젠 아예 찰싹 달라붙어서 떨어질 줄을 모른다.

딱히 그가 안아 주는 것이 싫은 게 아니다. 아까부터 멋대로 뛰기 시작한 심장을 그가 알아채기라도 할까 창피한 것이었다.

"최은서도 많이 컸다. 외박하면서 친구 핑계를 댈 줄도 알고 말이야."

은서가 살짝 몸을 틀어 무열의 품에서 벗어났다. 그러고는 얄밉다는 듯이 그를 흘겼다. 그러나 무열은 은서의 시선에도 아랑곳하지 않았다. 그저 자신에게서 떨어져 나온 그녀를 보며 영 아쉽다는 마음을 숨기지 못할 뿐이었다.

그런 모습에 은서는 이제 그를 의심하지 않아도 된다는 사실이 실감이 나 내심 기뻤다. 그가 짓는 모든 표정, 모든 말, 그것들을 있는 그대로 받아들이면 된다는 것이 행복했다.

그의 진심을 이제는 알 것 같았다. 늦긴 했지만 자신의 진심도 인정해 버렸으니 어려운 일이 아니었다.

"은서야."

무열이 그녀와 눈을 마주치며 나직하게 이름을 불렀다. '최은서.' 하고 성을 붙여 부를 때와는 확실하게 다른 느낌이었다.

은서도 더는 그에게서 시선을 피하지 않았다. 그의 눈을 통해 자신을 확인했다. 그가 자신을 보고 있음을 온몸으로 느낀다.

"한 번만 더 안아 보자."

"……."

그렇게 말하며 한 걸음 더 가까이 다가온 그가 은서를 품에 꼭 끌어안았다. 장난처럼 안고 만지는 것이 아니었다. 품에 안아 한 없이 소중하게 보듬고 있었다.

머리카락을 매만져 주지 않아도, 등을 쓰다듬어 주지 않아도, 은서는 넓은 품이 너무도 포근하고 좋았다. 그의 몸은 온통 딱딱 했지만 그래도 계속해서 따스함이 타고 올라와 조금도 떨어지고 싶지 않을 정도였다.

"아무 짓도 안 할게."

"……말과 행동이 이미 다르거든요."

퉁명스러운 은서의 말에 무열이 작게 웃었다.

사실 말과 행동이 다른 건 은서 역시 마찬가지였다. 말투는 여전히 새침했지만 그에게 포옥 안겨 있는 행동만큼은 그 말투를 따라갈 수 없었다.

모든 게 녹아내렸다. 얼었던 마음도, 긴장으로 딱딱하게 뭉쳐 있던 마음도 전부.

"아, 내 특기를 말 안 해 줬었네. 언행불일치."

무열의 웃음이 아주 가까운 곳에서 느껴졌다. 눈을 동그랗게 떴을 땐 이미 그의 입술이 맞닿은 뒤였다.

밖에서 나누었던 키스와는 또 다른 온기가 전해졌다. 모든 것이 뜨거웠다. 따스함만으로는 부족해 갈증이 났다. 그래서 조금 더 앞으로 나아가면 그 온도는 빠르게 치솟아 뜨겁게 가슴을 울렸다.

얽히는 혀도, 닿아 있는 입술도, 뒷목에 조심스레 닿아 온 그의 커다란 손도, 어느 것 하나 뜨겁지 않은 것이 없었다. 머리가 어지러웠다. 술을 마시지 않았는데도 취한 사람 같았다.

은서는 키스가 아주 서툴렀다. 제대로 연애를 해 본 적도, 누군가와 입을 맞춰 본 적 없었다. 한참 아르바이트와 공부에만 매달렸고, 그 뒤에는 만호의 치료에만 매달렸다. 남자가 눈에 들어올 수 없을 정도로 바쁜 이십 대였다. ─물론 그게 아니더라도 무열과의 어긋난 과거가 발목을 붙들어 누군가를 다시 좋아하고 말 용기 같은 것도 갖지 못했겠지만 말이다.─

"으응……."

그래서 키스를 하는 방법은 둘째 치고, 그녀는 언제쯤 숨을 내쉬어야 하는지도 잘 모르는 듯했다. 한껏 숨을 참고 있다가 버틸 수 없을 것 같을 때에야 야금야금 숨을 내쉬려고 노력했다. 키스에 대한 낭만 같은 게 남아 있는 것 같아 그게 묘하게 바보 같으면서도 사랑스러웠다.

편하게 숨을 쉬면서 키스를 해도 된다고 말을 해야 할 것도 같은데 무열은 그녀에게 닿은 입술을 떼어 내고 싶지 않았다. 그녀의 뜨거운 구석을 더 많이 찾아내고 싶었다. 여기보다 더 뜨거운 곳이 많을 것이다.

더 뜨겁고, 더 아찔하고, 더 애가 닳게 만드는 수많은 보물들. 반짝이는 많은 것들. 더 많이 탐험하고, 갖고, 누리고 싶었다.

바르작거리는 그녀의 몸짓을 고스란히 놔둔 채 무열이 커다란 손을 작은 옷 속으로 스윽 밀어 넣었다. 허리부터 천천히 타고 올라온 손길이 등을 매만지자 은서가 저도 모르게 몸을 움찔 떨었다. 감고 있던 눈을 살짝 뜨자 마침 자신을 바라보고 있던 무열과 시선이 마주쳤다.

입술이 천천히 떨어졌다. 하지만 은서의 옷 속으로 들어와 지분거리고 있는 무열의 손길은 멈추지 않았다.

"야한 짓 빼고, 아무 짓도 안 할게."

그러면서 무열은 은서를 자신의 침대로 이끌었다.

그녀를 푹신한 침대 위에 눕히고 나서 무열은 슬금슬금 위로 올라왔다. 오른손으로는 침대를 짚을 수 없었지만 왼손만으로도 충분한 듯했다. 이런 상황을 위해 운동을 한 것은 아니었지만 어쨌든 쓸데없다 생각되던 팔 근육이 꽤 요긴하게 쓰이는 중이었다.

무열이 웃음을 속으로 삼키며 붉게 상기된 은서의 얼굴을 마주 보았다.

"기왕이면 번쩍 안아 들어서 눕히고 싶었는데 아쉽게도 오른손이 이 모양이라."

"……그 손으로 뭘 어떻게 하겠다고요."

키스조차 서툴기만 하던 그녀가 새침한 말투로 도발 아닌 도발

241

을 해 온다. 무열은 그녀의 수줍음도, 도발도, 전부 받아들일 준
비가 되어 있었다. 아니, 어쩌면 항시 대기 상태였는지도 모르겠
다.

무열이 침대 위에 무릎을 대고 그녀의 위에 가벼이 올라앉은
상태에서 천천히 상체를 숙였다. 그녀의 작은 입술 위에 쪽, 소리
가 나게 입을 맞췄다.

"뭘 어떻게 할지는 지금부터 두고 보는 걸로 하자, 예쁜아."

십여 년 만에 듣는 닭살스러운 호칭. 잊고 있던 그날의 기억들
이 다시금 떠오르는 걸 느끼며 얼굴을 붉힌 은서가 일부러 미간
을 확 찌푸렸다.

"저기요, 박무열 씨."

"그렇게 부르면 섹시하다고 내가 말했잖아."

"……."

"응?"

은서를 내려다보는 그의 얼굴이 능글맞은 웃음으로 가득 찼다.

"……알았어요, 선배님."

선배님이란 말조차 얼마 만이던가. 둘 사이에 과거에만 나누었
던 익숙한 호칭들이 오가면서 잠시 기분 좋은 침묵이 내려앉았다.

그때와 아무것도 달라진 게 없는 것만 같은 이 마음. 아니, 그
때보다 더욱 깊어져 버린 듯한 이 마음을 어떻게 하면 내 마음대
로 다스릴 수 있을까.

그만 좀 뛰라고, 그만 좀 놀라라고, 몇 번을 말해도 미친 듯이
뛰기 시작한 두 사람의 심장은 좀처럼 속도를 줄일 생각을 하지

않았다.

"여기 지금 학교야? 배움의 터인가?"

"……?"

"그때야 학교였으니 선배님이라고 불렀다지만, 내 집 침대에 이렇게 누워서까지 선배님이라니."

대체 언제까지 말꼬리를 붙들고 늘어지며 놀릴 생각이냐고 한마디 쏘아 줄까 할 때였다. 무열이 은서의 상의를 올리는가 싶더니 봉긋하게 속옷으로 감추어진 그녀의 가슴 위에 살며시 입을 맞추었다.

"……!"

"뭐, 배움의 장소라고 하면 그럴 수도 있겠다. 키스도 처음, 모든 게 처음인 최은서에게 하나부터 열까지 전부 가르쳐 줄게."

가슴 부근에서 그의 나직한 목소리가 들린다. 살결에 뜨거운 숨이 와 닿아 은서는 침조차 삼킬 수 없었다. 이 순간 침 삼키는 소리는 물론이거니와 심장 뛰는 소리조차도 한없이 부끄럽기만 했다.

"수업 중 이탈은 절대 못 봐줘. 조퇴도 없어. 수업 끝날 때까지 잠자코 따라와."

그러면서 무열은 그녀의 상의를 벗겨 냈다. 손을 뒤로 옮겨 브래지어마저 완전히 치워 내고 나서야 그는 입 안에 고여 있던 침을 꿀꺽 삼켜 낼 수 있었다.

달콤한 것을 눈앞에 둔 사람처럼 그는 조금도 참을 수 없었다. 한입에 삼켜 버릴 수 있다면 얼마나 좋을까 생각했다.

그녀에게는 전부 알려 주겠다고 당당하게 말했지만 사실 무열역시 모든 것이 처음이었다. 몇 년이나 주변을 수소문해 가며 그녀를 쫓고 그녀만 찾았다. 그 와중에 다른 여자를 만날 수 있었을리 없지 않은가.

그녀와 함께 있게 될 날을 머릿속으로 그려 보았지만 단 한 번도 지금의 장면까지 상상한 적은 없었다. 그랬기에 걱정이 없었다고 한다면 거짓말이다.

하지만 은서에게 입을 맞추면서, 그녀를 품에 끌어안으면서 알수 있었다. 사랑하는 사람이 앞에 있으면 이토록 자연스럽게 몸을내맡기게 된다는 것을. 이런 건 사실 경험이 없어도 마음이 가는대로 하다 보면 결국에는 원하는 지점에 도달해 있기 마련이다. 그 사실을 은서는 아직 그것을 깨닫지 못한 듯 그저 긴장한 채 바들바들 떨고만 있었다.

무열이 긴장하지 말라는 듯 그녀에게 다시 짧게 입을 맞추었다. 그러고는 부끄러움을 혼자만의 몫으로 남겨 두지는 않겠다는듯 자신도 셔츠를 벗었다. 그러자 은서가 눈을 동그랗게 떴다.

그 눈을 보니 짓궂은 생각이 든다. 무열은 그녀를 조금 더 놀리고 싶은 마음에 아예 바지며 드로즈까지 전부 벗어 버렸다. 깁스를 한 손이 조금 불편하기는 했지만 마음이 앞서니 손끝에는 더욱더 힘이 들어갔다.

완전한 나신이 된 그를 올려다보며 은서의 눈이 더 커질 수도없을 만큼 커졌다.

"부끄러워?"

"……."

속을 들켜 버렸다. 은서는 슬쩍 시선을 피하며 대답하지 않겠다는 듯 입을 꾹 다물었다. 얼굴은 여전히 빨갛게 달아오른 상태였다.

"지금부터는 아마 더 부끄러워질 텐데."

그 말과 함께 무열은 그녀의 바지로 손을 뻗었다. 은서가 움찔하며 다리에 힘을 주었지만 그는 아랑곳하지 않았다.

그러나 바지를 벗기는 게 그리 쉽지만은 않았다. 자신의 옷을 벗을 때만큼이나 오른손이 불편했다.

무열이 미간을 찌푸렸다. 분위기를 잡아도 부족할 첫 관계인데 도움 좀 줘라, 망할 손모가지야. 속으로 욕을 삼키며 재차 그녀의 바지를 벗기려 하자 이번에는 은서가 살짝 엉덩이를 들었다.

"……."

"잘…… 안 벗겨지는 것 같아서……."

이 여자가 진짜.

처음이니까 최대한 느리게 조심해서 가려고 하던 그의 다짐에 일순간 금이 가는 것이 느껴졌다. 무열은 그녀의 도움으로 바지를 벗기고, 더는 지체하지 못하겠다는 듯 얇은 속옷 한 장까지도 전부 끌어 내렸다.

가슴을 한 손으로 살며시 움켜쥐었다. 말캉하고 부드러운 촉감이 손바닥 가득하게 채워졌다. 오른손이 깁스로 인해 자유롭지 못하다는 것이 한탄스러운 순간이었다. 이 두 손을 전부 아끼지 않고 그녀에게 뻗을 수 있다면 좋을 텐데.

봉긋하고 아름답게 자리 잡은 가슴이며 탐스러운 엉덩이, 예쁘고 가늘게 뻗은 다리까지 전부 있는 대로 예뻐해 주고 싶었다. 몸이 하나인 것도 아쉬운데 한 손으로만 예뻐해 줘야 한다는 건 더 많이 아쉬웠다.

하지만 그게 아니더라도 충분히 가능한 일이기는 하다. 무열이 한 손으로 그녀의 가슴을 어루만지면서 입으로는 반대편 가슴을 물었다.

"아……!"

힘주어 만지지 않아도, 강하게 자극하지 않아도, 그녀는 아주 작은 것에도 흠칫거리면서 온몸으로 반응했다. 그녀의 작은 세포 하나까지 자신을 향해 있다는 것을 체감하자 점점 치솟아 오르는 욕정이 느껴졌다. 그래도 아직은 이르다며 몇 번을 꾹꾹 눌러 담았다. 이러다가 넘쳐흐르지만은 않기를 바라면서.

혀를 세워 그녀의 분홍색 돌기를 핥던 그가 가슴을 매만지던 손을 천천히 아래로 내렸다. 부끄러움에 휩싸여 어느덧 잔뜩 녹았을 그녀를 확인하고 싶었다.

그러면서 깁스를 하고 있는 팔을 뒤척거리며 침대에 기대었다. 크게 불편하지 않을 거라고 생각했는데 조금씩 거슬렸다. 깁스의 거친 표면이 그녀의 살결에 흠집이라도 입히진 않을까 조심하는 것조차 쉬운 일은 아니었다.

그때, 은서가 뜨겁게 달아오른 숨을 뱉으며 입을 열었다.

"불편하면……."

무열이 흥분감으로 충혈된 눈을 들어 그녀와 시선을 마주쳤다.

나중에 하자는 말이면 사정 봐주지 않고 괴롭혀 줄 것이라 생각했다. 묵묵히 뒷말을 기다리는 그 짧은 순간조차 무열은 목이 탔다.

그녀의 젖은 목소리가 침묵을 가른다.

"……내가 위로 올라갈까요?"

깊은 새벽이었다. 시간이 얼마나 흘렀는지 가늠할 수도 없을 정도로 서로에게 정신없이 취해 있었다. 조금씩 이성을 되찾기 시작했을 때쯤 그저 어렴풋이 깊은 새벽인가 보다 했다. 온몸이 노곤거리며 늘어졌지만 쉽사리 잠들고 싶지는 않은 기분이었다.

잠들면 이렇게 서로를 바라보고 있을 수 없으니까.

"정말 괜찮아?"

"……한 번만 더 물으면 여섯 번이에요."

"걱정이 되니까 그러지."

은서가 아프지 않은 그의 왼팔을 베고 있다가 고개를 돌려 힐끔 눈을 마주쳤다. 평소처럼 새침한 눈. 하지만 그 눈 가득 무열이 비친다.

"애초에 걱정될 만한 일을 저지르지 않았으면 좋았을 텐데요."

"내가 아까 특기만 말해서 몰랐지? 취미는 걱정이야."

말이나 못하면.

눈을 가늘게 뜨자 무열이 그녀의 이마에 입을 맞추었다. 한바

탕 땀에 절어 반질반질해진 이마조차 이렇게 사랑스러울 수가 없다. 조금이라도 더 가까이 붙어 있고 싶어 그녀를 더욱 당겼다.

품속에 가득 끌어안으며 무열이 크게 숨을 들이쉬었다. 서로의 땀 냄새가, 한없이 향긋한 그녀의 살 내음이 코끝을 간질인다.

"참, 아까 하던 얘기 계속해 봐."

"……?"

"가족 얘기 말이야."

"아아……."

은서는 아까 어디까지 이야기했었는지 기억을 되짚었다. 서로의 숨을 나누고, 떨어져 있던 시간들을 모조리 삼켜 버릴 듯이 굴면서 지난 일들에 대해 하나둘씩 털어놓기 시작했다.

내가 알지 못하는 너의 날들, 네가 알지 못하는 내 외로웠던 시간들. 그 모든 것들을 서로의 기억 속에도 꼭꼭 심어 두기로 했다.

"그렇게 아빠를 떠나서 고모 집에 얹혀살기 시작했던 게 열세 살이었나, 그랬을 거예요."

"많이 어렸을 때네. 나 열세 살 때는 엄마한테 천 원만 달라고 악쓰고 집 안 뒤집어 놓고 난리도 아니었는데."

"……질풍노도의 시기가 빨리 왔나 보네요."

"성장이 좀 남다르지, 내가."

작은 핀잔에도 굽히지 않고 그는 웃었다. 웃음기 어린 무열의 목소리를 들으면서 은서가 조금 더 그의 품으로 파고들었다.

아무에게도 말한 적 없는 가족의 이야기를 그에게 한다는 것이 굉장히 부끄럽기도 하면서 내심 좋았다. 그와 더 많은 것을 공유할 수 있다면 좋겠다고 생각했다.

"그렇게 지내다가 아빠까지 셋이서 살기 시작한 건 스물두 살 때였어요. 아빠가 일하시던 광산이 무너졌었거든요. 한참 뉴스에도 나오고 그랬으니까 아마 알 거예요."

"아……. 기억이 나는 것도 같다."

"같이 일하시던 아저씨 중 몇 분은 그때 돌아가셨어요. 아빠는 다행이랄지……. 목숨은 건지셨는데 그때 이후로 못 걷게 되셨어요."

은서는 조곤조곤 자신의 이야기를 꺼냈다. 그 후로는 공부와 아르바이트, 아버지 만호에 대한 일 말고는 아무것도 생각할 수 없었다고 했다.

무열에 대한 원망이 아주 잠시 사그라진 건 그 정신없던 나날들 덕분일지 모르겠다고도.

"결혼을 해야겠다고 마음을 먹은 게 아버님 때문이었다는 거지."

"당신께서 내 혼삿길을 막는다고 자책하시는 게 보기 싫었거든요. 아무도 만나지 않은 건 그런 이유 때문이 아니었는데."

"그렇지. 나 때문이었겠지."

"……."

"날 못 잊어서."

핀잔도 구박도 하고 또 하다가 이제는 지쳐 버렸다. 그는 굴하지 않는 남자였다. 속으로 '네에, 네에.' 하고 혼자 대답한 은서가 문득 무언가 생각났다는 듯이 고개를 들어 그를 보았다.

"선배님 아버님은 어떤 분이에요?"

자신에게 만호가 중요하기에 그에게도 아버지가 어떤 존재일지 문득 궁금해졌다. 자신이 말했던 것만큼 그에 대한 것도 알고 싶었다.

일단 터놓기 시작한 마음은 멈출 줄 모르고 앞으로 나아갔다. 앞으로도 시간이 많겠지만 그 시간들이 차곡차곡 쌓일 때까지 기다리는 것도 안달이 날 것 같았다. 그가 자신에게 말해 줄 수 있는 모든 것들을 말해 주길 바랐다.

"으음……."

무열이 잠시 고민했다.

"친아버지? 아니면…… 새아버지?"

"……."

은서가 입을 꾹 다문 채로 그를 바라보았다. 예상치 못한 물음이었다. 자신이 알지 못하는 부분을 그가 이야기해 주기도 전에 멋대로 열어서 확인해 버린 기분이었다.

"그런 표정 짓지 마. 어차피 다 말하려던 거였어. 그날 내가 왜 늦었는지 말하려면 필요한 얘기이기도 했고."

"늦……게 왔었어요?"

"그럼 설마 진짜로 안 갔을 거라 생각한 거야?"

그럴 리 없지 않느냐고 중얼거리면서 무열이 은서를 끌어안았다. 그녀의 이마, 빰, 콧등에 차례대로 짧게 입을 맞추다가 입술 위에 살며시 안착했다. 조심스레 입술을 비벼 댄 그가 은서와 눈을 마주쳐 왔다.

"친아버지는 바람나서 도망. 근데 그게 하필 졸업식 때의 일이야. 콩가루 치우느라 좀 바빴어."

"……."

아픈 이야기를 너무 아무렇지 않게 해서 은서는 더 놀랐다. 부모의 가출이라는 것은 그녀에게도 그리 낯설지만은 않은 일이다. 그런데 어떻게 저런 얼굴로 말할 수 있는 걸까.

"아무렇지 않은 표정으로 술술 말해서 놀랐지?"

정곡을 찔렸다. 하지만 '네.' 하고 말할 수는 없어 은서는 입을 다물었다.

"무게 잡고 길게 이야기하기에는 너무 힘들었던 시기야. 엄마도 나도 굳이 떠올리지 않으려 하고, 입에 담지도 않으려고 해. 물론 어린 시절에는 좋은 기억도 많았지만 시간이 흐를수록 증오만 남았거든. 당장 세금 낼 돈조차 안 남기고 다 가져가서 엄마는 파출부로, 나는 공사장으로 뛰어다녔었고."

"……."

은서의 표정이 점점 어둡게 가라앉는 걸 확인한 무열이 그런 얼굴 하지 말라는 듯 오히려 더 웃어 내면서 그녀의 머리를 쓰다듬었다.

"그래도 새아버지는 좋은 분이셔. 엄마랑 내가 마음잡고 제대로 정착할 수 있게 도와주신 분이거든. 친아버지와 완전히 끝낼 수 있게도 해 주셨고. 은인이나 다름없지. 지금은 두 분 모두 미국에 계셔."

"……그렇구나."

너무도 반짝이며 빛나기만 해서, 상처 같은 것은 모른다는 듯 능글맞기만 해서, 언제나 곱게 깔린 길만 걸어왔을 것 같아서 예상하지 못했다.

자신이 힘겨운 몇 년을 보내고 있었을 때, 그 역시도 한없이 힘겨운 길을 맨발로 걸어왔을 것이라 생각하니 갑자기 안쓰러워졌다. 은서는 자신이 몰랐던, 자신이 없었던 그의 과거를 어루만지고 싶었다.

"아무튼 그날은 자전거 끌고 미친 듯이 달렸는데 네가 이미 가버리고 없더라고. 세상이 무너지는 줄 알았어."

그의 말을 듣던 은서는 아무리 기다려도 당신이 안 와서 내 세상도 잠시나마 무너졌었다고 말하려다 말았다.

"……흰 수국의 꽃말 알아요?"

"어?"

은서가 자신의 품에 안긴 채로 눈에 묻히던, 차갑게 얼어 가던 흰 수국을 떠올렸다. 쓰레기통에 거꾸로 처박힌 그 수국을 자신의 마음 같다고 여겼던 그때의 일들도 함께.

"흰 수국 한 다발을 사서 기다렸어요. 기뻐하는 얼굴이 보고 싶어서. 내가 직접 준비한 졸업 축하 꽃다발을 품에 안겨 주고 싶어서."

"……."

"그랬는데 흰 수국의 꽃말이 변심이었다고 하더라고요. 타이밍이 되게 이상……"

무열이 은서의 말을 끊어 내며 그녀에게 깊게 입을 맞추었다. 그런 미신 같은 것에 얽매일 필요 없다는 듯이 그는 오로지 자신만의 온기로 그녀를 위로했다.

은서는 생각이 많아도 너무 많았다. 어릴 적부터 감정적으로 굴 수 없는 환경에서 자라 왔으니 생각이 많아지는 건 어쩔 수 없다지만, 때때로 그 깊은 고민들이 자신과의 사이를 벌려 올 생각을 하면 무열은 그것들을 뿌리째 뽑아 버리고 싶었다.

뜨거운 혀가 입 안 곳곳을 배회했다. 힘겨워서 밀어 내려고 할 때면 그는 은서의 입술을 오물거리며 빨거나 깨물어 왔다. 아까도 한참이나 물고 빨아 댄 참이라 입술이 얼얼했다. 퉁퉁 부었을 것이다.

하지만 그럼에도 더 강한 힘으로 그를 밀어 낼 수는 없었다. 아파도 좋았다. 사랑이라는 게 원래 그런가 보다 생각하니 마음이 편안해졌다.

천천히 입술이 떼어졌을 때, 은서가 숨을 고르다가 생각이 났다는 듯 넌지시 물었다.

"근데……."

"어?"

무열이 그녀의 입가, 뺨, 콧등에 입술을 부비면서 짧게 되물었다. 그녀의 보드라운 살갗을 더 맛보고 싶다는 듯 그는 계속해서 여기저기에 쪽쪽 입을 맞춰 대고 있었다.

"내가 갔었다는 거 어떻게 확신했어요? 난 분명 가지 않았다고 했는데."

궁금했던 것을 묻는 은서의 목소리에 무열이 짧게 퍼붓던 키스들을 멈추었다. 차가운 얼굴 속에 아픈 마음을 감추고 애써 한 마디씩 뱉어 내던 어린 은서가 머릿속에 그려졌다.

두 살이나 많았다고는 하지만 그 당시의 자신도 분명 어리긴 어렸었음을 절감하고 만다. 제대로 말도 못 해 주었고, 한 번을 따스하게 안아 주지도 못했었으니.

"처음에는 무작정 확신이 들었어. 같은 마음이었으면 했으니까. 나중에 안 갔었다는 말을 듣고 한참 좌절 상태로 있다가……."

"……있다가?"

무열은 자신에게 엉덩이를 까이던 그 당시 한 이병, 준우를 떠올렸다.

"몇 년 뒤에 우연히 한준우를 만나서 들었지."

"준우요?"

"……성 떼고 부르는 사이였어, 너희?"

그가 눈썹을 꿈틀거리며 심기가 불편하다는 것을 드러내자 은서가 손을 뻗어 그의 미간을 쭉 펴 주었다.

"중요한 건 그게 아니잖아요. 준우…… 아니, 한준우를 어디서 어떻게 만났는데요?"

"군대. 내 후임이었어."

"아……."

자신 때문에 괜한 짐을 짊어지고 무열을 마주했을 준우를 생각하니 은서는 그가 조금 가여워졌다. 모르던 사이도 군대에서는 원

수가 되어 나오기 마련이라는데, 애초부터 미운털이 박혀 생활하게 되었을 테니…… 상상해 보지 않아도 알 것 같은 기분이 들었다.

"그래서 엄청 굴렸지. 몇 년간의 원망을 담아서……. 아! 아파, 나 환자야."

"그런 건 자랑이 아니에요."

은서가 그의 어깨를 찰싹 때리자 무열이 엄살을 부렸다. 별로 세게 때린 것도 아니었기에 이쯤 되니 무엇이 엄살이고 무엇이 진짜 아픈 건지 슬슬 구분이 된다. 은서가 평소 같을 수 있는 이유였다.

그런 평소의 모습이 무열은 마냥 좋았다. 새침한 표정을 한 채 무뚝뚝한 말투를 뱉어도 그게 최은서였기에 그저 좋았다.

소리 없이 웃고 있자 은서가 무열을 흘끔거렸다. '왜 웃어요?' 하고 물어도 그는 대답해 주지 않았다. 넘쳐흐르는 지금의 벅찬 마음을 표현하면 분명 또 얼굴이 빨개져서 자신을 때려 올지도 모른다. 전혀 아프지 않은 작고 예쁜 손으로.

무열이 뚫어지게 은서를 응시했다. 너무 노골적이고 부담스러울 정도였다. 은서가 은근슬쩍 시선을 피했다. 그러다가 다시 흘끔거리면 여전히 무열과 눈이 마주쳤다.

결국 '이 사람 왜 이래?' 라는 표정을 짓자 무열이 못 참겠다는 듯이 은서를 한 팔로 꼭 안았다.

"배 안 고파?"

"……설마 이렇게 늦은 새벽에 뭘 먹자는 건 아니죠? 더 버티면 해 떠요."

"왜 아니겠어. 난 배고파."

평소의 그녀가 좋다.

"아침에 뭐라도 해 줄게요. 참고 그냥 자요."

"아, 못 참아. 난 지금 당장 배고파."

하지만 평소의 그녀보다,

"어린애예요? 그래서 지금 당장 먹어야겠다, 이 말이에요?"

"응, 잘 먹겠습니다."

"꺄악!"

평소답지 않게 자신의 앞에서만 녹아내리는, 이토록 달콤한 순간의 그녀가 더욱 좋다.

"아……. 자, 잠깐……. 으응……."

"잠깐 같은 거 몰라."

무열이 아직 젖어 있는 그녀의 다리 사이를 미끄럽게 타고 올라가 손끝을 농밀하게 세웠다. 비스듬히 한 팔로 지탱하고 누운 그가 점점 그녀에게 밀착하며 욕심을 낼수록, 은서는 이 새벽이 결코 빠르게 지나가지 않을 것을 알았다.

아침은 아주 천천히, 아주 늦게 올 모양이었다.

조용히 머물 수 있도록

벌써 며칠이나 지났다. 그와 사랑을 확인하며 하염없이 눈물을
쏟고, 밤새도록 체온을 나누며 아찔한 감각에 취했던 그날로부터
한 손으로는 셀 수 없을 만큼의 날짜가 흘렀다.

그동안 은서는 무열과 단 한 번도 만날 수 없었다.

주머니에서 휴대 전화를 꺼내 연락이 왔는지 보았다. 하지만
전화도 문자도 모두 잠잠했다. 수시로 귀찮게 울려 댈 것이라 생
각했던 휴대 전화는 그전과 다름없이 침묵을 고수했다.

아무것도 변하지 않은 것처럼 시간이 흘러가고 있었다. 무열을
만나기 전처럼.

'나쁜 놈…….'

잡은 물고기에게는 먹이를 주지 않는다는 말이 있다. 은서는
단 한 번도 자신의 이야기가 될 것이라 생각하지 않았던 문장을

갑자기 실감하기 시작했다.

마음을 확인했으니 이제 됐다는 건가? 잤으니까 완전히 자기 거라 이건가? 어떻게 단 한 번도 만나자는 말을 안 할 수가 있을까? 어떻게 단 한 번도 찾아오지 않을 수가 있지? 원망이 점점 그 몸집을 불려 갔다.

물론 연락이 아예 없던 것은 아니었다. 일을 하는 중에는 완전한 무소식이었지만 퇴근해서 집에 도착할 때쯤에는 1분 남짓 되는 통화를 했다.

하지만 그게 전부였다. 보고 싶다는 말도 없었고, 만나고 싶다는 말도 없었다. 짧은 통화의 끝에는 언제나 '그럼 잘 자.'만이 있을 뿐이었다.

일이 굉장히 많은 모양인지 목소리는 언제나 지쳐 있었다. 정 바쁘면 전에 있던 파티 때처럼 핑계를 대서라도 오라고 하면 될 텐데. 그럼 그때처럼 싫은 티 팍팍 내지 않고 가만히 힘이 되어 주러 갈 텐데.

은서가 그런 생각들로 자신의 머리를 또다시 어지럽히기 시작했다. 생각은 시작만 있지, 꼭 끝이 없다.

"은서 씨, 휴대 전화 닳겠어."

"아……."

마지막 손님을 보낸 희경이 은서의 옆에 와서 서며 힐끔, 손에 쥐인 휴대 전화를 살폈다.

"남자 친구 전화 기다려? 연락이 안 와?"

"그런 거 아니에요."

"뭐가 아닌데? 기다리는 게 아니야? 아니면 남자 친구가 아니야?"

"……."

희경의 질문에 어떤 것을 부정해야 할지 몰라 잠시 입을 다물었다. 사실 어느 쪽도 틀린 것은 없다. 단지 인정하기가 부끄러울 뿐이다.

며칠째 휴대 전화에서 시선을 떼지 못하는데 이게 기다리는 게 아니면 뭘까. 몇 번이나 사랑한다고 말하며 함께 밤을 보냈는데 그게 남자 친구가 아니면 대체 뭐…….

"……."

그녀가 갑자기 생각을 멈추었다.

'……잠깐, 그나저나 우리 사귀기로 한 건가?'

애들 연애도 아니고, 오늘부터 1일이네 어쩌네 하는 게 더 어색할 거라고 생각했다. 이렇게 자연스럽게 시작되는가 보다 했을 뿐이었다. 그런데 이제 와 자신이 없어졌다. 무열도 자신과 같은 생각을 하고 있을지에 대해서 확신하기가 어려웠다.

'그렇게 입을 맞췄는데, 설마. 확실한 말 한마디 없었다고 갑자기 남보다도 못한 사이가 될 수 있는 건가?'

터무니없는 걱정들이 머릿속에 가득 차기 시작하면서 은서는 또 헛다리를 짚었다.

'사귀자는 말을 했어야 했나……? 그 사람은 왜 아무 말도 안 했지……?'

은서의 눈빛이 흔들렸다. 난생처음 해 보는 사랑이었다. 연애라는 것도 태어나 처음이었다. 어떻게 시작해야 하고, 어떻게 지속해야 하는지에 대한 정보가 전혀 없었다.

"은서 씨, 정신 그만 **빼놓고** 일해!"

박무열 때문에 요즘 제대로 되는 일이 하나도 없다. 모든 게 엉망이었다. 그를 떨쳐 내려 고개를 내저었다.

"어서 오세요."

은서가 문을 열고 들어오는 손님을 향해 억지로 입가를 당겨 웃었다.

버스에서 내려 집까지 걸어가는 은서의 걸음이 한껏 느려졌다. 완전한 녹초였다. 온몸이 쑤시는 건 둘째 치고 정신까지 피로해서 금방이라도 길바닥에 누워 버리고 싶었다.

그래도 날이 전처럼 춥지는 않은 것이 천만다행인 일이었다. 그게 아니었으면 또 골골거렸을지 모를 일이다.

입춘이 지났다고 하더니 정말 초봄에 들어선 모양일까. 얼마 전까지만 해도 손이며 코며 꽁꽁 얼게 만들던 찬 공기가 사라졌다. 기온이 바뀌는 건 너무나도 순식간의 일이었다.

봄은 천천히 예고를 하고 오는 게 아니라 어느 날 갑자기 나타나 버리는 걸지도 모르겠다고 은서는 생각했다.

"박무열……."

은서가 무열의 이름을 중얼거렸다. 속으로 생각만 하고 있다가 입 밖으로 뱉어 내고 나면 그를 향한 그리움이 배가 되어 밀려왔다.

아주 조금 보고 싶은가 보다 했는데 밖으로 꺼내어 확인해 보고 나면 울컥할 정도로 그 크기가 불어나 있어서 화가 날 것 같은 상태가 되기도 했다. 무열에게는 죽어도 말 못 할 부끄러운 진심이었다.

퇴근 때가 다 되도록 무열에게서는 연락이 없었다. 참고 참다가 도저히 참을 수 없어서 바빠도 밥은 챙기라며 문자 한 통을 보내 두었는데 결국 답장은 받지 못했다. 대체 얼마나 바쁘면 휴대 전화를 확인할 틈도 없는 거냐고 속으로 한참을 중얼거렸다.

서른이 다 되어서 첫 연애를 하려니 마음 쓰이는 것이 한두 가지가 아니다. 애처럼 굴 수도, 그렇다고 마냥 태연한 척 어른스럽게 굴 수도 없는 것이.

천천히 걷던 걸음을 빠르게 내디뎠다. 가만히 있다 보면 그의 생각이 밀물처럼 밀려왔다. 설렘이란 것을 느끼기도 전에 서운함만 가득해질 것 같았다.

예전의 최은서로 돌아가야 한다고 스스로를 채찍질하면서 현관문을 벌컥 열었다.

"어······?"

은서가 눈을 동그랗게 떴다. 집이 텅 비어 있었다.

구두를 가지런히 벗어 놓고 안으로 들어섰다. 부엌을 살펴보고 방문을 열어도 보았지만 역시나 만호와 선희의 모습은 보이지 않았다. 병원에 가는 날도 아니어서 쉽게 짚이는 구석이 없었다.

선희에게 전화를 걸어 보려 휴대 전화를 꺼내는 찰나였다. 방금 전 은서가 들어온 현관 쪽에서 인기척이 났다.

"어? 은서 왔네?"

"고모……."

장을 봐 온 모양인지 선희의 손에는 저녁거리가 한가득이었다.

"시장 다녀오시는 길이에요?"

"시장까지는 못 가고 요 근처 마트에서 샀어."

선희는 은서를 지나쳐 부엌으로 걸어갔다. 묵직한 봉지를 식탁 위에 올리자 만호의 모습을 찾던 은서가 그녀에게 가까이 다가왔다.

"아빠는요?"

"아까 네 남자 친구가 모시고 나갔어."

남자 친구?

도통 무슨 말을 하는 건지 모르겠다는 눈으로 쳐다보고 있자 봉지 안에서 이것저것 꺼내어 정리하던 선희가 은서를 흘끔 보았다. 그러고는 냉장고 문을 열어 우유며 두부 같은 것들을 넣으면서 얼굴에 함박웃음을 띠었다.

"맞선 봐서 좋은 사람 만나라고 데려갔더니 그 회사 사장이랑 눈이 맞을 줄 누가 알았겠어."

"……."

그 순간 은서의 얼굴이 하얗게 질렸다. 대체 어떻게 안 거지?

"고모, 어떻……게……."

"얘 좀 봐? 어떻게는 뭐가 어떻게야. 방금 전에 내가 말하는 거 뭐 들었어? 네 남자 친구가 우리 집에 왔었다니까?"

그러니까 그…… 남자 친구라는 게…… 설마…….

"이름이 박무열이랬지, 아마?"

심장이 빠르게 뛰기 시작했다. 연락이 없어 내내 회사 일로 바쁜 줄로만 알았는데 말도 없이 찾아왔었다니. 놀랍기도 하고 배신감이 들기도 하는 게, 기분이 묘했다.

주머니에서 휴대 전화를 도로 꺼낸 은서가 무열의 번호를 찾아 전화를 걸었다. 하지만 하염없이 신호음만 울리다가 끝내 '전화를 받을 수 없어…….' 라며 그의 목소리가 아닌 녹음된 기계음이 들려왔다. 은서의 미간이 더 이상 좁힐 수도 없을 만큼 좁혀졌다.

"어디로 갔대요?"

"글쎄? 잘 모르겠네. 슬슬 올 때 됐어, 오후에 나갔으니까."

"박무열, 이 사람이 진짜……."

은서가 휴대 전화를 꽉 쥐며 입술을 깨물었다. 하지만 선희는 그가 마음에 들었다는 듯 연신 칭찬을 아끼지 않았다.

"좋은 사람 같더라. 네 아빠를 엄청 살뜰히 챙기더라고. 맛있는 거 드시고 쇼핑도 하고 그러자면서 나갔어. 오빠도 처음엔 이게 웬 예비 사위냐 싶어 얼떨떨한 것 같더니 금방 친해져서 나가는 거 있지."

"예비 사위……."

남자 친구라는 단어에도 아직 적응이 안 되는 판국에 예비 사위라는 단어까지 들으니 머리가 핑 돈다.

"남자는 자고로 그렇게 넉살이 좋아야 돼."

은서에게 남자가 생긴 게 무척 기쁜 모양인지 선희는 장 봐 온 것들을 정리하는 내내 쉬지 않고 무열의 이야기를 했다. 대체 뭘 어떻게 했길래 이토록 잘 보였는지는 모르겠지만 그래도 기분이 썩 나쁘지는 않다. 내가 사랑하는 사람이 조금의 반대도 없이 예쁨받는다는 것은 은서 본인에게도 꽤 기쁜 일이었다.

하지만 이대로 듣고 있다가는 정말 끝도 없겠다는 생각이 들었다. 은서가 저녁거리를 함께 정리해 주고는 다시 현관으로 걸음을 옮겼다.

"고모, 저 아빠 어디쯤 오셨는지 나가 볼게요. 걱정이 돼서……."

"응, 알았어."

아까 벗어 놓았던 구두를 다시 신은 은서가 현관문을 열고 밖으로 나갔다. 쌀쌀한 공기가 그녀의 몸을 감싸다가 흐트러졌다. 정말 봄이 오긴 오고 있구나. 그 와중에도 짧게 그런 생각을 했다.

또각거리는 소리를 내며 집 앞에서부터 조금씩 걷기 시작했다. 분명 저쪽 어디에서 나타날 텐데 누구의 인기척도 들리지가 않는다. 혹시 몰라 무열에게 다시 전화를 걸어도 보지만 여전히 묵묵부답. 반갑지 않은 기계음이 반복될 뿐이었다.

"진짜 가만 안 둔다, 박무열."

그때였다. 저 멀리 그리 경사가 심하지 않은 오르막길을 천천히 오르는 두 사람의 인영이 보였다. 휠체어에 앉아 있는 사람은 만호였고, 그의 휠체어를 밀고 있는 사람은 분명 무열이었다.

그가 왔다는 건 이미 알고 있었는데도 막상 보니 가슴이 두근거렸다. 가만 두지 않겠다고 다짐하던 것이 무색할 정도로.

"아버님, 춥지는 않으세요? 아깐 괜찮더니 해가 지니까 추워져서 걱정입니다."

"춥기는. 하나도 안 추워. 이렇게 따뜻한 옷이 있는데 뭐가 추워."

은서가 멀찍이서 그들을 지켜보며 대화를 엿들었다. 딱히 몰래 들으려고 한 건 아니지만 골목이 너무 조용해서 그들의 목소리가 절로 귀에 꽂혔다.

그녀의 시선이 만호에게로 향했다. 조금 더 멀리 있을 때는 몰랐는데 가까이 오니 알겠다. 만호가 난생처음 보는 옷을 입고 있었다. 한 번도 입은 적 없던, 무척이나 예쁜 빨간색의 잠바였다.

'저게 대체 뭐야?' 싶은 눈으로 바라보고 있는 은서와 달리 그녀가 가까이에 있다는 걸 알 리 없는 두 남자는 마치 아버지와 아들 같은 친근한 분위기를 풍겼다.

"여분으로 한 벌 더 사셨어도 괜찮은데요."

"맨날 집에만 있는 사람이 이런 잠바를 여러 개 둬서 어디다 써. 괜찮아. 이것도 사 놓고 내내 옷장에만 걸어 두겠지."

"이렇게 종종 바람 쐬어 드리러 오겠습니다. 그때마다 입고 나오세요. 아주 멋있으십니다."

"하하, 빈말이라도 기분 좋으니 점수를 안 줄 수가 있나."

그들이 가까이 오면 올수록, 그들의 대화가 더 선명하게 들려오면 들려올수록, 은서는 마음이 따끔거리며 반응하는 것을 느낄 수 있었다.

한 번도 상상해 볼 수 없던 장면이었다. 가족들과 있을 때는 언제나 묵묵한 모습만 유지하던 만호가 좀처럼 볼 수 없던 큰 웃음으로 다른 사람과 대화를 나누고 있었다.

자신의 힘으로는 부족했던 부분을 무열이 채우고 있는 듯했다. 아무리 웃으면서 행복하다고 말해도 좀처럼 믿지 못하던 자신의 아버지가, 무열의 앞에서야 드디어 모든 걱정을 내려놓은 것처럼 편안하게도 웃고 있었다.

"근데 이 옷 진짜 많이 안 비싼 건가?"

"사실 비싼 겁니다."

"뭐야? 이 사람이? 아까는 별로 안 비싸니 입으라고 하지 않았어?"

"그렇게라도 안 하면 안 입으실 것 같았으니까요. 어쨌든 그 거짓말 덕분에 흔쾌히 받아 주시지 않았습니까?"

"이 사람, 그렇게 안 봤는데 잔머리가 아주……."

……그 사람 원래 그래요, 아빠.

은서가 멀찍이 서서 두 사람의 대화를 들으며 속으로 말했다. 가슴이 찌르르 울리던 것이 줄어들기 시작하면서 어느새 마음이 편안해지고 있었다. 그를 향했던 약간의 화라든지 서운함, 배신감 같은 것들도 소리 없이 사그라졌다.

자신이 몰랐던 만호의 웃는 얼굴, 누구보다 자신이 가장 잘 알고 있는 무열의 능글맞은 표정까지. 제삼자가 되어 멀리서 지켜보는 것도 꽤 괜찮은 일이었다.

바람이 부는 것도 아니었는데 괜히 마음이 일렁였다.

"그만큼 좋고 비싼 걸 사 드려야 은서 시집보내도 괜찮겠다 생각하실 것 같아서요."

"뭐라고?"

"저 돈 많습니다, 아버님. 평생 은서가 먹고 싶은 거, 사고 싶은 거 다 누리면서 살게 할 수 있습니다. 어떤 놈한테 주든 은서는 많이 아까우시겠지만 그래도 조금쯤은 마음을 놓으시라고……."

저 사람이 지금 뭐라는 거야?

맑게 반짝이던 은서의 두 눈이 가늘게 뜨여지면서 이내 심드렁한 표정으로 바뀌었다. 잠깐이라도 방심하면 그는 특유의 능글맞음을 무기로 내세웠다. 바로 저렇게 혀를 내두를 소리를 눈 하나 깜빡거리지 않고 잘도 뱉는 것이다.

"자네가 아무리 돈이 많아도 우리 은서가 그 돈으로 먹고 싶은 거, 사고 싶은 거 다 사면서 살 것 같지는 않은데."

"……그러네요. 해 주려고 해도 안 받을 모습이 벌써 선합니다."

무열이 웃는 얼굴로 조용히 말했다. 뭔가 해 주려고 하면 '저도 돈 버는데요.' 할 것만 같은 그녀였다. 아직 근사한 걸 해 주지도 못했지만 그걸 해 주었을 때 그녀가 어떤 얼굴을 할지 상상해 보는 것도 즐거운 일이었다.

"은서가 워낙 투정이란 걸 모르고 자라서 그래. 남자 친구라고 해도 다른 여자애들처럼 아양을 떨거나 의지를 하거나 하지도 않을 테고."

"그래도 예쁘잖아요, 은서."

"얼굴 말인가?"

"전부 다요. 얼굴만 예뻐도 충분한데 마음까지 예뻐서 제가 정신을 차릴 수가 없습니다."

그 이야기를 듣고 있는 은서의 얼굴이 점점 붉게 달아올랐다. 처음에는 기분 좋게 듣고 있던 대화가 점점 자신을 위주로 가니 걷잡을 수 없이 부끄러워지기 시작했다.

어느 타이밍에 나가야 하나 고민을 했다. 불쑥 나갔다가 전부 듣고 있었다는 걸 들키면 그건 그거대로 창피할 것 같은데. 타이밍을 놓친 은서가 전봇대 뒤로 몸을 더 숨겼다.

"……우리 은서를 진짜로 좋아하긴 하나 보네."

"좋아하긴요. 사랑하죠, 아주 많이."

점점 더 숨고 싶어졌다. 자신이 모르는 곳에서 그가 말하는 고백이란 그 정도로 마음을 울리는 것이었다.

어쩌면 그는 내가 생각하는 것보다 나를 더 사랑해 주고 있는지도 모르겠다고 은서가 생각했다. 그리고 자신 역시 생각보다 그를 더 많이 의지하게 되어 버린 것 같았다.

"제가 집착이 좀 있는 편이라서요. 은서 곁에서 한시도 떨어지지 않고 예뻐해 줄 생각입니다."

"……난 이제 언제 죽어도 여한이 없을 것 같아. 가장 큰 걱정을 내려놓을 생각을 하니 그런 기분이 드네."

"제 말 못 들으셨습니까? 집착이 좀 있다니까요. 아버님께도 예외는 아닙니다."

"뭐야, 이 사람아?"

은서는 슬슬 나가야겠다고 마음먹었다. 사이가 좋은 것도 좋지만 저녁 날씨가 꽤 쌀쌀했다. 만호를 계속 밖에 둘 수는 없는 일이었다.

전봇대에서 천천히 모습을 드러낸 은서가 그들에게 한 걸음씩 다가갔다. 능글거리는 농담으로 만호와 한참 대화를 나누고 있던 무열이 고개를 돌려 그녀를 보았다.

"어?"

그의 얼굴이 금세 반가움으로 물드는 게 좋다. 아무 말도 하지 않았는데 그저 보기만 해도 저렇게 웃고 마는 그가 한없이 좋다.

"아빠, 추워요. 이제 그만 들어가요."

하지만 은서는 그를 본 체도 하지 않고 만호부터 챙겼다. 무열이 서운하다는 듯이 어울리지 않게 입을 삐죽 내밀었다.

그렇게 멋있는 척은 혼자 다 하더니 갑자기 웬 귀여운 척이람.

그를 흘끔 본 은서가 만호의 휠체어를 대신 밀었다. 무열은 그녀의 뒤에서 느긋하게 따라 걸었다.

"고모가 저녁 차리고 계세요. 배는 안 고프세요?"

"아아, 그러고 보니 출출한 것 같기도 하고. 박 서방, 들어가서 같이 저녁 먹을 거지?"

……예? 박 서방이요?

은서가 눈을 동그랗게 떴다. 고개를 돌려 무열을 바라보자 그가 '뭐 문제 있어?' 하는 듯한 얼굴로 생글거리며 웃었다. 언제 또 박 서방이라는 호칭까지 얻어 낸 걸까. 넉살이 좋아도 너무 좋아서 문제다, 저 남자는.

"이 사람 바빠요."

"아니, 나 별로 안 바빠."

가늘게 뜨여진 은서의 눈이 더욱 날카롭게 변했다. 눈치를 주었지만 무열은 마치 원래부터 눈치란 것을 팔아먹은 사람처럼 굴었다. 아주 뻔뻔하게 자신의 한가함을 드러내는데 그게 어찌나 얄미운지, 은서가 잠시 어금니를 꽉 물었다가 애써 웃는 얼굴로 입을 열었다.

"바쁘잖아요, 박무열 씨. 그렇죠……?"

그런 그녀의 눈을 마주치던 무열이 문득 무슨 생각이 들었는지 입가를 당겨 꽤 음흉하게 웃었다. 등골이 오싹했다.

"아, 그러고 보니 바쁜 듯 바쁘지 않은 듯 바쁜 것도 같고……."

이게 대체 무슨 소리냐는 듯 만호가 고개를 돌려 뒤에 따라오는 무열을 보았다.

"박 서방. 그래서 바쁘단 거야, 아니란 거야?"

"바쁩니다. 오늘 저녁에 은서랑 데이트가 있거든요."

"……!"

본인이 모르는 데이트가 어디 있냐며 은서가 눈에 힘을 주고 무열을 노려보았다. 하지만 그는 어깨를 으쓱였다. 여기서 한마디라도 더 했다가는 정말 저녁까지 얻어먹으러 집에 들어설 것 같아 그녀는 결국 한발 물러서기로 했다.

어느덧 집까지 다다른 은서가 현관문을 열고 안으로 만호를 옮

졌다. 선희가 왜 들어오지 않느냐고 묻자 무열이 은서의 등 뒤에
바짝 붙어 서며 '그럼 저희는 이만 데이트하러 가겠습니다.' 하고
받아쳤다.

아무리 시간이 흘러도 이 뻔뻔함은 절대 이길 수는 없을 것이
다. 조금쯤 체념을 한 은서가 어색하게 웃었다.

선희는 두 사람을 보며 만호와 똑같은 표정으로 웃었다. 그 얼
굴을 보며 은서는 자신이 그들에게 얼마나 커다란 걱정이었는지
를 새삼 실감했다.

"늦지 않게 올게요."

"늦어도 되니까 즐겁게들 보내다 와."

"아, 고모……."

말끝을 흐리면서도 은서는 웃음을 거둬 낼 수 없었다. 이상했
다. 무열이 나타난 것뿐인데, 자신뿐만 아니라 집 안의 공기까지
달라졌다.

이상한 사람이다. 곁에 있는 모든 사람을 반짝이게 만들 수 있
는, 이상하고 신기한 사람.

무열이 은서의 어깨를 당겨 품에 안았다. 눈앞에서 웃어 주는
만호와 선희, 등 뒤에 닿아 오는 무열의 따스함까지, 은서에게는
어느 것 하나 행복하지 않은 것이 없었다.

"……데이트라면서요."

"데이트가 별건가? 이렇게 둘만 있을 수 있다면 그게 데이트지."

조수석에 앉은 은서가 멀뚱멀뚱 눈을 깜빡였다. 피곤한 와중에 또 어디로 데리고 돌아다니려나 걱정했던 게 허무할 정도로 그는 은서를 차에 태우기만 했을 뿐 아무 데도 가지 않았다.

며칠 만에 보는 그였다. 목소리를 들었다고는 하지만 너무도 짧기만 했고, 몇 마디의 문자 역시 성에 찰 리 없었다.

그토록 바쁜 티를 내며 마치 잡은 물고기 취급이라도 하는 듯 굴었던 그가 갑자기 가까운 곳에 있으니 그건 그거대로 긴장되었다. 그날 이후 처음 만나는 것이었으니 아주 약간의 어색함이 없다면 거짓말일 것이다.

"일이 많았어. 중간에 만나면 일이고 뭐고 다 팽개쳐 버리고 싶어질까 봐 일부러 꾹 참고 해치우느라 바빴던 거야."

"아아……."

그는 은서의 속을 읽은 듯 그녀가 묻기도 전에 말했다. 그럼 그렇다고 말이나 해 주지. 은서가 작게 중얼거리며 마음을 스르륵 풀었다.

조금씩 녹는 그녀의 표정을 보던 무열이 씩 웃었다.

"보고 싶었지?"

갑자기 정곡을 찔렸다. 은서는 심장이 덜컹거리는 것을 애써 진정시키려고 노력했다. 그녀의 시선은 무열을 보지 못하고 차창 밖의 가로등을 향했다.

"보고 싶기는……. 누가……."

그때 무열의 팔이 슥 뻗어 와 은서의 뒷목을 잡았다. '응?' 하고 알아채는 찰나, 그가 그녀의 고개를 돌려 깊게 입을 맞춰 오기 시작했다.

"으⋯⋯."

키스만 해도 꼭 이렇게 앓는 소리가 나와 버리고 만다. 지난번에도 느꼈지만 무열은 은서의 이런 습관이 굉장히 무서웠다. 본인도 모르게 저런 소리를 내 버리고 마니, 생각도 하지 않고 있던 욕구가 괜히 자극을 받아 버린다. 여러모로 위험한 여자가 아닐 수 없다.

무열이 그녀가 있는 조수석 쪽으로 가까이 몸을 기울이며 조금더 깊숙하게 입을 맞췄다. 살짝 물러나려고 하면 뒷머리를 붙잡아 자신에게로 더욱 당겼고, 가늘게 뜬 눈으로 그녀를 보면서도 멈추지는 않은 채 숨어 있는 달콤한 혀를 더욱 재촉했다.

몇 년 동안 속에 꽁꽁 묻어 두기만 했던 수많은 욕심들은 그날 이후로 조금도 인내할 줄을 몰랐다. 그녀를 여유 있게 만나기 위해 일을 몰아서 해 버리는 와중에도 수시로 자리를 박차고 달려가고 싶었다. 인내하고 또 인내하느라 얼마나 애를 썼는지 모른다. 그러니까 이 정도 서두르는 건 조금만 용서해 주었으면 하고 생각했다.

말캉한 혀가 서로를 놓지 않으려는 듯이 얽혀 들었다. 살며시 벌어진 입술 사이로 타액이라도 새려고 치면 무열은 그녀의 입술을 더욱 한입에 집어삼킬 듯 굴었다. 입술이며 그 주변까지 쪽, 쪼옵, 소리가 나도록 핥고 빨았다.

조용한 차 안으로 마찰음이 줄어들 생각을 하지 못하고 가득하게 찼다. 그의 침대 위에서 입을 맞추던 때와는 또 다른 적나라한 소리에 은서는 그의 손길이 닿은 것도 아닌데 벌써부터 기분이 이상해졌다. 자신도 모르게 다리를 움츠렸다.

은서의 앓는 소리가 조금씩 늘어지기 시작했다. 그녀가 움찔거리며 반응하는 것을 느끼던 무열이 자신의 손을 그녀의 상의 안으로 슥 밀어 넣었다.

손이 채 녹지도 못한 터라 차가운 기운이 피부에 닿자 그녀가 흠칫 떨었다. 웅얼거리는 목소리로 차갑다고 말하려 했지만 무열은 그녀를 쉽게 놓아주지 않았다. 한마디를 뱉으려고 고개를 돌리면 그는 집요하게 따라가 입술을 머금었다.

옷 속으로 숨어든 무열의 손이 살짝 힘을 주어 그녀의 브래지어를 위로 밀어 올렸다. 그러자 속옷 안에 감추어져 있던 봉긋한 가슴이 그의 손아귀에 딱 맞게 잡힐 정도로 예쁘게 모습을 드러냈다. 손바닥과 손가락 끝에 그녀의 말랑하고 보드라운 살결이 닿자 무열은 자제하는 게 불가능할지도 모르겠다는 생각을 했다.

입술을 서서히 떼어 냈다. 감았던 눈을 떠 그녀를 바라보자 희던 얼굴이 어느덧 불그스름하게 홍조를 띤 채 눈을 질끈 감고 있다.

'이렇게 다 맡겨 버리면 나 정말 좀…… 힘들어지는데.'

무열이 그녀에게 들리지 않게 속으로 생각하며 유륜을 살살 긁었다. 손가락을 살짝 옮겨 볼록하게 일어선 돌기를 어루만지자 은서가 카 시트의 가죽이 쓸릴 정도로 크게 몸을 떨어 왔다.

"아……!"

조금만 더 가까이, 조금만 더.

한참 매만지던 그녀의 가슴에서 손을 떼어 내 골반에 걸쳐진 바지 속으로 넣으려 할 때였다.

"어머, 진짜로?"

"그렇다니까! 그래서 내가 저번에 지영 엄마랑 같이 가 봤는데 말이야……."

차 밖의 아주 가까운 곳에서 사람들의 소리가 들려왔다. 은서는 그 순간 놓을 듯하던 정신을 애써 붙들며 화들짝 놀랐다.

저도 모르게 두 손으로 무열을 확 밀쳤다. 차가 잠시 흔들린 것도 같았다.

"응? 그러고 보니 저 차 뭐야?"

"그러게? 우리 동네에 저런 차 몰고 다니는 사람이 있었나?"

"별일이네……. 아, 맞다. 윤주 아빠 요즘 또 차 바꾸고 싶다고 난리야. 며칠째 실랑이 중인 줄 알아? 생각하니까 또 화딱지 나네."

"못산다, 못살아! 남자들은 왜 그렇게 차를 못 바꿔서 안달이 래?"

두 명의 여성은 무열의 차를 흘끔거리다가 금세 다른 이야기와 함께 멀어졌다. 목소리가 점점 작게 들리는가 싶더니 이내 조용해졌다.

두 손으로 자신의 입을 막고 있던 은서가 차창 밖을 흘끔 보고는 깊게 한숨을 쉬었다. 십년감수했다. 하마터면 자신의 동네에서, 그것도 집 근처에서 굉장히 부끄러운 짓을 할 뻔했다.

차가 흔들리는 것을 누군가 보기라도 했다면……. 상상만 해도 끔찍한 일이다.

은서가 위로 밀려 올라간 브래지어를 내리면서 얼굴을 잔뜩 붉혔다. 무열은 그녀가 민망하지 않게 애써 시선을 돌리고 있었다.

운전석에 등을 깊숙하게 기댄 그가 작게 중얼거렸다.

"이 동네 싫다……."

"……?"

그게 무슨 소리냐는 듯 은서가 동그랗게 뜬 눈으로 그를 응시했다.

자신만 그런 줄 알았는데 그의 얼굴도 조금 불그스름하게 상기되어 있었다. 방금 전의 그 아찔한 흥분이 결코 혼자만의 것이 아니라는 것을 깨닫자 괜히 더 아랫배가 찌르르 울리는 느낌이다.

"처음 왔을 때만 해도 인적이 드물어서 위험한 동네구나 싶었거든. 밤에 절대 혼자 보내지 말아야겠다고 다짐도 하고."

"그런데요……?"

"근데 막상 둘이서만 있으려니 너무 좋은 거야. 아무도 방해하지 않고, 눈치볼 일도 없고. 더할 나위 없이 좋은 동네라고 생각했는데……."

"……."

"갑자기 사람이 나타나니까 싫다. 방해받았어. 아까워……."

이 남자가 진짜.

생각하는 게 어쩜 그렇게 중학생 수준이냐고 핀잔을 하려다가 그냥 입을 다물었다. 방금 전까지 그 부끄러운 행위에 동조했던 것이 자신이었으니 그만을 타박할 수는 없는 일이다.

자신의 피부를 어루만지던 그의 손길이 아직도 고스란히 남아 있는 것 같아 기분이 이상했다. 그가 눈치채지 못할 정도로 은서가 다시금 슬쩍 다리를 움츠렸다.

가만히 앞을 보던 무열이 고개를 돌렸다. 그러고는 은서를 뚫어지게 응시하며 말했다.

"헤어지기 싫다."

"……."

어째서 '나도요.' 라는 한마디가 어려울까. 아직도 갈 길이 한참이나 멀다고 생각하면서 은서는 가만히 손가락을 꼼질거렸다. 그래도 전보다 많이 솔직해지기는 했는데, 그를 따라가려면 정말 가랑이라도 찢어질 것 같다.

그나마 다행인 것은, 사랑한다는 말을 어려워하지 않는다는 것. 그에게 가장 큰 행복일 수 있는 그 말이 온전하게 마음으로부터 나올 수 있어서 그건 스스로에게 참 고마운 은서였다.

"……내 집으로 갈래?"

은서가 잠시나마 감성에 취해 있다가 새침한 얼굴로 그를 노려보았다.

"됐거든요? 혼자 가세요. 난 우리 집에 갈 테니까."

차가운 말을 끝으로 그녀는 차에서 내렸다. 조금의 망설임도 없는 냉정한 움직임이었다.

'설마 저게 끝이야?' 하고 서운한 얼굴로 닫히는 문을 바라보던 무열이 따라 내리려 엉덩이를 들썩일 때였다. 방금 내린 은서가 밖에서 조수석 창문을 똑똑 두드렸다.

"······?"

의아한 얼굴로 무열이 창문을 스르륵 내렸다.

가로등 불빛에만 의존하는 어두운 저녁이었지만 무열은 알 수 있었다. 잔뜩 붉어진 그녀의 수줍은 얼굴을.

"······사랑해요."

"······."

무열이 멍하니 입을 벌린 채 아무 말도 하지 못하고 있자 은서가 겨우 인사를 덧붙였다.

"그럼······ 조심해서 가요."

은서는 무열에게 '나도 사랑해.' 라는 말을 할 시간조차 주지 않고 집을 향해 뛰어갔다. 쾅! 하고 현관문 닫히는 소리가 들릴 때까지도 무열은 멍하니 은서의 집만을 바라보고 있었다.

그녀에게는 정말로 겨울이 전부 지나간 모양이었다. 아무리 눈발 휘날리는 척 차갑게 굴어도 그녀가 새치름하게 돌아선 자리에는 따뜻한 공기가 맴돌았다.

무열이 핸들에 기대며 은서가 지나간 자리를 응시했다.

어떻게 사랑하지 않을 수 있을까.

그런 생각과 함께.

변하지 않는 진심

어느 날, 은서는 생각지도 못한 전화를 받았다.

"……네? 어디시라고요?"

― '낭만'입니다.

마음을 확인하기 전, 그는 언제나 매니저라는 거짓 직함을 이용해 은서에게 전화를 걸어오고는 했었다. 그래서일까. 평소 그가 휴대 전화로 연락해 온다는 걸 알면서도 순간이나마 뜬 일반 번호에 오늘은 왜 회사 전화로 걸었을까 싶었던 은서다. 그의 이름이 아닌 '낭만'이라는 회사명을 듣고도 '예?' 하며 반문했을 정도로 너무 당연하게 말이다.

박무열이라는 이름과 떨어져 연락을 해 오는 그의 회사는 어딘지 모르게 어색하기만 했다.

― 김미영 팀장이라고 합니다. 파티 때 잠깐 뵈었는데 기억하

시는지요?

사무적인 친절을 베풀며 자신을 안내하던 가녀리지만 당찬 뒷모습이 기억났다.

그녀를 따라가니 끝에는 보고 싶던 무열이 있었다. 보고 싶었으면서도 보고 싶지 않다고 부정하던 시절의 박무열이.

느닷없이 팀장이란 사람이 왜 전화를 했을까 생각하다가 문득 그의 음흉한 얼굴을 떠올렸다. 또다시 사적인 일에 직원을 이용해 먹는 건 아닌가 싶어 은서가 눈을 가늘게 떴다. 좋은 사업가일지는 모르겠지만 고용주로서는 과연 몇 점일지.

"아아, 네. 그런데 어쩐 일로……."

— 두 번째 맞선 일정과 관련해서 드릴 말씀이 있는데 지금 통화 가능하신가요?

전혀 예상치도 못한 단어라 이번에는 '맞선이요?' 하고 되묻지 못했다.

무열이 나타나 성큼성큼 자신을 끌고 나가던 첫 맞선의 기억이 아직도 생생하게 남아 있다. 그의 모습이 그토록 선명한 지금, 그가 아닌 다른 사람이 말하는 맞선이란 단어가 이상한 것은 어쩌면 당연한 일이다.

"박무열 매니저님께서는 아무 말도 안 하셨는데요."

매니저가 아니라는 사실은 은서가 알고 미영이 아는 사실이다. 하지만 매니저가 바뀌었다거나 하는 이야기를 따로 전해 들은 적은 없으니 아직까지 자신의 담당은 무열일 것이다.

능청스럽게 웃던 그의 얼굴을 떠올린 은서가 입술을 잘근 깨물었다.

이 남자, 일 처리를 대체 어떻게 하는 거야?

— 스케줄이 바쁘셔서 부득이하게 이번 맞선은 제가 맡게 되었으니 양해 부탁드립니다. 맞선 일정도 꽤 근접하게 잡혀 시간 조율이 필요하시다면…….

"아, 아니. 잠깐만요."

그와 결혼을 하기로 한 것은 아니지만 어찌 되었든 남들처럼 연애란 걸 하는 중이다. 그런 상태에서 다른 남자와 맞선을 보는 것은 도무지 용납되지 않는 일이었다.

생각해 보니 그와의 만남에만 신경을 쓰느라 결혼정보회사에 등록을 해 놓았다는 사실조차 잊어버렸고 —무열을 그곳에서 만났더라도 말이다.— 해지나 탈퇴를 해야 된다는 것조차 전혀 생각지 못하고 있었다.

사랑에 빠져 눈이 멀면 얼마나 미련해지는지 이렇게 며칠에 한 번 꼴로 깨닫고 만다.

"죄송하지만 제가 지금 만나는 사람이 있어서요. 맞선에는 나갈 수 없을 것 같아요. 해지 신청도 해야 될 것 같은데……."

— 저희 '낭만'의 맞선을 통해 만나신 분은 아닌 거죠?

"……네."

그 회사에서 만나기는 했지만 맞선을 통해서 만난 건 아니니 틀린 말은 아니다.

— 그러면 따로 절차를 밟아 주시겠어요? 해지 요청은 직접 본사에 방문하셔서 서류 작성을 하셔야 하고, 최종 처리까지는 대략

일주일 정도 소요된다고 보시면 됩니다.

'대체 뭐가 그렇게 오래 걸려…….'

문득 무열이 그 회사의 대표라는 사실이 떠올랐다. 자기 여자를 맞선에 내보낼 생각은 추호도 없을 테니 아마 직접 처리해 줄지도 모른다. 그 생각을 하던 은서가 휴대 전화를 꼭 붙들었다.

"죄송한데 제가 잠시 후에 다시 전화드려도 될까요?"

— 그러시겠어요?

은서는 양해를 구하고 통화를 끝냈다. 어중간한 태도를 취하고 있다가는 회사에도 미안한 일을 하게 될 거고, 무열의 마음도 상하게 하고 말 것이다.

그에게 도움을 요청해야겠다는 생각이 들었다. 웬만해서 그에게 손 벌리거나 기대는 일은 하고 싶지 않았지만 이 일은 박무열이 아니라면 누구도 도와줄 수 없을 만한 것이었다.

그리고 기껏 용기 내어 먼저 전화를 걸었을 때, 무열은 전혀 예상치 못했던 대답을 건네 왔다.

— 일단 나가 봐.

"……."

은서는 제 귀를 의심했다.

"뭐라고요?"

— 일정이 잡혔으니까 일단은 나가 보라고. 가서 대충 시간만 때우다 와서 '마음에 안 들어요.' 하고 말하면 끝이야. 해지 건은 내가 알아서 처리할게.

"바로 해 주면 되는 거 아니에요?"

― 귀에 걸면 귀걸이, 코에 걸면 코걸이야? 다 절차가 있어. 나라고 막무가내로 네 서류만 없애 버리면 되는 일이 아니란 소리야. 일단 잡힌 맞선은 나가 봐. 나머지는 내가 알아서 할 테니까.

"아니, 박무⋯⋯."

― 나 지금 엄청 바쁘거든? 그럼 나중에 전화할게.

"⋯⋯."

휴대 전화에 통화 종료라는 네 글자가 허무하게 떴다. 한참 동안 액정을 바라보고 있어도 도무지 믿기질 않았다. 방금 내가 통화한 사람이 정말 그 박무열이 맞나 싶을 정도로 피도 눈물도 없어 보이는 말투였다.

내심 '내가 있는데 무슨 맞선이야! 당장 기다려!' 라고 펄펄 뛰어 줄 거라 생각했던 모양이다. 그러니 이토록 당황스러울 수밖에.

여러모로 사람 헷갈리게 만드는 남자가 아닐 수 없다. 사랑하는 여자가 다른 남자와 맞선을 보러 간다는데 저렇게 냉정하게 나오다니. 대체 어떤 여자가 이해할 수 있을까?

'자기 회사 일이다 이거야, 지금?'

생각이 많아졌다. 그에 대한 원망도 조금씩 불어나기 시작했다. 하지만 예전과는 다른 것이 하나 있었다.

"⋯⋯나쁜 새끼."

아무리 원망스러워도 더는 이 남자가 싫어지지 않는다는 것이었다.

기어코 그날이 왔다. 두 번째 맞선.

"......"

은서는 어느 레스토랑의 커다란 문을 바라보며 한숨을 꿀꺽 삼켰다. 설마설마했는데 정말 여기까지 오게 되고 말았다.

그땐 너무 바빠서 정신이 나갔던 것 같다고, 당장 빼 줄 테니 그 맞선에 나가지 말라고 붙잡을 줄 알았는데 웬걸. 그에게서는 그런 말을 단 한마디도 들을 수 없었다.

심지어 잠들기 전에는 평소처럼 '보고 싶다. 잘 자.' 라는 말을 뱉기까지 했다. '보고 싶은 여자가 맞선에 나간다는데 넌 아무렇지 않니?' 하고 쏘아 주고 싶은 것을 참느라 혼이 났다.

갈수록 애가 되는 기분이다. 다른 여자들도 연애를 시작하면 이렇게 작은 것에도 뿔이 나고, 속상하고, 속 좁아지는 걸까. 혼자 열심히 생각을 해 보기도 했지만 같이 일하는 희경에게조차 함부로 묻지 못했다.

아직 그녀에게는 부끄럽고 어색한 감정들이 너무도 많기만 했다. 사랑을 말한다거나 하는 기쁜 감정들은 더 솔직하게 표현할 수 있게 되었지만 자신이 생각할 때 창피하다 여겨지는 옹졸한 마음은 결코 꺼내 보일 수가 없었다.

은서가 천천히 고개를 내려 눈처럼 흰 자신의 원피스를 내려다보았다. 이 옷을 입을 때면 사람들은 하나같이 그녀에게 청초해 보인다고들 말했다.

'이번 맞선 상대는 어른스럽고 섹시한 타입이 이상형이라고 하시네요.'

 일부러 이상형과 정반대로 가 보아야겠다는 생각이 들었다. 그래서 언제나 즐겨 입던 블랙의 차분한 스커트나 와인색의 원피스는 놔둔 채 좀처럼 입지 않던 흰 원피스를 꺼내어 입었다.

 이 옷을 입고 거울 앞에 섰을 때, 무열을 만나러 가던 졸업식 저녁의 일이 떠올랐다. 그때도 이렇게 눈처럼 흰 니트를 입었었다.

 온몸을 얼리던 그날의 냉기까지 함께 기억났지만 이제는 자신을 안아 주는 그의 품이 있어 하나도 춥지 않다. 추웠던 그는 어느새 자신에게 따스한 현재가 되었다.

 잠시나마 행복감에 잠겨 들던 은서의 머릿속에 '일단 나가 봐.' 하는 목소리가 떠올랐다. 미간이 확 찌푸려진다. 은서가 작게나마 나쁜 새끼라고 다시금 중얼거렸다.

 '네가 억울할 정도로 친절하게 웃어 주고, 맛있는 식사도 하고, 달콤한 디저트도 먹고, 깊은 대화까지 전부 다 나눈 뒤에……! 거절해 줄 테다.'

 ……하고 생각했다.

 어찌 되었든 결국은 거절이다. 무열이 아닌 다른 사람을 받아들일 자리 같은 건 조금도 남아 있지 않았으니까.

 억울한 기분이 들었다. 맞선을 나온 상대보다 나가라고 등을 떠민 사람이 더 태연했다는 사실이.

"어서 오세요."

문을 열자 따스한 기운이 차게 언 뺨에 달라붙었다. 초봄이었지만 아직은 쌀쌀했다. 안으로 들어서기만 해도 몸이 녹아 기분까지 나른해지려 했다.

"예약되어 있을 겁니다. 최은서예요."

"이쪽으로 오세요."

직원에게 이름을 말하자 기다렸다는 듯 안쪽으로 안내하기 시작했다. 은서는 직원의 뒤를 따라가며 널찍한 레스토랑을 슥 훑었다.

조금 이상했다. 이렇게 멋들어진 레스토랑에 손님이 한 명도 없다. 평일이기는 하지만 디너 시간에 이토록 사람이 없기도 힘들 텐데.

은서를 안내한 직원이 널찍한 홀 한가운데 자리에 그녀를 앉혔다. 테이블은 텅 비어 있었다. 이 넓은 레스토랑 안에 직원과 자신, 단둘뿐이었다. 다른 직원들이 보이지 않자 은서는 점점 더 이 레스토랑이 수상해졌다.

"일행이 오면 주문할게요."

"알겠습니다. 그럼 즐거운 시간 되세요."

'저도 즐겁게 보냈으면 좋겠는데 그게 잘될지 모르겠네요……'

은서가 코트를 벗어 내면서 나직이 한숨을 내쉬었다. 오늘은 또 얼마나 지루한 시간이 될까, 그런 걱정이 들었다. 결혼을 하고 싶은 생각이 없기 때문이 아니라 머릿속에 다른 남자의 생각이 가득하다는 이유 때문이었다.

생각해 보니 첫 맞선 때도 머릿속에는 온통 무열의 생각뿐이었다. 그때부터였나 보다. 마음을 내 의지대로 제어하는 건 불가능하다는 것을 새삼스레 깨달아 버린 게.

1분도, 아니, 단 1초도 무열의 생각이 떠오르지 않는 순간이 없다는 게 스스로 생각해도 부끄러울 지경이었다.

'그나저나 왜 아직도 안 오는 거지.'

은서가 가느다란 손목을 들어 시간을 확인하는 그때였다. 누군가 테이블로 다가와 서더니 투명한 유리컵에 쪼르르 물을 따르며 말을 걸어왔다.

"주문하시겠습니까?"

"아, 조금 더 뒤에 주문해도 될까요? 아직 일행이 오지 않⋯⋯."

대답하며 고개를 들던 은서가 눈을 동그랗게 떴다.

"표정을 보아하니 일행분이 이미 오신 것 같은데 그럼 이제 주문을 받아도 되겠습니까?"

"여길 어떻⋯⋯게⋯⋯."

무열이었다.

머리가 제대로 굴러가지 않았다. 그가 왜 여기에 와 있는 것인지 바로 알아챌 수가 없어 잠시 멍 때렸다. 눈만 깜빡이며 그를 올려다보는 게 그녀가 할 수 있는 전부였다.

순간 첫 맞선 때처럼 또 깽판을 치려고 나타난 건가 하는 생각도 들었는데 그건 아닌 듯싶었다. 무열의 얼굴이 무척이나 여유롭게 미소를 띠었다. 저번처럼 잔뜩 화가 난 얼굴로 자신을 일으켜 세울 것 같지는 않았다.

은서의 얼굴을 마주하고 웃던 무열이 맞은편의 의자를 빼 앉았다.

"일단 주문부터 하죠. 제가 오늘 너무 바빠서 점심도 제대로 못 챙겼거든요."

느긋하게 한 손을 들어 보이자 멀찍이 서 있던 직원이 빠르게 다가와 무열의 앞에 섰다. 은서를 안내했던 그 직원이었다.

방금 전까지 테이블 옆에 서서 물을 따라 주던 그는 어느덧 평소의 박무열로 돌아와 몇 가지 메뉴를 익숙하게 주문했다. 중간에 뻔뻔하게 '이거 괜찮죠?' 하고 물었지만 은서는 너무도 어이가 없어 그를 쳐다보기만 할 뿐 아무 대답도 할 수 없었다.

그래도 좋다는 듯 그는 직원에게 고개를 끄덕여 보이며 주문을 마쳤다.

"인사가 늦었습니다. 오늘 맞선 보기로 한 박무열입니다."

지금 뭘 하려는 건지 도무지 감을 잡을 수가 없다. 대체 무슨 생각으로 저러고 있는지조차.

"어른스럽고 섹시한 여자가 이상형이라고 전했는데 오늘 오신 분은 생각보다 청순하고 사랑스러운 타입이네요. 뭐, 나쁘지 않습니다."

목 끝까지 욱하며 하고 싶은 말이 차오른다.

너 지금 사람 놀리니?

"······뭐예요?"

애써 마음을 가라앉힌 은서가 눈을 가늘게 떴다. 평소 그를 노려볼 때와 같은 표정이었다.

"뭐가 말입니까?"

"몰라서 물어요? 꼬박꼬박 존대하는 그 말투는 또 뭐고, 맞선 자리에 박무열 씨가 나온 이유는 또 뭐냐니까요."

"아, 화가 났나 보네요. 기분 좋을 때는 선배님이라고 해 주면서 오늘은 박무열 씨인 걸 보니까."

"박무열 씨!"

"예, 박무열입니다. 맞선 상대에게 그렇게 소리를 지르시다니······. 상처네요."

"······."

속이 부글부글 끓는다. 그는 장난을 치고 있었다. 은서가 화내는 걸 빤히 쳐다보면서 아무렇지 않게 웃는 얼굴로 말이다.

한마디 덧붙이려는데 생각보다 빠르게 음식이 나왔다. 그가 주문하기 전부터 이미 만들고 있었다는 듯이 말이다. 어쩌면 아까의 그 주문도 그냥 퍼포먼스였을지 모른다.

"맛있게 드십시오."

"감사합니다."

얄밉게 웃고 있는 저 볼따구를 꽈악 잡아 세게 확 늘려 버리고 싶다.

계속해서 그를 노려보고 있자 무열이 눈을 마주쳤다.

"안 드십니까? 샐러드는 최은서 씨가 좋아하는 유자 드레싱으로 선택했습니다. 차우더 스프도 좋아하시죠? 스테이크는 특히나 즐겨 드시는 안심 쪽으로 골랐습니다."

"……제 취향을 어쩜 그리 정확하게 아시는지. 감사합니다, 잘 먹을게요."

똑같이 해 줄 마음이 들었다. 어울리지 않게 존대를 하는 모습이 처음 매니저 행세를 하던 그때와 겹쳐 보여 더욱 미웠지만 어디까지 하는지 장단을 맞춰 보고 싶어졌다. 맞선남 놀이가 하고 싶다면 어디 해 보라는 듯이.

은서가 샐러드를 오물거리고 씹으며 그를 흘끔 보았다. 그러자 자신을 보더니 씨익 웃는다.

웃지 마. 정들어, 나쁜 새끼야.

이 말을 입 밖으로 낼 수 있다면 얼마나 좋을까.

무열은 배고프다고 한 것과 달리 음식에는 별로 손을 대지 않았다. 그저 가만히 턱을 괴고 은서를 응시할 뿐이었다. 그의 시선이 느껴졌지만 은서는 먹는 행위를 멈추지 않았다.

잘 먹는 게 예뻐 죽겠다는 듯 눈가를 접으며 웃은 무열이 입을 열었다.

"음식 취향은 대충 아는데 다른 걸 모르겠네요. 최은서 씨가 또 좋아하는 건 뭐가 있습니까?"

"너 빼고 다요."

생각지도 못한 까칠한 대답에 무열이 저도 모르게 웃음이 새어 나오려는 걸 꾹 참았다. 뿔이 나도 단단히 났다는 걸 도저히 모를 수가 없는 말투였지만 그게 또 귀여워 더 구경하고 싶어진다.

"그럼 싫어하는 건 뭐가 있죠?"

"너 같은 사람이요."

은서는 말하고도 아주 조금 후회했다. 태어나서 이토록 유치하게 굴어 본 적이 없었다. 그만해야지 싶은데도 입이 멈추질 않았다. 어린애가 된 기분이 들었지만 이 순간 그녀는 조금쯤 어린애처럼 굴고 싶었다.

진짜 맞선이 아니었다는 것은 무척 다행인 일이지만 이 자리에 오기까지 얼마나 고민하고 서운해했는지를 그가 요만큼이라도 알아주었으면 하는 마음이었다. 평소의 최은서답지 않다고 해도 할 수 없다. 그가 자신을 사랑에 빠진 유치한 여자로 만들어 버렸으니까.

하지만 은서가 평소답지 않았듯이 그 역시 평소답지 않았다. '내가 왜 싫어?' 하고 물어 와야 할 그가 오히려 달콤하게 웃는 얼굴을 하고 있었다. 그녀가 놀랄 정도로 말이다.

"좋네요."

"예?"

대체 뭐가 좋아? 너 싫다는 말이?

은서가 눈을 동그랗게 뜨고 바라보았지만 그는 곧바로 대답하지 않았다. 스테이크를 썰어 한 입 넣고는 태연하게 우물거렸다. 가만히 대답을 기다리는 은서의 얼굴을 바라보면서.

야들야들한 고기 한 점을 부드럽게 목으로 넘긴 그가 씩 웃으면서 입을 연다.

"최은서 씨가 마음에 들어요. 결혼합시다, 우리."

"……."

멍하니 입을 벌리고 뻐끔뻐끔 붕어 같은 표정을 지었다. 아무래도 그때 뇌진탕으로 쓰러지더니 뒤늦게 후유증이 온 게 분명하다. 당장 병원을 데리고 가야겠다.

벌떡 일어나려는데 무열이 은서를 도로 앉혔다.

"어허, 도망은 안 되죠."

"박무열 씨, 혹시 어디 아파요? 기억 상실이에요? 아니면 성격이 바뀐 건가? 인격 장애래요?"

"전혀요. 건강이라면 어디 가서 안 빠지는데요."

그의 뻔뻔한 대답을 듣던 은서가 테이블을 더듬거리며 물컵을 찾았다. 맞은편에 앉은 무열은 혹시라도 그 물을 자신에게 뿌리려는 건가 두려웠는지 슬쩍 얼굴을 뒤로 뺐다.

'어이가 없어서……'

도통 속을 모르겠다는 듯 은서는 손에 쥔 컵을 들어 그대로 쭈욱 물을 들이켰다.

대체 이 장난을 언제까지 할 작정일까. 설마 식사 끝날 때까지? 아니면 오늘이 끝날 때까지? 남의 장난에 장단 맞춰 주는 게 익숙하지 않은 은서로서는 여간 불편한 것이 아니었다. 스테이크가 제대로 넘어갈지도 알 수 없어 연신 목만 축였다.

그때였다.

"여자들은 꽃과 보석에 약하다고 하더군요. 오늘은 그런 의미로 둘 모두를 준비했습니다."

접시를 옆으로 밀어 놓은 무열이 테이블 밑에서 무언가를 꺼냈다.

"아니요, 그런 건 됐……."

은서는 말을 다 마치지도 못한 채로 테이블 위에 오른 꽃다발을 바라보았다.

그런 건 됐다고 어떻게 딱 잘라 말할 수 있을까. 저토록 익숙한 꽃을 두고. 지난 기억 속에 그토록 선명하게 새겨진 저 모양새를 보고.

"이 꽃……."

수국이었다. 무열의 졸업을 축하하기 위해 샀던 작고 아름다운 수국. 은서의 기억 속에 고스란히 남아 있지만 안타깝게도 무열의 품에는 안아 본 적 없는 수국.

그때와는 다른…… 예쁜 분홍색 수국.

"네가 나 주려고 태어나서 처음 사 본 꽃이라며."

무열은 다정하게도 웃었다. '최은서 씨'라는 호칭은 어느덧 치워 버리고 언제나처럼 은서를 은서로 바라보며 말이다.

"……."

그때의 기억을 돌이킬 작정인가 싶어 은서는 마음이 복잡해졌다. 무열이 어느새 맞선남 흉내는 그만두고 평소처럼 은서를 보고 있었지만 그런 변화는 눈에 들어오지 않았다. 분홍색의 예쁜 수국만이 그녀의 시선을 사로잡고 있었다.

그녀가 과거의 기억을 떠올리는 중이란 것을 모를 리 없는 무열이다. 그가 깊은 눈으로 은서를 응시하며 하고 싶었던 말을 꺼냈다.

"네가 모르는 게 하나 있어."

"……?"

"흰 수국의 꽃말은 변심이지만, 분홍 수국의 꽃말은 변하지 않는 진심이야."

쓰레기통에 처박혔던 흰 수국과 방송에서 스치듯 들었던 꽃말. 오지 않았던 그의 빈자리와 멋대로 추측하고 만들어 버린 말도 안 되는 복선 같은 것들. 그의 변심을 의심하던 나날들의 자신을 미련하다 여기면서도 기억은 생생하게 살아 움직인다.

그런데 그가 그 기억들을 전부 새로이 바꿔 주기 시작했다. 사랑을 고백한 순간부터 이미 달라지기 시작했을 그 기억들을 이렇게 또 한차례 따스하게.

……그래, 저기 저 수국처럼 분홍빛으로.

"그러니까 그때 네가 그 꽃을 내다 버린 건 아주 잘한 일이라고. 하마터면 너에게서 변심을 받을 뻔했잖아."

무열은 웃고 있었지만 은서는 어쩐 일인지 조금도 웃을 수가 없었다. 서로의 마음을 확인했던 그때와는 또 다른 고백을 듣는 기분이 들었다. 그 당시 그에게서 들었어야 할 고백을 이제야 마주하고 있다.

"……."

"그런 얼굴 하지 말고 이거 받아. 변하지 않는 진심을 줄게."

변하지 않는 진심.

그 순간 은서는 그에게서 사랑한다는 말을 듣지 않고도 사랑을 느꼈다. 말하지 않아도 느낄 수 있는 진심이라는 게 이런 건가 하고 태어나 처음 깨닫는다.

터무니없는 말이라고 생각될 수도 있었지만 이상하게 한 치의 의심이 들지 않았다. 그의 진심은 정말 끝까지 변하지 않을 것만 같은 믿음을 주니까.

은서가 천천히 고개를 들어 그와 눈을 마주쳤다. 무슨 말이라도 하고 싶었지만 입이 꾹 다물렸다. 이토록 무겁고 벅찬 마음을 한마디에 전부 담아낼 수가 없다.

그런 그녀의 마음을 읽기라도 한 건지 무열이 능글맞게 웃었다.

"나 지금 네가 하고 싶은 말 맞혀 볼까?"

"······?"

"사랑해요, 오빠."

"······."

그 표정이 어찌나 뻔뻔하고 웃긴지. 은서가 저도 모르게 '풉.' 소리를 내며 웃음을 터뜨렸다. 목 끝까지 차오르며 팽창하던 모든 감정들이 웃음 속에서 바스라진다. 행복감이 주변으로 흩날린다. 그는 은서가 무거워하던 모든 것들을 아주 가볍게, 단숨에 끌어안았다.

"······장난해요? 오빠는 무슨."

"이제야 최은서 같네."

그녀에게서 기어코 핀잔을 들어 낸 무열이 편안한 표정을 지었다. 그런 그의 얼굴을 통해 은서는 한없는 행복을 다시 깨닫는다.

언제부터였는지도 모르겠다. 숨기지 않고, 애쓰지 않고, 있는 그대로 나를 보였을 때 더 기뻐하는 그가 이토록 사랑스럽게 느껴진 것이.

"그쪽도 이제야 박무열 같거든요. 맞선남 놀이가 얼마나 느끼했는지도 모르면서."

"멋있는 거 아니었어? 드라마 주인공 같았잖아."

"사이코드라마?"

톡톡 쏘게 받아치면서도 은서는 수국을 꼭 품었다. 꽃다발이 품 안에 가득 차며 바스락거리는 소리를 낸다. 이 작은 기쁨을 도무지 놓고 싶지 않았다.

"꽃다발 하나에 그런 표정 짓지 마. 이다음에는 어떤 표정을 지어 줄지 기대하게 되잖아."

"……다음이요?"

다음이 뭐냐고 묻는 은서를 보며 무열이 주머니에서 무언가를 꺼냈다. 최대한 멋지게 주려고 했지만 언제 주어야 적절하지 몰라 질질 시간만 끌었다. 멋진 척을 해도 느끼하다고 하는 최은서를 보니 괜히 머리를 굴려 봐야 소용없겠다는 생각이 들었지만.

무열이 손안에 쥐고 있던 작은 케이스를 열어 테이블 위에 살며시 내려놓았다.

"……."

"기대를 저버리지 않네? 사진으로 남기고 싶다, 지금 그 얼굴."

"……."

"예뻐."

눈앞에서 반짝이고 있는 작은 반지.

은서는 그의 선물로부터 도무지 눈을 뗄 수 없었다. 보석을 좋아하기 때문도, 반지가 값비싸 보이기 때문도 아니었다. 연달아 자신을 울리는 그의 진심이 주변까지 빛나게 만들고 있어 눈이 부셨다.

"직접 꺼낼 생각이 없어 보이니 내가 껴 줘야겠네."

무열이 케이스를 집더니 반지를 꺼냈다. 그러고는 은서의 왼손을 붙잡아 네 번째 손가락에 반지를 살며시 밀어 넣었다. 알맞게 쏙 들어간 반지가 그녀의 가느다란 손가락 위에서 은은하게 빛을 냈다.

"……."

"결혼하자, 은서야."

사랑한다고 말은 해도 사귀자는 말은 구태여 하지 않았던 이유를 은서는 조금 알 것 같기도 했다. 그는 단순히 함께 있고 싶은 게 아니었을지도 모른다. 영원히 곁에 두고 자신의 행복으로 만들고 싶었던 거지.

그의 가족이 각자의 행복을 이루어 낸 것처럼 말이다.

"나 봤지? 능력 좋아서 너 굶길 걱정 없지, 얼굴 잘생겨서 2세 걱정도 없지, 아버님이랑 고모님께 예쁨받는 것 보았으니 반대에 부딪칠 일 없어서 완전 좋지."

"……바보. 내가 반대당하면 어쩌려고요."

"이미 우리 부모님께는 결혼할 거라고 선언했어. 엄마는 오히려 네 걱정 하시더라. '걔가 정말 너랑 살아 준대니?' 하시면서. 누가 우리 엄마 아니랄까 봐……. 어? 울어?"

은서의 눈에 눈물이 그렁그렁했다. 무열은 처음 사랑한다고 말하던 당시 엉엉 울던 은서를 떠올렸다. 쉽사리 감동을 줘서도 안 되겠다. 저렇게 눈물이 많아서야.

무열이 자리에서 일어나 은서의 곁으로 갔다. 그러고는 허리를 숙여 앉아 있는 그녀와 눈높이를 맞추었다. 조금은 투박한 손이 조심스레 그녀의 눈물을 닦았다.

눈빛도, 손길도, 어느 하나 다정하지 않은 것이 없었다. 은서는 위로는커녕 오히려 그가 자신을 더욱 울리려는 게 아닌가 생각했다.

그는 좋은 남편, 좋은 가족이 되어 줄 것이다. 그것에는 의심의 여지가 없었다. 분명 만호에게도 잘할 것이고, 선희에게도 잘할 것이다. 그러니 자신에게도 잘해 주지 않을 리 없다.

자신을 더할 나위 없는 행복으로 안내할 거라는 것을 너무도 잘 알아서, 그래서 그의 마음이 아닌 지금 이 순간이 의심되었다. 꿈이 아니기를 간절히 바라고 있었다.

무열이 은서의 눈을 마주치며 웃어 주었다. 행복한 불안감이 사그라진다. 저 눈을 보니 정말 현실이구나 싶어져 은서가 조금 더 힘을 주어 수국을 품에 꼭 끌어안았다.

바스락거리는 꽃다발 너머로 무열의 눈이 올곧게 자신을 보았다. 말로 다 할 수 없을 만큼 사랑하는 사람의 눈.

"울지 마, 예쁜아. 확 키스하고 싶어지니까."

"……."

촉촉이 젖은 눈이 그를 흘긴다. 눈물을 매달고 흘겨보니 더 새침하고 예뻐 보여 무열은 참을 수 없다는 듯 그녀의 눈가에 쪼옥, 입을 맞추었다.

은서가 눈을 동그랗게 떴다. 토끼처럼 빨갛게 충혈된 눈을 해서는 주변을 두리번거렸다.

"누가 봐요."

"보긴 누가 봐. 직원들은 전부 주방에 갇혀 있어. 다른 손님들도 안 올 거야. 오늘 내가 여기 샀거든."

"샀…… 뭐라고요?"

"재벌 놀이 몰라? 착각한 것 같은데 오늘 내가 하려던 놀이는 맞선남 놀이가 아니었어. 돈 펑펑 쓰는 재벌 놀이였지."

어쩐지 레스토랑에 사람이 없더라니.

은서가 주변을 다시금 둘러보고는 무열의 얼굴을 보았다. 거짓말은 아닌 모양이다. 프러포즈를 하기 위해 엄청난 이벤트를 벌였다고 의기양양하게 자신을 바라보고 있다.

그게 한심스럽다기보다는 귀엽게만 느껴졌다. 마음만큼 고맙다는 말이 순순히 나오지는 못했지만.

"땅 파면 돈이 나와요? 이미 벌린 일이라 뭐라고는 못 하겠지만 앞으로는 절대 이런 짓 하지 말아요. 재벌 놀이가 뭐야, 대체. 드라마를 봐도 너무 많이 봤어."

"앞으로는 하고 싶어도 못 해. 결혼하면 내 돈이 곧 네 돈일 텐데, 이렇게 펑펑 쓰게 네가 가만히 놔두겠어?"

"누가…… 해 준댔나……."

중얼거리면서 흘끔거리자 그가 '어차피 해 줄 거잖아.' 하는 듯한 얼굴로 그녀를 본다. 분하지만 기쁜 게 사실이라 은서는 더 이상 마음에도 없는 말을 뱉지는 못했다.

뚝뚝 떨어지던 눈물이 겨우 멈추었다. 은서가 진정한 것을 확인한 무열이 그녀의 머리를 가벼이 쓰다듬은 뒤 자신의 자리로 돌아가 앉았다. 그러고는 잘라 놓았던 스테이크 하나를 콕 찍어 입 안에 넣었다.

배가 고프긴 고팠구나 생각하며 그를 보던 은서가 자신의 손가락에 끼워진 반지를 내려다보았다. 여전히 반짝거리는 게…… 꼭 제 것이 아닌 것만 같다. 이렇게 딱 들어맞지 않았더라면 정말 실감 나지 않았을 것이다.

"근데……."

"응?"

반지를 보던 은서가 고개를 들어 무열을 응시했다. 무열이 씹던 스테이크를 꿀꺽 삼키고 그 눈을 마주했다.

"반지 사이즈는 어떻게 알았어요?"

"음……."

망설이는 그가 의심스럽다. 은서가 눈가를 찌푸리며 대답을 재촉하자 무열이 뒷머리를 긁적거리다가 입을 동그랗게 모았다. 그게 무슨 뜻이냐고 눈으로 물으니 그가 머뭇거리며 대답했다.

"네 손가락 빨아 줄 때 알았어. 한…… 요 정도? 오므리고 빨던 거 생각하니까 딱 요 정도 사이즈는 되는 것 같…… 악!"

입술을 왜 오므리나 했다. 무열은 은서의 손가락을 빠는 시늉을 하다가 테이블 밑으로 다리를 걷어차였다.

그가 큰 소리를 내자 오히려 은서가 더 놀라 주변을 두리번거렸다. 직원들은 정말 그의 말대로 주방에 갇힌 모양인지 요란한 소리에도 잠잠했다.

"아프잖아. 물어봐서 대답해 줬더니 왜 차."

"그런 대답일 줄 알았으면 애초에 물어보지도 않았을 거예요."

무열이 서운하다는 듯 그녀를 보며 이번에는 자신의 손을 쑤욱 내밀었다. 이건 또 뭐냐는 눈으로 은서가 그를 흘겼다.

"너도 내 반지 사이즈 맞힐 수 있어. 입을 요렇…… 악!"

같은 데를 또 차이자 그가 죽어 가는 소리를 냈다. 창피한 걸 모르는 것도 정도가 있지!

"……제발 그 입 좀 다물어요."

은서가 고개를 푹 숙이고 힘을 주어 칼질을 하기 시작했다. 애꿎은 접시까지 썰어 버릴 기세였다.

느닷없는 고민이 그녀의 머릿속에 모락모락 피어오른다.

나…….

정말 이 사람이랑 결혼해도 괜찮은 걸까…….

"걱정돼서 하는 말인데."

"……뭐가요?"

"이렇게 거짓말이 하나둘씩 늘어 가다가 익숙해지더라도 절대 나한테까지 거짓말을 하면 안 돼. 이건 약속이야."

"……."

그를 한심하다는 시선으로 바라본 은서가 고개를 돌리며 휴대
전화를 꺼냈다. 그러고는 나직하게 한숨을 내쉬었다. 정말 이러다
가는 그의 말처럼 거짓말이 취미가 되어 버릴까 봐 마음이 불편
했다.

지난번에도 그랬는데 이번에도 똑같은 거짓말을 또 하려니 자
꾸만 마음 한구석이 콕콕 찔린다. 그렇다고 무열의 집에서 자고
간다고 솔직하게 말할 수도 없는 노릇이고.

그런 은서의 마음을 아는지 모르는지, 그녀를 자신의 집으로
데려온 무열은 소파에 앉아 꽤 흥미로운 얼굴을 하고 있었다.

뭐 해? 어서 전화해서 말씀드려. 친구 집에서 자고 간다고.

그렇게 말하는 듯한 눈이 영 얄밉다.

그를 한번 흘긴 은서가 마음을 먹은 듯 '고모'라는 저장명을
찾아 통화 버튼을 눌렀다. 연결음이 들림과 동시에 심장도 두근두
근 뛰기 시작한다.

— 여보세요?

"아, 고모. 저예요."

— 집에 안 들어오고 웬 전화야?

"그, 그게……."

— 응?

학생일 때도 안 해 본 거짓말로 외박을 하려니 심장이 두 개여
도 부족할 판이다. 처음에는 친구가 아프다고 핑계를 댔다지만 이
번에는 마땅히 생각나는 핑계 거리도 없다. 머리가 하얗게 비워지

는 것을 느낀 은서가 한숨을 내쉬었다. 이유가 생각나지 않으면 별수 없다.

"저 오늘 친구 집에서 자고 갈게요."

— 친구? 지난번에 아프다던 했던 그 친구?

"네⋯⋯."

— 우리 은서, 요즘 부쩍 외박하는 기분이 드는 건 고모 기분 탓일까?

뜨끔했다. 안이하게도 선희가 순순히 넘어가 줄 것이라 생각했다. 역시 안 되겠다고, 그냥 집에 가야겠다고 말하려 고개를 돌리자 무열이 서운한 표정을 짓는다. 소파에 내려 두었던 수국 꽃다발을 자신의 품에 꼭 안으면서 어울리지 않게 불쌍한 척까지.

기껏 분위기 잡아 이벤트를 벌이고 프러포즈까지 한 날인데 쉽게 집에 보낼 수 있겠냐는 그의 마음을 이해 못 하는 바는 아니었다. 자신 역시 그와 헤어지고 싶지 않았으니까.

"⋯⋯."

— 여보세요? 은서야?

"네, 고모⋯⋯."

— 농담 좀 해 봤어. 알았으니까 자고 와.

그저 혼자서 찔린 탓이다. 농담인지 아닌지 구분도 못 하고 쩔쩔맨 게 내심 부끄러웠지 은서가 얼굴을 붉히며 머쓱하게 웃었다.

무열의 표정도 함께 변했다. 마치 눈앞에 선희가 보인다는 듯 고개까지 꾸벅이는 은서를 보니 그게 또 어찌나 귀여운지. 그가 꽃다발을 쥔 채 소리 없이 따라 웃었다.

저러니 하루라도 빨리 같이 살지 않고 어떻게 배기겠는가.

"죄송해요, 고모. 다음부터는 이런 일 없을 거예요. 아빠께도 말씀드려 주세요."

― 응, 알았어. 박 서방에게도 안부 전해 주고.

"네, 그럼 쉬세……."

잠깐.

"……여보세요? 잠깐, 고모?"

전화는 이미 끊겼다. 은서가 휴대 전화를 든 채로 눈을 크게 떴다.

'어떻게 아셨지?' 하고 넋이 나가 서 있는 은서의 마음을 아는지 모르는지, 꽃다발을 소파 위에 내려 둔 무열이 음흉한 미소를 지으며 천천히 그녀에게 다가오고 있었다.

넌 나의 집 ¹³

분홍색의 수국들이 꽃잎들을 떨어뜨리며 바닥에 뒹굴어 다녔다. 그 틈으로는 정신없이 벗어 던진 두 사람의 옷가지가 한데 뒤섞였다.

"아, 아⋯⋯."

바르작댈 때마다 침대의 시트며 이불이 바삭거리는 소리를 냈다. 푹신한 이불 속에 묻힌 채 두 사람의 몸이 하나처럼 엉겨들었다. 처음에는 침대에 등을 대고 누워 있었던 것 같은데 은서는 어느새 여린 등 가득히 단단한 그의 가슴을 느끼며 엎드려 있었다.

드문드문 기억이 없었다. 머릿속까지 전부 녹여 버릴 듯이 치솟는 열기에 얼마나 소리를 질렀는지, 얼마나 부끄러운 말들을 했는지 전부 기억나지 않기도 했다.

하지만 기억을 해 내려는 노력조차 부질없었다. 조금만 이성을 차리려고 하면 무열은 또다시 깊숙이 파고들어 그녀를 점령했다. 그럴 때면 은서는 눈앞이 하얗게 번지는 아찔한 감각을 맛보아야만 했다.

"……은서야."

그는 가쁜 숨을 몰아쉬면서도 은서의 이름을 몇 번이나 더 불렀다. 힘에 부친 은서가 그에게 단 한 번의 대답조차 제대로 해주지 못했어도 그는 그녀의 작은 숨소리를 대답으로 삼았다. 그 뜨겁고도 다정한 기운에 은서는 몸이 아닌 영혼까지 그에게 전부 삼켜지는 기분이었다.

은서가 앞에 보이는 베개를 꽈악 움켜잡았다. 열기로 잔뜩 달아오른 뺨과 땀이 송골송골 맺힌 이마를 베개에 부비며 파묻었다. 살짝 추켜세워진 흰 엉덩이에는 무열의 단단한 근육이 몇 번이나 부끄러운 소리를 내며 마찰했다.

그때마다 은서의 몸은 주인의 의지와 상관없이 움직였다. 그의 강한 힘을 받아 내기 위해 몸을 뒤로 뺐다가 움츠리다가 했다. 누가 가르쳐 주지 않아도 그에게 안길 때면 몸이 저절로 그렇게 반응했다. 정신이 들고 나면 은서는 그게 부끄러워 참을 수 없었다.

"으응……."

새된 신음을 흘리던 입술 새로 벅찬 흥분을 삼키는 소리가 들려오자 무열이 인상을 썼다. 그녀의 작은 소리 하나조차 놓치고 싶지 않았다. 어느 것도 참을 수 없게 만들어 주고 싶었다.

그는 손을 뻗어 중력에 따라 아래로 향하는 그녀의 탐스러운 가슴을 쥐었다. 탄력 있고 말랑거리는 아름다운 가슴을 양손에 쥐어 주무르자 은서가 베개에 얼굴을 더 파묻으며 앓는 소리를 냈다.

그게 아파서가 아닌 흥분의 반응이라는 걸 이제는 잘 아는 무열이 아랑곳하지 않고 손가락을 세운다. 손끝으로 그녀의 유두를 살살 긁고 괴롭히면서도 거칠게 파고드는 허리의 움직임은 도통 멈출 생각을 하지 않았다.

그의 것을 가득 감싸며 움직이자 무열이 이제는 한계라는 듯 더욱 빠르게 움직이기 시작했다. 그러자 은서 역시 참을 수 없다는 듯이 베개에 묻었던 얼굴을 들어 고개를 한껏 젖혔다.

살며시 벌려진 입술 사이로 연신 흥분에 도취된 부끄러운 소리가 터졌다. 파도처럼 찰박거리는 마찰음이 두 사람의 거친 호흡과 섞여 더욱 빨라졌다.

"서…… 선배님, 아……."

학창 시절을 떠올리게 하는 마법 같은 한마디. 그 말에 갑자기 눈앞이 어질해진다.

무열이 안 되겠다는 듯 움직임을 멈추었다. 그러고는 그녀에게서 빠져나와 작은 몸을 똑바로 눕혔다.

등만 보이고 있던 은서가 겨우 얼굴을 드러냈다. 어느덧 흥분과 눈물로 범벅이 된 얼굴이 무열을 올려다본다. 눈조차 제대로 뜨지 못해 반쯤 젖어 든 시선이 그를 향했다. 마지막은 서로 얼굴을 보며 끝내고 싶었기에 그는 꼭 은서의 눈을 마주하려는 욕심을 냈다.

하지만 흥분을 못 이겨 울고 있는 얼굴을 보는 것만으로도 괴로워진다. 도저히 참을 수 없어 무열이 이를 부득 갈았다.

그는 은서의 가는 다리를 벌려 내 방금 전까지 자신이 누리던 뜨거운 공간으로 재차 파고들었다. 찬 공기가 들어차던 깊숙한 곳까지 다시 무열로 꽉 채워지자 은서가 다리를 잔뜩 움츠리려 애썼다.

그녀의 다리를 붙들고 있는 무열이 그녀의 뜻대로 놓아줄 리 없다. 무열은 큼지막한 손으로 은서의 허벅지를 꽉 쥐고는 더 강하게 자신을 밀어 넣었다. 더는 끝까지 갈 수 없음에도 조금만 더, 조금만 더, 그렇게 절박한 사람처럼 그녀를 마지막의 끝까지 몰아세웠다.

"아!"

물러설 수 없는 곳까지 닿아 그녀가 흥분에 무너져 내리는 모습을 확인한 순간 무열은 자신도 그녀의 안에서 완전하게 연소되는 것을 느꼈다. 무열이 그녀를 붙들고 거칠게 신음하며 마지막 인내까지 전부 놓아 버렸다.

그렇게 얼마나 최선을 다했을까. 그는 모든 흥분을 그녀에게 토해 내면서도 눈을 마주했다. 온전하게 자신의 품에 안겨 아직도 울고 있는 그녀의 뺨에 입을 맞췄다.

흥분이 채 가시지 않아 흐리멍덩한 눈으로 자신을 보려 애쓰는 그녀가 한없이 사랑스럽다. 그래서 그는 은서를 잠시도 이 뜨거운 품에서 놓아줄 수가 없었다.

"……사랑해, 은서야."

은서는 여전히 거친 숨을 몰아쉬기만 할 뿐이었지만 무열은 그 후로도 한참이나 그녀를 끌어안은 채 쉼 없는 사랑을 속삭였다.

가느다란 팔이 천천히 위로 향해 그의 등을 꼬옥 끌어안는다.

넓은 등 위에 안착한 은서의 손가락에서 프러포즈의 증표로 받은 반지가 반짝이며 빛을 내고 있었다.

❖

날이 많이 풀렸다. 매섭기만 하던 바람은 어느새 포근해졌고, 길거리를 걷다 보면 드문드문 피어난 개나리가 귀엽게 인사를 건넸다. 분홍색과 노란색으로 알록달록하게 물들기 시작하는 봄의 기운이 좋다.

은서는 봄이란 계절이 이렇게 따스하다는 걸 태어나 처음 알게 된 사람 같았다. 세상을 둘러보는 것만으로도 시간이 충분하게 흘렀다. 조금도 지루하지 않은 시간들이었다.

그런 은서에게 신경 쓰이는 것이 하나 있다면 무열의 프러포즈에 이렇다 할 대답을 분명하게 해 주지 않았다는 것이었다.

그와 키스를 하고 잠을 잤으면서도 정작 프러포즈를 받아들이겠다는 말은 한마디도 하지 않았던 기억이 났다. 그는 눈으로 '해 줄 거잖아?' 하고 능글거리며 쳐다보았지만 정말 긍정으로 받아들였는지는 확신할 수 없다. 모든 것은 은서의 느낌일 뿐이었으니까.

그 후로 시간이 조금 흘렀지만 무열은 결혼과 관련된 말을 한 번도 꺼내지 않았다. 집으로 찾아와 만호, 선희와 종종 식사를 같이 하면서도 따로 결혼에 대한 허락을 구하거나 하는 모습은 보지 못했고, 결혼 준비를 이야기하지도 않았다.

그의 안에서 결혼에 대한 생각이 어떻게 결론지어진 것인지,

아직도 생각하고 있다면 어떤 계획인 건지 아무것도 확인하지 못하고 있었다.

아직 프러포즈에 대한 대답을 기다리고 있느라 조용한 것일지도 모르겠다는 생각이 든 것은 모두 그 때문이었다. 능글능글, 마음대로 일을 추진하는 것에 있어서는 일인자와도 같은 그가 이토록 오래도록 얌전히 있을 리가 없는데 말이다.

귤과 사과 몇 개를 담은 비닐봉지가 바스락거리며 소리를 냈다. 내용물이 무거운지 봉지가 팽팽해졌다. 은서가 반대편 손으로 비닐봉지를 바꿔 들었다. 가족과 함께 과일을 나눠 먹고 텔레비전을 시청하며 보낼 느긋한 휴일이었다.

무열은 봄이 되면서 더 바빠진 모양인지 휴일에도 출근을 했다. 아침에 잠깐 연락을 했다가 '오늘 많이 바쁠 것 같아.'라는 말을 들었다. 하긴, 봄이면 결혼을 계획하는 사람들도, 결혼 예정인 사람도 훨씬 많아지겠지.

바쁜데 더 피곤하게 하고 싶지 않아 따로 만나자는 말은 하지 않았다. 보고 싶었지만 그 정도는 참을 수 있었다. 여러모로 그의 프러포즈에 대한 대답을 궁리해야 할 것도 같았고.

"그래도 보고 싶다……."

중얼거리며 생각에 잠겨 들던 은서가 점심은 챙겼는지 문자라도 넣을 생각으로 주머니를 뒤적였다. 그런데 아까 과일을 사고 남은 동전 몇 개만 잡힐 뿐이다. 휴대 전화를 놓고 나온 모양이었다.

손을 쥐었다 폈다 했다. 아쉬움이 한가득 손아귀에 잡힌다.

'얼른 퇴근해서 목소리나 들었으면…….'

그런 생각으로 터덜터덜 골목을 올라오던 중이었다. 은서는 집을 50m 남짓 남겨 두고 잠시 멈추었다. 집 근처에 익숙한 차가 보였다.

"……어?"

동네 사람들이 지나갈 때마다 이 동네에서는 좀처럼 보기 힘든 차 아니냐고 중얼거리던 바로 그 차. 몇 번이나 함께 탔던 무열의 차였다.

한 걸음씩 천천히 내딛던 걸음이 점차 빨라졌다. 은서는 비닐봉지를 꽉 쥐고서 열심히 집을 향해 달렸다.

언제 이렇게 솔직해진 걸까. 그의 차만 보아도 반가움이 얼굴 가득 차올랐다.

기쁜 마음으로 현관문을 벌컥 열었다. 그러자 눈앞에 커다란 벽이 나타난 듯 누군가 시야를 가렸다.

"어? 왔어?"

마침 밖으로 나오던 무열이 은서를 발견하고는 환하게 웃었다.

"어떻게 된 거예요? 출근한 거 아니었어요?"

그의 얼굴을 마주한 은서는 기쁜 내색을 감출 수 없었다. 반짝이는 눈이 조금의 흔들림도 없이 그를 올려다보았다.

그런 그녀를 보며 무열이 조금 알 수 없는 표정을 지었다. 기분이 이상해졌다. 갑자기 보니 더 반가운 건가? 언제나 새침하게 굴던 것과 묘한 온도 차가 느껴졌다.

아이처럼 기뻐하는 맑은 얼굴이 유난히도 사랑스러워 보여 하마터면 끌어안을 뻔했다. 이곳이 그녀의 집이라는 걸 잊었더라면 정말 그대로 품 안 가득 안아 버렸을 것이다.

아니다. 그냥 확 안아 버릴까?

"아아, 그게 어쩌다 보니까 이렇게 됐어."

"어쩌다 보니까?"

그게 무슨 소리냐는 표정에 무열이 은서의 손에 들린 봉지부터 빼앗아 왔다. 그러고는 나오려던 걸음을 옮겨 다시 집 안으로 들어섰다.

"아버님, 고모님. 은서가 사 온 과일은 식탁 위에 두겠습니다."

반가웠던 것도 잠시, 은서는 본인보다 더 이 집 아들처럼 굴며 집 안을 누비는 그의 모습이 영 마뜩잖아졌다.

'아니, 일이 빨리 끝났으면 본인 집으로 가서 쉴 것이지, 우리 집으로 행차람. 그것도 전화 한 통 없이?'

결코 자신에게 연락하지 않았던 것에 대한 불만은 아니라고 스스로를 애써 다독였다.

은서가 제 방으로 들어가려 할 때였다. 느닷없이 무열이 뒤에서 그녀의 어깨를 확 끌어안았다.

밖도 아니고 버젓하게 어른들이 다 있는 집 안에서 끌어안으니 놀라지 않을 수가 없다. 은서가 눈을 동그랗게 뜨며 그를 확 밀어내는데 때마침 선희와 만호가 방에서 나왔다.

"어이쿠, 조금만 늦게 나올걸 그랬다."

"……그런 거 아니에요, 아빠."

당황해서 얼굴이 벌겋게 물드는 게 귀엽다. 평소에는 좀처럼 볼 수 없는 딸의 모습을 유독 무열의 곁에서는 자주 보게 되는 것

같아 기분이 묘한 만호였다. 아버지인 자신조차 끄집어내지 못한
솔직한 구석을 저렇게 자연스레 내보이게 만드니 그를 예뻐하지
않을 수가 없다.

"박 서방, 은서 데리고 어디 갈 데 있다고 하지 않았어?"

선희가 묻자 그가 사람 좋은 얼굴로 대꾸를 한다.

"예, 안 그래도 지금 막 나가려던 참입니다. 그럼 다녀오겠습니
다."

"잠깐만요, 어딜 간다는……!"

무열은 은서를 이끌고 성큼성큼 집을 나섰다. 그에게 끌려가며
은서가 화장이라도 좀 하자고 소리를 질렀지만 안 해도 예쁘다는
말로 일축해 버렸다.

왠지 모르게 안달이라도 난 사람 같았다.

빠르게 도로 위를 질주하는 잘빠진 차 한 대. 그 차의 조수석에
앉은 은서가 백미러에 자신의 얼굴을 비춰 보려 은근슬쩍 고개를
쑥 뺐다.

"목 빠지겠다, 최은서."

"……."

하여튼 눈치는.

그의 집에서 잘 때 이미 보인 민낯이었지만 이렇게 밝은 대낮
에 밖에서 보이는 민낯은 분명 의미가 달랐다. 그에게 결코 보여

주고 싶지 않은 모습이라 자꾸 얼굴을 숙였더니 무열이 운전 도중 오른손을 뻗어 그녀의 볼을 쭈욱 잡아당긴다.

"뭐예요?"

"이러고 싶었거든. 화장했을 땐 이렇게 못 하잖아."

"……가끔 보면 변태 같아."

"실망이다. 365일 변태이고 싶은데."

은서가 눈을 흘겼다. 그는 앞만 보고 운전하면서도 그녀가 어떤 표정일지 알겠다는 듯 소릴 내어 웃었다.

무열의 웃는 옆모습을 보고 있자니 속없이 기분이 좋아지는 은서였다. 어느덧 화장을 못 했다는 건 아무래도 상관없어졌다. 사람이 많은 곳을 돌아다니는 것만 아니라면 아주 조금은 덜 부끄러울 것 같기도 하고.

"왜 연락 없이 마음대로 오고 그래요? 이젠 완전 자기 집인 줄 아나 봐."

"전화했어. 네가 안 받았을 뿐이지."

휴대 전화를 집에 놓고 나갔던 게 생각났다. 전화가 왔다고 해도 알 턱이 있나. 그의 말에 대해서는 별로 변명의 여지가 없어 입을 다물었다. 더불어 곧바로 끌려 나온 탓에 지금도 휴대 전화는 제 방 책상 위에 고스란히 놓여 있을 터였다.

"근데 우리 어디 가요?"

"우리 집."

그의 말에 은서가 고개를 돌려 창밖을 살폈다.

"갑자기 박무열 씨 집에는 왜……. 그나저나 이 방향이 아닌데요?"

서울 중심부에서 외곽 쪽으로 빠져나가며 그가 자연스럽게 핸들을 돌렸다. IC 쪽에서 빙글거리며 돈 차가 익숙하지 않은 동네로 빠지는 걸 보며 은서가 눈을 깜빡였다.

"가끔 보면 우리 예쁜이는 머리가 나쁜 것 같아."

"……뭐라고요?"

날을 세우며 쳐다보자 그가 거의 다 왔다는 듯 서서히 속도를 줄이며 그녀를 본다. 그 얼굴 속에 다시 능글거리는 웃음이 담겼다.

왜 저렇게 웃지. 사람 불안하게.

"방금 말했잖아."

"……?"

"내 집 말고, 우리 집."

은서는 멍하니 입을 벌리고 앞을 응시했다. 2층짜리 주택이 거대한 저택처럼 느껴졌다.

집 자체는 그리 큰 편이 아니었지만 앞에는 누구나 꿈꾸는 예쁜 마당이 있었다. 1층과 2층이 별개가 아닌 한집으로 이루어진 것을 직접 본 건 처음이었다. 지금 사는 동네에는 이런 식의 2층 집이 하나도 없었다.

"신기한 표정이다. 마치 '이 집은 뭐예요?' 하는 것처럼."

"이 집은 뭐예요?"

그의 말은 듣지도 않은 건지 은서가 토씨 하나 다르지 않은 말을 뱉었다. 무열이 끅끅 소릴 내며 웃었다. 그녀가 입을 꾹 다물고 표정을 굳히며 어깨를 찰싹 때렸다.

"우리 집이라니까. 지금 상태를 봐선 앞으로 열 번은 말해 줘야 겨우 이해하겠네."

그렇게 말하며 무열이 은서를 안으로 이끌었다. 은서는 대체 누구 집이길래 마음대로 들어가느냐고 한마디 하려다가 멈칫했다. 그가 '우리 집'이라고 한 것을 제대로 곱씹기 시작한 것이다.

'부모님은 미국에 계신다고 했고……. 아니야, 설마.'

집 안으로 들어서자 가구 하나 들어와 있지 않은 휑한 내부가 그들을 반겼다. 바닥이며 천장은 반들거리는 나무 소재가 덧대어져 꽤 아늑하고 따스한 분위기를 풍겼다. 아마 몇 개의 화분만 가져다 놓아도 숲에 와 있는 듯 포근한 공기가 맴돌 것 같았다.

그런 생각을 하며 고개를 돌리자 1층 테라스의 전면 창 너머로 마당이 고스란히 보였다. 어느 곳으로 돌려도 눈이 편안해진다.

"예쁘네요, 여기……."

"예뻐? 마음에 들어?"

집을 둘러보며 웃고 있는 은서의 모습에 들뜨기라도 한 걸까. 무열이 어쩐지 신이 난 얼굴로 대답을 재촉해 왔다.

이럴 때 보면 서른한 살이 아니라 열한 살 같단 말이지.

"마음에 들면 이 집에서 살게 해 주려고요?"

"안 될 이유 없지."

농담 같지는 않다. 은서가 당황한 얼굴로 그를 마주하다가 혹시나 싶어 묻는다.

"설마 이 집을 살 거예요?"

"아니."

막상 물으니 그건 아니란다. 대체 속내가 뭔지 알 수가 있나. 입을 굳게 다물어 버린 은서가 그를 놔두고 커다란 창 쪽으로 걸음을 옮겼다.

창을 옆으로 쭉 밀어 테라스로 나가니 마당의 풀 냄새가 맡아진다. 아직 꽃이 전부 피지는 않았지만 마당에 심어 놓은 작은 봄 꽃들이 바람에 살랑거리며 꽃봉오리를 드러냈다. 그것만으로도 이후의 그림을 상상할 수 있었다. 이 마당 가득히 피어날 색색의 아름다운 것들을.

어느덧 가까이 다가온 무열이 봄바람도 차갑다는 듯 그녀를 등 뒤에서 끌어안았다.

그러고는 나직하게 귓가에 속삭였다.

"이미 샀어."

"아아, 그런 거였……."

한 귀로 듣고 한 귀로 흘리며 대충 대답하던 은서가 멈칫했다.

그녀는 무열을 밀어 내며 품에서 벗어났다. 그를 올려다보는 작은 얼굴이 묘하게 일그러진다. 인상을 써도 예쁘다는 듯 무열이 능글맞게 웃어 보지만 그녀의 표정은 도통 풀릴 생각을 않았다.

"방금……."

"샀다고 했어, 이 집."

그의 말에 은서가 몸을 돌려 실내로 들어왔다. 무열은 그녀를 따라 들어오면서 테라스의 문을 굳게 닫았다.

맑지만 조금은 차가운 봄 공기가 차마 들어오지 못하고 창밖에 머물렀다. 둘만 남은 실내는 또다시 바람 소리 한 점 들이지 못한 채 고요해졌다.

"대체 무슨 생각이에요?"

"결혼할 생각."

태연하게 뱉는 몇 마디 말에 지난번에 받았던 프러포즈가 떠올랐다. 그가 사 주었던 수국의 은은함이 여전히 코끝에 머무는 듯했다. 그의 품에 안겨 사랑을 느꼈던 시간도 눈만 감았다 뜨면 몸 곳곳에서 생생하게 반응했다. 그가 사 주었던 반지 역시 지금 이 순간 은서의 네 번째 손가락에서 반짝이는 중이었다.

그럼에도 묘하게 울컥한다. 결혼을 하지 않을 생각이었던 것은 아니지만 어떻게 상의 한마디 없이 일을 진행할 수 있을까.

결혼 준비를 하자는 말은 단 한마디도 하지 않았다. 어디에 집을 얻자는 말도, 어떤 집에서 살자는 말도, 언제쯤 하면 좋겠다는 말도, 그는 아무런 말도 자신에게 해 주지 않았다.

아주 조금쯤은 마음이 배배 꼬여도 좋지 않을까 생각했다. 이 정도는 그가 달래 주어야 하는 거라는 생각도 아주…… 아주 조금은.

"내가 언제 결혼하겠다고 했어요?"

은서가 그에게서 등을 돌리고 선 채 최대한 차갑게 말했다. 그 모습이 무열에게 있어 그저 사랑스러운 새침함 정도로밖에 비쳐지지 않을지라도 말이다.

돌아선 그녀의 작은 등을 보며 무열이 소리 없이 다가왔다. 아주 가까운 곳에서 그가 느껴지자 은서가 순순히 넘어가지 않겠다는 듯 눈에 힘을 주고 똑바로 섰다.

하지만 그런 그녀의 다짐이 무색하게 무열은 큰소리를 내지도, 그녀를 설득하려 들지도 않았다. 그저 등 뒤에서 가만히 그녀를 끌어안아 왔을 뿐.

"침묵은 긍정 아냐? 안 한다는 말이 없길래 결혼하려는 줄 알고 바로 사 버렸지."

"……."

마른 등에 그의 단단한 가슴이 닿을 때마다 부끄럽던 밤의 일이 떠올랐다. 어른들의 연애라는 것을 자각하기가 무섭게 은서의 머릿속에는 때때로 자신이 예상하지도 못한 장면들이 불쑥 난입하고는 했다.

지금이 그랬다. 심장이 등 쪽에 바짝 붙어 버린 것처럼 그와 가까운 곳이 뛰기 시작한다.

"두 분께는 이미 허락받았어. 집 한 채 구해 놓지도 않고 딸을 달라고 하기가 좀 그래서 여러모로 갖출 건 갖추어 놓은 뒤에 말해야겠다고 생각했던 거고."

'설마 아까 집에 왔던 게 그럼…….'

자신이 없던 그 시간, 그는 만호와 선희에게 어떤 말을 했을까. 얼마나 진중하게, 얼마나 믿음직하게 자신과의 미래를 이야기했을까. 만호는 어떤 표정으로 자신의 결혼을 받아들였을까. 웃었을까. 아쉬워했을까. 그 자리에 있지 않았던 은서가 자신이 모르는 새 조심스레 이루어진 대화를 상상해 본다.

일부러 셋이서만 대화를 했을 것이다. 중간에서 어쩔 줄 몰라

할 자신을 위해서. 나이 든 두 사람을 남기고 홀로 누군가의 아내가 되는 게 망설여질, 미안함에 고개도 제대로 못 들 어느 여자아이를 위해서.

세 사람이 같은 생각을 했을 게 분명해 괜히 마음이 시큰거렸다. 이토록 사랑받고 있구나, 그런 생각이 든다.

그 마음을 알기에 무열을 탓할 수 없었다.

"안 할 거야?"

무열이 은서의 어깨 너머로 고개를 쑥 내밀면서 그녀를 더 가까이 끌어안았다. 등에서 뛰는 심장이 자신의 것인지 그의 것인지 헷갈렸다. 귓가를 간질이는 나직한 목소리에 고개를 슬쩍 숙였다. 그러자 희게 드러난 그녀의 뒷목에 무열이 가볍게 입을 맞췄다.

괜히 속이 간지럽다. 얄밉던 마음이 거짓말처럼 사그라지면서 그의 품에 안기고픈 기분이 들었다.

은서가 주먹을 꼭 쥐며 돌아섰다. 무열의 눈이 올곧게 자신만을 담고 있다.

"……누가 안 한대요?"

이 말 한마디에 저렇게 환하게 웃을 줄이야. '할 거예요.'도 아니고 '누가 안 한대요?'일 뿐인데도 그는 기뻐했다.

사랑하는 사람이 기뻐하는 얼굴을 보고 있자니 그에게 열을 내는 게 다 무슨 소용인가 싶어진다. 더 많이 사랑하고 덜 사랑하고의 차이는 중요하지 않게 느껴진다.

이 순간 그녀는 그런 생각이 들었다. 그저 사랑에 빠진 모두는 상대에게 있어 약자일 수밖에 없다고.

하지만 2층짜리 주택이라니……. 이건 상식적으로 말이 안 된다. 어느 신혼부부가 이런 커다란 집에서 시작한단 말인가. 전세도 아닌 자가로 말이다.

설마 재벌 놀이에 재미라도 붙었나?

"아무리 그래도 이런 일은 당연히 나랑 상의를……. 응?"

은서가 애써 속에 있는 말을 하려는데 느닷없이 무열이 그녀의 손을 잡았다. 그러고는 그녀의 손가락 사이까지 파고들어 깍지를 꼈다.

흔들리지 않는 눈이 그녀에게 진심을 전한다. 꼼짝도 하지 못할 만큼 아주 깊은 진심을.

"이 집 찾느라 엄청 고생했어."

"……?"

"이쪽으로 와 봐."

무열이 손을 꼭 잡으며 은서를 이끌었다.

몇 걸음 따라가니 1층에 위치한 두 개의 방이 보였다. 그 방 사이에는 2층으로 향하는 경사진 면이 있었는데 다른 집에서도 본 적이 없던 구조라 어쩐지 신기했다.

은서가 두 방을 번갈아 쳐다보았다. 흘끔, 2층을 올려다보기도 했다. 낯선 이 집이 낯설지 않게 느껴진다. 이유가 뭘까.

굳게 닫힌 나무문을 바라보며 그의 말을 기다리자 무열이 부드러운 목소리로 말했다.

"1층은 아버님이랑 고모님이 머물 방이고, 2층은 우리 보금자리야."

"무슨……."

차분하게 뜨여 있던 눈이 크게 일렁였다. 은서가 고개를 돌려 무열을 올려다보았다. 무열은 멈추지 않고 계속 말했다.

"2층으로 올라가는 곳은 낮은 경사면으로 되어 있어서 아버님이 휠체어로도 쉽게 다니실 수 있을 거야. 계단이 있으면 우리한테 볼일이 있어도 올라오기 힘드실 테니까."

"……."

그의 말에 자신도 모르게 떠올리고 만다. 이 집에 존재하는 만호와 선희의 모습을.

그에게서 프러포즈를 받은 뒤부터 몇 번씩 상상해 보았던 결혼 생활 속에 그 두 사람은 없었다. 그런데 쏙 빠져 있던 그들이 어느 순간 상상 속에서 하나가 된다. 화목하게 어우러진다.

"혹시라도 이런 집이 있을까 싶어 전국 팔도를 다 뒤졌어. 그러다가 운 좋게 며칠 전에 발견했지. 전에 살던 사람이 거동이 불편한 와이프를 위해서 고쳤다고 하더라. 멋지지 않아?"

무열은 한 마디가 두 마디가 되고, 두 마디가 세 마디가 될수록 조금 더 벅찬 표정을 지었다. 은서에게 프러포즈를 하던 그때처럼 그녀를 행복하게 해 주기 위한 모든 것이라면 마다하지 않을 사람처럼 굴었다.

은서가 그에게 더 많은 것을 해 줄 수 없어 안타까워하는 것만큼 그는 조금 더 솔직해지지 못하는 그녀에게 괜찮다는 위로 대신 이런 식으로 자신의 진심을 내보였다. 자신이 이끄는 대로 따라와 주는 것만으로도 고맙다는 듯이.

"오늘 오전에 계약 마치고 바로 너희 집에 갔었던 거야. 졸지에 두 분께도 서프라이즈가 되어 버렸지만."

"……."

"난 인내심이 강한 편이 아니라 놀래 주고 싶은 게 생겼을 때 꽁꽁 숨기는 걸 잘 못 하겠더라고. 지난번에 반지 사 놨을 때도 그래. 빨리 끼워 주고 싶어서 며칠을 뭐 마려운 강아지처럼 지냈다니까?"

그가 장난을 치고 있는데도 은서는 평소처럼 핀잔하며 웃을 수 없었다. 지난번처럼 쉽게 눈물을 보이지 않으려 어떻게든 눈에 힘을 주었다. 난처해하는 그를 보고 싶지 않았고, 기쁨이나 미안함을 눈물로밖에 표현하지 못하는 스스로도 원망스러웠다.

은서의 작은 손이 아래에서 움찔거리더니 무열의 손을 꽈악 쥐었다. 그런 그녀의 노력을 무열이 모를 리 없다. 그 역시 그녀의 손을 맞잡아 주며 손바닥까지 바짝 붙였다.

"오늘 당장 보여 주지 않으면 밤에 잠도 안 올 것 같았어."

아마 자신은 당장 오늘 밤부터도 제대로 잠들지 못할 것만 같다고 은서는 생각했다. 그에게 차마 그렇게 말하지는 못했지만 그런 예감이 든다. 눈을 감으면 이 집이 떠오를 테고, 눈을 뜨면 그의 모습이 아른거릴 것이다.

꿈이라면 차라리 일찍 깨 버리는 편이 좋을 텐데. 실감이 나지 않는 순간마다 그런 마음을 품고는 했었다.

"……아빠랑 고모도 모시고 살 생각이에요?"

그녀가 조심스레 물었다. 그에게서 많은 이야기들을 들었음에도, 수십 번 또 들어도 믿기지 않을 것만 같았다.

"그럼 안 모시려고 했어?"

무열이 오히려 무슨 그런 바보 같은 질문을 하냐고 되물었다. 은서의 앞에 서서 눈을 마주치던 그는 조금 상체를 낮추며 그녀의 시선 가까이 다가갔다. 금방이라도 닿을 듯한 거리에서 서로를 바라보았다. 은서는 그의 눈 속에서 일렁이는 자신의 모습을 발견할 수 있었다.

그는 언제나 이랬다. 한 가지만 보고 내달렸다. 소중한 단 한 가지를 위해서 모든 것을 버릴, 그리고 모든 것을 얻어 낼 준비가 되어 있는 남자였다. 잘 알고 있던 사실조차 그는 매 순간 깨닫게 만든다.

하지만 여러 가지로 걱정이 많은 게 사실이었다. 그가 어디까지 예상을 하고 있는지는 모르겠지만 말이다. 그의 부모님이 뭐라고 생각하실지도 알 수 없었고, 만호와 선희가 어떤 대답을 내놓았을지도 조금은 두려웠다.

흔들리는 은서의 눈빛을 읽은 무열이 작게 한숨을 내쉬며 그녀를 끌어안았다.

"우리 부모님은 계속 미국에 머무실 생각이셔. 가끔 한국에 오셔도 보통은 호텔에서 머무시고."

정말 귀신이 따로 없다.

은서가 동그랗게 뜨고 있던 눈을 천천히 감았다. 그의 품에서 나는 익숙한 향을 맡으면서도 쉽게 멈추지 않는 이 심장 박동이 신경 쓰이기만 했다. 설렘인지, 기쁨인지, 염려인지 모를 성질의 시끄러운 소리.

"결혼할 거라고 말씀드렸더니 흔쾌히 그러라고 하셨어. 내가 네 이야기를 좀 많이 했어야지. 그리고 부족한 게 있으면 말하라고, 기꺼이 도와주겠다고 하시더라. 좋은 시부모님이지?"

"그래도……."

웃어 가며 말해도 은서가 쉽사리 걱정을 놓지 못하자 무열이 팍 인상을 썼다. 평소에는 그렇게 똑 부러지는 여자가 가족과 관련된 일에 대해서는 이렇게 나약한 모습을 보이는 게 영 마음에 쓰인다.

그가 목소리에 바짝 힘을 주고 말했다.

"그렇다고 몸 불편하신 아버님을 고모님과 단둘이 그 집에 남겨 둘 순 없잖아. 난 내 예비 와이프가 그렇게 불효녀일 거라 생각 안 하는데, 설마 내가 사람을 잘못 본 거야?"

"……."

이 사람은 어떻게 자신의 가족이 아닌 사람들까지도 챙길 수 있는 걸까. 그런 생각을 하다가도 만약 입장이 반대였으면 자신 역시 그랬을 것 같아 결국 납득이 되어 버리고 만다.

그가 만호와 선희를 친부모님처럼 챙기는 걸 두 눈으로 확인하지 않았는가. 그 믿음이 은서를 그렇게 만든다. 자신도 그의 부모님을 친부모님처럼 여겨야겠다고. 꼭, 그렇게 해야겠다고.

사랑하는 사이라는 게 별수 있나. 그 사람이 행복해지는 길이 내가 행복해지는 길인걸.

하지만 은서는 자신의 가족을 너무도 잘 알았다. 뼛속까지 자신과 닮아 버린 사람들이니까. 쉽사리 받아들이지 않을 것이다.

"그치만 아빠랑 고모는 부담스러워하실 거예요."

"아까 전에 결혼 승낙받으면서 이미 다 말씀드렸던 이야기야."

설마.

"……두 분이 그러겠다고 하셨어요?"

"처음에는 절대 싫다고 하셨지."

"처음에는……?"

은서가 뒷말을 재촉했다.

"두 분이 원하시는 게 네 행복이래. 네가 행복해지는 걸로 충분하다고 하시더라고. 그래서 말씀드렸어. 그럼 은서의 행복은 뭐냐고. 은서도 두 분이 행복한 모습을 보여 주셔야 마음 놓고 행복을 누릴 수 있지 않겠느냐고. 두 분을 그 집에 두고 결혼해서 나오면 마냥 편하게 살 수 있을 것 같으냐고."

"……."

"미안. 네 행복 팔아서 두 분 설득시켰어."

자신이라면 결코 할 수 없을 일이다. 내 행복을 내세워서 그들을 설득시키는 방법 같은 건 한 번도 생각해 보지 못했다. 그랬던 것을 이 남자는 아무렇지 않게 해내 버렸다.

은서가 할 말을 잃은 듯이 그를 바라보았다. '네 행복 팔아서'라고 표현하기에는 은서에게조차 너무나 고마운 이야기였다.

그 행복, 무열에게라면 얼마든지 팔아도 좋을 것 같았다.

울지 마, 최은서. 제발 그만 좀 울자.

속으로 몇 번이나 외쳤는지 모를 때쯤이었다. 무열이 그녀를 강하게 끌어안았다.

은서는 가만히 안겨 있다가 조심스레 팔을 뻗어 그를 마주 안았다. 그의 품에 얼굴을 깊숙이 묻고 비볐다. 화장을 안 하고 나오니 이럴 수도 있고 좋구나. 시답지 않은 생각이 들었다.

넓은 품에 뺨을 비비던 은서가 '고마워요.' 하고 중얼거렸다. 그러자 무열의 목울대가 울렁였다. 그가 웃음을 꾹 삼켰다.

"그리고 너 요리 서툴다며."

품속에 얼굴을 파묻던 은서가 멈칫했다.

"……누가 그래요?"

"고모님이 그러시던데? 결혼하면 내 아침 식사는 아무래도 고모님이 차려 주시겠지. 그 생각을 하니까 어떻게든 두 분과 같이 살아야겠구나 싶더라니까. 아, 집 밥이 어찌나 그립던지."

"죽을래요, 정말?"

은서가 그의 품에서 빠져나와 어깨를 때렸다. 기분이 좋은지 아프다는 시늉조차 하지 않은 그가 능글맞은 표정으로 씩 웃어 온다.

"침대에서 죽여줄 거라면 환영합니다."

그가 하는 야한 농담은 조금도 농담처럼 들리지 않으니 문제다. 은서가 얼굴을 확 붉혔다. 무열은 은서가 이렇게 귀여워질 때마다 끝까지 몰아세우며 놀리고 싶어지는 충동을 참을 수 없었다.

"혹시나 싶어 하는 말인데 방음은 절대 걱정 마. 위층에서 아무리 격한 운동을 해도 아래층에는 전혀 울리지 않게 지어졌다고 하니까. 이렇게 완벽한 집이 또 있을 수가 없……!"

어디까지 하는지 보자는 양 가만히 듣고 있던 은서가 한쪽 다리를 내밀어 그의 정강이 쪽으로 뻗었다. 하지만 무열이 다리를 뒤쪽으로 확 빼며 빠르게 피했다. 언제나 종아리를 붙들고 쩔쩔매던 그와는 다른 민첩한 몸놀림에 은서가 눈을 동그랗게 떴다.

"……."

"내가 정강이를 한두 번 차여야 말이지. 학습 능력이란 게 생겼거든."

"아, 그래요?"

은서가 이번에는 그의 반대편 다리를 확 차 버렸다. 방심하고 있다가 제대로 맞은 듯 무열이 정강이를 붙들고 자리에서 빙글빙글 돌았다.

저렇게 얇은 다리에서 대체 어떻게 이런 힘이 나오는 거야!

"학습 능력 더 키워 와요. 하나만 알고 둘은 몰라."

새침한 얼굴이 그를 흘긴다. 그러면서도 저도 모르게 새어 나오는 웃음까지는 어쩔 수 없나 보다. 그녀의 흰 뺨이 볼록하게 솟으려는 게 보여 무열이 웃었다.

작은 어깨를 끌어당긴 그가 그녀를 2층으로 이끌며 말했다.

"예쁜아, 오빠 이 집 사느라 전 재산 탈탈 털었어. 이제 나 먹여 살려."

"먹여 살릴 테니까 그럼 예쁜 짓 해 봐요."

무열이 은서의 말에 잠시 걸음을 멈추고 섰다. 그리고 아무런 예고도 하지 않은 채 그대로 그녀의 입술로 찾아들었다.

하지만 은서는 놀라지 않았다. 그의 입술이 맞닿으면 어느 순간 자연스럽게 눈을 내려 감게 되었다. 그 순순한 반응이 무열을 더욱 참을 수 없게 만든다는 건 여전히 모르는 듯했다.

무열은 부드럽게 입술을 머금고, 깨물고, 조심스럽게 파고들면 살며시 맞이해 주는 그녀의 솔직함이 무척이나 사랑스러웠다. 그럼에도 멈추어야 했다. 조금만 더 깊게 키스했다가는 또다시 은서의 작은 신음 소리가 자신을 이 자리에 꽁꽁 묶어 둘 것 같아서였다.

아쉬움을 남기며 입술이 천천히 떼어졌다.

"어때, 내 예쁜 짓."

정말 얄궂게도 웃는다. 무열의 능글맞은 웃음을 마주하던 은서가 반들거리는 입술을 앙다물었다. 부끄러운 모양이다. '하나도 안 예뻐요.' 하고 말하며 앞서 위로 향하는 걸음조차 전혀 쌀쌀맞게 느껴지지 않는다.

또각또각, 발소리를 따라간 무열이 가까이 붙어 그녀의 허리를 끌어안았다. 은서가 저리 가라며 살짝 밀어 내자 그는 그녀에게 더 몸을 기대어 왔다. 비틀거리면서도 그들은 멈추지 않았다.

두 사람의 걸음이 완만한 경사를 따라 천천히 위층으로 향했다. 크고 작은 걸음 뒤로 따라붙을 어느 가까운 미래의 휠체어 바퀴를 떠올리면서.

14

봄으로부터 도착한 선물

요즘 박무열이 이상하다.

"아까 보니 좀처럼 못 먹는 것 같던데 진짜 괜찮은 거 맞아?"

"……괜찮아요."

"너무 피곤해하니까 퇴근 후 데이트는 자제해야겠다는 생각이 든다. 보고 싶어도 좀 참아야겠어."

"정말 피곤해서 그런 거 아니에요. 괜찮아요."

은서가 조수석에 앉은 채로 살짝 고개를 돌렸다. 은근한 시선이 무열과 마주쳤다. 무열은 그녀의 안색을 살피는가 싶더니 고개를 불쑥 내밀며 근접해 왔다.

그 순간 은서는 입을 꾹 다물고 조용히 침을 삼켰다. 그의 눈속에 비치는 자신의 모습을 발견할 수 있을 만큼, 숨결이 닿을 만큼 가까이에 그의 눈이, 그의 입술이 있었다.

무열이 손을 뻗더니 은서의 이마를 짚었다.

"……."

"다행이다. 약간 미열이 있기는 한데 심하지는 않은 것 같아."

따스한 손이 그녀의 부드러운 이마에 한동안 머무는 것 같더니 미련 없이 거두어졌다. 은서가 눈을 동그랗게 뜨며 그를 보자 무열이 고개를 비스듬히 하며 다시 그녀를 마주했다.

"왜 그래?"

"네?"

"왜 그렇게 빤히 보느냐고. 오늘 진짜 이상한데, 최은서."

이상한 건 당신이야.

은서가 목 끝까지 차오른 말을 끝내 참아 내고는 그가 모를 정도로만 나직이 한숨을 내쉬었다.

훈훈한 차 안의 공기 중으로 그의 시원한 스킨 냄새가 둥둥 떠다닌다. 실내에서 일한 데다 요즘처럼 선선한 날씨에 땀을 흘렸을 리도 없으니 당연한 일인가? 그래도 이 늦은 시간까지 그에게서 좋은 냄새가 난다는 게 은서는 조금 신기했다.

그리고 그만의 향은 이 순간 또 다른 원망의 대상이 되기도 했다.

"몸살 아니야?"

"……그게 뭐 대수라고."

"태평한 소리 한다. 몸 좀 잘 챙겨. 너 걱정하다가 나 말라 죽는 꼴 보고 싶지 않으면."

최근 들어 부쩍 장난이 줄었다. 박무열답지 않게 내내 진지한 모습을 보이기도 했고, 아이 같은 면모는 쏙 뺀 채 어른스러운 모습을 드러내기도 했다.

물론 그 행동 자체가 이상하다는 것은 아니다. 조금 낯설기는 했지만 싫은 것도 아니었고 말이다.

단지 의아한 것이다. 안 그러던 사람이 그렇게 나오니 갑자기 왜 저럴까 싶은 마음이 아예 안 들 수는 없는 일 아닌가.

그리고 무엇보다…….

"……그럼 저 이만 들어갈게요."

"그래. 자기 전까지 계속 그러면 몸살 약이라도 꼭 먹고 자, 알겠지?"

"알았어요. 이제…… 진짜, 진짜로 들어가요."

"그래, 전화할게."

"네…….."

……스킨십이 줄었다.

무열이 전화할 테니 얼른 들어가라며 은서의 머리를 쓰다듬었다. 애도 아닌데 이마 짚어 주고 머리 쓰다듬어 주는 것 정도로 만족하겠냐고 쏘아붙이려다가 입을 다물어 버렸다.

요즘 부쩍 이런 식이다. 머리만 매만지고, 조금 가까이 온다 싶으면 팔을 살짝 붙잡다가 놓는 것이 전부일 뿐. 그는 가벼운 입맞춤 한 번을 제대로 해 주지 않고 있었다.

슬슬 서운함이 넘쳐 화가 날 것도 같다. 이런 게 욕구 불만이구나 싶은 은서였다.

스스로가 이런 사람인지 깨닫게 된 것은 얼마 되지 않았다. 그가 변하기 시작한 게 만호, 선희와 결혼 날짜를 상의하던 그때부터였으니까…… 시간이 대체 얼마나 지난 거야.

손잡이를 잡고 더 버텨 보지만 그는 조금도 붙잡을 생각이 없어 보인다. 결국 오늘도 평소처럼 체념한 은서가 차 문을 열었다.

탁, 소리가 나도록 문을 세게 닫자 조수석의 창문이 천천히 내려갔다. 고개를 돌려 차 안 쪽으로 운전석에 앉은 그를 보았다. 무열이 언제나처럼 다정하게 웃으며 손을 흔들어 왔다.

"……."

은서가 그에게 손을 마주 흔들어 보이고는 현관문을 열었다. 그러자 등 뒤로 차가 멀어지기 시작했다. 힐끗, 고개를 돌렸을 때는 이미 저만큼 빨간 점이 되어 사라지는 중이었다.

참 다정하고 좋은 사람이 아닐 수 없다. 그런데 이 불안은, 경험해 보지 못한 이 불만은 대체 뭘까.

벌써 몇 주째. 은서는 오늘도 제대로 잠을 이룰 수 없을 것만 같았다.

"정말? 가벼운 입맞춤 정도도 안 해?"

"네……."

은서의 말에 희경이 놀란 얼굴을 했다. 내년쯤에 결혼하게 될 것 같다는 말을 들었을 때보다 훨씬 놀란 듯했다.

좀처럼 사적인 이야기는 꺼내지 않는 은서가 퇴근 시간까지 미

뭐 가며 고민을 털어놓기에 내심 감격한 희경이였다. 그러나 그것도 잠시, 그다지 긍정적인 쪽으로 생각해 보기 힘든 이야기에 그녀 역시 생각이 복잡해질 수밖에 없었다.

결혼 약속까지 다 잡아 놓고 이제 와서 설마 권태기인 걸까. 물론 안 그러던 사람도 막상 결혼을 앞두면 이래저래 마음이 어지러워진다지만 이건 너무 갑작스럽지 않나 싶기도 하고.

"은서 씨, 정확히 언제쯤 결혼 예정이라고 했더라?"

"내년 여름이나 가을쯤에 할까 해요. 봄에는 그 사람이 특히 바빠서."

"아직도 1년이나 남았네. 준비를 그렇게 서두를 것도 없는데……. 혹시 부모님이 반대하시는 결혼은 아니지?"

"전혀요."

만호가 천천히 준비하라고 해서 예정에 둔 것이 내년 중순쯤이었다. 무열이 너무 늦은 것 같다고 한마디 던지기는 했지만 장인 어른이 될 사람의 의견이라 차마 강하게 어필하지는 못했다.

또 무열의 부모님과 통화를 하기도 했다. 그분들 역시 조금의 반대도 하지 않았다. 그저 준비를 같이 돕지 못하는 게 미안할 따름이라고, 언제든 좋으니 예정 날짜만 미리 알려 주면 출국을 위해 내년 사업 일정을 조율해 보겠다고 했다.

방해 요소 없고, 서두르지 않아도 되고, 여러모로 모든 게 순조로웠다.

순조롭지 않은 것은 무열과 자신의 애정 전선뿐인 것 같았다. 그래서 속이 더 시끄러웠던 것이다.

사이가 안 좋은 것은 아니지만 깨가 쏟아져도 부족할 시기에 내외하듯 구는 그가 낯설었다. 조금도 반갑지 않았다. 그렇게 싫다고 할 때는 딱 붙어 귀찮게 하던 사람이 아닌가.

그녀를 바라보는 희경의 얼굴에도 걱정이 떠올랐다. 그냥 회사 일이 바빠서 그럴 거라고, 봄에 특히 바쁘다면 요즘도 많이 바쁘다는 소리 아니겠냐며 은서를 위로했다.

그때였다. 아까부터 마스크를 고르며 서 있던 아주머니 한 명이 두 사람 쪽으로 다가왔다.

"약사 선생, 결혼해?"

선희뻘 되는 여자는 여태 하는 이야기를 다 듣고 있었다는 듯 대뜸 반말로 말을 걸어왔다. 은서가 어색하게 웃으며 '네.' 하고 고개를 끄덕였다. 고객이니 언짢은 티를 낼 수는 없다. 그건 희경도 마찬가지였다.

"결혼하기 전에 그러는 이유는 딱 하나야."

"⋯⋯?"

"확신이 없는 거야, 확신이."

그렇게 말하는 여자의 표정에는 이상한 확신이 있었다. 은서가 걱정스러운 시선으로 그녀를 응시했다.

"무슨⋯⋯ 확신이요?"

"내가 이 사람을 정말 사랑하는지, 이 사람이랑 정말 결혼이 하고 싶은 건지에 대한 확신 말이야. 막상 결혼을 하려고 하니까 싱숭생숭한 거지. 마음이 식은 것도 같고, 결혼할 정도로 열렬하게 사랑하는 것 같지도 않고."

"……"

은서의 표정이 더욱 딱딱하게 굳었다. 하지만 그녀의 표정 변화를 알아채지 못한 여자는 식은 게 어쩌고 확신이 어쩌고 하면서 아침 드라마에나 나올 법한 최악의 상황까지 이야기를 끌고 가기 시작했다.

"그런 일 때문에 파혼하는 사람들이 얼마나 많……."

"마스크 이리 주세요. 계산해 드릴게요."

파혼이라는 단어가 나옴과 동시에 희경이 여자의 말을 잘랐다. 더는 멋대로 떠들게 놔둘 수 없다는 뜻이었다.

"이천 원입니다."

희경의 억지웃음을 마주한 여자가 그제야 완전히 침울하고 차갑게 가라앉은 은서의 얼굴을 확인했다. 여자는 천 원짜리 지폐 두 장을 꺼내더니 '아니, 난 걱정이 돼서 그러지…….' 하며 약국을 나섰다.

'걱정 두 번 했다가는 사람도 죽이겠어요, 이 아줌마야.'

그렇게 생각하며 희경이 고개를 돌렸다. 은서는 여전히 입을 꾹 다문 채 아무런 말도 하지 않고 있었다.

"저기 은서 씨."

"……저 퇴근할게요."

"어?"

"내일 봬요."

"으, 으응……. 조심해서 들어가."

은서가 코트를 걸치며 빠르게 약국을 벗어났다. 뒤에서 희경이 어색하게 손을 흔들었지만 눈에 들어오지도 않는 모양이었다. 뭐가 그리 급한지 서둘러 나가는 그녀의 뒷모습을 보며 희경은 머쓱하게 머리를 긁적였다. 차갑게 굳은 은서의 얼굴이 생생했다.

자신조차 움찔하게 만들었던 파혼이라는 단어가 당사자인 은서에게는 얼마나 커다란 의미로 다가왔을지…….

희경이 애꿎은 천 원짜리 지폐 두 장을 한참이나 째려보았다.

결국 무열의 집까지 와 버리고 말았다.

연락을 해야 되나 말아야 되나 고민하는 사이, 버스는 이미 그가 사는 오피스텔 앞에 은서를 데려다 놓았다. 정류장에 내려서도, 그의 집 앞에 다다라서도, 은서는 말없이 찾아온 게 그에게 폐가 되지는 않을까 생각하지 않을 수 없었다.

다른 연인들은 어떻게 하는지 모르겠다. 보고 싶을 땐 어떻게 하는지, 불안할 땐 어떻게 하는지, 누구에게서도 배운 적 없는 감정들이 아직도 속을 시끄럽게 만드는 중이었다.

보고 싶어서 무작정 왔다고 하는 말은 아직 조금 어려웠다. 사랑한다는 말은 이제 용기를 내면 얼마든지 할 수 있는데, 왜 무작정 몸이 가는 대로 부딪쳐 보는 건 여전히 어렵기만 한 걸까. 참 이상했다.

그런 것조차 누군가에게 배울 수 있다면 좋겠다는 생각이 들 때였다. 눈에 익은 차 한 대가 오피스텔 쪽으로 들어섰다. 멀리서도 알아볼 수 있을 만큼 익숙한 차. 몇 번이고 보아 이제는 다 외워 버린 번호판.

무열이였다.

'퇴근한다는 연락도 못 받았는데…….'

갑작스레 불안감이 커진다.

하지만 은서는 그를 따라 오피스텔 안으로 들어갈 용기를 내지 못했다. 연락도 없이 갑자기 어쩐 일이냐고 물으면 뭐라고 대답해야 할지 고민되기도 했고, 이런 복잡한 마음으로 그를 만나 괜히 관계를 틀어 버릴까 봐 조금 두렵기도 했다.

코트 주머니 속에 손을 넣어 휴대 전화를 꺼냈다. 만지작만지작, 그러다가 힐끔 고개를 들어 위를 올려다보았다. 높기는 했지만 그 층에서 복도 가장 끝에 위치한 무열의 집은 알아볼 수 있었다.

한참이나 그곳을 응시하고 있자 어둡게 꺼져 있던 창 너머로 불이 켜졌다. 그가 집 안으로 들어간 모양이었다.

"……."

휴대 전화를 더욱 꽉 쥐자 손가락이 하얗게 변했다. 5초 정도 지났을까. 마음을 굳게 먹은 듯 은서가 그에게 전화를 걸었다.

두 번 정도 신호가 울렸다. 무열이 전화를 받는 속도는 생각보다 빨랐다.

— 여보세요?

종일 듣고 싶었던 목소리가 들리자 울컥 서운함이 치밀었다. 그리고 아직 사라지지 못한 채 자리하고 있는 불안감은 조금씩 그녀를 뒤흔들었다.

"저예요."

— 너인 거 다 알아. 예쁜아, 퇴근했어?

목소리만 들으면 평소와 다름이 없다. 지금 자신이 생각하는 평소가 예전의 평소인지 최근의 평소인지 조금 오묘하기는 했지만, 어찌 되었든 그가 불러 주는 닭살스러운 애칭이 어느덧 애정의 증거가 되는 듯해 묘하게 안심이 되는 것 같기도 했다.

"그럼요, 시간이 몇 신데."

— 어제 몸살기 있던 건 좀 괜찮아? 남들 약 챙겨 주는 약사가 자기 약은 빼먹고 그러는 거 아니지?

하지만 반대로 너무 다정해서 더욱더 불안해진다고 하면……
사람들은 이 말을 몇이나 이해할 수 있을까.

"지금 어디예요?"

결국 그의 말에 대한 대답보다 지금 당장 확인하고 싶은 마음이 앞장서고 만다. 은서는 그가 집에 도착한 것을 빤히 알고 있으면서도 떠보고 말았다.

입 밖으로 내뱉고 나서 잠시 후회했다. 그의 마음을 의심하는 행동 자체가 너무도 괴로웠다. 이런 행동, 자신은 결코 하지 않을 것이라 생각했었다.

사랑에 빠져서 그렇다는 것을 핑계로 대기에는 용납하기 어려운 부분이 있었다. 언제나 곧게만 앞으로 나아가던 스스로였기에 지금의 통화가 얼마나 비겁한지 은서는 잘 알 수 있었다.

하지만 더는 그때처럼 그가 변심했나 보다 하고 혼자서 체념할 수 있는 상태가 아니었다. 그땐 확인을 해 보는 것조차 두려워 혼자서만 괴로워했다지만 지금은 그 아픔을 모르지 않는다. 너무도 힘겨운 시간이었다. 온몸이 기억하고 있다.

— 어? 음······.

"······."

어디냐는 질문이 그렇게 어려운 걸까. 평소라면 술술 말했을 무열이 어쩐 일인지 망설이고 있었다.

평소처럼 '나 지금 퇴근해.' 하면서 나오는 길에 연락을 하지 않아 이상하다고는 생각했지만 막상 이런 태도를 마주하니 당황스럽다.

— ······아직 회사야. 일이 바빠서 퇴근이 늦어질 것 같아.

"······."

휴대 전화를 쥐고 그의 창을 올려다보던 은서가 눈을 동그랗게 떴다. 불 켜진 그곳을 바라보고 있는 현재의 상황과 그의 말이 조금도 일치하지 않는다.

무열이 거짓말을 했다.

은서가 말을 잃은 채 멍하니 섰다. 바짝 들려 있던 고개를 천천히 내려 멍하니 오피스텔의 입구를 바라보았다.

왜······ 거짓말을 하는 거지······?

— 여보세요? 은서야?

'막상 결혼을 하려고 하니까 싱숭생숭한 거지. 마음이 식은 것도 같고, 결혼할 정도로 열렬하게 사랑하는 것 같지도 않고.'

아까 약국에서 들었던 말이 떠오르면서 갑자기 심장이 크게 뛰기 시작했다. 아닐 거라고 생각하면서도 아직 회사라고 말하는 그의 뻔뻔한 말을 되새겨 보면 아예 말이 안 되는 일 같지는 않고. 마음이 도저히 평온해질 생각을 하지 않는다.

"……아니에요. 그럼 마저 일해요. 이만 끊을게요."

— 알았어. 이따 연락할게.

종료 버튼을 누른 은서가 나직하게 한숨을 쉬었다. 이제는 더 이상 밖에서 숨을 내쉬어도 입김이 나오지 않았다.

그토록 추운 겨울을 두 번이나 함께 겪은 사람이다. 그런 그와 정작 봄을 제대로 맞이하는 건 처음이라는 생각이 들자 마음이 이상해졌다. 시원한 공기만 맡아도 가슴이 두근거리던 봄이 아닌가.

그러나 자신이 떠올리던 그와의 봄은 결코 이런 그림이 아니었다. 정류장을 향해 걸음을 옮기던 은서가 그 자리에 멈추어 섰다.

이대로 꾹 참고, 표현하지 않고, 혼자서 서서히 등을 돌리면 무얼 얻을 수 있단 말인가. 결국 지난 10년이 또 반복되고 말 것이다. 앞으로의 10년에 그가 함께 있지 않을 수도 있다는 말이기도 하다. 그걸 또 견딜 수 있느냐고 스스로에게 묻는다.

알고 있다, 절대 반복할 수 없다는 것을.

걸음을 돌렸다. 오피스텔을 향해 또각또각 걸어가다가 조금씩 뛰기 시작했다. 절대 이대로 모르는 척할 수 없다. 스스로를 상처 입히는 일을 또다시 할 수는 없다. 모든 용기를 되살려 준 건 그였다.

엘리베이터 버튼을 누르고, 익숙한 숫자를 확인하고, 복도에 내려 그의 집 앞에 서기까지 은서의 머릿속에는 지난 10년의 외로움이 스쳐 지나갔다. 굳게 닫힌 문이 아직도 완전히 내버리지 못한 자신의 미련한 방 같기만 해서 은서는 그걸 활짝 열어 버리고 싶었다.

딩동, 벨이 울리자 안에서 기척이 난다.

"누구세요?"

"……."

대답하면 원망으로 목소리가 덜덜 떨릴 것 같아 은서가 입을 꾹 다물었다. 밖에서 아무런 말이 들리지 않자 의아했는지 현관 쪽으로 다가온 그가 철컥, 문을 열었다.

그리고 굳은 얼굴로 서 있는 은서를 확인하자마자 그는 눈에 띄게 당황했다.

천하의 박무열이 표정 관리 하나 하지 못하고 얼굴이 하얗게 질리는 꼴이라니. 몇 분 전에 했던 거짓말을 훤히 들켜 버렸다는 사실 때문이겠지.

"……은서야."

"저 좀 들어가도 되죠."

이상하다. 부들부들 떨 것이라 생각했는데 당황하는 무열을 보니 갑자기 차분해진다. 사람이 너무 화가 나면 이렇게 되는 걸까.

은서가 무열과 만났던 초반의 얼굴로 돌아가 차갑게 그를 쏘아보고는 안으로 들어섰다. 여전히 현관문을 붙들고 있던 무열이 뒤늦게 당황을 추스르며 그녀를 따라 들어왔다.

"근처에 왔으면 아까 말을 하지 그랬어. 오빠 보고 싶어서 왔어?"

화가 치민다. 방금 전까지 눈을 동그랗게 뜨고 당황했으면서 곧바로 아무렇지 않은 척이다. 웃으면서 농담을 건네는 얼굴에 부글부글 속이 끓었다. 최근에는 그 흔한 장난조차 걸어오지 않던 무열이다. 이 순간을 모면하려고 내뱉는 저 농담이 반가울 리 없었다.

뺨이라도 때릴까. 정강이를 걷어찰까. 오만 가지 생각을 하던 은서가 주먹을 꽉 쥐며 눈을 마주쳤다.

"네, 보고 싶어서 왔어요."

그녀의 말에 더 놀란 건 무열이였다. 너무도 솔직한 대답이라 최은서답지 않았다.

물론 술술 나온 대답에 놀란 건 은서 본인도 마찬가지였지만 그만큼 화가 난 상태라 솔직함에 대한 부끄러움 같은 건 느낄 새도 없었다. 보고 싶어서 왔는데 그게 뭐? 그게 잘못된 거야? 가시 돋친 내면의 은서가 무열을 계속해서 노려본다.

"어제 너 피곤해하는 것 같길래 오늘은 데이트 없이 쉬게 하려고 아직 회사인 척한 거야."

"……."

어째서 거짓말을 한 건지 해명을 해 보지만 은서의 굳은 얼굴은 풀리지 않았다. 무열이 점점 난처한 표정을 지었다.

"어……. 음……. 일단 나가서 저녁이라도 먹을까?"

이젠 내가 자기 집에 들어와 있는 것도 싫다 이건가. 거기까지 생각이 미치자 갑자기 눈물이 나오려고 한다.

은서가 이를 악물더니 손에 들고 있던 가방을 바닥에 내려놓았다. '응?' 하고 쳐다보는 얼굴을 완전하게 무시해 버린 그녀는 그대로 그에게 돌진했다. 그리고 한마디도 말할 틈을 주지 않으며 그대로 입을 맞췄다.

"……!"

무열이 놀라는 게 느껴졌지만 은서는 멈추지 않았다. 손을 올려 그의 두 뺨을 쥐었다. 놓지 않겠다는 듯이 입술을 부딪치며 그의 반응에 아랑곳 않고 먼저 혀를 내밀었다. 당황으로 물든 무열의 낯빛이 어색하다. 반쯤 눈을 떴던 은서가 아예 두 눈을 질끈 감아 버렸다.

그를 더욱 가까이 끌어당기며 깊숙하게 혀를 밀어 넣자 말캉한 그의 혀가 닿았다. 그가 숨기고 있던 뜨거운 체온을 몇 주 만에 마주한 건지도 모르겠다.

그때였다. 무열이 인상을 쓰더니 은서를 떼어 냈다.

무작정 혀부터 밀어 넣고 보던 그녀의 눈빛에 원망이 서렸다. 무열을 노려보는 시선에 잔뜩 날이 섰다.

처음이었다. 자신이 그에게 먼저 키스를 한 것도 처음이었지만, 그가 자신을 거부하고 떼어 낸 것이야말로 정말 처음이었다. 앞으로도 있을 수 없는 일이라고만 생각했었다.

"……."

역시 안 될 일인가 보다. 눈물은 참는 건 은서에게 무리였다. 그가 인상을 찌푸리며 자신을 떼어 내는 걸 확인하고 나자 기어코 눈물이 차올라 버리고 만다.

울먹거리기 시작하는 은서의 얼굴을 본 무열이 당황했다. 그가 뭐라 말하며 가까이 오려 할 때였다. 은서가 무열을 뒤로 확 밀쳤다.

"나쁜 새끼!"

"어?"

"이럴 거면 사랑한다고 하지 말든가⋯⋯. 이럴 거면 먼저 결혼 하자고 하지나 말든가!"

은서는 그에게서 몇 걸음 정도 거리를 두고 선 채 울먹이며 소리를 질렀다. 그의 집이라는 것조차 잊었다. 처음으로 용기 내어 키스를 했는데 받아 주기는커녕 중간에 거절당한 그 비참함은 말로 다 설명할 수 없는 것이었다.

무열이 얼빠진 표정으로 은서를 쳐다봤다.

"은서야, 잠깐 내 말을 좀⋯⋯."

"질렸으면 질렸다고 솔직하게 말을 해. 이런 식으로 사람 비참하게 하지 말고, 결혼하자고 한 거 후회한다고 말을 하란 말이야! 마음이 식었다고 해도 구질구질하게 매달릴 생각 없어. 그러니까 차라리 헤어지자고 해!"

"너 지금 무슨⋯⋯."

"잘 안아 주지도 않고, 입 맞춰 주지도 않고⋯⋯. 요즘 내내 이상하다고 생각은 했었는데⋯⋯. 그래도 설마 진짜 그런 거일 거라고는 생각도 못 했어. 툭하면 키스하고 싶다고 엉겨 붙고, 툭하면 자고 가라고 하던 사람이 내 키스를 거부할 만큼이면 대체 얼마나 나한테 질려 버렸단⋯⋯!"

그때, 무열이 그녀의 팔을 확 잡아당겼다. 은서는 말을 제대로 끝맺음 하지도 못한 채 무열에게 이끌려 갔다. 팔목에 멍을 남겼던 때 이후로 이렇게 우악스럽게 그녀의 팔을 붙잡은 적은 처음이었다.

은서가 아프다고 생각할 때쯤 무열이 그녀의 팔을 놓아주며 침대 위로 넘어뜨렸다. 뒤로 넘어가는 게 느껴져 눈을 질끈 감자 풀썩, 등 뒤로 푹신한 매트리스가 닿았다.

천천히 눈을 떴다. 침대에서는 시원한 그의 향이 났다. 하지만 눈앞의 그는 데일 것처럼 뜨거운 눈빛을 하고 있었다.

"무······."

그를 부르려 입을 살며시 벌렸다. 그러자 무열은 아무런 말도 듣지 않겠다는 듯 그 틈을 타 은서에게 입을 맞춰 왔다.

평소의 달콤하고 다정한 키스가 아니었다. 한순간 잡아먹혀 버리기라도 할 것 같은 거친 행동이었다. 이렇게 힘으로 억누르면서 키스를 해 온 적은 단 한 번도 없었다.

놀란 은서가 바르작거리며 벗어나려 했지만 무열은 조금도 놓아줄 생각이 없었다. 그는 작은 입이 벌어지면 벌어질수록 더욱 깊게 혀를 밀어 넣었고, 그녀의 고른 치열이며 여린 입 안쪽의 살결까지 전부 물어뜯을 듯이 굴어 왔다.

"읍······."

침을 삼키려고 꿀꺽거리는 것조차 힘겨울 정도였다. 그러나 무열은 은서의 혀를 옭아매는 것으로는 성에 안 찼는지 그녀의 약한 입술을 몇 번이고 씹었다. 피가 날 정도로 아프지는 않았지만 치아를 세워 물어 오는 것조차 엄청난 자극이라 은서가 움찔거리며 몸을 떨었다.

"으······ 으응······."

호흡인지 신음인지 헷갈리는 소리가 나왔다. 그가 몇 번이나 위험하다고 말했던 소리였지만 의지대로 할 수 있는 게 아니었다.

팔목을 쥔 그의 손에 더욱 강한 힘이 들어가는 걸 느끼면서도 새어 나오는 소리는 도무지 멈출 수가 없었다. 그가 먼저 멈추어 주지 않는 한 이 고통 같은 흥분은, 이 움직임은 쉽사리 멎지 않을 것 같았다.

무열이 은서의 두 손을 한 손으로 움켜쥐며 남은 한 손을 옷 속으로 밀어 넣었다. 그녀의 허리를 매만지고 브래지어로 손을 비집어 넣으면서도 맞물린 입술은 절대 떼어 내지 않았다. 그럴수록 은서의 움직임은 점점 커졌다.

원망으로 치밀어 오르던 것과는 조금 다른 눈물이 울컥 터졌다. 은서가 숨을 헉 하고 들이켜자 무열이 갑자기 입술을 떼어 냈다. 두 손으로 침대를 짚은 그가 한숨을 내쉬었다.

"……?"

눈물이 그렁그렁 맺힌 얼굴이 위를 올려다보았다. 무열은 방금 전까지 앞뒤 가리지 않던 사람이 맞는지 의심될 정도로 괴로운 표정이었다. 그는 그 뒤로도 두 번이나 더 깊은 한숨을 내쉬었다.

은서가 상황 파악이 되지 않는다는 듯 눈을 깜빡였다. 그러자 작게 맺혀 있던 눈물이 귓가로 또르르 굴러떨어졌다. 괴롭다는 듯 한참이나 눈을 감고 있던 무열이 천천히 눈꺼풀을 올려 그녀를 내려다보았다.

"사람 돌게 하네, 진짜."

"……?"

그의 말이 무슨 뜻인지 모르겠다는 듯 당황으로 휩싸인 시선을 마주하자 그가 또다시 잔뜩 인상을 쓴다.

"뭐? 질려? 마음이 식어? 후회가 어쩌고 저째?"

"……."

"대체 무슨 생각을 어떻게 하면 그런 결론이 나오는 거냐고."

화가 났던 건 분명 자신이었는데 정신을 차리고 보니 무열이 화를 내고 있다.

이 상황이 자연스럽게 받아들여질 리 없다. 키스를 했던 건 자신이고, 거부를 한 건 그이고, 요즘 이상했던 것 역시 그였는데……. 왜 입장이 반대가 된 거지?

"이 여자가 사람 속도 모르고."

"무슨 소린지……."

……도통 알 수가 없다.

그 속이 어떤지 말해 주지 않았는데, 보여 주지도 않았는데 어떻게 안단 말인가.

눈을 깜빡이며 얼빠진 얼굴로 바라보고 있자 무열이 손을 뻗어 그녀의 눈물을 닦았다. 그러더니 그대로 꽉 끌어안으며 또다시 아까처럼 깊은 한숨을 내쉬었다.

"최은서, 속 좀 그만 뒤집어. 너랑 오래오래 살기도 전에 나 수명 줄어든다고……."

알 수 없는 말이 반복되자 은서가 뒤늦게 울컥하는지 미간을 좁혔다.

"알아듣게 말해요. 속 모르게 구는 건 당신이잖아. 내가 요즘 얼마나 불안하고 괴로웠는지 알지도 못하면서."

"키스 안 해 준 게? 너 안아 주지 않은 게?"

"……."

그렇게 직구로 던져 오니 막상 그렇다고 대답하는 게 어려워진다. 은서가 다시 입을 꾹 다물어 버리자 그녀를 안고 있던 무열이 살짝 떨어져 눈을 마주쳤다.

"키스에 별 감흥도 없던 네가 이 정도면 너 안고 싶어 안달 내던 나는 어땠을 것 같은데."

"……그게 대체 무슨 말이에요. 마치 하고 싶어도 못 했다는 것처럼 말하네요."

"이럴 때만 똑똑하게 굴지."

가만히 듣던 은서가 그를 밀치며 몸을 일으켰다. 침대에 걸터앉은 채로 그를 뚫어지게 쳐다보자 무열이 자신도 몸을 일으켜 은서의 곁에 나란히 앉았다.

"뭔데요."

방금 전의 키스로 입술이 퉁퉁 부은 은서가 아랫입술을 잘근 깨물며 그를 쏘아보았다. 무열이 어깨를 으쓱하더니 입을 열었다.

"아버님이랑 약속을 한 게 있어."

"무슨…… 약속이요?"

그녀의 물음에 무열은 순순히 말했다. 결혼 전까지 꼭 지켜 주어야 한다는 만호의 말이 있었다고.

'요샛말로 속도위반이라고 하던가……? 그건 도저히 봐줄 수가 없어. 혼전 임신은 있어서는 안 될 일이야. 그러니까 꼭 그때

까지는 우리 은서 지켜 줄 거라고 믿어. 알아들었지, 박 서방?'

"……아빠가 그러셨다고요?"

"어. 너랑 키스만 해도 당장 어떻게 하고 싶어 죽겠는데 그걸 어떻게 참아. 그래서 아예 스킨십 자체를 자제하자고 마음먹었던 거야. 솔직히 난 너랑 손만 잡아도 그런 마음이 든다고……."

"……."

"그래서 아까도 웬만하면 둘만 있는 방보다는 밖에 나가 있는 게 나을 것 같아서 그랬던 거야."

"아……."

"그런데 사람 속도 모르고 키스를 해 오질 않나."

은서가 그를 보며 눈을 가늘게 떴다. 무열을 바라볼 때 그녀는 때때로 이렇게 한심하다는 눈을 하고는 했었다. 오랜만에 보는 익숙한 눈빛이 좋기는 한데 막상 이렇게 마주하니 뭔가 떨떠름하기도 하다.

무열이 그녀의 눈치를 보다가 슬쩍 물었다.

"왜……?"

"진짜 바보 아니에요?"

"어?"

"우리가 그래서 안 잤어요? 이미 할 거 다 해 놓고 이제 와서 조심하겠다고요?"

"그거야 조심해서 나쁠 거 없다고 생각했……. 잠깐, 뭐?"

최은서가 이렇게 노골적인 여자였나. 놀란 무열이 눈을 크게 떴다.

물론 관계 도중에 불편하면 자세를 바꾼다든지 하는 식으로 자신의 의견을 말해 온 적이 있기는 했지만 그건 흥분에 취해 이성적으로 사고할 수 없었을 때의 일이다. 맨정신으로 이런 말을 할 수 있을 여자는 절대 아니라고만 생각했는데…….

"이미 늦었어요. 아예 안 했을 때로 돌아갈 수도 없다고요."

"너……."

"내년 여름, 아니, 늦으면 내년 가을에 식 올리게 될 텐데 앞으로 1년이나 정말 아무것도 안 하고 견딜 수 있어요?"

그녀의 말에 무열이 인상을 쓴다. 아니, 웃는다. 아니, 그러다가 다시 얼굴을 일그러뜨린다. 무열의 얼굴은 그런 식으로 점점 요상하게 변했다. 은서가 그를 마주 보며 그건 대체 무슨 표정이냐고 물으니 그가 알 수 없는 얼굴로 잔뜩 인상을 쓴 채 결국 웃었다.

그녀의 도발 아닌 도발을 이겨 낼 수가 없다.

"못 견뎌."

"응? 그게 무슨, 꺄악……!"

짧게 한마디를 힘주어 뱉은 무열이 다시 은서를 침대 위로 눕혀 버렸다. 그러고는 아까처럼 우악스럽지 않게, 다정하게 그녀의 손목을 붙들고 조심스레 입을 맞췄다. 은서 역시 바둥거리며 그에게서 벗어나려 하지 않았다.

순순히 자신에게 안겨 입을 맞춰 오는 그녀가 좋은지 무열이 조금 더 들뜬 기색으로 깊게 입술을 비볐다. 벌써부터 온몸의 근육이 경직되기 시작하는 걸 보니 은서와 단둘이 밀폐된 공간에 있다는 걸, 침대 위에 누워 있다는 걸 이제야 제대로 인지한 듯싶다.

입술을 떼어 낸 무열이 뜨거운 숨을 흘리며 은서와 눈을 마주쳤다.

"나 그냥 아버님께 목숨 내놓으려고. 목이 잘릴 땐 잘리더라도 너랑 실컷 이러고 있어야겠다."

"……바보, 멍청이."

은서의 말에도 아랑곳하지 않은 무열이 아까처럼 그녀의 옷 속으로 손을 밀어 넣을 때였다. 은서가 그의 손을 찰싹 때리며 도로 빼내 버렸다.

"왜? 나 오늘 너 못 보내."

"시끄러워요."

"예쁜아, 들어올 땐 마음대로지만 나갈 땐 아니거든?"

"어떻게 된 사람이 중간이 없어요, 진짜!"

무열은 한참 실랑이를 하면서도 행복하다는 양 그녀의 목덜미에 입술을 파묻었다. 은서가 안 된다고, 절대 순순히 넘어가 주지 않을 거라고 큰소리를 쳤지만 그는 아랑곳하지 않았다.

"응, 응."

웃음기를 띤 성의 없는 대답. 그는 등을 때려 오는 은서의 손길을 느끼면서 몇 번이고 그녀의 피부에 흔적을 남겼다.

그리고 그 후로 시간이 얼마나 흘렀을까.

추위가 완전히 떠난 평화로운 어느 날, 봄으로부터 예고도 없이 선물이 하나 도착했다.

"말도 안 돼……."

화장실에서 나온 은서가 비틀거리며 방으로 향했다. 이상함을 느낀 만호와 선희가 무슨 일이냐고 물었지만 은서에게는 그들과 눈을 마주할 여유가 없었다. '아무것도 아니에요.' 하며 하얗게 질린 얼굴로 방에 들어섰다.

일단 방문부터 굳게 잠갔다. 누구도 들어올 수 없음을 확인하고 나서야 나직한 한숨이 흘러나왔다.

심호흡을 한 은서가 무열에게 전화를 걸었다.

— 여보세요?

"박무열 씨."

선배님이 아닌 박무열 씨. 호칭만으로도 썩 기분이 좋은 상태는 아니구나 알아챈 무열이 '으응?' 하고 묻자 은서가 낮게 가라앉은 목소리로 말했다.

"목…… 깨끗하게 닦아 두고 있어요……."

— ……어?

그녀가 손에 쥐고 있는 작은 막대에는 빨간 줄 두 개가 믿기지 않을 정도로 선명하게 그어져 있었다.

반짝반짝 빛나는

다시 겨울이 왔다.

춥고 외로웠던 겨울, 재회했던 겨울, 그리고 이번은 그와 함께 겪는 세 번째 겨울이었다.

"괜히 집안일 하지 말고 얌전히 쉬고 있어. 아빠 모시고 금방 다녀올게."

"그냥 저랑 같이 가셔도 된다니까요."

"그 몸으로? 아서라, 얘."

선희가 손을 휘휘 내저었다. 몸이 불편한 건 만호도 마찬가지지만 만삭의 은서 역시 마냥 편한 상태라고는 할 수 없는 노릇이었다. 옆에는 만삭의 임산부, 앞에는 걷지 못하는 오빠의 휠체어. 그 상태로 셋이 나가 봐야 피곤은 전부 자신의 몫일 게 분명했다.

"너 일하느라 바쁠 때는 오빠랑 나랑 둘이서 병원 가고 그랬었어. 복지 택시는 괜히 부르니?"

"그래도……."

정기적으로 병원에 가는 날이었다. 원래는 셋이서 꼬박꼬박 갔지만 은서가 임신을 하면서부터는 도통 함께 가려고 하지 않는 두 사람이었다. 선희는 괜찮다고 했고, 만호 역시 은서가 따라나서려고 하면 매서운 표정을 지었다. 초기는 초기라서 안 된다 했고, 출산일이 임박해 오자 이젠 그래서 안 된단다.

두 사람을 보낼 때면 은서는 마음이 영 불편했다. 그렇지만 평일이라 무열이 함께 가 줄 수도 없는 노릇이고…….

마음 쓰인다는 듯 눈가를 축 내리며 그들을 보자 만호가 휠체어를 끌어 은서의 앞으로 다가왔다. 그러고는 커다랗게 올라온 그녀의 배에 가만히 손을 얹었다.

휠체어에 앉아 있으니 만삭이 된 그녀의 배와 꼭 마주 보는 듯한 기분이 드는 만호다. 태어나지도 않은 아기와 눈높이가 비슷해지는 묘한 느낌.

"새싹아, 할아버지 다녀올게."

그렇게 말하며 만호가 은서의 배를 쓰다듬었다. 전 같으면 움찔하는 태동이 느껴졌을 텐데 영 잠잠해 만호가 조금 실망스러운 얼굴을 했다.

"원래 출산일이 가까워 올수록 태동은 줄어요. 그런 얼굴 하지 마세요, 아빠."

"예약 시간 늦겠어, 오빠. 어머, 택시도 도착했나 봐. 전화 오네. 네, 네, 여보세요. 지금 나가요. 은서야, 우리 간다?"

"네, 조심해서 다녀오세요."

현관으로부터 마당을 지나 대문 밖까지 평평하게 잘 다듬어진 길이 휠체어를 부드럽게 안내한다. 이사를 온 뒤에도 혹시나 위험할지 모르는 집 안 곳곳을 다시 손보고 다듬어 놓은 무열 덕분이었다. 은서는 두 사람이 완전히 택시에 오르는 걸 확인하고 나서야 안으로 들어설 수 있었다.

잠깐 밖에 나갔을 뿐인데 그 짧은 새에 뺨이 분홍색으로 물들었다. 손바닥으로 얼굴을 감싸 쥐고 나직이 숨을 내쉬며 차가운 피부를 녹였다. 그러면서 비스듬히 경사진 코너를 올라 자신들의 보금자리가 있는 2층으로 천천히 걸음을 옮겼다.

2층으로 올라와 굳게 닫힌 창 너머로 바깥을 내려다보니 겨울의 볕이 반짝이며 집 안으로 숨어든다. 추위 때문에 창문을 활짝 열어 두지는 못했지만 창문에 가끔 송골송골 맺히는 물방울만 보아도 한기를 온몸으로 맞는 기분이 들고는 했다.

이상하게도 계절의 작은 변화 하나까지 전부 남다른 감회로 다가오는 요즘이었다. 배 속에 있는 아이와 인사를 나누게 될 날이 얼마 남지 않았다는 생각이 들자 더욱이 그랬다.

사실 배 속의 아이가 환영받지 못하게 될까 아주 조금 걱정스럽기도 했었다. 그도 그럴 것이 속도위반은 안 된다고 무열에게 엄포를 놓았던 만호의 말을 고스란히 어긴 꼴이 되어 버렸기 때문이었다.

'넌 약사라는 애가 피임 하나를 제대로 못 하고 이게 대체

무슨……!'

선희의 말에 은서의 고개는 땅을 파고 들어갈 듯 끊임없이 숙여졌고 옆에 앉은 무열 역시 다른 처지는 되지 못했다. 이마가 바닥에 닿을 정도로 고개를 푹 숙이고 있던 무열이 묵직한 소리로 말했다.

'죄송합니다, 아버님. 제가 조금 더 신중했어야 했는데.'
'…….'

무열도 은서도 결코 피임에 소홀하지는 않았다. 조심하지 못한 것이 있다면 너무 잘 알고 있던 상식도 그때는 서로에게 취해 제대로 인지하지 못했었다는 것 정도.

콘돔이 백 퍼센트 모든 걱정을 덜어 줄 수는 없다는 걸 알고 있었으면서도 자신의 상황이 되니 그 외의 주의는 생각지도 못했다. 그 몇 퍼센트의 실패율에 고스란히 자신들이 들어가게 될 거라고 어떻게 생각할 수 있었을까.

결혼 준비를 막 시작하려던 참이었기에 망정이지, 그것조차 아니었더라면 얼마나 앞이 막막했을지 상상하기도 버거웠다.

'미련하기는.'

그렇게 굳은 얼굴의 만호는 태어나 처음 보는 듯했다. 그를 힐끔 올려다본 은서는 이렇다 저렇다 할 핑계도 제대로 대지 못하고 그저 입을 다물었다.

얼마나 조심을 했고 어쩌고 하는 이야기는 아무런 소용이 없는 것이다. 이미 결과가 나왔으니 과정을 아무리 부정해 봐야 어쩔 수 없는 일이고.

그런 두 사람에게 만호는 미련하다고 했다.

'피임을 백날 해 봐라. 오려고 하던 애가 그런다고 안 올 수 있는가.'

'……네?'

'조심한다고 다 피할 수 있으면 원치 않는 임신을 하는 사람이 어디 있어. 알아들어? 피임을 안 해도 때가 아니면 애는 안 오고, 아무리 신중을 기해도 어차피 올 운명인 애라면 어떻게든 오고 만다는 소리다.'

'아버님…….'

표정은 여전히 굳어 있었지만 말투는 그만큼 무섭지 않았다. 잔뜩 긴장해 있던 두 사람이 눈을 동그랗게 뜨고 만호를 바라볼 수밖에 없는 이유였다.

'나쁜 소리는 하지 않으마. 이미 받아 버린 선물이야. 어찌 되었든 나도 할아버지로서 내 새끼한테 험한 말은 듣게 하고 싶지 않으니까.'

'…….'

'손자 녀석이 할아버지가 빨리 보고 싶다는데 낸들 어쩌겠어.'

어떻게 그럴 수 있느냐고, 생각이 있기나 한 거냐고, 크게 꾸짖을 거라고만 생각하며 고백했던 일이다. 그랬기 때문에 오히려 굳은 다짐처럼 말하며 마음을 안도시키는 목소리에 힘이 다 풀려 버렸다.

울컥 차오르는 눈물을 꾹 참고 있자 옆에 앉아 있던 무열이 조용히 은서의 손을 잡아 왔다.

맞잡은 둘의 손을 보며 만호는 우스갯소리로 말했었다.

'내 다리가 이래서 몽둥이 가지러 못 가는 걸 천만다행으로 생각하라고, 박 서방.'

새싹이라는 태명은 사실 만호가 지어 준 것이었다. 봄이 가져다준 선물이라고 하면서 말이다. 절대 안 된다고 엄포를 놓았던 사람 같지 않게 만호는 어느새 은서의 임신을 무열보다 더 기뻐하고 있었다. 자신을 안심시키려는 거짓 기쁨이 아니라는 게 너무도 잘 보여 은서는 만호의 사랑이 얼마나 고마웠는지 모른다.

어찌 되었든 그 덕분에 결혼은 급격하게 당겨 이루어졌다. 넉넉하게 1년 이상 남았다고 안심하던 게 무색할 정도였다. 은서의 배가 제대로 불러 오기 전에 식을 올리는 게 낫지 않겠느냐는 어른들의 의견에 맞추어 단 두세 달 만에 행해진 일이었다.

미국에 계신 무열의 부모님에게 연락을 했을 때 그의 어머니인 윤숙은 놀라거나 화를 내기는커녕 '어머, 내 아들이지만 정말 개새끼구나?' 하며 두 사람의 혼을 빼놓았다. 그때 무열이 창피하다며 얼굴을 가리던 걸 생각하면 지금도 웃음이 난다.

결국 가까운 친척들만 모아 조촐하게 결혼식을 치렀다. 무열의 부모님은 사업 일정을 바꾸는 게 어려워 결국 한국에 들어오지도 못했지만 대신 신혼 여행지를 미국으로 하면서 만나 볼 수 있었다.

은서는 미국에서 만났던 윤숙과 그의 남편이 얼마나 행복한 얼굴을 하고 있었는지 결코 잊지 못할 것만 같았다. 행복에 취한 그들이 기쁨이 가득한 얼굴로 새싹이를 '아기 천사'라고 불러 주는데 괜히 눈시울이 붉어지기도 했다.

반년도 채 되지 않는 짧은 시간 안에 너무도 많은 일들이 이루어졌다. 그렇게 따진다면 계절이 바뀌는 몇 개월 사이에 무열과 재회하고, 사랑을 확인하고, 예상치 못한 선물까지 받은 상황이 더욱 말도 안 되는 것이었지만 말이다.

아직 눈이 내리지는 않았지만 겨울의 기운이 만연한 날이었다. 그가 마련한 2층 집 창가에 서서 홀로 바깥을 바라보고 있으려니 자꾸만 감상에 잠긴다.

그럴 때면 배 속에서 꿈틀거리는 작은 감각들이 은서에게 지난 날이 꿈이 아닌 현실이었음을 되새겨 주었다. 겨울이 지나면 어떻게든 봄은 오고 만다는 것을 몇 번이고 상기시켜 주었다.

그가 준 변하지 않는 진심이 싹을 틔웠다.

그때였다. 근처에 이쪽을 향해 들어오는 차 한 대가 보였다. 오늘 아침에도 내내 지켜보던 차였기에 누가 타고 있는지 모를 수가 없었다.

은서가 걸음을 돌려 천천히 1층으로 향했다. 계단이 아닌 게 무척 다행이라는 생각을 하면서 아래로 내려오자 때마침 현관문이 열렸다. 찬 기운을 옷 곳곳에 매단 무열이 안으로 들어섰다.

"어떻게 된 거예요? 회사에 있을 시간이잖아요."

"오늘 아버님 병원 가시는 날이라고 하지 않았어? 모시고 가려고 왔지."

"벌써 택시 불러서 가셨어요."

"아, 내가 좀 늦었네."

짬을 내서 급하게 온 모양이었다. 무열이 시계를 확인하고는 다시 회사로 돌아가야 할지, 아니면 병원에서 오시는 길이라도 모셔야 할지 생각하며 대충 시간을 가늠해 보았다.

은서는 그런 그를 가만히 보다가 괜히 찡해져 슬쩍 끌어안았다.

"……어?"

"그냥. 이러고 싶어서요."

아이가 생기면서 은서는 전보다 조금 더 부드러워졌다. 새싹이를 위해서 일부러 그러나 싶은 생각도 들었지만 그건 아닌 모양이었다. 그리고 그건 무열 역시 마찬가지였다.

어딘지 모르게 커다란 구멍이 뚫린 것처럼 아쉬웠던 자리를 서로가 채웠다. 부족하던 사람들이 만나 꽉 채워진 가족을 형성하고 나니 모든 것이 꿈만 같아 매일이 감격스러웠다.

결혼을 하기 전에는 실감조차 나지 않던 것이 결혼을 한 뒤로는 점점 현실이 되어 다가왔다. 눈을 뜰 때마다 마주하고, 아래층으로 내려와 만호, 선희와 넷이서 식사를 하면서 느껴 온 것들이었다.

그런 일상은 오로지 은서에게만 행복인 것은 아니었다. 무열은 모든 순간 은서와 같은 것들을 느끼고 있었다.

집 안 곳곳에 빛나는 것들이 있었다. 창문을 뚫고 들어오는 햇살도, 벽이며 탁자 위에 놓인 액자 속의 지난날들도, 서로를 바라보는 따사로운 눈빛도, 모든 것이 반짝이며 빛을 냈다.

그리고 그중 단연 빛을 내는 건 가만히 서 있어도 눈이 부신 가장 사랑하는 사람.

"최은서가 이렇게 먼저 안겨 오는데 아무것도 못 한다니……."

"예비 아빠가 할 소리는……."

"말이 그렇다는 거야. 네가 그랬었지? 안 하고 몇 달씩이나 참을 수 있겠느냐고. 근데 나 곧 있으면 목표 달성한다."

"저번에 무리 갈 정도만 아니면 해도 된……."

"절대 안 돼. 제어 못 해."

"참 나."

"못 견디겠다고 그렇게 예뻐해 준 건데 결국 새싹이 때문에 손발이 꽁꽁 묶인 상태가 될 줄 누가 알았겠어. 다 내 업보지……."

누가 아빠고 누가 앤지 모르겠다. 은서가 못 말린다는 듯이 웃으며 무열의 차가운 뺨에 손을 가져갔다. 작고 따스한 손바닥이 뺨을 감싸 쥐자 무열이 기분 좋은 듯 그녀의 나머지 손까지 가져가 자신의 양 뺨에 딱 붙였다.

남자다운 사람이 이럴 땐 한없이 아이 같아져 은서는 그게 좋았다. 이 작은 손도 때로는 큰 힘이 될 수 있다고 말해 주는 기분이 들어서.

"새싹이한테 얼른 나와 달라고 할 수도 없고……."

"큰일 날 소리 하시네."

장난스러운 그녀의 말에 웃으면서 가볍게 입을 맞추는 순간이었다.

"으……."

은서가 작게 신음했다. 그 순간 무열이 얼마나 놀란 얼굴을 했는지, 은서는 그의 표정을 보고 더 놀랄 뻔했다. 평소에는 쫙 찢어진 것만 같던 눈이 일순간 크게 뜨여지면서 은서 본인보다 더욱 안절부절못하기 시작했다.

"뭐야, 방금. 어? 진통 시작된 거지? 어? 벼, 병원 가자. 택시 부를까? 아니다, 내 차로 가는 게 더 빠르지? 일단 짐부터, 그래, 짐부터 좀……."

"박무열 씨, 부탁인데 제발 가만히 좀 있어요……."

"진통이 오는데 어떻게 가만히 있어!"

"가진통이에요."

은서의 말에 무열이 그게 뭐냐는 듯이 끔뻑끔뻑 눈을 깜빡이며 그녀를 보았다. 배가 아파 오면 곧바로 아이가 나온다고밖에는 생각할 수 없는 모양이었다. 아무래도 앉혀 놓고 몇 가지 공부를 제대로 시켜야겠다는 생각이 들었다.

은서가 올라가자며 그를 꼭 붙들었다. 무열은 쩔쩔매면서 은서를 눕히기 위해 조심조심 한 걸음씩 침실로 그녀를 이끌었다.

"입덧도 내가 대신했는데 이것도 내가 대신 아플 수는 없는 거야? 아, 너 그렇게 인상 쓰면 내가 더 아픈 기분인데……."

"누구 때문에 머리가 더 아프니까 제발 다물어요……."

배가 살살 아파 왔다. 진통이 일정하지 않게 묵직한 통증으로 다가와 은서에게 문을 두드렸다. 그럴 때마다 점점 만남이 가까워진다는 실감이 나서 반갑기도, 괜스레 작은 겁이 나기도 하는 은서였다.

새싹이는 올바르게 자랄 것이다. 누구보다 착하고 예쁘게. 그런 예감이 들었다.

아이는 출산 예정일을 어기지 않고 정확하게 찾아왔다. 당일 새벽부터 제대로 진통이 시작되어 모든 것을 준비한 대로 할 수 있었다. 나오기도 전부터 예쁜 아이가 아닐 수 없었다.

우렁차게 울음을 터뜨리는 빨갛고 작은 아기를 보면서 이제는 가물가물해진 엄마의 생각이 나기 시작했다. 그 탓에 은서는 저도 모르게 흐르는 눈물을 몇 번이고 닦았다. 울 기운도 없었지만 그럼에도 자꾸만 눈물이 흘러 왜 그런 기분이 드는지도 도무지 감을 잡을 수 없었다.

그냥 막연하게 엄마의 뒷모습이 떠올랐다. 무열도, 만호도, 선희도 모두 자신의 곁에 있었는데 대체 왜 그랬을까. 자라면서는 그저 원망으로만 남은 존재였는데 말이다.

생각해 보면 꿈꿔 본 적도 없던 일들이 너무도 현실감 없게 눈앞에 펼쳐졌었다. 무열을 만나기 전까지만 해도 지극히 메말라 있던 마음과 그녀의 일상에 여러 가지의 색채가 입혀졌다. 누군가에게 화를 낼 줄도 알게 되었고, 작은 투정 같은 것을 부릴 줄도 알게 되었다. 아빠에게서도, 엄마에게서도 배운 적 없던 감정들을 하나둘씩 배워 갔다.

오롯하게 무열이 알려 준 것들이었다. 무열은 은서에게 오빠이기도 했고, 친구이기도 했고, 엄마이기도 했다. 만호에게 느끼던 안타까움을 빼 버리고 나니 그는 누구보다 커다란 품을 가진 포근한 그녀만의 자리가 되기도 했다.

계속 울다 보니 흐릿하게 번지는 엄마의 기억 저편으로 무열이 모습을 드러냈다. 과거의 아쉬움을 되짚어 보지 않아도 될 정도로 가까운 거리였다.

손 닿을 곳에 그가 있다는 사실이 은서의 가슴을 뜨겁게 물들였다. 눈을 감아도, 눈을 떠도, 더 이상 춥지 않았고 불안하지 않았다. 자신을, 자신의 가족을 끌어안아 주는, 자신의 가족이 되어 준 남자가 있어서.

"……왜 이렇게 못생겨졌어요?"

은서가 침대에 누워 무열을 보고 말했다. 무열은 잘생긴 얼굴이 죄다 어디로 사라져 버렸는지 눈두덩이 퉁퉁 부어 있었다.

"어휴, 말도 마라. 박 서방이 이렇게 눈물이 많은 줄 난 처음 알았다."

선희가 한참 전의 상황을 떠올리며 절레절레 고개를 저었다.

분만실에 남편이 같이 들어가는 경우가 굉장히 많아졌다고 하지만 은서는 무열을 들이지 않았다. 힘겨워하는 모습을 결코 그에게 보여 주고 싶지 않아서였다. 무열은 처음에만 해도 들어가겠다고 고집을 부리는가 싶더니 결국에는 은서의 의견을 존중해 주었다. 가장 힘들고 아플 사람이다. 뭐든 그녀가 하자는 대로 해 주고 싶었다.

그런데 웬걸. 은서가 진통을 시작하면서부터 잔뜩 괴로운 표정을 짓던 무열은 그녀가 분만실로 들어가기가 무섭게 울어 버렸단다.

병원 안에 있는 사람들이 얼마나 괴상한 얼굴로 그를 보았는지 선희가 전부 이야기해 주었지만 도무지 상상이 가질 않았다. 정작 자신은 남편이 우는 모습을 못 보고 말았다.

구경하고 싶다거나 놀리고 싶은 건 아니었다. 그저 무척이나 의외라고만 생각했다. 그렇게 능글맞고, 그렇게 강하게만 보이던 남자가 이렇게까지 마음 약해질 수도 있구나 하고 새삼스레 깨닫는 계기가 되기도 했다.

"사돈이 전화로 얼마나 미안하다고 사과를 하시던지. 둘 다 미안하다, 괜찮다, 주거니 받거니 하다가 한참을 웃었지 뭐야."

"저기…… 고모……."

"응?"

"아빠가……."

"네 아빠가 왜? 세상에……. 오빠는 또 왜 울어?"

붕어눈으로 은서를 바라보는 무열의 곁에는 만호가 있었다. 설상가상. 휠체어에 앉아 은서의 손을 꼭 쥐고 있던 그의 눈에도 눈물이 그렁그렁해졌다. 선희는 무열과 만호 두 사람을 쳐다보며 '우리 집 남자들 정말 왜 이래!' 하며 못 말린다는 듯이 혀를 내둘렀다.

은서는 그날 자신이 얼마나 강한지, 그리고 알아차리지 못했던 약한 부분은 무엇이었는지 확인했다.

언제나 든든하게만 여겨졌던 아버지의 눈물, 멋진 줄로만 알았던 남편의 못난 얼굴. 그런 것들을 보면서 누군가가 가진 나약함이 때로는 얼마나 커다란 기쁨이 되어 줄 수 있는지를 깨달았다.

사랑하는 사람의 눈물은 마냥 슬플 것이라고만 생각했다. 하지만 아니었다. 그 순간 만호와 무열의 눈물은, 세상에서 제일 단단할 줄로만 알았던 두 남자의 눈물은, 은서를 그 공간에서 가장 강한 사람으로, 가장 행복한 사람으로 만드는 이상한 마술을 부렸다.

이젠 정말 조금도 춥지 않았다.

온통 빨갛던 새싹이 어느덧 뽀얀 피부를 자랑하게 되고, 새싹이란 태명 대신 '수정'이라는 반짝이는 이름을 갖게 되었을 때쯤, 은서는 어디보다 익숙한 2층 그들만의 침대에 누워 오랜만에 즐거운 꿈을 꾸었다.

열일곱의 어린 은서가 교복을 입고 있었다. 어딜 가든 따라붙는 한 남자의 생각을 떨치지 못하면서 수없이 고개를 내저었다. 지워 내려고 하면 할수록 끈질기게 자리를 잡고 말던 그를 속으로 욕하고, 흉보고, 신경 쓰던 그 당시.

꿈속에서 은서는 생각했다.

아, 내가 그 사람을 좋아하기 시작한 게 저때부터였구나.

청춘이 옷자락을 붙잡는 시기였다. 그렇게밖에는 말할 수 없는 날들이었다. 마음이 마음 같지 않은 때, 내가 나 같지 않은 때라고밖에는 설명할 수 없는 날들.

왜였을까. 왜 하필이면 그 사람이었을까. 학교 안에 있던 많고 많은 사람들 중에서, 지구상에 존재하는 수많은 사람들 중에서 왜 하필이면 그 사람일 수밖에 없었을까. 그 당시 그런 고민들을 몇 번이고 했던 것만 같다.

하지만 그와 이루어질 수 있을 거라 생각했던 그날, 그일 수밖에 없는 이유를 세상은 말해 주었다.

사람들이 바글거리던 운동장 한가운데, 모두에게 둘러싸인 채 유독 혼자만 빛을 내던 사람이었다. 그의 주변에는 눈송이 같은 작은 빛이 연신 반짝이고 있었고, 아주 먼 곳에서도 찾을 수밖에 없도록 그는 시선을 모조리 자신에게 이끌었다. 가까이 다가가지는 못했지만 눈은 언제나 반짝이는 그를 쫓고 있었다.

차디찬 입술 틈으로 뜨거운 혀가 내뱉는 무심한 한마디. 그는 그 한마디조차 따스하게 만들었다. 모든 것을 무력화시키는 그만의 무기를 가지고 있었다. 하염없이 빛나는 그의 진심이었다.

꿈속에서의 그는 몇 번이나 그 자리에 나타났다. 기다리느라 춥지 않았느냐며 은서의 얼굴을 감싸 쥐었고, 언제나 쌀쌀맞던 은서는 그녀답지 않게 수줍은 얼굴로 고개를 숙였다.

이상한 일이지만 꿈속에서의 은서는 분홍색의 싱그러운 수국을 품에 안고 있었다. 그녀의 차가운 겨울을 따라다니던 흰 수국은 온데간데없이 모습을 감춰 버렸다. 무열은 그녀가 주는 꽃다발을 받아 안으면서 꽃잎만큼이나 분홍색으로 물드는 얼굴을 했다.

좋아한다고 말하지 않아도, 서투른 사랑을 고백하지 않아도, 서로를 바라보는 시선만으로도 모든 것을 알 수 있을 것만 같은 순간이었다.

그에게서 등을 돌리고 멀어지던 그때, 어쩌면 아무 말 않는 그에게서도 느낀 바가 있었던 게 아닐까. 그땐 전혀 모르겠다고, 그저 밉다고 원망만 했는데 돌이켜 생각해 보니 마냥 미운 마음만 남아 있던 건 아닐지도 모르겠다.

은서가 이젠 기억조차 가물가물한 그때의 감정을 새삼 되새겨 보았다.

'……쁜아, 예쁜아.'

어렴풋하게 그의 목소리가 들려 저도 모르게 미소 지었다.

'사랑해.'

자신이 웃으니 그도 함께 웃는다. 사랑한다는 한마디가 주는 마법 같은 순간. 주변으로 겨울이 걷히고 화사하게 봄이 피어나기 시작한다. 눈물조차 흐르지 않는 너무도 따사로운 봄이 그 꿈속에 있었다.

"사랑해."

귓가에서 속삭이는 것처럼 아주 가깝게 들리는 말.

은서가 눈을 찡그리다가 천천히 떴다. 어둠 속으로 창을 통해 들어오는 작은 빛만이 유일했다.

살짝 고개를 돌리자 은서의 머리칼을 쓸어 넘기던 무열이 그녀와 눈을 마주친다.

"괜찮아. 안 일어나도 되니까 더 자."

깊은 새벽. 아마 수정이 때문에 깼을 것이다. 아이가 우는 소리도 듣지 못할 정도로 깊게 잠에 빠지는 일이 부쩍 많아진 요즘, 은서는 종일 일을 하고 와서도 새벽이면 어김없이 깨어나 아이를 달래는 그에게 얼마나 미안했는지 모른다.

은서가 몸을 일으키려고 하자 무열이 이마를 꾹 눌렀다. 베개 위로 머리를 도로 뉘이게 한 그가 장난스레 씩 웃었다.

"수정이는 내가 도로 잘 재웠으니까 수정 엄마도 주무세요."

"……안 피곤해요?"

"엄청 피곤해. 그래서 지금 이렇게 너 끌어안고 에너지 충전하는 중이잖아."

아이가 깰까 소곤거리며 나직이 말하는 소리가 평소보다 몇 배는 더 달콤하게 들린다. 깊고 어두운 밤이라서 그럴 것이다.

그는 능청스럽게 웃으면서도 꽤 어른스러운 표정을 지었다. 아빠가 된 순간 아이처럼 울던 남자가 맞나 싶을 정도로 어느덧 그는 사랑하는 사람들을 등에 업고 자신만의 행복을 지켜 나가는 중이었다.

"자장, 자장, 우리 아기."

"……."

수정이를 달래더니 자신까지 아기 취급을 한다. 은서가 바람 빠지는 소리를 내며 픽 웃었다. 그러자 그녀의 작은 웃음이 큰 행복이라는 듯 무열이 은서를 품에 더욱 가득하게 끌어안아 왔다.

이대로 잠들면 좋겠다고 생각했다. 아무런 것도 생각하지 않고, 사랑하는 사람들과 함께하는 이 집에서, 따스함을 끌어안은 채 이대로 계속 봄 같은 꿈을 꾸었으면 좋겠다고, 은서는 몇 번이나 생각했다.

그의 품에 안긴 채 넓은 어깨 뒤로 시선을 들자 창 너머가 올려다보였다. 반짝이지는 않지만 은은하게 빛을 내는 달이 어두운 하늘을 홀로 지키고 있었다.

아마 더 많은 곳에 저토록 빛나는 수많은 것들이 숨어 있을 것이다. 그가 숨어 있던 자신을 찾아내고, 자신이 그의 반짝임에 물들어 온전히 빛나게 되었던 것처럼. 앞으로 찾아내야 할 빛나는 것들은 우리가 모르는 여기저기에 흩뿌려져 만남을 기다리고 있을 게 분명했다.

반짝이는 사람을 찾았고, 반짝이는 사랑을 얻어 냈고, 또…… 반짝이는 생명과 마주했다. 앞으로 알아 가게 될 많은 감정들이 어떤 색색의 빛으로 빛날지 은서는 그와 함께 가야 할 남은 날들이 벌써부터 두근거렸다.

그와 함께 있는 순간순간마다 심장이 이렇게 멋대로 뛰었다. 아직도 끝은 멀었다는 듯이.

"……사랑해요."

나직하게 중얼거리자 무열이 꼭 안고 있다가 그녀를 흘끔 내려다본다.

"내가 자자는 건 그 자자는 게 아닌데……. 혹시 내가 지금 생각하는 그 잠을 원해서 이러는 거 아니지……?"

"……그 입 다물고 그냥 자요."

그와 작은 실랑이를 하다 보니 거짓말처럼 또 잠이 쏟아진다. 조금만 더 그의 목소리를 듣고 싶다고, 조금만 더 얼굴을 마주하고 싶다고 생각하지만 깊은 잠은 내일 아침을 기약하자면서 그녀를 깊숙이 끌고 들어가 버린다.

은서가 천천히 눈을 감았다.

사랑해.

감은 눈 너머로도 그의 고백이 어렴풋이 빛났다.

— *The end*

수정이의 일기 ^{외전}

내 이름은 박수정. 올해 열여섯이자 벌써 중학교 3학년.

최은서 여사님과 박무열 사장님의 장녀로 한 살과 세 살 터울의 두 남동생이 있다. 요즘 보기 힘든 삼 남매와 할아버지, 고모 할머니까지 총 일곱 식구는 오늘도 집안의 분위기를 화기애애하게 만드는 데에 큰 몫을 한다.

내가 고3이 되면 어떨지 모르겠지만 아직까지는 너무 조용하기만 한 집보다 조금 소란스러운 지금이 좋지 않나 싶은 생각이 든다.

물론 집이 시끄러워지는 건 전적으로 우리 집 남자들 때문이다.

"아, 그랬는데 얘가 나한테……."

"어쭈, 얘? 야, 넌 형이 형 같지 않냐? 어디서 형한테 얘래? 초

딩이 중학생한테 덤비냐?"

모처럼 가족이 모여 다 같이 저녁을 먹게 된 날. 둘째와 막내는 남자애들 특유의 험악한 분위기를 조성하며 밥을 먹다 말고 말씨름을 시작했다.

그것조차 하루 이틀 일이 아니라 체할 정도는 아니지만 영 거슬리는 건 어쩔 수가 없는 일이다.

아, 학원 가는 것도 귀찮아 죽겠는데 이것들이.

"부탁인데 시끄러우니까 밥 먹을 땐 입 좀 다물어 줄래?"

"멍청아, 입 다물고 밥을 어떻게 먹냐?"

둘째는 중학교 교복을 입은 뒤로 기어오르는 게 점점 더 심해졌다. 제대로 누나라고 부르는 꼴을 못 보는 요즘. 나라고 동생이 예뻐서 마냥 참고 있는 건 아니다.

384명 중에 383등인 네가 외고에 가고 싶은 우등생 누나의 마음을 알 리가 없지. 이 우둔한 영혼. 생각해 보면 아빠는 국립대 출신에 엄마도 약대를 나왔는데 쟨 누굴 닮아서 저렇게 머리가 나쁜지 모르겠다.

어쨌든 그런 이유로 진짜 멍청이가 말하는 멍청이라는 단어는 전혀 기분 나쁘지 않았다. 멍청이가 아니니까 그런 이야기를 들어도 남의 일 같기만 할 뿐이지.

그렇지만 버릇없는 동생은 질색이다. 한마디 쏘아붙일까 하고 젓가락을 내려놓으려는데 나보다 더 앞선 목소리가 식탁 위를 쩌렁쩌렁 울렸다.

"이 자식이! 누나한테 멍청이가 뭐야, 멍청이가! 밥숟가락 놓고 당장 네 방으로 가! 고모님, 내일까지 저 자식 밥도 주지 마세요!"

"……."

우리의 박 사장님. 식탁이 흔들거릴 정도로 쨍! 하는 소리와 함께 수저를 놓더니 버럭 언성을 높인다. 덕분에 둘째를 비롯해 막내까지 눈이 동그랗게 뜨였다.

멍하니 젓가락을 들고 있던 나도 놀란 건 마찬가지였다. 익숙해질 법도 한데 이럴 때마다 그 소리가 어찌나 큰지 심장까지 쿵쿵거린다.

"저기 박 서방……."

할머니가 입을 여는데도 단호한 남자.

"아니요, 고모님! 절대 밥 주지 마세요. 그렇게 저 부르셔도 소용없습니다. 이것들이 어디 위아래도 없이 누나한테 기어오르려고 들어. 네 누나가 너보다 1년은 더 살았어! 알아?"

그러니까 박 사장…… 아니, 우리 아빠는 요즘 애들이 말하는 소위 '딸바보' 다.

내가 살이 찌면 포동포동해서 귀엽다고 난리, 살이 빠지면 모델이 따로 없다고 난리. 성적이 오르면 아무래도 넌 천재인 게 분명하다며 난리, 성적이 조금 떨어지면 어쩜 그렇게 인간미까지 넘치냐고 난리. 아무튼 내게만 엮이면 아빠는 언제나 난리다.

그게 싫으냐고 물으면 딱히 그런 건 아니지만 그렇다고 마냥 좋아할 수도 없는 일이다. 아무래도 우리 삼 남매의 의는 아빠가 다 상하게 만드는 걸지도 모른다. 이런 편애는 받는 쪽도 떨떠름하다.

할아버지는 내가 우리 집의 유일한 딸이라서 그럴 것이라고 했다. 원래 아빠들의 사랑은 딸이고, 엄마들의 사랑은 아들인 거라고. 하지만 우리 엄마를 보면 마냥 그런 것 같지도 않아서 때때로 남동생들이 가여워진다.

아, 남동생들만큼이나 아빠도 꽤…… 많이.

"그래도……."

마음 약한 할머니가 걱정스레 바라보는데 소란한 틈으로 엄마가 한숨을 쉰다.

"고모, 하루 굶는다고 안 죽어요."

"은서야."

"그러니까 당신 굶어."

"……어?"

아빠의 당황한 얼굴은 꽤 자주 보는 것이라 이제 놀랍지도 않다. 불똥이 자기들에게서 아빠에게로 튀자 안도한 두 녀석이 다시 밥을 퍼먹기 시작했다. 눈치 하난 끝장이라니까. 눈을 가늘게 뜨고서 흘겨보자 애써 눈도 안 마주치려고 하는 두 동생이 괜히 괘씸하기도 하다.

"……은서야, 난 왜?"

"이번 주에 며칠이나 술 마셨어."

"한…… 4일?"

아빠의 대답을 듣자마자 나도 모르게 한숨이 나온다. 잠시나마 아빠가 가여웠는데 요 며칠 술 마시고 들어와 공부하는 날 끌어안고 귀찮게 했던 걸 생각하면 고개가 절로 저어진다. 아빠는 좋지만 술 취해서 귀찮게 구는 아빠는 싫을 나이다. 물론 그게 나이와 상관이 있는 건지는 모르겠지만.

"그래, 오늘 저녁 빼고 내내 마셨지. 5일 출근하는데 그중 4일을 취해서 온다는 게 말이 되니?"

엄마의 말투는 들으면 들을수록 나와 비슷하다. 내가 엄마의 딸이니 어쩔 수 없나. 엄마의 말을 들으며 동생 둘이 고개를 이쪽으로 휙 돌린다. 그 눈이 마치 '어른 박수정!' 하고 말하는 것만 같다.

멍청이들, 따질 건 따져야지. 내 쪽이 '리틀 최은서'인 거거든.

"그게 요즘 사업 확장 때문에 어쩔 수 없……."

"아빠가 잘못했네."

냉정하게 말하며 마지막 한 숟가락을 퍼서 넣자 아빠가 상처받은 눈으로 이쪽을 본다. 그게 느껴졌지만 최대한 눈치채지 못한 듯 시선을 내리깔았다. 우리 집 공식 마누라바보이자 딸바보이니 사랑해 마지않던 두 사람의 냉정한 반응이 서운하기도 하겠지.

때때로 나 스스로 생각해도 애교가 없어서 깜짝 놀란다. 다른 집 딸들은 아마 나 같지 않을 텐데.

"난 오래 살아야겠다……. 이대로는 억울하고 서러워서 빨리 못 죽을 것 같아……."

아빠가 세상 무너진 얼굴로 식탁 앞에 앉아 있자 한참을 묵묵히 식사만 하시던 할아버지가 조용히 숟가락을 내려놓으셨다.

"……듣자 듣자 하니까 이것들이. 난 뵈지도 않냐?"

잘 준비를 하려고 씻고 나오는 길. 젖은 머리를 수건으로 감싸 올리다가 생각나는 게 있어 힐끔 고개를 돌렸다.

할아버지와 할머니, 동생들의 방은 1층에 있고, 엄마와 아빠의 침실, 내 방은 2층이다. 몇 걸음만 가면 바로 두 사람의 방이라 때때로 듣고 싶지 않은 소리도 들리는 게 아주 작은 흠이라면 흠 이랄까.

아빠는 이 집이 층간에 아무런 소리도 들리지 않게 설계되었다고 뿌듯해하시지만 내 방까지는 방음이 잘 안 된다는 걸 미처 모르고 계시는 것 같다. 민망할까 봐 공부할 땐 그냥 이어폰을 끼고 했는데 오늘은 괜히 심통이 난다. 낮에 학교에서 창피한 일이 있기도 했고.

'아, 맞다. 수정아.'

'어?'

'나 저번에 너희 부모님 봤어.'

'……우리 엄마랑 아빠?'

학교에서 같이 급식을 먹던 친구 하나가 눈을 빛내며 실실 쪼 갰다.

'너희 아빠 완전 닭살이시더라. 차 트렁크에 풍선 넣고 집 근

378

처에서 이벤트 하시던데?'

'…….'

그때 내가 얼마나 민망했는지 알기나 할까.

애처가라고 그렇게 티 내지 않아도 이미 온 동네에 소문이 나 있다고, 제발 좀 자제해 달라고 몇 번이나 말을 했는데 저 아저씨는 매번 한 귀로 듣고 한 귀로 흘리는 모양이다.

심드렁한 표정을 지워 내려고 해 봤지만 헛수고다. 포기하고 노크를 하려는데 마침 방문이 한 뼘 정도 열려 있었다. 힐끔, 문틈으로 보니 우리의 박 사장님…… 마누라 얼굴을 붙잡고 여기저기 물고 빠는데 아주 봐 줄 수가 없다.

들으란 듯이 일부러 큰 소리로 똑똑, 노크를 했다.

"어?"

"나 들어가."

내 모습을 확인한 아빠의 입이 귀에 걸린다. 세상에서 제일 사랑하는 두 여자를 양옆에 끼면 기쁘지 않을 수가 있냐는 듯이. 남자가 조금도 진중하질 못하다니까. 엄마는 대체 저런 아빠의 어디가 좋았던 걸까.

"왜?"

물론 저리 무뚝뚝한 엄마의 어디가 좋아서 결혼한 건지 아빠에게도 묻고 싶지만 말이다.

"엄마랑 아빠한테 부탁이 있는데."

"……?"

"닭살 이벤트는 제발 동네랑 멀리 떨어진 데서 하면 안 돼?"

두 사람의 눈이 똑같이 동그랗게 떠진다.

설마 그렇게 풍선이 요란하게 하늘로 올라가는 이벤트를 하고도 아무도 모를 거라고 생각한 건가? 이 동네 사람이 몇이나 그걸 목격했을 텐데?

"어떻게 알았어?"

"내 친구가 봤대. 걔네 엄마도 보셨대. 애들 앞에서 창피해 죽겠다고, 진짜."

"세상에, 우리 이 동네 유명 인사 다 됐네?"

"요점이 그게 아니잖아!"

목에 힘을 주고 말해도 도저히 먹혀들지를 않는다. 한숨이 나왔다.

아빠는 오늘 술도 안 마셨는데 술을 마셨을 때처럼 실실 쪼개며 날 끌어안았다. 엄마가 싫어해서 면도는 항상 깔끔하게 한다지만 그래도 다 큰 딸을 끌어안고 비비적거려 오는 건 좀 삼가 줬으면 좋겠는데⋯⋯.

"아아, 귀찮아. 이것 좀 놔 봐."

"우리 공주, 생각을 해 봐. 네가 엄마 닮아서 이렇게 예쁘잖아? 그럼 내 눈에 엄마는 얼마나 더 예뻐 보이겠어. 예쁜데 그런 이벤트로 웃게 해 주고 싶은 건 당연한 거 아니야?"

"⋯⋯아아, 그러셔."

대화의 초점이 자꾸 엇나간다. 사랑에 눈이 먼 사람에게는 통하지 않는 말인가 보다.

억지로 아빠의 품에서 벗어나 엄마를 힐끔 보았다. 그러자 익숙하다는 듯 일어나 크림을 바르려던 엄마가 날 응시한다. 눈빛이 남다르다. 역시 엄마가 제일 세.

"뭘 그렇게 봐?"

"엄마는 아빠가 왜 좋았어?"

이렇게 사람 귀찮게 굴고 못 말리는 팔불출인데 말이다. 나라면 조금 더 진중하고 멋진 사람을 사랑하겠다고 생각하며 물었다.

그런데 당연히 '그러게.' 하고 받아칠 줄 알았던 엄마가 의외의 말을 해 왔다.

"네 아빠만큼 빛나는 사람을 못 봤어."

"아빠가 빛이 난다고?"

그 말에 고개를 돌려 아빠를 쳐다보았다. 엄마의 말에 감동이라도 받은 듯 눈을 반짝이며 빛내고 있는 게…… 어떤 의미로는 참 빛나는 사람이 아닐 수 없다.

부부는 역시 일심동체라더니.

좀처럼 받아 주지 않는 것 같으면서도 정작 중요한 순간에는 아빠 편을 들고 마는 모습에 속으로 혀를 내둘렀다. 우리 엄마랑 아빠지만 참 대단하다.

"……나 가서 잘래."

"수정아, 엄마랑 아빠랑 동생 하나 더 만들어도 돼?"

"절대 싫어!"

속 긁어 놓는 두 명의 남동생을 생각하며 기겁해서 소리를 지르니 뭐가 즐거운지 둘이 꺄르르 웃는다. 저럴 때 보면 참 닮았단 말이야.

　나와 얼굴부터 성격까지 판박이라고 하는 엄마조차 저러니 가끔 의심스러워진다. 대체 난 둘 중 누구를 닮은 걸까. 나처럼 냉정하고, 이성적이고, 차분한 성격은 저렇게 바보처럼 사랑을 하지는 않을 텐데.

　고개를 내저으며 내 방으로 향했다. 닫혀 있던 문을 열고 들어가니 아빠의 취향대로 꾸며 놓은 분홍색 벽지와 요란한 레이스 커튼이 날 반긴다.

　"휴……."

　한숨을 내쉬며 침대에 걸터앉는데 갑자기 휴대 전화가 울렸다.

　귀찮게 누구야.

　천천히 일어나서 확인하자 '내 거♡'라고 뜬다. 나도 모르게 깜짝 놀라 목을 가다듬고 통화 버튼을 눌렀다.

　"여보세요오. 오빵? 자려고 누워쪄요?"

　침대 위에 누워 내가 좋아하는 그와 통화를 하면서 생각했다.

　"웅! 듀뎡이도 이제 자꼬예요."

　사랑에 눈이 멀어 자기 자신을 내던지지는 말자고.

마음을 가득 채워 만들어 냈던 〈빛나는 것들〉이 이렇게 끝났습니다.

저는 이 작품을 주변에 이렇게 소개했었습니다. 앞서 출간했던 작품들과 달리 판타지 요소가 빠진, 드디어 정상적인 현대 로맨스라고.

시간을 거슬러 죽었던 사람이 돌아오는 로맨스를 썼었고, 남자가 여자의 성별이 되기도 하는 로맨스를 썼었습니다. 그에 비하면 첫사랑과의 재회 같은 건 지극히 평범한 로맨스가 아니냐, 그렇게 생각을 했죠. 그런데 쓰고 보니 무열이 자체가 판타지 같기도 하네요.

사랑을 하다 보면 다른 사람 눈에 비치는 작은 오해가 내게는 커다란 의미를 부여하며 덮쳐 오기 마련입니다. 그저 섬으로 보이는 무언가가 사실은 깊숙하게 몸을 숨기고 있는 빙산의 일부일지도 모른다는 것. 누구도 '뭐 그런 것 정도로 그래?' 라고 할 수 없을 거예요. 내게 절대적인 감정이란, 사랑이란 그런 거니까.

그렇게 보면 두 사람의 사랑은 지극히 평범하기도 하지만 평범하지 않고, 판타지라고 하려면 또 어떤 의미에서는 판타지일 수도 있겠습니다. 내게는 특별한, 어느 개연성도 없는, 그저 감정적이고 말도 안 되는 사랑, 그렇게 포장하고 싶기도 합니다.

과대 포장이었더라도 내용물에 실망하시는 일만은 없기만을 바라며 후기를 남깁니다. 예뻐해 주세요. '예쁜이' 소리까지는 안 나오더라도 말이죠.

감사하는 모든 분들에 대한 마음은 조용하고 은밀하게 하겠습니다. 그보다 먼저 가장 큰 감사는 독자에게 돌리고 싶네요.

신중한 선택으로 〈빛나는 것들〉을 두 손에 쥐어 주셔서, 소중한 시간을 할애해 한 글자씩 꼭꼭 씹어 읽어 주셔서, 언제나 감사하고 감개무량합니다. 다음 작품도 기대되는 작가, 로 기억될 수 있다면 좋겠습니다.

봄이 가고 여름이 오려는지 창문에 비치는 햇살이 반짝반짝 빛나네요.

제 봄을 빛내 주셔서 고맙습니다.

2016년, 변해 가는 계절
안은찬